김유정의 귀환

필자

김동환(金東煥 kim, Dongwhan) 한성대학교 교수
김화경(金和敬 Kim, Hwakyung) 국민대학교 강사
연남경(延南京 Yeon, Nam kyung) 이화여자대학교 강사 및 서울대학교 박사후연구원
이상진(李相眞 Lee, Sangjin) 한국방송통신대학교 교수
전봉관(全峯寬 Jun, Bonggwan) 카이스트대학교 교수
전신재(全信宰 Jeon, Shinjae) 한림대학교 명예교수
조남현(曺南鉉 Cho, Namhyon) 서울대학교 교수
최성윤(崔城崙 Choi, Sungyun) 동덕여자대학교, 순천향대학교, 광운대학교 정보과학교육원 강사
표정옥(表正玉 Pyo, Jungok) 숙명여자대학교 교수
한상무(韓相武 Han, Sangmoo) 강원대학교 명예교수
홍혜원(洪慧媛 Hong, Hyeweon) 충남대학교 교수
박정규(朴丁奎 Park, jungkyu) 서울과학기술대학교 명예교수

김유정의 귀환

초판 인쇄 2012년 3월 25일 **초판 발행** 2012년 3월 30일
엮은이 김유정학회 **펴낸이** 박성모 **펴낸곳** 소명출판 **출판등록** 제13-522호
주소 서울시 서초구 서초동 1621-18 란빌딩 1층
전화 02-585-7840 **팩스** 02-585-7848 **전자우편** somyong@korea.com **홈페이지** www.somyong.co.kr

값 22,000원
ⓒ 2012, 김유정학회
ISBN 978-89-5626-685-5 93810

김유정의 귀환

The Return of Kim, Youjoung

김유정학회 편

김동환 김화경 연남경 이상진 전봉관 전신재
조남현 최성윤 표정옥 한상무 홍혜원 박정규

소명출판

책머리에

『김유정의 귀환』을 반기며

　1968년 5월 김유정문인비가 춘천의 신연강가 옷바위(衣岩) 부근에 세워지고 다음 해에『김유정전집』이 발간되면서 김유정에 대한 독자들의 사랑은 바람 탄 새처럼 힘을 얻기 시작했다. 1994년에는 '3월의 문화인물 김유정'(문체부—현 문화체육관광부)으로 선정되면서 요절한 청년 작가 김유정은 영광스런 모습으로 우리를 매혹시켰다. 이후 그의 작품이 지닌 저력은 서서히 힘을 발하기 시작, 2002년 8월 춘천 실레마을에 우리나라 최초의 문학관인 '김유정문학촌'이 설립되게 하였다. 뿐만 아니라 2004년 12월에는 춘천의 실레마을 소재 경춘선의 간이역(구명 신남역) 명칭이 이 마을 출신의 자랑스런 작가 김유정의 이름을 따서 '김유정역'으로 명명되었다.

　김유정학회 설립의 필요성에 대한 토론은 2008년 김유정 탄생 100주년을 맞는 행사를 준비하면서 표면화되기 시작했다.

　100주년 기념행사를 준비하는 과정에서 보니 김유정과 그의 작품은 시대를 초월하여 현대작가에게는 창작의 귀감이 되고, 패러디, 장르 교체(시, 희곡, 수필, 시나리오)와 매체 교체(발레, 연극, 영화, 오페라, 판소리, 만화 등)를 통하여 새로운 모습으로 태어나고 있었다. 다시 말하면 김유정 문학은 이미 문학의 영역에서 문화의 영역으로 그 지평을 확대, 새로운 문화상품으로 생산되고 있었던 것이다.

　이에 김유정 문학에 애정과 관심을 갖고 있는 이들이 모여 김유정 문학이 갖고 있는 모든 가능성을 대상으로 체계적이고 발전적인 접근을 시도해야 할 때가 무르익었음을 인정하게 되었다.

마침내 2010년 3월 초에 학회설립을 위해 전상국·전신재·유인순이 모여 발기문 초안을 작성, 같은 해 4월 27일 발기인 대회를, 10월 8일에는 김유정학회의 이름으로 김유정문학촌에서 제1회 김유정학회 학술세미나가 진행되었다.

그리고 2011년 4월 16일 강원대학교에서 김유정학회 제1회 학술연구발표대회 및 창립총회가 열렸다. '이야기꾼 김유정·김유정의 이야기꾼'이라는 제목 아래 조남현 교수가 기조발제를, 전신재 교수 외 5인의 교수가 주제발표를, 전상국 교수외 2인의 교수가 김유정의 생애 및 작품을 스토리텔링한 작품을 선보였다. 순수 학문연구 발표 외에 스토리텔링의 대상으로서 김유정에 대한 접근을 시도해 본 것이다. 같은 해 10월 8일에는 춘천 실레마을의 금병산을 등산, 산 정상 부근에서 김유정학술세미나를 진행했다. 이들은 모두 김유정 문학을 문화의 차원으로 확대 재생산하기 위한 탐색의 일환이었던 것이다.

아직은 걸음마 단계에 있는 김유정학회의 발전을 위하여 학술연구발표대회 및 학술세미나 등에서 발표되었던 논문들을 모아 한 권의 책을 엮기로 했다. 김유정의 귀환을 더 확실하게 축하하기 위한 것이다.

김유정과 문학과 문화를 사랑하는 이들 모두를 위해서 많은 분들이 김유정과 새로이 소통하는 방법을 그리하여 의미의 다양화와 새로운 모습으로 재생산하는 방법에 이르기까지를 열정적으로 보여주셨다.

조남현 교수는 「김유정 소설과 동시대 소설」에서 김유정의 소설을 세 갈래로 나누어 살펴보고 여기에서 반복되는 모티프들을 추출, 이들 모티프에 관련된 작품들을 분류하고 비교한다. 나아가 조교수는 김유정과 동시대에 농촌소설을 발표한 강경애 외 11명의 작품들을 훑어본다. 그 결과 김유정·박노갑·최인준은 농민들을 피해자나 약자로 인식하면서도 이들이 가해자나 강자에게 저항의식을 갖고 있지 않다는 점에서 공통점을, 최인준과 박노갑이 지식인과 농민의 연대를 긍정적으로 그리고 있음에 비해 김유정에게서는 그런 작품이 보이지 않음에 궁금증을 제시한다. 또 동시대에 도시배경소설을 발표한 이기영 외 6명의 작품을 훑어보고 이들이 다룬 주인공들이 지식인, 소설가, 여급, 주의자인데 작가들은 이들에게 연민과 공감의 시선을 보냈지만 김유정의 경우는 기생이라고 하여 부정적인 시선을 보내거나 행랑어멈이나 거지라고 하여 연민의 시선을 보내지 않은, 작중인물에 대해 예상외의 작가적 시선을 보낸 독특한 작가였다고 지적한다. 조남현 교수는 지금까지 김유정문학에 대한 접근이 나무를 보되 숲을 보지 못했던 연구 태도에 일대 전환점을 제시해 준 것으로 보인다.

김동환 교수의 「교과서 속의 이야기꾼, 김유정」에서는 김유정 소설이 교과서 정전으로 갖고 있는 위상과 이 위상 유지를 위해 해야 할 노력들에 대해 이야기한다. 즉 김유정의 작품은 6차 고등학교 교과서에서부터 순수문학의 맥락에서 수록되었다는 것, 이후 검인정 교과서에 단골작품으로 수록되고 있지만 앞으로도 김유정 작품의 위상 유지를 위해서는 작품에 대한 접근 통로의 확산, 작품이 지닌 문학사적 가치 높이기, 텍스트의 정본 확립, 교과서 비평 텍스트 생산, 교과서적 작가론 구축이 전제되어야 함을 강조한다.

홍혜원·연남경 교수는 소설 내적 서사구조를 통해 김유정 작품에 이르는 서사원리와 주제의 탐색 과정을 보여준다. 홍혜원 교수의 「김유정 소설에 나타난 폭력의 구조와 소설적 진실」에서는 르네 지라르의 욕망 이론을 토대로 김유정 전 작품에 나타난 모방욕망과 폭력의 양상을 검토한다. 그리하여 김유정의 자전소설 계열에서는 주체와 매개자가 욕망의 모방을 통해 짝패가 되어 가고 있고 이들이 가족 구성원 내에서 폭력의 확산과 희생제의를 산출함에 주목한다. 김유정 소설 속 인물의 욕망은 타자의 욕망으로부터 자극받은 모방의 성격을 지니며 타자와의 경쟁관계에 의해 폭력을 산출하지만, 그 결과 대상의 부재와 연민이 드러나게 된다. 그리고 이 과정에서 노출된 욕망의 허위성, 이것이 김유정 소설의 서사원리라고 할 수 있다는 것이다.

연남경 교수의 「김유정 소설의 추리 서사적 기법 연구」에서는 김유정 소설이 독자에게 재미를 주는 이유 및 주제전달의 과정을 보여준다. 이를 위해 연교수는 롤랑 바르트의 코드 읽기를 참조하여 작품 구조를 탐색함은 물론 서사 내적 의미까지도 규명해보려고 한다. 그리하여 「산ㅅ골나그내」 외 2편 작품에서 농촌사회의 몰락상과 그로 인한 후유증의 원인을 찾아낸다. 그리고 이와 같은 김유정 소설의 추리 서사기법이야 말로 독자에게 재미와 긴장을 주며 동시에 시대적 진실이라는 무거운 주제를 발견하게 해주는 이중적 역할을 하고 있음을 밝혀준다.

한상무·최성윤 교수는 김유정 작품에 나타난 주요인물의 성격분석을 통해 그들이 지향하는 윤리성의 의미와 가치에 주목한다. 한상무 교수의 「김유정 소설에 나타난 부부 윤리」에서는 부부윤리의 양상과 그 가치의 특징을 정신분석학적 방법과 사회윤리적 방법을 원용하여 규명한다. 먼저 '에로스 혹은 성적 관계와 그 윤리'에서는 부유층 혹은 지주 계급 내의 가부장적 남성에 의해 벌어지는 탈윤리적 탈규범적 남성과 이와 대조적인 하층빈민의 성적윤리와 아노미 현상을 추출한다. 한편 '삶의 동반자적 관계와 그 윤리'에서는 희노애락의 감정을 바탕으로 공유하게 되는 윤리적 가치의 형상이 감동적으로 나타나 에로스적 욕망이나 욕동을 초월하는 정신적, 인격적 감정으로 이성애보다 더 높은 가치를 지니는 우정과 흡사한 감정을 추출한다. 결론적으로 가족이든 사회집단이든 그들이 설사 위기에 처해 있다고 할지라도 그 구성원이 공유하는 윤리적 가치가 긍정적이면 그들은 위기의 극복은 물론 미래에 희망과 가치를 기대할 수 있다고 본다. 그런데 김유정 작품이야말로 정의적 윤리적 가치를 구현하는 여성인물들이 각별히 돋보이게 그려지고 있는 점으로 보아 김유정은 미래 지향적 전망을 작품을 통해서 보여주고 있다는 것이다.

최성윤 교수의 「김유정 소설의 여성 인물과 '貞操'」에서는 「산골나그네」를 바탕으로 작품 이면에 감추어진 작가적 현실 인식의 탐색을 시도한다. 최교수는 김유정 작품에서 여성인물의 '貞操'의식이 일정한 지향성을 내포하고 있다는 것, 이는 여성인물의 정조가 개인 또는 사회의 윤리의식 유무의 문제가 아니고, 다소 오독의 위험은 있으나 더 큰 역사적 의미를 상징하는 것으로 본다. 김유정 소설에서 여성 인물들은 식민지 백성이라는 역사적 조건을 한 몸에 짊어진 민족의 상징적 구현태로 보인다는 것이다. 그리고 이때 여성 인물들이 지켜내야 했던 가치는 전통적인 덕목에 한정되지 않고 민족이 생산할 수 있는 전망을 책임져야 하는 어머니로서도 기능해야 했기 때문에 작가는 여성인물의 비극적 상황을 통해 민족의 비극적 현실인식을 상징화하고 있다고 지적한다.

전봉관 교수와 김화경 교수는 김유정 소설 속에 나타난 황금에의 욕망, 자본주의 경험과 그 재현에 대한 탐색을 보여준다. 전봉관 교수의 「김유정의 금광 체험과 금광 소설」에서는 김유정이 '금광쟁이 뒷잽이' 시절의 체험을 바탕으로 세 편의 금광 소설을 썼다는 것, 그 속에서는 황금의 유혹 앞에서 보여주는 밑바닥 인간군상의 모습이 세밀하게 묘사되고 있다는 것, 여기서 작가는 한 농촌마을을 휩쓸고 지나간 금광 열풍 때문에 나락으로 떨어지는 농민의 모습만을 그리는 데 그치지 않고 황금과 인관관계에 대한 성찰을 그리고 있다는 것 등을 지적한다.

　김화경 교수의 「김유정 문학의 근대 자본주의 경험과 재현 양상」에서는 김유정의 작품이 근대와 도시 및 그 모든 것을 지탱하는 자본, 돈의 의미를 독특한 방식으로 보여 주며 당대 그 어떤 모더니스트보다도 신랄하게 ‘모던’이 가져온 환상과 허구성을 비판하고 있다고 본다. 즉 자본주의 하에서 화폐는 전지전능한 힘을 갖지만 김유정은 이들 화폐의 전지전능성이 무력감으로 뒤바뀔 수 있음을 보여준다는 것이다. 돈에 대한 욕망이 주인공을 죽음으로 몰고 가는 모습과 돈의 이면에 숨은 무한 악이 가져오는 삶의 파탄과 그 전조를 소설을 통해서 보여주고 있음이 그렇다는 것이다.

　전신재 · 표정옥 · 이상진 교수의 연구는 스토리텔링적 접근에 의한 것이다. 전신재 교수의 「김유정 소설의 설화적 성격」에서는 이야기꾼으로서의 김유정에 주목, 김유정 소설에 나타난 설화적 성격과 그들이 현대소설로서 갖고 있는 효과와 가치를 탐색하려고 한다. 먼저 김유정 소설의 진술방식에서는 구연자의 구술록 형식을 취하고 있고 이것이 소설의 본질인 이야기성을 회복시키면서 동시에 생동성과 신선성을 발휘한다. 다음 김유정 소설과 관련설화들을 비교 분석한다. 그 결과 김유정의 소설은 그 기본 구조가 설화구조를 본뜨고 있지만 이때 수용된 설화는 재창조되어 현대성을 획득하고 있음을 지적한다.

　표정옥 교수의 「현대문화와 소통하는 김유정 문학의 놀이 상상력」에서는 김유정이 갖고 있는 문화생산성에 주목한다. 표교수는 김유정 문학정신이 놀이의 창조적 상상력으로 이어진다는 점에 착목, 문화 콘텐츠와의 연계 가능성을 게임, 영상, 신화, 비언어 텍스트로 확대하고 지속적으로 읽힐 수 있는 김유정 텍스트의 가능성을 살펴보고자 한다. 하명중 감독의 「땡볕」을 비롯해서 「궁상이 신화」, 「바리공주」, 「도깨비」, 「〈비보이〉를 사랑하는 발레리나」 등과 연결시켜 문학이 시대의 정신에 맞게 재독될 수 있다는 문학의 다시읽기(rereading)를 시도한다. 그리하여 우리 시대에 김유정 읽기는 새로운 상상 시대의 언어로 새롭게 읽혀야 함을 주장한다.

이상진 교수의 「문화콘텐츠 '김유정', 다시 이야기하기」에서는 이미 재생산된 김유정 문화 콘텐츠에 대한 대중의 반응과 재가공 현황에 대한 점검, 김유정 스토리텔링의 전문성과 대중성 다양성을 높일 수 있는 구체적 방안의 제시를 시도한다. 이를 위해 이 교수는 김유정 문화 콘텐츠 전반의 자료를 토대로 1~4차 콘텐츠로 범주화하고 문제점을 지적한다. 마지막으로 이교수는 김유정 작품의 거점 컨테츠로서 인물 캐릭터의 특성을 찾아 이들을 유형화한다. 그리고 유형화된 캐릭터의 목록과 분석내용에 따라 적절한 스토리텔링을 개발할 것을 제안한다.

마지막으로 박정규 교수의 「봄 · 봄 · 봄」은 김유정의 「봄 · 봄」을 패러디한 것이다. 박태원의 「소설가 구보씨의 일일」과 이상의 「날개」가 재생산되고 있듯이 박정규 교수는 김유정의 작품을 2000년대에 맞게 재생산하고 그 생산과정까지를 친절하게 제시하여 독자의 이해를 돕고 있다.

『김유정의 귀환』, 이 한 권의 책은 단순히 김유정문학의 새로 읽기와 재생산에만 한정된 것이 아니다. 이 한 권의 책을 통해 우리는 고금의 고전을 새로 읽고 재생산하여 우리가 사는 세상을 향기롭고도 풍요롭게 만들 수 있다는 것을 믿어 의심치 않는다.

김유정이 귀환했다.

우리는 그를 우리 문학과 우리 문화의 출발점으로 삼아 새로운 문학과 다양한 문화로 꽃피워야 하겠다.

2011년 12월 31일
김유정학회장 유인순

차례

제1부 / 이야기꾼 김유정

김유정 소설과 동시대소설

조남현

1. 김유정 소설의 세 갈래

　김유정(1908.1~1937.3)은 「산ㅅ골나그내」(『제일선』, 1933.3)에서 사후발표작 「형」(『광업조선』, 1939.11)과 「애기」(『문장』, 1939.12)에 이르기까지 30여 편의 소설을 발표한 것으로 정리되어 왔다. 창작활동기간이 1933년 3월에서 1937년 3월까지 불과 4년이었던 점과 작가로서의 활동기간 내내 폐결핵과 거주지 불안에서 헤어나지 못했던 점에 비추어보면 30여 편의 소설은 결코 적은 것이 아니다. 안회남과의 교유, 휘문고보 낙제, 박녹주 짝사랑, 둘째 누나에의 기생, 늑막염과 폐결핵 발병, 실레마을 야학과 금병의숙 개설 등과 같이 좌절과 비감과 대지식인으로서의 행위 등으로 점철된 10년간(1923~1932년)의 직접체험은 짧은 기간(4년간)에 많은 작품(30여 편)을 낳게 한 폭발적 동력으로 작용하기도 했다. 연구자

들은 김유정을 당시 농촌의 문제점을 외면하지 않았던 리얼리스트로
인식하는 바탕에서 단문체와 구어체와 고유어사랑과 심리묘사를 잘 구
사해낸 스타일리스트로 인정하는 태도를 취하곤 하였다. 일반 독자들
이나 일부 연구자들처럼 「봄·봄」(『조광』, 1935.12)이나 「동백꽃」(『조광』,
1936.5)을 대표작으로 여기며 김유정 소설 전반에 대해 형식미가 주제의
식을 견인했거나 지지했다는 견해를 취하다보면 김유정은 주로 농촌소
설을 썼으며 스케일이 작은 리얼리스트라는 고정관념이 생기게 된다.

　김유정의 작품연보[1]를 보면 그는 농촌소설, 도시배경소설, 사후발표
작의 순서를 밟은 것으로 정리된다. 김유정이 「산골ㅅ나그내」에서 「안
해」(『사해공론』, 1935.12)까지 발표한 11편은 농민소설이나 농촌소설로
일괄할 수 있다. 그런데 그는 1936년에 들어서면서 「가을」(『사해공론』,
1936.1), 「동백꽃」(『조광』, 1936.5), 「금」(1938)을 제외하고는 도시배경소설
도 11편을 썼다. 이어 김유정 사후에 「정분」(『조광』, 1937.5), 「형」(『광업조
선』, 1939.11), 「애기」(『문장』, 1939.12) 등과 같은 소설이 발표되었다.

　1936년에 들어서면서 김유정은 다음과 같은 도시배경소설 혹은 서울
배경소설을 발표했다. 종로 보신각쪽을 배경으로 룸펜과 거지와 나리를
등장시킨 「심청」(『중앙』, 1936.1), 종로 우미관 옆 골목에서 열 살 된 거지
가 양복쟁이, 뾰족구두, 신여성 등을 쫓아다니며 구걸하다가 나리에게
귀를 붙잡힌 채 질질 끌려가는 것으로 마무리 진 「봄과 따라지」(『신인문
학』, 1936.1), 청진동과 광화문을 배경으로, 나이든 기생을 사모하여 줄기
차게 편지질을 해대는 고보생과 여러 명의 어린 기생과 사랑 놀음을 하
여 기생들의 몸값을 떨어뜨리고 음독자살의 쇼까지 벌린 기생의 남동생
과 고보생을 등장시킨 「두꺼비」(『시와 소설』, 1936.3), 종로에서 열린 음악

1　유인순 엮음, 『동백꽃』, 문학과지성사, 2005, 458~9면.

콩클대회에 박수부대로 강제 동원되었으나 눈치 없는 행동을 하여 간식도 못 얻어먹게 된 학생을 그린 「이런 音樂會」(『중앙』, 1936.4), 다옥정 골목길에서 두 젊은 여성이 길에서 습득한 갑속에서 장난꾼아이들이 집어넣은 똥을 발견하고 놀랜다는 에피소드를 들려준 아주 짧은 소설 「봄밤」(『여성』, 1936.4), 창경원 밤 벚꽃놀이에 간 세 여급 중, 한 여급이 2년 전 남편 가출 직후 잃어버렸던 어린 딸아이를 데리고 놀러온 남편을 우연히 만나게 되는 사건을 설정한 「夜櫻」(『조광』, 1936.7), 신당리에 사는 무직자인 남자가 자기가 맡긴 옥토끼를 잡아먹은 것을 약점으로 잡아 그 여성의 사랑을 확인하게 되는 이야기를 들려준 「옥토끼」(『여성』, 1936.7), 사직동과 돈의동을 배경으로 하여 소설가인 주인공이 연상의 기생에게 쓴 연애편지를 전달하는 일을 맡은 친구가 대신 답장을 써준다는 중심사건을 설정하는 한편, 형과의 관계, 누이와의 관계 등을 다루어 김유정의 외상을 파헤친 미완소설 「生의 伴侶」(『중앙』, 1936.8~9), 서울을 배경으로 하여 시골서 올라온 행랑어멈이 서방님이 취중에 자신과 성관계를 맺고 임신시킨 것처럼 행랑아범과 공모하여 일을 꾸며 200원이나 되는 술집장사 밑천을 받아가지고 나간다는 이야기를 들려준 「정조」(『조광』, 1936.10), 신당리에서 옆방 사는 전차운전수 감독이 자리도 높아지고 돈도 좀 모이게 되자 조강지처를 내쫓기 위해 매일같이 괴롭히는 것을 엿보던 남자가 참견하려 했으나 덩치 큰 그 감독의 처남의 차단에 밀려 좌절한 후 끝내 그 셋방을 나갈 준비를 한다는 스토리를 들려준 「슬픈 이야기」(『여성』, 1936.12), 연건동 대학병원의사로부터 뱃속에 든 죽은 아기를 일주일 안에 끄집어내는 수술을 받아야 한다는 말을 들었으나 돈이 없어 확답을 하지 못하고 나와 지겟꾼인 남편이 지게에 올라앉은 아내에게 얼음과자와 왜떡을 사준다는 「땡볕」(『여성』, 1937.2), 사직골 꼭대기에 있는 초가집을 공간으로 하여 제복공장 여직공과 그 남동생 소설가지망생, 버스걸과 병든 아버지, 두 카페걸 등이 집세를 내지 못해 주인과 싸우는 것을 중심 사건으로 설정한 「따라지」(『조광』, 1937.2) 등이 그것이다.

이처럼 김유정은 보신각 옆, 우미관 옆 골목, 광화문근처, 청진동, 원남동, 연건동, 사직동, 신당리 등을 배경으로 하여 거지, 학생, 여급, 기생, 행랑어멈, 전차운전수, 지겟꾼, 소설가 지망생 등을 주인공으로 설정하였다. 이중에서도 「두꺼비」, 「생의 반려」, 「따라지」는 박녹주 짝사랑, 형의 잦은 폭력과 가학성, 누나의 언어폭력 등과 같이 김유정에게 큰 상처를 안겨준 직접체험을 반영하였다.

김유정 사후에 가정 먼저 발표되었던 「정분」이 들어있는 1937년 5월호 『조광』에는 "이小說은 故金裕貞君이 昭和九年에 썼든 것으로 匪底에 넣어두고 發表치않은것을 本紙에서 發見하여 이제 君을 匪悼하는ㅇ味로 실는것이다. 아까운 君의 夭折이 朝鮮文壇에 큰損失은 말할것도 없거니와 이제 君의 早死에對해 깊이 哀悼를不禁하는바이다"[2]라는 "記"가 실려 있어, 나중에 발표된 「정분」이 앞서 발표된 「솟」(『매일신보』, 1935.9.3~9.14)의 초고가 아닌가 하는 추측을 갖게 한다. 1934년도에 만들어진 「정분」의 내용이 이미 1935년에 「솟」으로 발표된 것을 『조광』사 편집자가 제대로 파악하지 못한 나머지 두 작품을 별 개의 것으로 무심히 보아버린 것일 수 있다. 「정분」에서의 은식과 응태는 「솟」에 가서는 근식과 뭉태로 바뀌어있다. 「솟」에 오면 접속사라든가 부사가 크게 늘어났고 문장도 조금씩 길어졌다.

(가) 「계집이 좋다기로 집안물건을 모조리 들어낸담」하고 모지게 종알거린다.

2　『조광』, 1937.5, 111면.

「집안물건을 누가 들어내?」

그는 시치미를 떼며 펄쩍 뛰었다. 그러나 속으로는 찐하였다. 모르는줄 알았드니 안해는 벌서 다안눈치다. 어젯밤 안해의속곳과 그젯밤 맷돌짝을 흠으려낸것이 탈로되었구나 생각하니 불쾌하기 짝이없다.[3]

(나) 「기집이조타기로 그래집안물건을 다들어낸담!」하고 여무지게종알거린다.

「뭐, 집안 물건을 누가 들어내?」

그는 시치미를 짝 쎄고 제법 천연스리 펄석 쮜엇다. 그러나 속으로는 쩍메로 복장이나 어더마즌듯 찌인하엿다. 입째까지 까마케 모르는줄만 알앗드니 안해는 귀신가치 옛날에 다 안 눈치다. 어젯밤 안해의 속곳과 그제밤 맷돌짝을 흠으려낸것이 죄다 탈로가 되엇구나, 생각하니 불쾌하기가 짝이 업다.[4]

(나)에 오면 인물의 생각이나 행동이 보다 분명하고도 약간 길게 표현되고 있음을 확인할 수 있다. 초고가 그대로 남아있는 것을 보면 교정지를 놓고 『매일신보』 편집자나 작가 김유정이 군데군데 필요한 단어를 첨가한 것으로 추측할 수 있다. 작품 뒷부분에 가면 아내 모르게 함지박을 갖고 가 들병이 게숙이와 밤늦게까지 지낼 때 갑자기 뭉태가 오자 근식이 는 방 밖을 피해나가서 엄동설한에 떨며 게숙이가 뭉태를 얼른 보내기만을 기다리는 장면이 나온다. 「정분」에서는 은식이가 게숙이 응태를 얼른 보내지 않는다고 「솟」에서만큼 크게 불만을 품은 것으로 그려져 있지는 않다. 「솟」에서의 근식은 게숙이가 뭉태를 금방 보내지 않고 오랫동안 수작한다고 생각한 나머지 갑작스레 들병이란

---

3   같은 책, 112면.
4   『매일신보』, 1935.9.3

존재를 부정하게 된다. 다음과 같이 근식이가 게숙이를 향해 속으로나마 모질게 욕하는 대목은 초고에는 없는 것으로 「숏」에 와 추가된 것이다.

모진 눈보래는 가끔식 목덜미를 냅다 갈긴다. 그럴적마다 저고리동정으로 눈이 날아들며 등줄기가 선뜩선뜩하엿다. 근식이는 암만 기달려도째가 되엿스련만 불러드리지를 안는다. 수군거리든 그것조차 끈히고 인전 굵은 숨소리만이 흘러나온다.
그는 저도 까닭모르는 약이 발부터서 머리싯까지 바짝 치뻣첫다. 들쩡이란 더러운 물건이다. 남의 살림을망처노코 게다 가난한 농군들의 피를빨아먹는 여호다 하고 매우 쾌쾌히 생각하엿다. 일변 그러케까지 노해서나갓는데 안해가 지금쯤은 좀풀엇슬가 이런 생각도 하야본다.[5]

이 대목은 김유정 소설 특유의 인물이며 상징체이기도 한 들병이에 대한 작가 자신의 기본인식의 한 갈래를 보여주는 의미를 지닌다. 실제로 김유정은 이 대목에서나 들병이觀을 분명하게 보여주었던 것이다. 김유정이 세상을 떠난 지 2년 후에 발표되었으나 작품 자체는 5년 전에 만들어진 「애기」(『문장』, 1939.12)[6]는 도망가 버린 남자의 애를 밴 딸을 데려가기만 하면 50석의 땅을 주겠다는 여자아버지의 말에 욕심이 생긴 인쇄소 직공 출신인 필수가 의사를 사칭하고 결혼하였으나 여자 아버지도 약속을 지키지 않는다는 이야기를 들려준다. 여자 아버지의 사기행위는 그 후 김유정의 작가적 솜씨에 의해 「봄·봄」에서 흥미진진하게 내용을 갖추어 재현되었다. 필수가 자기와는 피 한 방울 섞이지

---

5 『매일신보』, 1935.9.7, 10.
6 탈고일자가 1934년 12월 10일로 되어 있어 김유정은 1933년에서 1935년까지 사이에 발표만 하지 않았을 뿐이지 도시배경소설을 쓰기는 했던 것임을 알 수 있다.

않은 애기를 버리러 갔다가 도로 안고 돌아온다는 결말은 김유정이 초기부터 인정론에 젖어있었음을 입증해준다.

김유정은 남녀 사이든 남매 사이든 남자를 피해자나 소극적 존재로 그리려 했음을 「애기」 이전의 발표작인 「두꺼비」, 「옥토끼」, 「생의 반려」, 「정조」, 「따라지」 등의 도시배경소설에서 내비친 바 있다. 이와 반대로 「소낙비」, 「안해」, 「형」, 「가을」 등과 같은 농촌소설에서는 남자를 가해자로 그리고 있다.

김유정 소설에서 나타나는 반복 모티프로는 폭력 모티프, 들병이 모티프, 사기 모티프, 금점판 모티프, 부부 공모 모티프 등이 있다. 폭력 모티프를 취한 농촌배경소설로는 「소낙비」(『조선일보』, 1935.1.29~2.4), 「만무방」(『조선일보』, 1935.7.17~31), 「노다지」(『조선중앙일보』, 1935.3.2~9), 「금」, 「금따는 콩밧」(『개벽』, 1935.3), 「안해」(『사해공론』, 1935.12), 「형」 등이 있고 도시배경소설로는 「봄과 따라지」, 「슬픈 이야기」, 「두꺼비」 등이 있다. 언어폭력이든 신체상의 위해이든 형이나 누이가 구사하는 폭력은 김유정의 글쓰기가 트라우마의 폭로나 극복에 있음을 입증해준다. 들병이 모티프가 「총각과 맹꽁이」(『신여성』, 1933.9), 「소낙비」, 「솟」, 「안해」, 「가을」 등과 같은 농촌배경소설에서 나타나고 있는데 비해 여급 모티프는 「따라지」와 「야앵」과 같은 서울배경소설에서, 기생 모티프도 「생의 반려」, 「두꺼비」와 같은 서울배경소설에 나타나고 있다. 서울을 배경으로 한 것이지만 「정조」는 행랑어멈이 시골에서 왔다든가 행랑아범과 공모했다든가 위자료 조로 받은 돈으로 술집을 차리겠다든가 하는 것과 같이 그린 점에서 들병이모티프를 필수모티프로 취한 소설의 범주에 넣거나 연장선에 놓아야 할 것이다. 들병이 모티프는 당시 농촌의 극심한 가난으로 전통적인 가족관계가 파괴되어 버릴 정도가 된 것을 반영하고 있다. 들병이는 「솟」, 「산ㅅ골 나그내」,

「총각과 맹꽁이」 등처럼 가해자로 그려지기도 하고 「소낙비」나 「안해」처럼 피해자로 나타나기도 한다. 여급은 오히려 긍정적으로 그려진 일면이 있으며, 박녹주가 모델이 된 기생은 김유정이 대리모라고 느꼈을 정도로 긍정적으로 그려졌다. 김유정 소설에서 폭력 모티프 못지 않게 자주 설정된 모티프로는 사기모티프가 있다. 필수모티프이든 자유모티프이든 그의 농촌배경소설은 대부분 속이기 모티프를 취하였으며 「두꺼비」, 「봄밤」, 「생의 반려」, 「정조」, 「따라지」, 「애기」 등과 같은 여러 도시배경소설에서도 남을 속이는 행위는 결정적인 기능으로 작용하고 있다.

　「심청」, 「봄과 따라지」, 「생의 반려」, 「정조」, 「슬픈 이야기」, 「땡볕」, 「따라지」 등과 같은 도시배경소설은 도시빈민모티프를 취한 것으로 묶어 볼 수 있다. 이러한 도시빈민은 대체로 농촌출신으로 그려지고 있어 김유정의 경우, 약자나 피해자가 고정되어 있는 것은 아니지만 농촌배경소설과 도시배경소설은 약자나 피해자를 주인공으로 내세웠다는 공통점을 지닌다. 그런가하면 농촌배경소설이 관찰자적 시선을 통해 나온 것이 많은 반면, 도시배경소설은 작가의 자기성찰이나 자기고백의 태도가 좀 강화된 차이점을 보이고 있다. 그러나 차이점보다는 공통점이 강해 김유정 소설에서 농촌배경소설과 도시배경소설은 별개의 것이 아니라는 주장이 얼마든지 나올 수 있다.

2. 동시대 농촌소설의 맥락 속에서

황해도 장연군 출신인 강경애(1907~1943)는 월사금 낼 돈이 없어 절도 충동을 갖는 아이를 그린 「월사금」(『신동아』, 1933.2), 농촌 일꾼을 연민의 시선으로 본 「菜田」(『신가정』, 1933.9), 농촌소설과 공장소설을 비슷한 비중으로 묶은 「인간문제」(『동아일보』, 1934.8.1~12.22), 하인이 50년 동안 일한 대가로 받은 논을 젊은 지주가 빼앗아간다는 「解雇」(『신동아』, 1935.3), 병자와 소경과 다리불구자 등을 내세워 당시 농촌을 거의 그로테스크 리얼리즘으로 접근한 「地下村」(『조선일보』, 1936.3.12~4.3) 등과 같은 농민소설을 발표했다. 이처럼 강경애는 농민을 피해자나 약자로 그리는데 힘썼다.

충청남도 논산 출신인 박노갑(1907~1951)은 농사와 도시에서의 취직에 다 실패한 남자를 그린 「안해」(『조선중앙일보』, 1933.9.30~10.2), 동네 못난 일꾼이 마름집 딸의 금가락지를 줍고 나서 그 집 데릴사위가 되는 몽상에 젖는다는 「금가락지」(『조선중앙일보』, 1934.7.6~8), 홍수가 난 상황을 그리는데 치중한 「홍수」(『조선중앙일보』, 1934.9.27~10.4), 금광모티프를 중심으로 한 「봄」(『중앙』, 1935.5), 여인이 가족을 먹여 살리기 위해 남의 집 보리를 훔친다는 「연긔」(『조선중앙일보』, 1935.6.6~19), 야학선생이 학생 수가 줄자 다른 어촌으로 옮겨가 계속 야학운동을 하는 「박선생」(『조선중앙일보』, 1935.10.11~17), 홍수의 재해를 그린 「둑이 터지든 날」(『사해공론』, 1936.1), 여러 가지 문제로 갈등하던 농민들이 다시 뭉쳐 금점꾼의 길을 걷는다는 「마을의 이동」(『조선중앙일보』, 1936.1.31~4.10) 등과 같은 농민소설을 발표했다. 박노갑은 당대의 농민들의 삶의 모습을 다각도로 성실하게 그려내었다.

　　평안남도 강서군이 고향인 박영준(1911~1976)은 모범경작생이 마을 농민들에게 배척당한다는 「모범경작생」(『조선일보』, 1934.1.10~23), 소작인들과 지주의 대립상을 리얼리즘으로 수준으로 그려낸 「일년」(『신동아』, 1934.3~10) 등과 같은 농민소설을 발표했다. 박영준은 농민들을 가난하게 만든 원인을 부정적으로 파악했다.

　　박화성(1904~1988)은 홍수에 맞서 싸우는 사람들의 모습을 생생하게 그린 「홍수전후」(『신가정』, 1934.9~1935.3), 가뭄 때문에 농민들이 거칠어지는 모습을 그린 「旱鬼」(『조광』, 1935.11), 평안도 농장으로 이주해간 전라도 농민들이 타지에도 고향에도 있지 못하게 된 사연을 들려준 「고향 없는 사람들」(『신동아』, 1936.1) 등과 같은 농민소설을 발표했다. 박화성은 당시 농민들에게 연민의 시선을 취하여 그 피해 상을 그려내는데 힘썼다.

　　경상북도 영천군 출신인 백신애(1908~1939)는 갑작스러운 홍수 때문에 아내가 될 사람을 잃어버린다는 「彩色橋」(『신조선』, 1934.10), 자식들을 위해 자신은 배고픔을 참는 노모를 그린 「적빈」(『개벽』, 1934.11), 한 농민이 공사장에서 부정을 저지르고 괴로워한다는 「顎富者」(『신조선』, 1935.8) 등과 같은 농민소설을 발표했다. 백신애도 당시 농촌을 거짓 없이 그려내는 수준에 도달하였다.

　　충청남도 당진군이 고향인 심훈(1901~1936)은 농촌출신으로 도시에서 활동하던 지식인이 귀농하는 것으로 결말을 맺은 「영원의 미소」(『조선중앙일보』, 1933.7.10~1934.1.10), 귀농소설과 계몽소설과 모델소설의 수준 높은 합성품인 「상록수」(『동아일보』, 1935.9.10~1936.2.15) 등과 같은 농촌소설을 발표했다. 심훈은 조선농촌의 건설과 발전의 방안을 제시하는 단계까지 나아갔다.

　　충청남도 논산 출신인 엄흥섭(1906~?)은 딸이 급히 밥을 먹느라고 숭어가시가 목에 걸렸으나 돈이 없어 치료 한 번 못 받고 죽어 그 아버지가 복수심을 품는다는 「숭어」(『비판』, 1933.11), 하인이 사모하던 주인집 딸의 더러운 실체를 알고 실망한다는 「허무러진 미련탑」(『신동아』, 1934.10), 악덕지주 집에 방화하고 15년 감옥살이하고 나온 춘삼이를 그린 「안개 속의 춘삼이」(『신동아』, 1934.12) 등과 같은 농민소설을 발표했다. 엄흥섭은 농민의 복수심이나 보복행위에 중점을 두는 적극성을 보였다.

충청남도 아산군 출신인 이기영(1895~1984)은 노름, 간통, 계몽 모티프를 중심으로 한 「鼠火」(『조선일보』, 1933.5.30~7.1), 지식인귀농에서 시작하여 노농연대로 결말을 맺은 「고향」(『조선일보』, 1933.11.15~1934.9.21), 동경유학생 출신인 정광조의 계몽활동상을 그린 「돌쇠」(『형상』, 1934.2, 1934.3), 아버지가 자기 공부시키느라고 많은 빚을 지자 공부를 그만두고 농민운동에 뛰어드는 「가을」(『중앙』, 1934.1), 자기 딸을 범한 지주에게 용서를 받아내는 투쟁적인 농민상을 제시한 「원치서」(『동아일보』, 1935.3.5~17), 이기영과 그 아버지 이민창의 젊은 시절을 그린 「흙과 인생」(『예술』, 1935.7, 1936.1) 등과 같은 농민소설을 발표했다. 이기영은 농민운동, 계몽운동, 노농연대 등과 같이 지식인과 농민의 관계를 중시하였다.

충청북도 음성군 출신인 이무영(1908~1960)은 정생원 딸이 시집가자 그 집 머슴으로 일하던 오도령이 정생원을 죽이겠다고 쳐들어가는 「오도령」(『조선문학』, 1933.10), 자기 짝을 죽인 도살꾼을 짓밟는 소를 화자로 한 「느心」(『중앙』, 1934.7), 야학운영하고 청년회 리더로 지주에게 반항하다 감옥살이한 청년을 그린 「노래를 잊은 사람」(『중앙』, 1934.11~12), 가족이 몰살했음에도 마음의 동요가 없는 농민을 비꼰 「산가」(『신동아』, 1935.2), 농민들의 대를 이은 가난을 호소한 「만보노인」(『신동아』, 1935.3),

육십 대인 농민이 10년 전에 서울로 가 소식 없는 아들의 편지를 기다리며 산다는 「老農」(『비판』, 1935.11~12) 등과 같은 농민소설을 발표했다. 이무영은 반항적 인물을 그린 소설과 순박하고 순응하는 농민상을 그린 소설이 병행되는 결과를 낳았다.

강원도 평창군에서 태어난 이효석(1907~1942)은 생명력을 상징하는 돼지의 비극적 최후를 그린 「豚」(『조선문학』, 1933.10), 교칙을 위반하고 퇴학당한 것 때문에 사랑도 잃은 남학생이 자신을 못난 수탉과 동일시한다는 「수탉」(『삼천리』, 1933.11), 억울하게 머슴에서 쫓겨났으나 자연을 보고 마음을 달래는 「산」(『삼천리』, 1936.1~3), 분녀가 사귄 여러 남자들의 모습을 그린 「분녀」(『중앙』, 1936.1~2), 주의자가 지방으로 와서 자연을 발견한다는 「들」(『신동아』, 1936.2), 장돌뱅이의 첫사랑이 중심사건으로 한 「모밀꽃 필 무렵」(『조광』, 1936.10) 등과 같은 농촌소설을 발표했다. 이효석은 대자연의 위대함을 일깨워주면서 다양한 시각으로 농민들을 포착해내었다.

근 30편의 소설을 남겼고 강원도 철원근 근방이 고향인 최인준(1912~?)[7]은 농민이 압박을 참다못해 분노를 터뜨린다는 「황소」(『동아일보』, 1934.1.1~6), 농민들의 배고픔과 고달픔을 그린 「暴陽알에서」(『조선일보』, 1935.3.21~4.2), 농사와 취직에 다 실패한 소작농아들이 자신을 종족번식에나 소용 있는 존재로 비하한다는 「안해」(『조선문단』, 1935.4), 50대의 머슴이 면직원에 의해 상투를

7　최인준, 「내故鄕이모저모」, 『신동아』, 1936.2, 196~198면.
　　내故鄕은 江原道에서도 깊은 산꼴 산꼴中에도 아주 가난한 火田民들이 숫이나 굿고 부대나 일쿠어먹고 사는 그렇게 으슥한 山間地帶입니다. 山이야 만쵸. 疊疊히 디리세운 山줄거리마다 그악스럽게 높아서 牧童의 피리소리좇아 올라가지 못할만큼 險峻합니다. (…중략…) 내가 故鄕에 내려가자면 의레히 京元線의 中央地點인 鐵原驛에서도 四十餘里 내집있는 마을까지는 소삽하고 좁은 산꼴길을 더듬어 가야합니다. (지금은 三等道路가 새로 생기고 定期뻐쓰도 일을에 한번씩 連絡됩니다마는) (…중략…) 그때의 나는 자못 意氣揚揚한바입니다. 그때의 이 깊은 산꼴에는 서울留學生이라고 나하나밖에 없었으니깐요 (197면)

잘리자 사라졌다가 3년 만에 다시 상투를 복원하고 나타났다는 「상투」(『신동아』, 1935.5), 한 전문교생이 지주인 친구의 권유로 귀농하여 강습소교사 노릇을 한다는 「이년 후」(『신가정』, 1935.9), 상처한 소작인이 지주 때문에 술집여자를 차지하지 못해 분노한다는 「며누리」(『신가정』, 1935.12), 봄이 되자 마을사람들이 저마다 바쁘게 돌아간다는 「이른 봄」(『신동아』, 1936.4), 누에를 독력으로 키우는 농촌여인의 상을 그린 「春蠶」(『조선문학』, 1936.6), 지주 아들이 동경유학을 가 알코올 중독자가 되어 일본인 여급과 귀국하여 동거한다는 「弱質」(『조선문학』, 1936.11) 등과 같은 농촌소설을 발표했다. 최인준은 기본적으로 농민들에게 연민을 보내면서 농민상을 다양하게 그려냈다.

함경남도 함흥이 고향인 한설야(1901~?)는 지주와 소작인의 대립 상을 그린 「추수 후」(『신계단』, 1933.6), 「소작촌」(『신계단』, 1933.7), 일본인 지주의 횡포를 그린 「홍수」(「탁류」 제1부작)(『조선문학』, 1936.5), 일본의 체계적인 영농방법이 조선농촌을 해체하는 과정을 그린 「부역」(「탁류」 제2부작)(『조선문학』, 1937.6) 등과 같은 농초소설을 발표했다. 한설야는 계속 프로소설의 연장선에서 농민소설을 썼다.

농민들을 피해자나 약자로 인식하면서도 가해자나 강자에 대한 직접적인 저항은 잘 보여주지 않은 점에서 김유정은 박노갑이나 최인준과 비슷하다고 할 수 있다.

박노갑의 「봄」(『중앙』, 1935.5)은 농촌에 불어 닥친 금광광풍을 걱정하고 있는 변노인이 자기 아들이 영삼이에게 보리를 팔고 삼십 원을 받아 겉폐광 한 구덩이에 투자했다가 금은 나오지 않고 돈은 떨어지자 멀리 금광 있는 곳으로 가버린다는 이야기를 들려준다. 변노인은 금광바람에 대한 우려감과 과거에 빚보증을 서는 식으로 많은 사람들을 도와주었으나 아무도 신세를 갚지 않는 것에 대한 배신감을 씹으며 산다. 이 소설은 "「우르르 쿵 쿵 쾅」 그리 머지않게 들리는 소리. 이 소리가 저 건너 건너다보이는 붉억산 그 너머 금광에서 넘어오는 「남포」 소리인줄을 이 마을 사람들은 몇해전부터 잘 알고잇다"(108면)로 시작하여 "「공연한걸 여태까지 살어가지구!」 봄아지랑이지튼 붉억산저넘어 금광에서는 오늘도 세 번째 남포소리가 들리엇다.「우루루 쿵 쾅 쾅」"(111면)과 같이 끝나고 있어 박노갑소설에서는 구성미가 돋보이는 결과를 가져온다. 이 사이에 변노인은 아들이 금광을 찾아 가출해버린 사건을 겪은 것이다. 변노인은 노다지 캐러가는 농민들의 심리와 농민들이 처하는 현실과 그들이 겪을 수밖에 없는 변화를 잘 인식하고 있다.

> 「노다지」만 한덩이 큼직한놈 따면 당장에 졸땍이 부자다. 누가 그까짓 보리곱살미와 악담부담 싸운담. 가릉에 비만 들고 나스는 소작인 노릇을 한담. 일년 죽도록 살어야 막걸리 몇잔, 투전 한번 뽑으면 알몸뚱이 특 털고 나서는 남의집 멈을 산담. 돈이 잇스면 더욱 좋지 금을 직접 팔 수 잇스니. 없어도 좋지 금도적질을 할려도 금가차이 가야하니. 이러니 안갈놈 제어데 잇담. (…중략…)
>
> 그러나 누구하나 「노다지」를 캔 사람은 보지 못하엿다. 「노다지」를 훔친 사람도 보지 못하엿다. 그러나 누구하나 노다지는 못캐는법이라고 단념하는 사람도 모지 못하엿다. 이시골 사람들은 늘 노다지는 캐는것이 예사요 못캐는것이 변으로만 아는것같엇다.
>
> 그들의 이야기는 항상 「노다지」를 캔 사람의 이야기가 많고 못캔 사람의 이야기는 적엇다.
>
> 오직 유표한것은 술을 못 먹는 사람이 술을배워왓고 그들이 말하는 가장 적게 모은돈은 이술값에 주엇고 노동이 원악 어렵고 위험하니 술안먹고 못백이겟드란말을 한번도 거슬려 책망하고싶은 생각도 그는 하여본적이 없다. (109면)

박노갑의 「봄」이 金鑛狂의 현장을 다소 멀리서 종합적으로 보고 있는 반면 김유정의 「금따는 콩밧」, 「노다지」, 「금」 등은 가까이서 관찰한 구체적인 보고서라고 할 수 있다. 물론 박노갑도 금광에 큰 기대를 걸고 있는 농민들을 그린 「마을의 이동」(『조선중앙일보』, 1936.1.31~4.10)을 쓴 바 있다. 박노갑의 「연기」(『조선중앙일보』, 1935.6.6~19)는 이름 모를 병에 걸려 일도 못하고 집에 누워있는 남편과 네 명의 어린 자식들을 먹여 살리기 위해 영재엄마가 처음에는 동냥질을 하다가 나중에는 남의 집 보리밭에 몰래 가서 훔친 것이 들통 나 남편이 동네사람들로부터 매를 맞고 그 후 두문불출한다는 이야기를 들려준다. 그동안 동네사람들은 영재네 집에서 밥 짓는 연기가 나는 것을 보고 영재엄마가 남의 집에서 곡식을 훔치는 것은 모르고 그 억척스러움만 칭찬해왔었다. 영재엄마는 김유정 소설에서 자주 나타나는 절도나 사기행위를 저지른 경우에 해당한다. 박노갑의 「박선생」은 김유정이 금병의숙으로 발전한 야학을 세운 직접체험이 있음에도 불구하고 어째서 그것을 반영한 작품을 남기지 않았는지 궁금하게 만든다. 김유정 소설에서는 동시대 다른 작가들의 작품들에서 자주 나타나는 지식인귀농이라든가 야학활동이라든가 하는 고상한 행동은 찾기 어렵다. 이 점도 김유정농촌소설의 또 하나의 특징이라고 할 수 있다.

박노갑뿐만 아니라 최인준도 지식인과 농민들의 연대를 긍정적으로 그려낸 바 있다. 최인준의 「이년 후」(『신가정』, 1935.9)는 2년 전에 Y전문학교 졸업을 1년 앞둔 영식이 당시의 귀농운동 경향에 발맞추고 또 굴지의 지주인 친구 박건호의 권유로 시골에 내려와 계명강습소를 재건하여 소작인의 자녀들을 모아놓고 가르치기까지의 과정을 그렸다.

그때의영식이는 고귀한리상에 불타든 한 젊은 귀농운동자이였다. 낫놓고

ㄱ짜도 몰으는 수많은 문맹들의 까마눈 붙어 열어주자. 아는 것이 힘이다 ─
이렇게 문맹타파(文盲打破)를 급선무로 치켜들고나오든 귀농운동이 그당시
의 서울사회─일부지식 계급사이에 일어나났든 하나의공통된 불으지즘이
었고 또는 그불으지즘이 어떠한색채를 띄었든간에 어떤세력을가지고 훌러
가는 하나의 경향임에는 틀님없었다. 영식이도 이러한경향을 가장 잘대표하
고있든 전문학생이었다.[8]

그러나 영식의 고귀한 강습소교사활동은 작년의 흉작으로 학생수가
삼분의 이 이상 즐어들고 믿었던 친구 박건호가 예사 지주의 태도로 돌
아가면서 난관에 봉착한다. 뿐만 아니라 경성보육을 졸업한 누이 영애
가 오빠의 뒤를 따르겠다고 하면서 무작정 시골로 내려오겠다는 연락
을 받는다. 결국 영식은 건호와 결별하고 강습소는 누이에게 맡기기로
하고 자신은 "그들과 같이 먹고 일하고 그리고……" 하는 새로운 결심을
취하게 된다.

3. 동시대 도시배경소설의 맥락 속에서

이기영은 광인에 가까운 실천적이며 대승적인 지식인을 주인공으로
한 「人間修業」(『조선중앙일보』, 1936.1.1~7.23), 가난한 학생을 진정으로 생

각하는 교사를 내세운 「배낭」(『조광』, 1936.5), 잡지사기자와 문선공이 십년 만에 우연히 만나 약자의 처지를 공감한다는 「십년 후」(『삼천리』, 1936.6), 신여성을 풍자한 「유한부인」(『사회공론』, 1936.7), 과학자를 꿈꾸었으나 아버지의 강요로 가업을 이어 금광업자가 되는 젊은이를 그린 「적막」(『조광』, 1936.7) 등을 발표했다.

한설야는 프로문인이 출옥 후 자신을 계사에 갇힌 닭에 비유하는 「태양」(『조광』, 1936.2), 지식인소설과 노동자소설의 이중구조를 보여주는 「황혼」(『조선일보』, 1936.2.5~10.28), 프로문인이 출옥 후 아들이 저지른 일의 해결에 적극적으로 뛰어든다는 「林檎」(『신동아』, 1936.3), 한설야의 프로문인이 출옥 후 아내가 씩씩한 딸을 출산하자 기뻐한다는 「딸」(『조광』, 1936.4) 등을 발표했다.

이북명은 인테리가 전력을 속이고 공장노동자로 취직한다는 「현대의 서곡」(『신조선』, 1936.1), 고등보통학교생이 고리끼의 영향을 받아 의도적으로 노동자생활을 하는 모습을 그린 「어둠에서 주은 스켓취」(『신인문학』, 1936.3), 제련소 근처의 동네를 배경으로 대조적인 삶을 꾸려가는 군상을 그린 「암야행로」(『신동아』, 1936.9) 등을 발표했다.

송영(1903~1978)은 야학선생이 감옥에 간 후의 주변의 변화상을 그 제자가 편지로 알리는 「솜틀거리에서 나온 소식」(『삼천리』, 1936.4), 기근구제 강연회에 가는 사회운동가가 여비가 없어 그 아내가 숙수치마를 전당포에 잡힌다는 「숙수치마」(『조선문학』, 1936.5), 고지식한 우체부를 주인공으로 한 「繩群」(『삼천리』, 1936.6), 우체국 남자직원이 일본인과 조선인의 차별해소에 힘쓰는 내용을 담은 「여사무원」(『조광』, 1936.7), 근로문학단체에서의 투쟁경력을 지닌 소설가가 어렵게 지내는 모습을 그린 「인왕산」(『중앙』, 1936.8) 등을 발표했다.

박태원(1909~1987)은 회사원이 성병에 걸려 공포심에서 헤어나지 못한다는 「악마」(『중앙』, 1936.3~4), 룸펜이 동거녀인 여급이 점점 타락해가는 모습을 지켜본다는 「悲凉」(『중앙』, 1936.3), 한 남자가 정성을 다해 간병해준 댄서가 다른 남자의 아이를 임신한 사실을 알고 실망한다는 「진통」(『여성』, 1936.5), 서울 청계천변 사람들의 이모저모를 그린 「천변풍경」(『조광』, 1936.8~10) 등을 발표했다.

이상(1910~1937)은 100원을 빌리는 대신 아내를 카페에 맡긴 남자와 아내와 카페주인의 관계를 그린 「蜘蛛會豕」(『중앙』, 1936.6), 매춘부인 아내와 동거하는 남자의 병적 자의식세계를 파헤친 「날개」(『조광』, 1936.9), 금홍이와 4차 이별하기까지의 과정을 그린 「봉별기」(『여성』, 1936.12) 등을 발표했다.

안회남(1910~1966?)은 회사원의 빈궁을 그린 「우울」(『중앙』, 1936.4), 소설가소설 「향기」(『조선문학』, 1936.6), 농민의 아내가 서울에 와 거지가 되었다는 이야기를 들려준 「황혼」(『신동아』, 1936.7), 기생과 문인의 사랑을 그린 「장미」(『조광』, 1936.8) 등을 발표했다.

유진오는 빈민노인을 주인공으로 한 「黃栗」(『삼천리』, 1936.1)을, 박승극은 공장노동자소설 「풍경」(『신조선』, 1936.1)을, 염상섭은 룸펜소설인 「실직」(『삼천리』, 1936.1~2)을, 최명익은 지식인과 속물의 삶을 대비시켜 본 「비오는 길」(『조광』, 1936.4~5)을, 김동리는 종교적 갈등을 다룬 「무녀도」(『중앙』, 1936.5)를, 정인택은 동경에서 조선인 주의자가 출옥 후 폐인이 된다는 「촉루」(『중앙』, 1936.6)를, 이효석은 철학을 전공한 지식인의 현실에 적응해가면서 번민을 끊어버리지 못한다는 「인간산문」(『조광』, 1936.7)을, 이무영은 빈민소설 「유모」(『신동아』, 1936.7)를, 채만식은 지식인의 구직난과 하향이동을 다룬 「명일」(『조광』, 1936.10~12)을, 이태준은 기자이면서 소설가인 주인공의 암울한 내면세계를 그린 「장마」(『조광』, 1936.10)를 발표했다.

　김유정의 도시배경소설이 집중적으로 발표된 1936년도에 발표된 다른 작가들의 작품들은 지식인(이기영, 한설야, 유진오, 최명익, 채만식, 이효석), 소설가(한설야, 송영, 안회남, 이태준), 노동자(이기영, 한설야, 이북명, 송영), 여급(박태원, 이상, 안회남, 정인택), 주의자(이기영, 한설야, 정인택, 송영) 등과 같은 주인공을 내세웠다. 이러한 주인공들은 대체로 작가들로부터 비판이나 풍자 대신에 연민이나 공감의 시선을 받았다. 김유정의 도시배경소설에도 여급, 기생, 소설가가 등장하고 거지, 행랑어멈, 지겟꾼, 전차운전수 등과 같은 존재도 등장하고 있지만 기생이라고 해서 부정적인 존재로 그리고 있지도 않고 행랑어멈이나 전차운전수나 거지라고 해서 연민의 시선을 보내고 있지도 않다. 김유정은 작중인물들에 대해 예상외의 작가적 시선을 자주 보낸 편이라고 할 수 있다.

유인순 엮음,『동백꽃』, 문학과지성사, 2005.

최인준,「내故鄕이모저모」,『신동아』, 1936.2.

『신가정』, 1935.9.

『조광』, 1937.5.

『매일신보』, 1935.9.3.

『매일신보』, 1935.9.7.

『매일신보』, 1935.9.10.

교과서 속의 이야기꾼, 김유정

김동환

1. 논의의 출발

　김유정학회는 특정 문인을 토대로 삼는 학회라는 점에서 학회의 출발선상에서는 우선적으로 해당 문인의 사적 위상에 대한 검토가 필수적으로 요청된다. 해당 문인에 대한 학문적 접근을 지속적이고 생산적으로 유지해 갈 수 있는 동력이 내포되어 있는지의 여부를 판단 근거가 될 것이기 때문이다. 교과서 속의 김유정에 대한 접근을 생각하게 된 일차적인 이유는 여기에 있다.

　한국문학을 둘러 싼 환경을 놓고 볼 때 이른 바 '교과서 정전(正典)'은 상당한 의미를 지니게 된다. 교과서가 지니는 제도적 힘과 함께 일반적인 독자들의 독서 경험을 고려할 때 그 영향력을 간과하기 어렵다. 특히 중고등학교 국어 수업을 끝으로 문학 수업을 마감하는 경우가 대부분이기에 교과서를 통한 문학적 경험의 형성은 우리 사회의 문학적 지형도를 형성하는데 지배적인 영향력을 행사하게 된다.

이 논의에서는 김유정 소설의 교과서 정전으로서의 면모에 주목하여 몇 가지 문제를 살펴보고자 한다. 그 방향성은 김유정 소설이 교과서 정전으로서 어떤 위상을 지니고 있는지를 구체적으로 살펴보고, 이후에도 지속적으로 그 위상을 유지해 나가기 위해서는 어떤 노력이 필요할 것인가를, 새로 출범하는 김유정학회에 제언하는 데 두고자 한다.

2. 김유정 소설의 정전사(正典史)적 검토

1) 정전 형성의 출발점과 김유정 소설

그간 문학 정전에 대한 다양한 논의들이 이루어져 왔지만 정전의 형성과정에 대한 구체적인 논의는 이루어지지 못했다.[1] 발표자는 그 형성과정에 대한 검토를 시도해 왔으며 일차적으로 1950~60년대에 간행되기 시작한 '대학교양국어' 교재가 그 출발점을 이루는 것으로 판단하고 있다. 이 시기에 간행된 11종의 '대학교양국어' 교재에는 40여 편의 소설이 실리면서 한국 소설의 '대표적'인 작품에 대한 인식이 이루어지기 시작한 것으로 보인다. 물론 해당 교재들이 어떠한 근거와 기준으로 수

---

[1] 정전에 대한 논의의 양상에 대해서는 「문학교육 정전의 재구성」, 『문학교육학』 25집, 2008 참조.

록 작품들을 선정했는지에 대한 구체적인 기록을 찾기는 쉽지 않으나 현재 확인 가능한 단편적인 자료들을 살피건대 '한국어의 아름다움을 잘 보여주는' 작품이나, '발표 당시부터 현재까지 독자나 평론가들이 주목한' 작품, '한국문학을 대표할 수 있을 것으로 보이는' 작품, '교양인으로서 필요한 작품' 들을 선정한 것으로 볼 수 있었다.[2]

이 시기의 교재들에 수록된 작품들의 빈도수를 보이면 다음과 같다.

〈표 1〉 1950~60년대 '대학교양국어' 교재 수록 작품 빈도수3

소설		시	
메밀꽃 필무렵	5	나의 침실로	5
감자, 운수좋은 날	4	나룻배와 행인	4
B사감과 러브레터, 귀의성, 수탁, 소나기	3	빼앗긴 들에도 봄은 오는가, 봉황수, 사슴, 내 마음을 아실이	3
표본실의 청개구리, 동백꽃, 바위, 무정, 사랑손님과 어머니, 배따라기	2	별헤는 밤, 낙화, 남으로 창을 내겠소, 광야, 광화문, 자화상, 파초, 봄은 고양이로다	2

이 목록을 보면 한국문학의 정전을 규정하는 중요한 요건들이었던 '순수문학', '저항'등의 제어 개념을 확인할 수 있다.[4] 김유정의 「동백꽃」은 개별적인 작품으로서의 면모에 대한 언급은 없지만 이러한 맥락에서 선정된 것으로 판단된다.

이 목록에서 등장하는 「메밀꽃 필무렵」이나 「소나기」는 이후 국어과 교과서사에서 지속적으로 「동백꽃」과 경쟁 텍스트의 관계를 형성하게

2　이는 각 교재의 편찬의도가 드러나는 서문이나 해당 대학의 대학신문 등에 나타난 교재 발간 관련 기사 등을 통해 확인할 수 있었다.

3　국립도서관을 통해 열람 가능한 교재 중 대학에서 공식적으로 발간한 것을 대상으로 한 것임. 일부 대학교재나 대학이 아닌 기관에서 '대학교양국어'라는 이름으로 발간한 교재는 제외함.

4　발표자는 정전의 형성과 전승과정에서 핵심적인 역할을 한 국어과 교과서의 역사를 '금기의 역사'로 규정하는 입장이다. 제어 개념은 바로 금기와 밀접한 연관성을 가지는 개념이다. 이와 관련해서는 졸고, 「〈문장〉과 국어교육」, 『한국근대문학연구』 20, 2009.8 참조.

되는데, 이 작품들은 '교양'의 대상으로 가치 평가되고 있다는 점에서 공통의 출발점을 지닌다.

이렇게 구성되기 시작한 목록들은 이후의 대학교재들을 통해 계속적으로 재생산되게 되는데, 성인들을 대상으로 한 문학전집 등으로 전이되면서 정전 형성의 중요한 토대로 작용하게 되는 것으로 판단된다. 특히 초기 목록 40여 편 중, 10여 편은 중고등학교 교과서의 제재로 수용되면서 교과서 정전의 형성에 강력한 영향을 미친 것으로 판단된다.

김유정의 소설은 정전 형성의 초기 단계부터 일정한 몫을 담당하게 된 것으로 보인다.

2) 국정 교과서 속의 김유정 소설

국어과 교과서는 크게 국정교과서와 검인정교과서로 나뉘는데, 현대문학이 집중적으로 다루어지게 되는 문학교과서는 5차 교육과정부터 시작된다.[5]

군정기에 이어 1차 교육과정기부터 시작되는 국정 국어교과서에는 문학 작품의 수가 제한되게 된다. 말하기 · 듣기 · 쓰기 · 읽기라는 영역과 함께 구성되는 특성 상 단원 편성이 매우 제한되며, 그것도 초기에는 주로 고전 중심의 작품 선정이 이루어지게 됨에 따라 현대소설이 제재로 자리 잡는 것은 쉽지 않았다. 다음 표에서도 확인할 수 있듯이, 한동안 현대소설은 교과서에 1~3편 정도에 머무르다가 교과서의 분량이 확대되면서 작품수도 증가하게 된다. 그런 상황에서 김유정의 소설은

---

5   5차 교육과정에 따른 문학교과서는 1989년에 발간된다.

6차에 이르러서야 국정교과서에 모습을 드러내게 된다. 6차 고등국어에 「동백꽃」이 실렸으며, 7차 고등국어에 「봄·봄」이 실리게 된다. 단순한 빈도수만 보면 매우 소략한 것이지만 7차에 이르기까지 두 번 이상 수록된 작품은 「소나기」(6회), 「상록수」(6회), 「요람기」(4회), 「사랑 손님과 어머니」(3회), 「삼대」·「조국」·「금당벽화」·「등신불」·「학마을 사람들」·「흰종이수염」(각 2회) 등에 불과하다는 점은 그 제한성을 잘 보여준다. 여기에 김유정의 소설이 각 1회이기는 하지만 최근의 교과서에 연이어 두 편이 등재되어 있다는 점은 김유정 소설이 일정한 위상을 부여받은 것임을 말해주는 것이라 할 수 있다.

〈표 2〉 1~7차 국정교과서 수록 현대 소설6

1차	4차	6차	7차
상록수	금당벽화 등신불 메아리 상록수 소나기 요람기 조국 학 학마을 사람들	동백꽃 메밀꽃 필 무렵 사랑손님과 어머니 삼대 상록수 선학동나그네 소나기 왕치와 소새와 개미와 토지 화랑의 후예 흰 종이수염	강아지똥 / 광장 그 여자네 집 기억속의 들꽃 난장이가 쏘아올린 작은 공 눈길 벙어리삼룡이 봄·봄 사랑손님과 어머니 삼대 상록수 소나기 소설 동의보감 숨쉬는 영정 오발탄 옥상의 민들레꽃 요람기 우리들의 일그러진 영웅 운수좋은 날 원미동사람들 장마 천변풍경 혼불 흰 종이수염
2차			
상록수 소나기			
3차	**5차**		
금당벽화 등신불 무지개 빈처 소나기 요람기 조국	사랑손님과 어머니 삼대 상록수 소나기 요람기 학마을 사람들		

6 〈표 2〉~〈표 8〉은 현재까지 확인한 범위에서 발표자가 작성한 것으로 정확한 전수 조사와는 일부의 오차가 있을 수 있음.

3) 검인정 교과서와 김유정 소설

검인정 교과서의 양상은 두 시기로 나누어 볼 수 있다. 『문학』 교과서가 등장한 5차~7차 교육과정기까지의 기간과 국정교과서가 폐지되고 모든 국어과 중등 교과서가 검인정 체제로 전환된 2007년 개정 교육과정에 따른 기간이다. 〈표 3〉~〈표5〉는 전자, 〈표 6〉~〈표8〉은 후자의 내용이다.

〈표 3〉 5차 교과서 수록 작품 빈도 (1989년 / 8종)[7]

무정	6
동백꽃 / 수난이대	5
메밀꽃 필 무렵	4
혈의 누 / 금수회의록 / 광장 / 사랑손님과 어머니	3
*봄·봄	2

〈표 4〉 6차 문학 교과서 수록 작품 빈도(1995 / 18종)

광장	15
무정 / 메밀꽃 필 무렵	11
운수 좋은 날	10
동백꽃 / 만세전 / 태평천하	6
고향 / 무녀도 / 배따라기 / 봄·봄 / 붉은 산	5
탁류 / 논이야기 / 무진기행 수난 이대 / 역마 / 유예	4
날개 외 7	3
*만무방	1

<표 5> 7차 문학 교과서 수록 작품 빈도 (2002년 / 18종)

광장	15
메밀꽃 필 무렵	13
난장이가 쏘아올린 작은 공	11
동백꽃 / 금수회의록 / 삼포 가는 길	10
태평천하 / 날개 / 고향(현진건) / 운수좋은 날	9
무정 / 운수좋은 날 / 비오는 날	8
무녀도 / 역마 / 수난이대 / 꺼삐딴 리 무진기행 / 서울1964년 겨울	7
혈의 누 / 만세전 외 7편	6
* 만무방 3 / 봄 · 봄 2 / 땡볕 1	

<표 6> 2007 개정 중학교 1학년 국어1 교과서 수록 작품 빈도(2009년 / 23종)

* 홍길동	16
동백꽃	8
자전거 도둑	8
상록수	7
소나기 / 학 / 수난이대 / 우리들의 일그러진영웅	6
아홉 살 인생 / 소설 동의보감 / 몽실언니	5
나비를 잡는 아버지 / 소음공해	4
* 금 따는 콩밭	1

<표 7> 2007 개정 중학교 2학년 국어 교과서 수록 작품 빈도 (2010년 / 15종)

사랑손님과 어머니	6
동백꽃	4
소나기 / 수난이대 / 양반전	3
기억 속의 들꽃	2
미스터방 / 꼼배다리 / 돌다리	1

태평천하	6
메밀꽃 필 무렵 / 눈길	3
봄·봄	2
광장	2
유자소전	2
아우를 위하여	2

이 표들을 통해 확인할 수 있듯이, 김유정의 소설들은 각 교육과정기별로 높은 빈도수를 보이며 교과서 정전으로 그 입지를 확실히 하고 있다. 다른 경쟁 텍스트들이 상당한 편차를 보이는 것과는 달리 지속적으로 높은 빈도수를 보이는 것은, 이 소설들이 교과서의 제재로서 여러 요건을 갖추고 있음을 말해준다.

한 가지 특기할 만한 것은 교육과정기가 바뀌면서 고등학교 학생용에서 중학교 학생용으로, 그 급별 적절성에 대한 판단이 옮겨가고 있다는 점이다. 이는 학습자들의 문학적 경험의 확대와 맞물려 김유정 소설이 이전에 비해 보다 용이하게 수용될 수 있다는 판단에 따른 것으로 보인다. 가장 최근에 발간된 2007개정 교육과정에 따른 중학교 교과서에서 그 빈도수가 높게 나타나는 것은, 그동안의 제재 선택의 양상과는 최근 작가들의 최근 작품들(학습자들이 관심을 가질만한 소재나 주제를 다룬)이 대거 수록되는 경향이 강해짐에도 불구하고 김유정의 소설은 여전히 경쟁력을 가진 전통적인 정전임을 말해주는 것이라 볼 수 있다.

문제는 이러한 경쟁력이 계속 유지되기 위해서는 김유정 소설에 대한 다각적인 연구들이 필요한데 현상을 그러하지 못하다는 점이다. 이 문제는 다음 장에서 구체적으로 다루어보고자 한다.

3. 김유정 소설에 대한 교과서 내 접근 양상

김유정의 소설들이 교과서 내에서 어떤 측면에서 다루어지는가를 살피는 일은 김유정 소설이 이후에도 지속적으로 교과서 정전으로서의 경쟁력을 유지하는데 필요한 연구를 하는데 방향성을 제공해 줄 수 있을 것이다. 간략하게 그 양상들을 살펴보고자 한다.

1) 단원 편성에서 드러나는 양상

어떤 소설이 교과서의 어떤 단원 속에 편제되어 있는가 하는 점은 교과서 저자들이 그 소설에 대해 어떤 가치를 부여하고 있는가와 맞물린다. 크게는 문학사의 범주에서 다루는 경우와 소설의 이해와 감상을 위한 범주에서 다루는 경우로 나눌 수 있다. 전자의 경우 해당 소설이 문학사적으로 의미를 가진 작품이라는 측면에 무게를 두는 것이고, 후자의 경우 해당 소설이 소설에 대한 이해를 도모하는데 적절한 사례라는 측면에 무게를 두는 것이다.

그렇다면 김유정의 소설들은 대체로 어떤 측면에서 다루어지고 있는지를 살펴보기로 한다. 〈표 9〉는 주요 교과서들에서 김유정의 소설들이 속해 있는 범주와 소단원을 정리한 것이다.

<표 9> (동백꽃 A / 봄 · 봄 B / 만무방 C)

교과서 별	범주	단원명(접근 내용)
6차 국정	문학의 유형—이야기 유형	사건, 어휘, 어조, 시점
7차 국정	다양한 표현과 이해(봄 · 봄)	언어외적 표현, 언어에 부수되는 표현
5차 검인정	문학사	30년대 소설(A) 현대소설의 개화(A)
	소설의 이해	구성과 시점(B) 예술지향성(A) 주제와 문체(A) 무너진 고향(A) 문체와 어조(B)
6차 검인정	문학사	없음
	소설의 이해	시점과 독자(A) 인간의 본원적 탐구(A) 문체와 시점(A) 청소년기의 사랑(A) 전통과 토속의 세계(B) 문학과 현실(B) 소설과 서사의 세계(B) 서술자와 시점(B)
7차 검인정	문학사	일제강점기 문학(A) 민족수난기의 문학(A)
	문학의 이해	시점과 문체(A) 구성과 시점(A) 문학 문화의 개념과 특성(C) 서술자와 시점(A)
2009 검인정	(* 국어교과서이므로 문학단원은 없음)	예술과 비평(B) 갈등과 공감(A) 소설의 인물 만나기(A) 분위기와 어울림(A) 문학의 아름다움(A) 상상의 즐거움(A) 문학의 이해(A) 매체로서의 문학(A) 예술과 비평(A) 마음읽기(A)

이 표를 보면 김유정 소설은 대체로 문학사적인 접근보다는 소설의 장르적 특성에 대한 이해를 도모하기에 적절한 제재로서 평가받고 있음을 엿볼 수 있다. 문학사 단원이 있는 5~7차 문학 교과서에서 접근의 중심을 이해 단원에 두고 있는데, 특히 6차의 경우에는 전체 교과서를 놓고 볼 때 문학사 단원들이 강조되던 시기였음에도 문학사 단원에는 편성이 되지 않았다는 점에서 두드러진다고 할 수 있다. 이러한 양상들은 김유정 소설의 문학사적 의미에 대한 주목할 만한(교과서 저자들의 입장에서) 연구물이 도출되지 않았던 결과로 볼 수 있을 것이다. 문학사적 가치를 바탕으로 하는 교과서 내의 문학사적 기술의 특성으로 보아 김유정 소설의 문학사적 의미를 두드러지게 구성해낼 수 없었기 때문인 것으로 판단되기 때문이다. 이는 발표자의 경험에 의거한 바가 크지만

그리 빗나간 판단만은 아니라고 생각한다.

물론 김유정 소설이 소설의 이해 중, 구성의 원리나 미학의 이해를 위한 예전(例典)으로서의 가치를 인정받는 것은 긍정적인 양상이다. 교과서 정전으로서의 김유정 소설만의 강점이라고 할 수 있을 것이기 때문이다. 2007개정 국어교과서에서 그 비중이 현저히 높아진 것도 이런 강점 떠문일 것이다. 그렇지만 문학의 수용이 궁극적으로는 작품의 통합적 가치에 대한 평가 결과의 수용으로 귀결되어야 한다는 점에서는 아쉬운 대목이다. 문학사적 평가의 대상으로서도 높은 위상을 지니게 될 때 그 가치가 공고히 되는 것이기 때문일 것이다. 이를 김유정 소설에 대한 보다 적극적인 문학사적 평가가 요청되는 맥락으로 받아들이고자 하는 것이 발표자의 입장이다.

2) 교과서 비평의 양상

일반적인 문학연구나 비평과 달리 교과서 내에서 이루어지는 작가나 작품에 대한 분석적 텍스트를 발표자는 교과서 비평이라고 부를 것을 제안해왔다. 구체적으로는 흔히 '이해와 감상의 길잡이'라는 표제를 달고 제시되는 텍스트를 말한다. 이 텍스트는 그 속성상 짧은 분량에 압축적으로 작품에 대한 평가 정보를 담게 되며, 학습자들에게 강력한 영향력을 행사한다는 점에서 고도의 기술적인 접근이 요구되는 텍스트이다.

이런 텍스트는 학습자들에게 암기의 대상이 되기도 한다는 점에서 비판적으로 인식되기도 하지만 그 필요성은 부인할 수 없다. 문제는 그 텍스트의 내용이 학습자의 문학 경험이나 능력에 긍정적인 영향을 미칠 수 있도록 조직되어 있느냐 하는 점이다. 특히 중고등학교의 문학 수업이 우리 사회 구성원 거의 대부분에게 문학 교육의 최대치가 된다는 점에서 그 중요성이 크다. 문학에 대한 접근하는 통로를 마련해주는 역할을 하기 때문이다.

한 작가에 대해, 어떤 문학 양식에 대해 이런 식으로 접근하는 것이 작품 수용의 바람직한 방법이라고 생각하게 될 개연성이 크기 때문에 교과서 비평은 매우 신중하고 정치하게 이루어져야 한다고 본다. 또한 학습자들은 다양한 검인정 교과서 중에서 한 권의 교과서를 통해 문학을 배우기 때문에 해당 교과서만의 특성을 강조하는 것이 아닌, 중고등학교 문학 교육 이후에 마주하게 될 불특정 텍스트를 이해하는데 필요한 보편적이고 원리적인 문학 능력의 함양에 초점을 두어야 한다는 전제를 인정한다면 더욱 그러하다. 이는 교과서 비평의 책임을 의미하기도 한다.

이런 측면에서 김유정 소설에 대한 연구의 한 방향성이 설정될 필요가 있을 것이라 본다. 김유정 소설이 현재까지 확보하고 있는 교과서 정전으로서의 위상을 지속적으로 유지해 나가야 한다고 동의한다면 그러하다.

다음에 제시하는 내용들은 교육과정기별 교과서에 발췌한, 「동백꽃」에 대한 교과서 비평의 내용이다.

> 1인칭 주인공 시점에 의해 서술되는 이 작품은 짧고 간결한 문장과 속도감 있는 사건의 진행, 토속적인 어휘 구사와 해학적이고 반어적인 어조를 잘 살림으로써 지은이 특유의 개성적인 문체를 보여주고 있다. (5차 『문학』)

> 이 소설은 본원적 생명 의식으로서의 '성(性)'의 문제에 초점을 두고 있다.

이 소설을 중심으로 인간의 본원을 탐구해 들어가는 소설의 소재와 주제의 관계에 대해 알아보자. (…중략…) 마름의 딸과 소작인의 아들이라는 신분이 다른 두 사춘기 남녀의 애정 관계를 해학적인 필치로 밀도 있게 그려 낸 1인칭 주인공 시점의 서정적 작품이다. (6차『문학』)

'동백꽃'은 김유정 문학의 특징인 해학성과 토속성이 두드러지게 드러나 있다. 특히 토속적인 언어를 구사하여 독특한 문체를 이루고 있는 작품이다. 1930년대의 전형적인 농촌 사회를 배경으로 한 소설로 순박한 농촌 청소년들의 사춘기 심리가 잘 형상화되어 있다. (6차『문학』)

닭싸움을 매개로 사춘기 남녀의 미묘한 감정을 토속적인 언어를 통해 해학적으로 표현한 작품. '나'를 좋아하면서도 오히려 짓궂은 행동으로 괴롭히는 점순이의 행동을, 우직한 '나'의 이야기를 통해 독자들은 '나' 역시 점순이에게 끌리고 있음을 알 수 있다. 다양한 토속어와 구어, 그리고 의성어, 의태어를 사용하여 순박한 향토적 서정을 느끼게 한다. (7차『문학』)

동백꽃은 어느 시골 마을을 배경으로 하여, 사춘기 소년과 소녀의 사랑을 그린 소설이다. 주인공들이 무엇 때문에 갈등을 겪는지 알아보고, 갈등을 해결하는 과정에서 인물의 마음이 어떻게 변하는지 파악하면서 읽어보자. (2007 개정『국어』)

농촌 현실을 토착적인 유머와 해학을 통해 그려낸 작가의 대표작으로 이 작품의 서술자는 주인공으로서 자신의 체험을 솔직하게 전하고 있다. (2007 개정『국어』)

이상의 기술 내용을 보면 우선 김유정 소설에 대한 접근 통로가 매우 견고하게 형성하게 있음을 확인할 수 있다. '토속(착)적' '해학' '유머' 등은 거의 항수(恒數)화 되어 있다. 여기에 '사춘기'라든가 '성(性)'이라든가 하는 요소들이 변수(變數)처럼 따르고 있는 형국이다. 그런데 항수화된 개념들의 실체는 작품에 대한 구체적인 접근 과정에서는 거의 드러나 있지 않다. 토속적인 것의 실체나 해학과 유머가 어떻게 구분되어 나타나고 있는지 등은 언급되지 않고 있다. 자동화되거나 관습화된 기술의 한 양상이라고도 볼 수 있다.

그런데 이러한 기술은 김유정 소설의 의미망을 축소시키는 결과로 나타날 개연성이 크다. 한 작가의 작품에 대한 비평적 접근이 특정한 개념 몇 개에 종속되어 이루어진다는 것은 곧 외연의 확대에 어려움을 겪고 있는 것이나 마찬가지이기 때문이다. 그래서 학습자들은 해당 작품에 대해 상당히 제한된 범주에서 접근해 갈 수 밖에 없게 된다. 형상화된 지식의 차원에서 작품 수용의 결과를 얻게 될 가능성이 크다.

이는 앞서 살펴 본 바와 같이 「동백꽃」이나 「봄·봄」이 문학사의 범주보다 소설 이해의 사례로서 선택되는 비율이 현저히 높은 것과 연관되는데, 언제든지 다른 작품들로 대치될 수 있다는 점에서 문제적이다. 김유정 소설의 문학사적 의미나 효용성의 범주를 심화시키고 확대시킬 연구가 필요하다고 보는 또 다른 이유가 여기에 있다.

3) 작가에 대한 기술

우리 교과서에서는 작가에 대해 매우 인색한 편이다. 작가에 대한 소개를 하는 내용 자체가 매우 건조하고 단편적인 사실 위주이다. 그의 문학관이나 문학 세계, 작가로서의 위상에 대한 언급은 매우 제한적이다. 이러한 전통 아닌 전통은 초기 교과서들의 처한 상황에서 비롯된 것으로 보이는데, 다음 사례들을 통해 그 면모를 확인할 수 있다.

> 김유정(1908~1937) 강원도 춘천군 출생.
> 1935년 단편 '소낙비'가 조선일보에, '노다지'가 중앙일보에 각각 당선되어 문단에 등장. 그 뒤 약 3년 동안에 '금따는 콩밭' '만무방' '봄봄' '동백꽃' '따라지' '땡볕' 등 30여 편의 단편을 발표하였다. 한때 구인회의 일원으로 활동하였다. 주로 농촌의 생활을 소재로 쓴 그의 작품은 순박하고 건실한 한국적 인간상을 그려 냈으며, 토속적인 말로 쓴 요설(饒舌)체의 문장, 농촌 생활을 긍정적으로 묘사하였다는 점에서 독보적인 위치를 차지하고 있다. 이 작품도 그러한 경향을 잘 보여주고 있다. (6차 국정『국어』)

> 김유정(1908~1937)
> 소설가. 단편 '소낙비'로 등단. 주로 해학적 시각으로 어둡고 삭막한 농촌 현실과 그 속에서 살아갈 수밖에 없는 농민들의 곤궁한 삶을 표현하였다. 작품에는 '동백꽃' '만무방' '금따는 콩밭' 등이 있다. (7차 국정『국어』)

> 김유정 : 소설가. 춘천에서 출생. 연희 전문 학교 문과에서 수업. 순수 문예 운동을 표방하는 구인회 회원. '소나기' '노다지'로 등단. '동백꽃' '야앵' '따라지' '봄·봄' 등의 작품이 있음. 토속적인 인간상을 잘 묘사했으며 유머 짙은 작품 경향을 보임. (5차『문학』)

> 김유정 : 소설가, 서울 출생. 단편으로 '소낙비' '봄·봄' '금따는 콩밭' '따라지' 등이 있다. (6차『문학』)

김유정 : 소설가. 강원도 춘천 출생. 1935년 조선일보에 '소나기'가 당선됨
으로써 등단하였다. 간결한 묘사와 경확하고도 토속적인 언어 구사가 특징
이며 토착적인 해학의 세계를 주로 그렸다. 폐결핵에 시달리면서 29세를 일
기로 요절될 때까지 불과 2년 동안의 작가 생활을 통해 30편에 가까운 작품을
남겼다. 대표작으로 '봄·봄' '금따는 콩밭' '동백꽃' '따라지' 등이 있다. (7차
『문학』)

김유정 : 소설가. 강원도에서 출생하였으며, 주로 농촌의 순박한 사람들이
사는 모습을 토속적 어휘와 해학적인 문체로 담아냈다. '소낙비' '금따는 콩
밭' '봄·봄' '동백꽃' 등의 작품이 있다. (2007『국어』)

김유정 : 1930년대에 활동했던 소설가입니다. 어두운 농촌 현실과 그 속에
서 살아가는 농민들의 곤궁한 삶을 해학적인 시각으로 그렸으며 '소낙비', '동
백꽃' 등 많은 작품을 남겼습니다. (2007『국어』)

이 기술 내용 들은 대체로 앞서 살펴 본 비평 텍스트의 내용을 반복
하거나 기본적인 사항만을 나열하는 선에서 이루어지고 있다. 이는 이
기술 내용이 작품의 수용과정에 적극적으로 작용하기를 기대 했다기
보다 장식적인 것에 가까운 쪽에서 조직되었음을 말해 주는 것이기도
하다. 실제 이 내용들이 작품의 수용과정에 적용되기에는 무리가 따른
다. 문학연구가 교과서 내 정전작가로서의 접근에 대해 관심을 갖지 않
거나 필요성을 느끼지 못한 결과인 것으로도 판단된다.

다음 자료는 교과서 비평을 처음으로 시도한 위성텍스트로서의 참
고서에 기술된 내용이다.[8] 문학연구와 문학교육이 철저하게 분리된 시
절에 교육현장에 제공되어 거의 최근까지 강력한 영향력을 행사해 온

위성텍스트이다. 그런데 그 내용이 현재의 교과서 기술 내용과 수준이
매우 흡사하다.

(3) 김 유정(金裕貞, 1908~1937) : 소설가. 강원도 춘천 출생. 연희 전문 학교 문과 중퇴. 1935년 조선일보에 〈소낙비〉, 중앙일보에 〈노다지〉가 당선되어 문단에 등장. 폐환(肺患)으로 신음하면서도 불과 2년간에 30편에 가까운 소설을 발표하였는데, 모두 역작이었음. 주로 불우하고 부족한 사람들을 제재로 삼되, 관찰이 유우머러스한 데다 문장에 향토적 서정미가 농후하여 특이한 작풍을 이룬 작품들임. 〈동백꽃〉은 그의 업적을 기념할 만한 유일의 작품집임. 예총 강원지부(藝總江原支部)에서는, 김 유정 비(碑)를 강원도 춘성군 의암댐 부근에 1968년 4월경 춘천 개나리 문화제 때 건립했음.

생몰연대, 출신지, 등단지 및 연도, 주요 작품 등으로 이어지는 양식
화된 작가 소개가 처음으로 이런 모습을 띠고 나타났으며 이 양식화된
기술법은 참고서 등의 위성텍스트를 통해 지속적으로 이어지고 있다.
　일종의 작가론일 수 있는 이러한 텍스트가 작품의 수용과정에 능동
적으로 작용할 수 있는 양태가 되기 어려운 것은 익히 짐작할 수 있다.
이런 결과는 교과서 편찬과정에서 여러 여건상 교과서적 작가론을 마
련하기에 현실적인 어려움이 따르기 때문인 것으로 봐야 하는데, 문학
연구자들의 적극적인 참여가 필요한 대목이다. 교과서 지면 상 분량이
제한되면서도 수용과정에 능동적으로 작용할 수 있는 텍스트가 조직
될 수 있도록 연구의 방향이 설정되고 의미 있는 결과가 도출되어야 할
필요가 있다. 이 역시 정전으로서의 지속력을 확보할 수 있는 맥락에
속한다.

8　『일류 고등국어』, 세운문화사, 1975.

4) 정본의 문제

교과서에 실리는 소설들의 정본 역시 관련 연구자들의 적극적인 도움이 필요한 대목이다. 「동백꽃」만 하더라도 각 교과서의 텍스트들 간에 차이가 존재하는 부분이 많다. 간단한 표기에서부터 문장 단위에 가지 이르기도 한다. 다음 내용은 그 한 예가 될 것이다.

> 점순네 수탉(은 대강이가 크고 똑 오소리같이 실팍하게 생긴 놈)이 덩저리 작은 우리 수탉을 함부로 해내는 것이다. (6차 국정『국어』)

> 점순네 수탉(은 대강이가 크고 똑 오소리 같은 실팍하게 생긴 놈)이 덩저리 적은 우리 수탉을 함부로 해 내는 것이다. (5차『문학』)

> 점순네 수탉(대강이가 크고 똑 오소리 같은 실팍하게 생긴 놈)이 덩저리 작은 우리 수탉을 함부로 해 내는 것이다. (6차『문학』)

> 점순네 숫탉(은 대강이가 크고 똑 오소리같이 실팍하게 생긴 놈)이 덩저리 적은 우리 숫탉을 함부루 해내는 것이다. (7차『문학』/『원본 김유정 전집』)[9]

원래 발표된 지면대로 그대로 가져가는 것이나 교과서임을 감안하여 표기를 바꾸는 것이나 현재로서는 교과서 저자에게 맡겨진 상태이다. 그러나 정전이라면 권위 있는 정본의 확립이 필수적일 것이며 이는 학회와 같은 기구의 몫이라 판단된다.

---

9   전신재 엮음,『원본김유정전집』, 한림대 출판부, 1987.

4. 학회에 대한 제언

　이상에서 살펴 본 내용으로 보건대 교과서 내의 이야기꾼으로서의 김유정은 '유머 감각 넘치는 이야기꾼', '토속적 해학을 구사하는 이야기꾼', '자신이 창조한 인물과 서술자에 비해 약세인 이야기꾼' 등으로 특징지을 수 있다. 그런데 이러한 특성은 그리 긍정적인 것만은 아니다. 이야기꾼으로서의 텍스트 내적 운신의 폭이 제한적이며 효용성이 떨어지기 때문이다. 특히 '유머'라든가 '해학'이라든가 하는 특성은 구체적으로 현현될 수 있는 것으로 보이지 않으며, 실제 그렇게 제시되고 있기 때문이다. 구체화되기 어렵다는 것은 지속적으로 의미를 부여할 수 있는 여지가 적다는 점에서 그러하다.

　현재 교과서 정전으로서의 분명한 위상을 지니고 있는 김유정 소설의 경쟁력을 유지하기 위해서는 학회 차원의 노력이 필요하다는 판단이다. 앞서 제시한 바대로 김유정 소설에 대한 접근 통로의 확산, 소설의 이해를 위한 예전으로서의 가치보다 문학사적 가치를 높이기 위한 고찰, 교과서 비평 텍스트의 생산, 교과서적 작가론의 구축, 정본의 확립 등이 구체적인 몫이라 판단된다.

　정전들이 정전으로서의 의미를 지속적으로 유지해 갈 수 있을 때 한 사회의 문학적 자장이 확대 심화되고 문학 독자의 성장도 이루어질 수 있을 것이다. 그런 의미에서 우리 사회의 대표적인 정전의 한 양상으로서의 교과서 정전 작가인 김유정과 그의 작품들에 대한 학회 차원의 생산적인 논의를 기대해 본다.

참고문헌

김혜영, 「문학교육 정전의 재구성—현대문학 정전 재검토」, 『문학교육학』 25집, 2008.4.

유성호, 「문학교육 정전의 재구성—문학교육과 정전 구성」, 『문학교육학』 25집, 2008.4.

전신재 엮음, 『원본김유정전집』, 한림대 출판부, 1987.

박인기, 「문학교육 정전의 재구성—문학교육과 문학 정전의 새로운 관계 맺기」, 『문학교육학』 25집, 2008.4.

김동환, 「〈문장〉과 국어교육」, 『한국근대문학연구』 20, 2009.8.

『일류 고등국어』, 세운문화사, 1975.

김유정 소설의 추리 서사적 기법 연구

연남경

1. 들어가며

김유정의 소설은 재미있다. 이때 재미의 요소는 여러 가지에 기인할 것이다. 현재까지의 김유정 문학 연구 중에서 재미의 요인에 대한 것은 전통적인 골계미의 계승, 바보 인물이 갖는 해학성, 한국적 아이러니와 유머 등 전통적 유머 코드의 계승 측면에 초점이 맞추어져 왔다. 그러나 김유정 소설을 읽어보면 기왕의 요인 이외에도 그가 독자의 흥미를 위해 서사 운용에 관심이 있었고, 따라서 소설 창작에 근대적 서사 기법을 적용했음을 짐작할 수 있다. 그 중에서도 1930년대 당시 대중에게 인기를 끌었던 추리소설(당시 : 탐정소설)[1] 기법을 일정 부분 들여왔다는

---

1 '탐정소설'이란 말은 추리소설이 일본에 처음으로 도입되던 메이지(明治) 말기에 일본인이 만

점에 주목해 본다.

우선 소설 창작에 대한 김유정의 일견해는 당시 잡지 『조광』의 독서설문란에 실린 대답을 통해 유추해 볼 수 있다. 그는 흥미 있게 읽은 소설이 「홍길동전」과 「율리시즈」라 대답했으며,[2] 산문 「病床의 생각」에서는 당시 예술지상주의의 어려운 형식적 시도에 반발하며 새로운 방법을 시도해야 함을 역설한다. 특히 "좀더 많은 大衆을 우의적으로 한 끈에 뀔 수 있으면 있을수록 거기에 좀더 위대한 생명을 갖게 되는 것입니다"[3]라는 김유정의 작가의식에 비추어 볼 때, 대중에게 가까운 문학을 지향했음을 알 수 있다. 또한 김유정이 「율리시즈」의 난해함을 지적하며 「홍길동전」의 가치를 더 높게 책정한 점[4]으로 미루어 보자면 그는 대중 지향적인 작가였다. 이때 대중 지향적이란 말은 일단 형식적 측면에서 대중에게 쉽게 다가갈 수 있으며, 나아가 내용적 측면에서 하층민의 입장에서 현실의 모순된 구조를 비판적으로 파악한다는 작가의식까지를 포함한다.

다음으로 김유정이 등단하여 소설가로서 활동했던 1930년대 당시 문단 상황을 살펴보자면, 추리서사의 대중적 인기를 실감할 수 있다. 1930년대는 신문의 상업화와 경쟁 체제 돌입에 따라 많은 외국 추리소설이 번안되어 실리고, 이 시기 탐정소설에 대한 작가들의 각별한 관심[5]에 따라 작가들이 번역 작업에 직접 참여하기도 한다. 그에 따라 추

들어낸 용어이며, 이후 본격소설(detective story)과 변격소설(mystery story)로 구분하여 불렀다. 1945년 이후 현재까지는 이들을 모두 통칭하여 '추리소설'이라 부르고 있다.(송덕호, 「추리소설의 유형」, 대중문학연구회(편), 『추리소설이란 무엇인가』, 국학자료원, 1997, 33면)

2 讀書設問 1. 朝鮮文壇의 文學書中에서 感銘깊게읽으신것. 洪吉童傳 2. 外國文學中 感銘깊게읽으신것. 제임스 · 죠이스의 「율리시─스」(『조광』(1937.3), 259~261면. 「설문」, 전신재 엮음, 『원본 김유정 전집』, 강, 2007, 485면 재인용)

3 김유정, 전신재 엮음, 「病床의 생각」, 앞의 책, 471면.

4 앞의 글, 470면.

5 양문규, 김유정문학촌 엮음, 「김유정 소설에 나타난 전통과 서구의 상호작용」, 『김유정 문학

리소설은 당대 작가들의 서술 기법에 영향을 끼쳤다고 볼 수 있다.[6] 따라서 이 글은 김유정이 대중 지향적인 소설을 쓰기 위해 당대 유행하던 탐정소설의 '추리 서사 기법'[7]에 관심을 가졌다는 점을 전제로 삼는다. 추리소설은 하층민 인물, 역사적이며 비판적인 현실 참여의 요소를 포함할 뿐 아니라,[8] 질문의 답을 찾는 미스터리 서사 구조가 주제의식을 지시한다는 점에서 하층민의 삶에 대해 지대한 관심을 갖고 있던 김유정이 작품의 주제의식을 효과적으로 나타낼 수 있는 방편이 된다.

김유정 문학의 대표적 서사 연구는 유인순,[9] 최병우,[10] 우한용[11]의 경우가 있으며, 그 중 추리 서사 기법을 적용한 경우는 최병우[12]와 김경애[13]의 논문을 주목해볼 수 있다.[14] 유인순[15]은 일찍이 김유정의 작품 전반에 대해 롤랑 바르트의 다섯 가지 코드 읽기로 분석한 바 있으나 추리 서사 기법과 연결 짓지는 않았으며, 최병우는 최초로 「만무방」의 서술 구조를 추리소설에서 사용되는 의문해결 방식에 초점을 맞추어 분

의 재조명』, 소명출판, 2008, 156면.
6 오혜진은 염상섭, 임노월, 김유정, 방인근이 추리 기법을 작품 속에 삽입하여 작품의 풍성함을 더한 작가들이라 보고 있다. (오혜진, 『1930년대 한국 추리소설 연구』, 어문학사, 2009, 140면)
7 물론 김유정의 작품이 본격적 추리소설(탐정소설)은 아니다. 추리소설 중 미스터리 서사에 활성화되어 있는 해석적 코드를 활용하고 있다는 점에서 '추리 서사 기법'이라는 용어를 사용하기로 한다.
8 Yves Reuter, 『추리소설』, 김경현 옮김, 문학과지성사, 2000, 25면.
9 유인순, 「김유정 소설의 구조분석」, 이화여대 석사논문, 1980.
______, 「김유정의 소설공간」, 이화여대 박사논문, 1985.
10 최병우, 「「만무방」의 서술구조」, 『선청어문』 vol 16, 1988, 866~877면.
______, 「김유정 소설의 다중적 시점에 관한 연구」, 『현대소설연구』 23호, 2004, 29~45면.
11 우한용, 전신재 엮음, 「「만무방」의 기호론적 구조와 해석」, 『김유정문학의 전통성과 근대성』, 한림대학교 아시아문화연구소, 1997, 247~270면.
12 최병우, 앞의 글, 1988.
13 김경애, 「「만무방」의 서술 구조 연구」, 『비평문학』 31호, 2009, 77~98면.
14 송경석은 김유정 소설의 수수께끼 구조를 전통 문학적 요소로 보고 민담과의 관련성 하에서 분석하고 있다는 점에서 본고와 시각을 달리하므로 논외로 한다. (송경석, 「수수께끼 구조로 본 김유정 소설 연구」, 한양대 석사논문, 1999)
15 유인순, 앞의 글, 1980.

석하고 있다는 점에서 이 글에 많은 시사점을 제공해 주고 있으나, 예비적 작업으로 「만무방」 분석에 멈추고 있어 김유정 소설 전반의 미학과 연결되지 못한다. 김경애는 「만무방」의 추리 서사 기법적 서술 구조를 분석하고 이를 해학과 연결하고 있는데, 해학적이지 않은 「만무방」에 걸맞지 않은 의미 부여를 한 점이 아쉽다. 그러나 무엇보다도 선행 연구는 추리 서사 기법을 「만무방」의 특수성으로 국한시키고 있다는 게 가장 아쉬운 점이다.

이 글은 김유정의 많은 소설작품에 추리 서사 기법의 일정 부분이 적용되고 있다[16]는 전제 하에, 특히 소설 전반에 걸쳐 해석적 코드가 활성화되어 있는 「산ㅅ골나그내」(1933), 「만무방」(1935), 「가을」(1936)[17]을 분석 대상으로 삼는다. 미스터리 스토리는 질문층위가 활성화되어 있는 가장 명확한 장르이다.[18] 이렇게 추리 장르의 대표적 형식인 미스터리 소설은 이중적이며 역진적 구조, 해석적 코드에 부여되는 근본적 지위(미스터리, 비밀, 부분적 해결, 단서, 속임수, 애매함 등을 통해 문제는 제지만 그 해결에는 시간을 요한다), 비밀의 일반화, 진실과 겉으로 보이는 것 사이의 대립 등과 같은 구조상의 몇 가지 요소들을 지닌다.[19] 그러므로 김유정의 소설 분석을 위한 서사의 해독은 롤랑 바르트[20]의 코드 읽기를 참조하며,

---

16 가령, 「두꺼비」는 두꺼비가 왜 찾아오라고 하는지, 편지는 전달됐는지에 대한 대답을 찾고, 「야앵」은 정숙의 아이가 어떻게 됐는지에 대한 궁금증이 전 서사를 지배하는 등 해석적 코드가 활성화되며 시작하는 경우가 많다. 또한 「솟」의 경우 결말 부분에서 들병이 남편의 출현 같이 놀라움을 주는 반전이 일어나는 등 추리 서사적 기법이 전 작품에 걸쳐 부분적으로 빈번하게 나타난다.
17 작품 인용은 전신재 엮음, 『원본 김유정 전집』에 따른다.
18 H. Porter Abbott, 우찬제 외 옮김, 『서사학 강의』, 문학과지성사, 2010, 125면.
19 Yves Reuter, 앞의 글, 17~18면.
20 롤랑 바르트는 서사를 독해 가능한 것으로 만들기 위해 저자와 독자가 공유하는 다섯 가지 기본 코드를 상정한다. 그 중 각각 기대와 행위를 다루는 데 사용되는 '행동적 코드'와 질문과 답변을 가능하도록 만드는 '해석적 코드'가 특히 미스터리 서사 해독에 중심이 된다.(Roland Barthes, 『S / Z』, 김웅권 옮김, 동문선, 2006)

그 중 미스터리 서사에 활성화되어 있는 해석적 코드와 행동적 코드를 중심으로 작품의 구조를 탐색하는데, 2장에서 사건 진행에 따른 구조 분석의 경우 행동적 코드 중심으로, 3장에서 미스터리를 풀어나가는 데 있어서는 해석적 코드를 중심으로 삼는다. 이에 더해 4장에서는 문화적 코드와의 관련성에서 서사의 내적 의미를 규명해 보려 한다. 이와 같은 방법으로 이 글은 김유정 소설에 적용된 추리 서사 기법이 어떻게 독자에게 재미를 부여하는지를 살피고, 그 기법이 주제의식 전달에 어떻게 기여하는가를 밝히고자 한다.

2. 결말 구조와 해석적 코드의 활성화

서사는 작중인물의 행동의 연쇄로 전개된다. 인물이 설정되고, 일단 어떤 행동이 특정한 방식으로 시작되면, 우리는 그것이 전체적인 코드를 통해 일관되게 흘러갈 것이라 기대한다.[21] 추리소설의 경우 희생자, 범인, 탐정의 세 요소가 반드시 존재하며, 마지막에는 탐정의 뛰어난 추리를 통해서 범인이 드러나게 되어 있다.[22] 응고개 논의 벼 도난 사건을 다룬 「만무방」은 범죄 발생 후 탐정이 범인을 찾는 과정을 보여주는 전형적인 추리소설의 기법을 취하고 있다.[23] 이때 희생자는 벼를 도둑

---

[21] H. Porter Abbott, 앞의 글, 119면.
[22] 송덕호, 앞의 글, 34면.
[23] 특히 「만무방」은 『조선일보』(1935.7.17~30)에 연재된 신문연재소설이라는 지면의 특수성

맞은 응오이며, 응칠이 아우네 논의 도둑을 잡는 탐정의 역할을 한다. 이에 독자들은 응칠이 주도하는 범인 추적의 서사를 따라가며, 범인이 밝혀지기를 기대한다. 그렇다면 탐정 역할을 하고 있는 응칠을 행동주로 삼고, 서사 전개를 살펴보도록 한다.

> S1 응칠은 우연히 성팔을 만나 응고개 논의 벼가 도둑맞았다는 얘기를 듣는다.
>
> S2 과거 농군이었던 응칠은 빚 때문에 집을 버리고 유랑인이 되었다.
>
> S3 올해 응오는 응고개 논의 추수를 하지 않았다.
>
> S4 응칠은 성팔을 범인으로 의심하고 위협, 탐문한다.
>
> S5 응칠은 주막할머니에게 송이를 주고, 성팔에 대한 정보를 수집한다.
>
> S6 응칠은 동생 응오 집에 들렀다가 병든 아내를 간호하는 동생을 보고 딱하게 여긴다.
>
> S7 며칠 전 응오는 형 응칠에게 아내를 치료할 돈을 빌리려 했으나 거절당했다.
>
> S8 응칠은 그날 밤 도둑을 잡으러 나섰다가 노름판에서 만난 재성을 의심하고 탐문한다.
>
> S9 마침내 응칠은 도둑을 잡았는데, 도둑은 바로 논의 주인 응오였다.
>
> S10 응칠은 응오에게 함께 소를 훔치자고 제안하나 응오는 거절한다.

「만무방」의 서사는 동생 응오네 논에서 벼 절도 사건이 발생하고, S1에서 이를 알게 된 형 응칠이 범인을 찾는 구성을 갖는다. 다시 말해 범죄가 발생한 후 조사 스토리로부터 이야기가 전개되기 시작한다는 점

에서도 독자의 흥미를 염두에 둔 추리소설적 기법이 적극적으로 도입되고 있는 이유가 된다.

에서 미스터리 서사의 일반적 구성에 해당한다.[24]

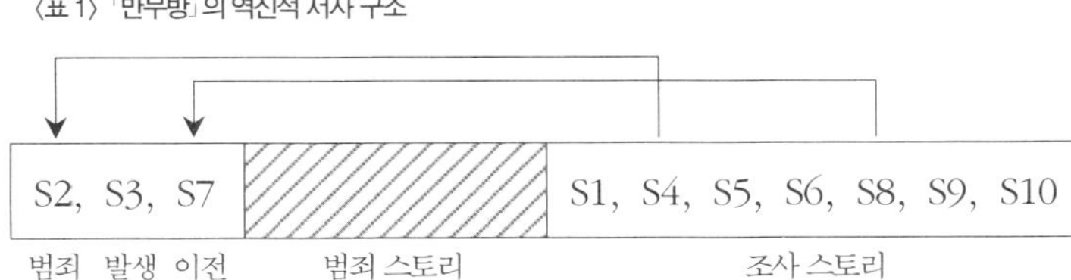

이야기 순서를 시간 순으로 재구성하면 위의 표에서 보이는 나열 순서와 같다. 즉 과거 응칠이 유랑인이 된 이야기 다음에 올해 응오가 추수를 하지 않았고, 며칠 전에는 응칠에게 돈을 빌리려 했던 일이 먼저 일어나고, 절도 사건이 발생한 후 조사 스토리가 전개된다. 텍스트는 조사 스토리부터 시작되며, 범죄 스토리는 생략되어 있다. 그리고 위의 표에서 화살표로 표시된 바와 같이 범죄 스토리 좌측의 S2, S3, S7은 실제적으로는 조사 스토리에 포함된다. 즉 조사 스토리는 시간상으로 거슬러 올라가며 범죄 스토리를 재구성하는 역진적 구조를 갖는다.[25]

조사 스토리에서 탐정 역할의 응칠은 성팔과 재성을 용의자로 염두에 두고, 증거를 수집해 나간다. 용의자에 대한 증거를 수집하는 과정에서도 과거 사실을 끌어오는 역진적 구성이 사용된다. 그러나 잠복해 있다가 범인을 잡은 응칠은 범인이 응오임을 알게 된다. 희생자와 범인이 일치하는 아이러니한 결말은 응칠과 응칠의 수사를 따라가던 독자

---

24 미스터리 소설의 구조는 두 개의 이야기를 가정한다. 첫 번째 이야기는 범죄 이야기이며, 과거 시점의 이야기다. 이 이야기는 두 번째 이야기가 시작되기 전에 종료되며, 일반적으로 소설 상에서는 그 사건의 전개가 직접 이야기되지는 않는다. 결과적으로 첫 번째 이야기를 재구성하기 위해서는 사건 조사 과정인 두 번째 이야기를 통해서 독자에게 전달할 수밖에 없다.(Yves Reuter, 앞의 글, 76면)

25 앞의 글, 77면.

들 모두에게 놀라움을 안겨 준다. 사건의 종결이 독자의 기대와 전혀 다를 때 놀라움이 발생하며, 추리소설 중 미스터리 소설은 이런 놀라움이 활성화되어 있는 장르다. 해답이 그럴 듯하면 할수록 미스터리는 점점 더 줄어든다.[26] 이렇게 「만무방」은 범죄 사건의 발생과 범인을 추적하는 탐정 소설의 미스터리 서사 기법을 충실히 따르며 독자들에게 흥미진진함을 선사한다.

「가을」은 소장사에게 팔았던 복만의 아내가 사라지면서 이야기가 시작된다.

> S1 '나'는 (소장사와) 주재소에 가고 있다.
>
> S2 닷새 전 복만은 아내를 소장사에게 팔았다.
>
> S3 그동안 복만의 아내는 양식을 꾸어 남편을 공양해왔다.
>
> S4 '나'는 복만이 아내를 소장사에게 팔 때 계약서를 써 줬다.
>
> S5 복만의 아내는 복만과 이별하고, 소장사를 따라갔다.
>
> S6 복만의 아내가 소장사를 따라간 지 나흘째 밤에 사라졌다.
>
> S7 복만도 같은 날 밤 사라졌다.
>
> S8 복만은 사라지기 전날 '나'에게 찾아와 대서료를 주고 갔다.
>
> S9 '나'는 소장사와 덕냉이에 있는 복만의 큰집에 가기로 한다.

「가을」 역시 범죄 사건의 발생 후 조사 스토리가 전개되는 구성을 갖는다. 소장사는 자신이 사간 복만의 아내가 사라지자 '나'에게 찾아와 행방을 묻고, 나를 의심한다. 이에 '나'는 복만이 아내를 팔고, 매매계약서를 작성했던 때로 돌아가 사건을 재구성하며 증거를 모으는 탐정의

---

26 앞의 글, 79면.

역할을 하게 된다.

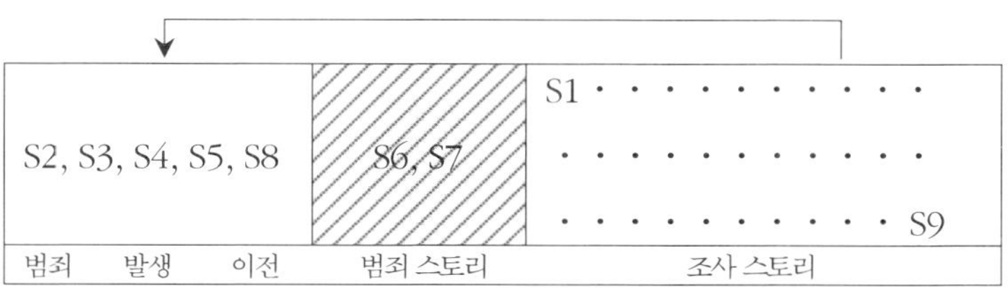

이 소설 역시 역진적 구조를 가지며, 「만무방」보다 회상을 통한 사건의 재구성 방식이 더 활성화되어 있다. 위의 표에서 보듯, 범죄 스토리 좌측에 위치하는 S2, S3, S4, S5, S8의 이야기는 조사 스토리에 해당하는 부분이자 시간 순서상으로는 범죄사건 이전에 발생한 일들이다. 복만의 아내를 산 소장사가 나흘째 밤에 홀연히 사라진 아내를 찾기 위해 매매계약서를 대필해준 '나'를 위협하고 함께 찾아 나선 이야기로, 복만 아내의 행방을 추적하기 위해 '나'는 범죄 발생 이전 상황을 재구성하고 있다. 그러나 「가을」은 열린 결말로서 사건이 해결되지 않은 채로 끝난다. 복만의 친구인 '나'조차도 행방을 알지 못하는 상태에서 서사는 종결되며, 이런 열린 결말 구조는 독자를 생각하게 만든다.[27] 다시 말해 계속 추리하게 함으로써 해석적 코드를 활성화시킨다.

위의 두 작품과 달리 「산ㅅ골나그내」는 다음과 같은 서사 전개를 갖는다.

S1 산골 술집에 젊은 아낙(나그네)이 찾아온다.

---

27 H. Porter Abbott, 앞의 글, 129면.

S2 젊은 갈보가 있다는 소문을 들은 술꾼들이 갑자기 몰려들고, 나그네는 술시중을 든다.

S3 술집 주인은 아들 덕돌과 나그네를 혼인시킨다.

S4 나그네가 덕돌의 옷을 갖고 사라진다.

S5 술집 주인과 덕돌이 며느리(나그네)를 찾아나선다.

S6 나그네는 마을 뒷산 물레방앗간에서 남편을 만나 밤도망을 친다.

「산ㅅ골나그내」는 이중의 탐색구조를 갖는다. 하나는 처음부터 발생한 수수께끼인 나그네의 정체를 탐색하는 것이고, 다른 하나는 이야기의 후반부에 발생한 인물 실종에 따른 조사 이야기다. 다음의 표를 보자.

<표 3> 「산ㅅ골나그내」의 이중 탐색 구조

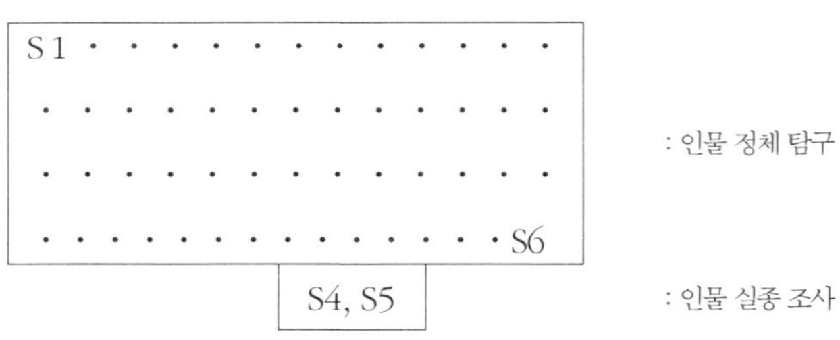

S 1 · · · · · · · · · · · · · · · · ·
·   : 인물 정체 탐구
· · · · · · · · · · · · · · · · · · · ·
· · · · · · · · · · · · · · · · · S6

    S4, S5   : 인물 실종 조사

표에 나타나 있듯이 인물 정체 탐구가 이야기 전체에 걸쳐 활성화되어 있고, 조사 스토리는 이야기의 후반부에 소략되어 있다. 「산ㅅ골나그내」는 인물 정체의 미스터리가 발생한 이야기로서 인물 정체 탐구를 위해 시간 순행적 진행 구조를 갖는다는 점에서 앞의 두 이야기와 다른 구성을 취한다. 전체 서사는 나그네가 누구인지 정체를 탐색하는 이야기로 인물 정보 수집이 이루어지고 있다. 그러다 스토리의 후반부인 S4

에서 나그네가 사라지는 사건이 발생하고 S5에서 그녀를 찾는 조사가 시작된다. 덕돌이와 혼인한 나그네(며느리)가 밤중에 사라진 것이다. 그리고 S6에서 서술자는 덕돌이와 술집주인을 외면한 채 독자에게 산속 버려진 물레방앗간에서 술집며느리가 원래 남편 있던 유부녀였음을 폭로함으로써 놀라움을 안겨다준다. 이렇게 「산ㅅ골나그내」는 시간 순차적으로 인물의 정체를 탐구하고 종결에서 나그네의 정체가 밝혀지는 발견의 서사에 해당한다.

지금까지 살펴본 김유정의 세 작품을 서사 성격에 따라 분류해 보자면, 「만무방」과 「가을」은 범죄 스토리 종결 후 조사 스토리로부터 시작되는 전형적인 추리소설의 구성을 취한다. 절도 혹은 도망이라는 범죄 사건이 발발한 후 범인과 인물의 행방을 추적하는 조사 스토리는 탐정의 역할을 하는 응칠과 '나'가 사건을 재구성하기 위해 범죄 발생 이전으로 시간을 거슬러 올라가는 역진적 구성을 갖는다. 이와는 달리 「산ㅅ골나그내」는 미스터리한 인물의 정체를 탐구하는 이야기로서 나그네의 도망 사건이 발발한 후 인물의 정체가 폭로되는 이중 구성으로 되어 있다.

다음으로 종결 여부에 따라 분류해 보자면, 「만무방」과 「산ㅅ골나그내」의 경우 스토리는 종결을 맞이하고, 수수께끼는 풀린다. 그러나 「만무방」에서 잡힌 범인은 희생자와 동일인인 응오 자신이다. 이에 성팔이나 재성을 의심하는 응칠의 추적을 따라가고 있던 독자들의 기대는 위배되고, 놀라움이 발생한다. 「산ㅅ골나그내」의 나그네는 덕돌과 결혼까지 했음에도 사실은 남편이 있는 유부녀였다는 신분이 밝혀지며 놀라움이 발생한다. 앞의 두 소설과 달리 「가을」은 종결이 이루어지지 않는 열린 결말 구조이며, 복만의 아내가 어디로 갔는지의 질문에 대한 답을 주지 않기에 서사 초두에 제시되었던 질문이 그대로 유지되며 해석적 코드를 활성화시킨다.

이와 같이 전형적인 추리 서사의 구성을 갖는 김유정의 이야기는 도둑이나 실종 사건을 조사하거나 또는 인물의 정체를 탐색하면서 수수께끼를 설정한다. 그리고 기대되는 스토리 전개와 달리 놀라움을 가져다주는 종결과 열린 결말의 서사 구조는 뒤이은 질문층위를 활성화시켜 독자에게 적극적인 독서를 유도한다.

3. 지연의 발생과 긴장의 묘미

서사의 종결 또는 진행에서 독자가 가진 의문은 다양한 질문의 형태로 나타난다. 이렇게 해석적 코드의 목록은 어떤 수수께끼가 중심에 놓이고, 제기되며, 표명되고, 지연되어 마침내 정체를 드러내게 된다.[28] 해석적 표현들은 수수께끼에 대한 해결의 기대와 욕망에 따라 이 수수께끼를 구조화시킨다. 이때 담론의 흐름 속에 지연들을 배치하는데, 예컨대 진실을 의도적으로 이탈시키는 함정, 애매함, 부분적 해답, 해답의 정지와 같은 것들이다.[29] 이야기는 기대를 만족시키고자 하는 욕구와 기대를 저버리고자 하는 욕구의 위태로운 긴장 속에 진행된다. 이러한 독자의 기대에 생동감을 부여하는 중요한 요소는 기대를 위반하는 것으로서 종결에서 발생하는 '놀라움'이 있다. 또한 사람들은 종결이 오

---

28   Roland Barthes, 앞의 글, 32면.
29   앞의 글, 109면.

기 전에 경험하는 불안정과 긴장의 상태를 즐기는 경향이 있기에 '서스
펜스(ㅈ연)'라 불리는 결핍이야말로 서사에 생동감을 부여하는 중요한
요소 중 하나이다.[30] 지금부터는 해석적 코드에 있어 지연의 역할을 중
심으로 김유정의 서사를 해독해 보기로 한다.

「만무방」에서 수수께끼의 테마는 "응고개 논의 벼가 사라졌다. 범인
은 누구인가?"이다. 이 테마 질문에 대한 해답을 얻기까지 서사에는 지
연의 과정이 펼쳐진다. 다음을 살펴보자.

질문 : 응고개 논의 벼가 사라졌다. 범인은 누구인가? (주제 테마)

지연 : 사람들은 응칠을 의심한다. : 응칠은 전과사범이다. 모처럼 아우네
를 방문해서 논 근처를 돌아다닌 게 발견되었다. (오해1)

응칠은 성팔을 의심한다. : 성팔은 구장네 솟을 절도한 전과사범이다. 외진
응고개 논에 갔었다. 응칠에게 이유 없이 권연 선심을 쓴다. 응칠과 헤어진
후 두 번씩이나 뒤를 돌아보며 살핀다. 곧 마을을 떠날 예정이다. (오해2)

응칠은 재성을 의심한다. : 재성은 돈이 필요한 상황이다. 노름판에서 노름
을 하고 있었다.(노름판은 도적의 원인이 된다.) (오해3)

대답 : 범인은 응고개 논의 주인인 응오로 밝혀진다. (놀라움)[31]

범인이 누구인가를 찾아야 하는 질문이 설정된 후, 갖가지 오해가 발
생하며 대답을 찾는 과정이 지연되고 있음을 알 수 있다. 우선 응칠은
예전에 집을 버리고 아내와 갈라선 후 여기저기 떠돌아다니는 유랑인
이자 전과 이력을 가진 자인데, 모처럼 동생 응오네를 방문한 것이 사
람들의 오해를 받게 된다. 그러나 독자는 탐색자이자 서술자인 응칠의

---

30   H. Porter Abbott, 앞의 글, 117면.
31   롤랑 바르트의 도표에 따름.(Roland Barthes, 앞의 글, 121면)

생각을 기본적으로 따라가게 되어 있으므로 혹시 응칠이 범인이 아닐까 하는 오해1은 금세 풀리고, 의심은 성팔이나 재성 쪽으로 향한다. 탐정 역할을 하고 있는 서술자 응칠에 따르면, 성팔은 절도 경력이 있는 전과사범인데다 인적이 드문 응고개 논에 갔던 것이며 괜시리 권연을 선뜻 권하고 응칠의 눈치를 살피는 게 영 의심스럽다. 재성도 돈이 궁한 상태인데다 도적을 만들어내기 십상인 노름판에서 맞닥뜨린 것이다. 이렇게 미스터리 스토리에서는 문제를 풀어내기까지 모든 사람들에 대한 의혹이 발생하기 마련이다.[32] 범인이 성팔이나 재성으로 밝혀질 거라 기대하던 독자들은 범인이 논의 주인인 응오로 밝혀지면서 기대가 위반된 데 대한 놀라움을 경험하게 된다. 이때 종결의 놀라움이 가져다주는 생동감은 의도적으로 진실에서 멀어지게 만든 지연의 과정에서 발생한 것이다.

종결에서 놀라움을 느끼게 될 때, 독자는 앞에서 미처 찾지 못했던 증거들까지 다시 찾아서 재구성하려 한다.[33] 다음을 보자.

> 정보(증거들) : 응오는 진실한 농군이었다. 동리에서 쳐주는 모범청년이었다.
> 올해는 논의 벼를 베지 않았다.
> 아내가 병에 걸려서 죽어 간다.
> 산치성을 올리면 병이 낫는다는 말에 응칠에게 돈 십오원을 빌리려 한다.

이렇게 진실한 농군이었던 응오가 논의 벼를 베지 않았던 사실, 아내의 병을 낫게 하기 위해 응칠에게 돈 십오 원을 빌리려 했던 사실을 다시 떠올리며 이 정보들을 비로소 진짜 증거로서 재수집하게 된다. 모범

---

[32] Yves Reuter, 앞의 글, 18면.
[33] H. Porter Abbott, 앞의 글, 124면.

청년이었던 응오가 유독 올해만 수확을 하지 않은 점, 그 이유는 아내가 위중하기 때문이라는 점, 아내의 병을 고치려면 돈이 필요하다는 점이 사실은 중요한 정보에 해당한다. 응칠의 시선을 통해 성팔과 재성에게 향했던 괜한 의혹은 사건 해결을 오히려 지연시켰을 뿐, 단서는 오히려 주목하지 않았던 응오의 행동에 숨겨져 있었던 것이다. 이제 진정한 증거는 오해를 통해 서사의 지연을 낳았던 성팔과 재성의 행동이 아니라 응오의 행동에서 찾을 수 있음을 알게 된다. 결국 아내의 병중이라는 위급한 상황에 처한 응오는 벼를 수확해봤자 빚을 갚고 나면 수중에 남는 것이 없는 현실에서 추수를 미룬 채 제 논의 벼를 도둑질해온 것이다. 이렇게 지연의 장치는 단서를 숨기고 역정보를 활성화시켜 사건 해결을 어렵게 함으로써 종결에 놀라움을 가져다주어 독자에게 흥미진진함을 선사한다.

다음으로 「산ㅅ골나그내」의 경우를 살펴보자. 앞 장에서 밝힌 바대로 이중 구조를 갖는 「산ㅅ골나그내」의 경우 "산골 술집에 젊은 나그네가 나타났다. 그 여인은 누구일까?"라는 인물 정체에 대한 질문과 "어느 날 밤 여인이 사라졌다. 어디로 갔을까?"라는 사건 조사를 위한 질문을 통해 인물의 정체를 탐색하게 한다.

(정체 탐색 서사)

질문: 산골 술집에 젊은 나그네가 나타났다. 그 여인은 누구일까? (주제 테마)

지연 : 남편이 없다. 남편이 죽었다. (거짓 진술)

술집에 젊은 갈보가 들어왔다. (오해)

손님들의 술시중 등 술집 주인의 부탁을 늘 예사로이 승낙한다. (대답의 회피)

술집 주인이 며느리가 돼 달라고 했을 때, 치마끈을 깨물며, 두 볼이 발개진다. (애매함)

대답 : 나그네는 유랑인 남편이 있는 유부녀였다. (놀라움)

(후반부―사건 조사 서사)

질문 : 어느 날 밤 여인이 사라졌다. 어디로 갔을까? (주제 연결 질문)

지연 : 은비녀를 놓고 사라졌다. 변고가 생겼을 것이다. (오해)

대답 : 여인은 유랑인 남편을 데리고 마을을 떠났다. (놀라움)

「산ㅅ골나그내」의 경우 나그네의 존재 자체에 대한 미스터리가 테마 질문에 해당한다. 미스터리 서사의 해석적 코드에는 "모든 인물들은 무엇인가 감추는 것이 있다"는 비밀의 일반화도 구조상의 결정적 요소에 해당한다.[34] 이때 술집 주인은 나그네의 정체를 밝히는 역할을 맡은 탐색자다. 그녀의 질문과 관찰을 통해 나그네에 대한 정보가 드러나게 된다. 그러나 나그네에 대한 특징적 묘사 없이 새로운 행위만 나열하기 때문에 수수께끼에 대한 궁금증이 짙어지게 되는 것이다.[35] 우선 여인이 나타나자 마을에는 술집 주인이 젊은 갈보를 데려왔다는 소문이 나는데 이는 남편이 죽었다는 진술로 인해 오해로 밝혀진다. 후반부의 추적 서사에서는 여인이 덕돌의 옷과 버선을 갖고 사라졌으므로 도둑으로 의심 받지만 바로 베게 밑에서 은비녀가 나옴으로써 오히려 무슨 변고가 생긴 것이란 오해가 발생하기도 한다. 그러나 결국 남편 있는 유랑인이라는 여인의 정체가 드러나면서 놀라움이 발생하는데, 그 이유는 두 차례나 "남편이 없다. 죽었다."라고 진술한 여인의 거짓 진술에 대한 배신감 때문이다. 그리고 그녀는 시종일관 애매한 태도와 대답을 회피하는 것으로 정체의 탄로를 지연시킨다. 이렇게 그녀의 거짓 진술

34 Yves Reuter, 앞의 글, 18면.
35 유인순, 앞의 글, 107면.

과 대답의 회피, 애매한 태도 등으로 인해 진실 발견은 지연되고, 종결은 놀라움을 수반하게 되는 것이다.

「가을」은 종결이 놀라움을 불러 오지는 않지만, 역시 수수께끼 풀이의 과정을 갖는다. 「가을」의 테마 질문은 "소장사에게 팔려간 복만의 아내가 사라졌다. 같은 날 밤 복만도 마을에서 자취를 감추었다. 그들은 과연 어디로 갔을까?"이다.

질문 : 소장사에게 팔려간 복만의 아내가 사라졌다. 같은 날 밤 복만도 마을에서 자취를 감추었다. 그들은 과연 어디로 갔을까?(그들은 함께 도망친 걸까?) (주제 테마)
지연 : 매매계약서를 작성하다. (아내를 물러달라지 않기로 맹세하다.) (거짓 증거)
'나'는 소장사에게 복만이 큰집에 갔을 거라 말한다. (신뢰 못할 정보—역정보)
소장사가 의심하자 '나'는 사십리씩 떨어져 있는 사람들이 짜고말고 할 수 없다고 펄쩍 뛴다. (신뢰 못할 정보—역정보)
대답 : 둘 부부는 함께 도망쳤을 것이다. (예상 결론)

매매계약서는 이 소설에서 가장 큰 증거의 역할을 한다. 심지어 계약서 내용 중 "어떠한 일이 있드라도 내 안해는 물러달라지 않기로 맹세합니다"라는 구절까지 못박은 다음에야 이러한 계약서에 의하면 복만은 다시는 아내를 되찾을 수 없다. 그럼에도 소장사가 둘 부부가 미리 짜고 도망갔을지 모르며, 거기에 복만의 친구이자 계약서를 대필해준 '나'도 연루되었을 것이라 의심하자, '나'는 복만이 큰집에 갔을 새로운 가능성을 제기하며 소장사의 추측에 반박한다. 그러나 소설의 끝에 이르기까지 소장사에게 전달된 '나'의 정보는 결국 "나는 아무리 생각하여도 복만이는 덕냉이 즈 큰집에 있을 것 같지 않다"라는 마지막 문장을 통해 '신뢰 못할 정보'일 가능성을 열어둔다. 거짓 증거와 신뢰 못할 정보를 흘리는 화자로 인해 대답에 이르는 과정이 지연된 것이다.

한편 「가을」은 앞의 두 소설과 달리 놀라움을 가져다주는 종결 대신 열린 결말로 끝난다. 열린 결말임에도 불구하고 결론이 예상 가능하다. 우선 마지막 문장에 나온 '나'의 추측이 결정적 단서가 되며, 다음으로 수수께끼의 해답을 지연시키는 거짓 증거들 외에도 대답을 찾을 수 있게끔 하는 다음의 정보들이 있었음을 상기할 수 있다.

> 정보(증거들) : 복만과 아내는 헤어질 때 전혀 섭섭해 하지 않았다.
> 복만은 소장사한테 받은 돈으로 아내가 꾸었던 빚을 다 갚았다.
> (소장사에게 팔려간) 아내가 사라진 날 밤 복만도 사라졌다.

열린 결말 구조임에도 사실상 복만과 그의 아내가 함께 도망친 거라는 예상이 가능한 까닭은 소설 중간중간에 배치되어 있었던 위의 정보들이 있었기 때문이다. 팔려가는 아내나 떠나가는 아내를 보고 서 있는 복만이나 서로 "마땅히 저 갈 길을 떠나는 듯이 서들며 조곰도 섭섭한 빛이 없다"는 것에 '나'는 놀라며 복만을 욕하는데, 결국 이들은 다시 만날 것을 계획했었기에 이렇게 무덤덤하게 헤어질 수 있었을 것이다. 또한 아내를 판 돈으로 그동안 아내가 마을에 진 빚을 다 갚았던 복만의 행동이나, 아내가 사라진 같은 날 복만도 사라졌다는 점은 이들이 서로 짜고 벌인 일임을 충분히 짐작하게 한다. 이 정보들은 '나'의 의도적 역정보들이 지연시키는 서사 진행과 대결하며 질문에 대한 진짜 대답을 가리킨다.

이와 같이 지연은 소설마다 각기 다른 양상으로 나타나고 있다. 「만
무방」에서는 범인이 아닌 다른 사람을 용의자로 설정하여 품는 의혹으
로 인한 오해, 「산ㅅ골나그내」에서는 거짓 진술과 대답의 회피 및 애매
함으로 인한 지연, 「가을」에서는 거짓 증거와 서술자의 신뢰 못할 정보
로 인한 지연이 나타난다. 테마 질문이 설정되고 해결하기까지의 시간
을 끄는 동안 의도적으로 진실로부터 멀어지게 하는 이러한 지연의 기
법들은 김유정의 소설에서 여러 가지 방식으로 활성화되어 있으며 궁
극적으로 독자들에게 불안정과 긴장을 경험하게 하고, 서사에 흥미와
생동감을 불어넣는 계기로 작동한다.

4. 서사의 재구성과 내적 진실의 탐구

미스터리 소설은 진실과 겉으로 보이는 것 사이의 대립이라는 요소
를 포함하며,[36] 진실은 기대의 끝에 있는 그 무엇이다[37]라는 말대로, 진
실이 발견되지 못하도록 미루는 장치가 활성화되어 있음을 살핀 바 있
다. 종결의 놀라움과 더불어 각종 트릭과 오해로 인한 지연 과정은 소
설의 내적 진실을 지시하므로, 이제 독자들은 그것이 지시하는 내적 진
실에 관해 호기심이 생길 차례다. 이에 다음과 같은 질문이 이어진다.
"응오는 왜 자기 것을 훔쳤을까?" "나그네는 군이 왜 병든 남편에게로

---

36 Yves Reuter, 앞의 글, 18면.
37 Roland Barthes, 앞의 글, 109면.

돌아간 걸까?" "복만과 아내는 왜 인신 매매극을 벌였으며, 어디로 갔을까?"와 같은 연이은 궁금증이 생기게 되며, 이에 대한 답변과 관련 있는 문화적 코드[38] 해독을 통해 김유정의 작품에 나타나는 시대의식을 밝혀볼 수 있다.

「산ㅅ골나그내」는 술집며느리가 됐던 아낙이 사실은 병든 남편이 있는 유랑인이었다는 놀라운 결말을 맞게 된 후 "나그네는 왜 정착하지 않고 굳이 병든 남편에게 돌아간 걸까?" 하는 의문이 생긴다. 그리고 이 의문에 대한 대답이 바로 이 작품의 주제의식에 해당할 것이다.

> "아 얼는좀 오게유"
>
> 쏭곳이마르는듯이 게집은사내의손목을 접접히잡아끈다. 병들은몸이라 쓸리는대로뒤툭어리며 거지도으슥한산저편으로가치사라진다. 수은ㅅ빗갓 흔물ㅅ방울을품으며 물ㅅ결은산벽에부다 쓰린다. 어데선지 지정치못할녁 대소리는 이산저산서와글와글굴러나린다.[39]

도망치듯 급히 떠나는 걸인 행색의 유랑인 부부의 모습을 보여주며 소설은 끝을 맺는다. 분명 나그네는 병든 남편을 버리고 덕돌의 아내로 정착할 기회가 있었음에도 불구하고, 본 남편을 데리고 다시 유랑의 길로 오른다. 그러나 부부가 나선 곳은 늑대소리가 이산저산에서 들리는 밤의 산속이다. 이러한 시공간적 배경은 마치 「만무방」의 응칠네 가족이 결국 뿔뿔이 흩어지고 말았듯이 그리 밝지만은 않은 부부의 앞날을

---

38 문화적 코드는 익명의 집단적 목소리에 의해 표명되고 있다. 이 코드는 텍스트가 끊임없이 참조하는 많은 코드들, 즉 지식이나 지혜의 코드들 가운데 하나이다.(Roland Barthes, 앞의 글, 31면)
39 김유정, 전신재 엮음, 「산ㅅ골나그내」, 『원본 김유정 전집』, 강, 2007, 28면.

암시한다.

병들고 힘없는 가장의 모습과 그를 배신하지 않는 생활력 있는 아내의 모티프는 「가을」에서도 반복되고 있으며, 김유정의 소설에 빈번이 나타난다.[40] 돈 없고 힘없는 가장의 모습은 토지조사사업의 피해자인 실제 농민들의 모습을 그린 것이자 동시에 나라를 빼앗긴 식민지 시대에 대한 은유적 형상화다.[41] 가부장의 몰락과 가족의 해체상은 「가을」에서 무능한 가장 복만이 아내를 팔면서 다섯 살 난 아들 영득이가 엄마와 생이별을 해야 하는 장면이나, 「만무방」의 응칠네 세 가족이 떠돌이 생활을 하다 결국엔 서로 갈라서게 된 모습으로 유사하게 나타나기도 한다.

「산ㅅ골나그내」의 내적 주제가 식민 상황의 은유적 형상화였다면, 문화ㅈ 코드를 따라 읽었을 때 극도로 가난한 산골살림이 세밀하게 묘사되어 그 배경을 형성하고 있음을 알 수 있다.

나그내는 주춤주춤 방안으로들어와서 화로겨테 도사려안는다. 낡은치마ㅅ자락우로 쩌질려는속살을 암으리자허리를 지긋이튼다. 그러고는 묵묵하다. 주인은물쓰럼이보고잇다가 밥을좀주랴느냐고물어보아도 잠잣고잇다. 그러나 먹든대궁을주서모아 짠지쪽하고갓다주니 감지덕지밧는다. 그러고

---

40 김유정의 소설 중 「소낙비」, 「솟」, 「가을」 등은 한국의 농촌 사회에서 오랫동안 유지되어 온 인습적인 결혼 제도 속에 갇혀 생활 능력을 상실한 가부장인 남편의 폭력이나 횡포에도 불구하고 그로부터의 탈출은 엄두도 내지 못한 채 한 남편의 아내로서 혹은 자식의 어머니로서 묵묵히 주어진 운명에 순응하며 삶의 고난을 참아나가며 끈질기게 살아가는 특유의 여성상을 제시하고 있다.(한상무, 「김유정 소설에 나타난 강원도 여성상」, 『강원문화연구』 제24집, 2005, 116면)
41 식민화로 인한 오이디푸스 구조의 권력 앞에서, 우리 소설의 인물들은 망국인이라는 은유적인 그아였을 뿐만 아니라, 가족의 해체로 인해 실제적으로도 고아상태를 경험하게 된다. 식민지 자본주의의 형성과정에서 몰락한 빈민층은 오이디푸스 구조에 적응하지 못한 채 비참하게 해체되어 갔다.(나병철, 『가족로망스와 성장소설』, 문예출판사, 2007, 33~35면)

물한목음마심업시잠ㅅ간동안에 밥그릇의 밋바닥을긁는다.[42]

위의 인용문은 나그네가 처음 술집에 들었을 때의 모습이다. 의복이 남루하여 추운 날씨에 몸을 다 가릴 수도 없을뿐더러 지독한 굶주림 때문에 목이 멜 틈도 없이 남은 음식을 허겁지겁 먹으면서도 체면을 차릴 줄 아는 나그네의 모습은 자신의 정체를 속여 가면서까지 며칠이라도 쉬어가지 않을 수 없는 유랑인의 처절한 상황을 뒷받침한다.

밤이기퍼도 술ㅅ군은 역시들지안는다. 메주쓰는냄새와가티쾨쾨한냄새로 방안은 괴괴하다. 웃간에서는 쥐들이찍찍어린다. 홀어머니는쪽써러진화로를 끼고안저서 쓸쓸한대로곰곰생각에젓는다. 갓득이나 침침한 반짝등ㅅ불이 북쪽지게문에 뚤린구멍으로 새드는바람에 반득이며 빗을일는다. 흔버선짝으로 구멍을틀어막는다.[43]

소설의 시작에 해당하는 이 부분은 궁상맞은 산골의 살림과 나그네에게 술시중을 어렵게 부탁할 만큼 "달포나 손님의 그림자가 드문" 산골의 술집 상황을 보여준다. 술손님은 들지 않고, 술집의 모양새는 메주 뜨는 것 같은 냄새와 쥐가 내는 소리, 온전한 것 없는 살림살이를 통해 가난에 찌들고 몰락해 가는 농촌살이를 보여주고 있다. 그리고 선채금을 마련하지 못해 나이가 들어도 장가를 가지 못한 술집주인의 아들 덕돌의 모습에서 농촌 경제의 몰락으로 가정을 꾸리기 어려운 가난한 농민들의 현실과 나아가 가부장적 질서의 몰락을 보여준다.

농촌경제의 몰락상은 김유정의 다른 소설에도 공통되는 시대적 배

42 앞의 글, 18면.
43 김유정, 앞의 글, 17면.

경이다. 「만무방」에서 응오가 자기 논의 벼를 훔치고 마는 아이러니한 상황을 초래한 시대상황도 이와 같다. "응오는 왜 자기 것을 훔쳤을까?"라는 필연적인 질문에 대한 대답이 이 소설에서의 내적 진실일 것이다. 앞서 미처 발견하지 못한 증거들을 찾아 재구성한 바에 의하면 진실한 농군이자 동리에서 쳐주는 모범청년이었던 응오가 이번에는 논의 벼를 수확하지 않은 직접적 이유로 아내의 병을 들 수 있다. 한편 그 기저에는 농사를 지을수록 빚이 느는 현실이 버티고 있다. 한 해 동안 공을 들여 농사를 지어봤자 "지주에게 도지를 제하고, 장리쌀을 제하고 색초를 제하고 보면 남는 것은 등줄기를 흐르는 식은땀이 있을 따름"이고 소작농에게 돌아오는 것은 빈 지게밖에 없다. 이는 응오가 이번 해에 수확을 하지 않는 근원적 이유일뿐더러 응오의 형인 응칠이 만무방이 된 연유이기도 하다. 응칠도 처음부터 떠돌이는 아니었다. 그도 아내와 아들과 집이 있었다. 그때는 살림도 늘려볼까 궁리도 했었지만, 농사를 아무리 열심히 지어봤자 남는 것은 남의 빚뿐이었고, 결국 살림살이와 집을 뒤로 하고 아내와도 갈라서 만무방 신세가 된 것이다. 이런 비슷한 이유로 빚더미에 깔린 농민들은 땅과 집을 버리고 떠돌기 시작한다. 거기에는 일제의 토지조사 사업이 종전의 수조권자를 그대로 지주로 만들고 그들에게 공납을 바치던 농민들을 자연스럽게 소작인이 되도록 만들어 농민을 수탈하고 몰락시킨[44] 시대적 배경이 자리한다.

이와 관련하여 참조할 만한 문화적 코드를 검토해 보자면, 우선 집과 고향을 버리고 떠도는 유랑인이 증가했음을 발견할 수 있다. 응칠뿐 아니라, 성팔도 외지인이며 이 마을도 곧 떠날 참이다. 재성도 고향을 떠나 장사를 하겠다고 집을 팔았고, 노름판에서 만난 기호도 아내와 헤어

---

44 김영택, 최종순, 「김유정 소설의 근대적 특성」, 『비교한국학』, 16−2호, 2008, 100~101면.

진 지 오래다. 가정의 해체와 유랑인의 증가는 응칠과 성팔 같은 전과 범을 양산하고, 노름판은 도적을 양산해낸다. 한편 "냈갈지 모래갈지 내모르는데 / 옥씨기 강낭이는 심어뭐하리 / 아리랑 아리랑 아라리요"라는 응칠은 부르는 아리랑의 노랫말에서는 미래에 대한 희망이 느껴지기는커녕 체념적 세계관이 엿보인다. 구슬픈 아리랑을 부르게 된 원인은 삼십 년 전과는 너무도 다른 현실감각 때문일 것이다.

> 삼십여년전 술을 빗어노코 쇠를울리고홍에 질리어 어게춤을 덩실거리고 이러든 가을과는 저 딴쪽이다. 가을이 오면 기쁨에 넘처야 될 시골이 점점 살기만 띠어옴은 웬일고. 이렇게 보면 재작년 가을 어느 밤 산중에서 낫으로 사람을 찍어죽인 강도가 문득 머리에 떠오른다. 장을 보고오는 농군을 농군이 죽엿다. 그것두 만이나 되엇스면 모르되 빼앗은것이 한끗 동전 네닙에 수수 일곱되. 게다 흔적이 탈로 날가 하야 낫으로 그 얼골의 껍질을 벅기고 조깃대강이 이기듯 끔찍하게 남기고 조긴망난이다.[45]

인용문의 강도 사건에서 보이듯이 과거 농촌의 온정주의적 인심은 사라지고, 돈에 대한 집착과 욕구만 커져 물신화된 가치관을 보여준다. 일제 식민지 치하에서의 농촌사회의 몰락은 경제적 측면과 동시에 윤리적 측면에서도 진행되고 있었던 것이다. 예전 풍성한 수확을 나누던 농촌의 인심은 사라지고, 몇 푼 때문에 농군이 농군을 살해하고 무자비하게 난자하는 범죄의 소굴로 변모한 농촌사회에서 자기 논의 벼를 훔친 응오의 좀도둑질은 약과다. 그러나 모범청년이던 응오조차도 곧 만무방이 될 것이며, 농민들 대다수가 만무방이 될 수밖에 없을 것이다.

---

[45] 김유정, 전신재 엮음, 「만무방」, 『원본 김유정 전집』, 강, 2007, 111면.

이에 범인이 누구인지를 추적하던 미스터리 서사는 왜 농민이 자기 논의 벼를 훔치는 범죄를 저지를 수밖에 없는지를 질문하며, 시대상황을 주목하게 한다. 결국 죄인은 만무방이 아니라 지주이며, 농촌사회를 몰락시킨 일본제국주의임을 돌려 말하고 있는 셈이다. 궁극적으로 「만무방」은 만무방이 생겨날 수밖에 없는 사회 구조를 탐색하고 어떻게 새로운 만무방이 탄생하는지의 과정을 전개하는 서사이자 도적의 실상을 파악하게 하는 서사인 것이다. 김유정은 당대의 시대적 배경 하에 농민이 몰락하여 하층계급으로 변모해가는 과정을 주목하며, 독자에게도 서사를 재구성하게 함으로써 내적 진실을 함께 목도하도록 유도하고 있다.

「가을」은 "복만은 왜 아내를 팔았을까?"라는 궁금증을 불러일으킨다. 이 질문은 "복만은 왜 아내를 파는 사기극을 펼쳤을까?"라는 질문과 일맥상통한다. 독자에게 역정보로 지연을 유발시키는 답은 텍스트에 다음과 같이 나와 있다. 그 내용은 종결을 유예시킨다는 점에서는 역정보이지만, 문화적 코드를 적용시킬 경우 실제 어려운 농촌살이를 드러내 보여주는 경우가 된다. 복만이 아내를 돈 많은 소장사에게 파는 이유는 "맞붙잡고 굶느니 안해는 다른데 가서 잘먹고 또 남편은 남편대로 그 돈으로 잘먹고" 하려는 심산이고, 그 근저에는 한 해 농사를 지었으되 "털어서 빗도 다 못가린" 복만의 어려운 사정이 깔려 있다. 그리고 그것은 같은 마을에 사는 '나'도 별반 다를 바 없다. "기껏 한해동안 농사를 지었다는 것이 털어서 쪼기고 보니까 나의 몫으로 겨우 벼 두 말가웃이 남은" 것이다. 이런 사정에 놓인 '나'는 겨울에는 금점을 하거나 투전을 배워 노름판을 쫓아다닐까 궁리 중이던 차에 팔 아내가 있는 복만이 심지어 부럽기만 하다. 이렇게 어려운 농민들의 사정은 작품마다 계속 되풀이되고 있다.

일제를 통해 들어온 자본의 위력과 농촌경제의 몰락은 농민들의 의식을 물신화하는 데 결정적인 역할을 하였고, "소도 사고 게집도 사는" 소장사가 아내를 팔아야 하는 농민과는 대조적으로 매우 부자로 나오며, 아내를 산 이유도 술장사를 시켜보고자 함이었다는 점으로 볼 때, 당시 직업관도 땅을 일구는 농민에서 술을 파는 상인으로[46]의 변동을 겪고 있음을 보여준다. 금점이나 노름, 그리고 술장사로 모아지는 당시 농민들의 직업관 변동은 농민이 근간을 이루었던 전통 사회가 붕괴하면서 일확천금을 꿈꾸는 천박한 자본주의가 대체하고 있음을 지시한다. 그럼에도 결국 남편은 아내를 판 게 아니었으며 떠돌이가 될지언정 무능한 남편과 끝까지 함께하는 아내의 모습은 「산ㅅ골나그내」에서 보여준 작가의식과 유사하다. 또한 마을 사람들의 빚을 일일이 갚고 떠나는 선량한 사기꾼 부부가 사기를 치는 대상은 돈 많은 장사꾼으로 설정되어 있다. 소장사는 "살이 디룩디룩"하고 복만의 아내를 사 갖고 떠날 적에는 "뒤툭뒤툭 고개를 나리다가 돌부리에 채키어 뚱뚱한 몸뚱아리가 그대로 떼굴떼굴 굴러버린" 데다가 복만네 부부뿐 아니라 심지어 '나'한테도 역정보를 통해 사기를 당하는 인물로 묘사되고 있다는 점에서 신흥 부자인 상인에 대한 작가 김유정의 비판적 시선을 감지할 수 있다.

이와 같이 진짜 대답을 찾기 위한 질문을 유도하는 서사 구조와 종결 후 다시금 서사 재구성을 통해 소설의 내적 진실에 접근해 가는 독서는 작가의 세계관을 면밀히 드러내 준다. 세 작품 모두 당시 농민들이 고향을 등지고 나그네나 만무방 같은 떠돌이나 범죄자로 전락하고 있는 실상을 전달하고 있다. 그리고 그 시간적 배경이 수확물로 가장 풍성해야 하는 가을이라는 점에서 비극성이 더해진다. 「산ㅅ골나그내」는 김

---

46 김영택, 최종순, 앞의 글, 105면.

유정의 처녀작으로서 비극의 원인까지는 드러나지 않고 있으나, 「만무방」의 경우 만무방이 양산될 수밖에 없는 사회구조와 시대의 죄인은 일제라는 현실인식을 전달하고 있다. 「가을」에서도 자본주의의 침투로 인한 농촌의 경제와 가치관의 변동을 문화적 코드로 하여, 상인이 우위를 점하며 물질주의가 판치는 당시 실상을 비판하고 있다.

5. 맺는말

　김유정은 추리소설에서 사용되는 서사 기법을 통해 독자들의 흥미를 유도하고, 서사 진행의 묘미를 살리고 있다. 서사 성격에 따라서는 범죄 발생 후 사건을 재구성하는 조사 스토리가 활성화되는 부류와 미스터리한 인물의 정체를 탐구하는 부류가 나타난다. 종결 유형에 따라서는 수수께끼가 풀리지 않는 열린 결말과 질문에 대한 해답을 찾지만 독자의 기대를 위반함으로써 놀라움이 발생하는 종결로 나뉜다.
　해석적 코드는 대답이 지연되는 과정을 통해 서사에 생동감을 부여한다. 김유정의 작품에도 오해, 거짓 진술, 대답의 회피나 애매함, 신뢰 못할 정보 제공 등으로 인한 지연이 발생하며, 이는 서사에 생동감을 부여할 뿐 아니라 진짜 정보를 통해 서사를 재구성하게 만든다. 종결의 놀라움과 다시 읽기 과정에서 발생한 질문은 문화적 코드의 뒷받침을 통해 소설의 내적 진실을 유도하고 독자들을 유의미한 결론으로 이끈다.
　결국 「산ㅅ골나그내」, 「만무방」, 「가을」은 나그네와 만무방이 발생하는 농촌사회의 몰락상을 전달하며, 해석적 코드에 의거한 연쇄적 질문 방식을 통해 유랑인과 범죄자를 양산하는 원인을 지목해내고 있다. 이와 같이 추리 서사 기법을 도입한 김유정의 소설은 구성의 재미와 긴장을 통해 독자에게 접근하는 동시에 시대적 진실이라는 무거운 주제를 발견하고 지시하는 이중적 역할을 해낸다.

참고문헌

전신재 엮음,『원본 김유정 전집』, 강, 2007.

김유정문학촌 엮음,『김유정 문학의 재조명』, 소명출판, 2008.

김경애,「「만무방」의 서술 구조 연구」,『비평문학』31호, 2009.

김영택, 최종순,「김유정 소설의 근대적 특성」,『비교한국학』16-2호, 2008.

나병철,『가족로망스와 성장소설』, 문예출판사, 2007.

대중문학연구회 엮음,『추리소설이란 무엇인가』, 국학자료원, 1997.

박정규,『김유정 소설과 시간』, 깊은샘, 1992.

송경석,「수수께끼 구조로 본 김유정 소설 연구」, 한양대 석사논문, 1999.

오혜진,『1930년대 한국 추리소설 연구』, 어문학사, 2009.

우한용, 전신재 엮음,「「만무방」의 기호론적 구조와 해석」,『김유정문학의 전통성과 근대
　　　성』, 한림대학교 아시아문화연구소, 1997.

유인순,「김유정 소설의 구조분석」, 이화여대 석사논문, 1980.

＿＿＿,「김유정의 소설공간」, 이화여대 박사논문, 1985.

최병우,「「만무방」의 서술구조」,『선청어문』vol 16, 1988.

＿＿＿,「김유정 소설의 다중적 시점에 관한 연구」,『현대소설연구』23호, 2004.

한상무,「김유정 소설에 나타난 강원도 여성상」,『강원문화연구』제24집, 2005.

H. Porter Abbott, 우찬제 외 옮김,『서사학 강의』, 문학과지성사, 2010.

Roland Barthes, 김웅권 옮김,『S / Z』, 동문선, 2006.

Yves Reuter, 김경현 옮김,『추리소설』, 문학과지성사, 2000.

김유정 소설에 나타난 폭력의 구조와 소설적 진실

홍혜원

1. 들어가는 말

29세의 젊은 나이로 요절했으며 불과 4년간 30여 편의 작품 활동을
했음에도 불구하고, 작가 김유정의 소설사적 위치는 유정과 그의 문학
에 관련된 방대한 연구사가 증명한다.[1] 1930년대 식민지 농촌의 궁핍과
연관하여 접근한 연구에서부터, 문체와 기법, 바보형 인물 유형, 해학,
아이러니, 전통성의 문제까지 거의 전방위로 김유정의 문학이 연구되
고 있다. 이렇게 한 작가에 대해 다각적으로 접근할 수 있는 것은 김유
정의 소설이 다양한 목소리를 지녔으며 그 의미망 역시 중층적으로 구

---

[1] 김유정 문학 관련 연구 목록은 유인순, 전신재 엮음, 「김유정 문학 연구사」, 『김유정 문학의
전통성과 근대성』, 한림대 출판부, 1997; 전신재 엮음, 『원본김유정전집』 개정판 부록, 강,
2008 참조.

조화되어 있음을 뜻한다.

여기 다시 김유정 소설을 읽게 만드는 원동력 역시 그의 소설이 들려주는 또 다른 목소리를 찾고 싶어서일 것이다. 얼핏 단순해 보이면서도 한 겹만 벗기면 그 내면은 결코 단순하지 않으리라는, 더 나아가 상당히 복잡한 문맥들이 교차하고 있음을 확인할 수 있기 때문이다. 이에 본 연구는 기존 연구 성과를 토대로 김유정 소설의 심층에 놓인 또 다른 문맥을 새롭게 찾아보고자 한다. 이 작업은 김유정 소설을 읽을 때마다 느끼는 곤혹스러움을 해소하기 위한 소박한 바람에서부터 출발한다. 김유정 소설을 읽어나가는 과정에서 독해자가 일차적으로 만나는 것은 천연덕스러운 반윤리적 태도와 이를 전복하는 인물의 순수성, 그리고 난무하는 폭력성이다. 정조가 목숨보다 중시되던 봉건윤리 속에서 아내를 들병이로 내보내 돈 벌 궁리를 하는 남편들, 뻔한 속임수에 쉽게 넘어가는 인물들, 인간 상호간에 끊임없이 오고가는 폭력들. 이 논문은 이러한 장면들을 연결시켜 해석할 수 있는 코드는 무엇이며 이를 바탕으로 한 소설 내적 구성 원리 또한 무엇인지를 밝혀보고자 한다.

다른 무엇보다 김유정 소설에서 반복적으로 등장하는 것은 '폭력'이다.[2] 거의 모든 소설에서 강박처럼 폭력의 양상이 등장한다. 폭력은 "신체적 손상을 가져오고 정신적 심리적 압박을 가하는 물리적인 강제력"[3]을 의미하는데, 일반적으로 폭력이 발생하는 원인은 각 개인의 욕망이 충족되지 않기 때문이다. 대상을 획득하고자 하나, 타인에 의해서건 혹은 자신에 의해서건 그 욕망이 채워지지 않는 순간 폭력은 발생한다.

---

2 김유정 소설에 나타난 폭력 양상을 분석한 논문으로 주목할 만한 것은 김주리, 「매저키즘의 관점에서 본 김유정 소설의 의미」, 『한국현대문학연구』 20, 2006; 송기섭, 「김유정 소설과 만무방」, 『현대문학이론연구』 제33집, 2008 등이다.
3 한국어 위키백과, "폭력"항.

그렇기에 욕망과 폭력은 상호규정적이며 순환적이다. 욕망과 폭력을 연속적으로 사고하였던 르네 지라르의 경우, 모방욕망과 폭력 그리고 희생제의를 통하여 인류의 문화구조를 해석해낸다.[4] 지라르는 소설 속 인물들을 통해 인간의 욕망은 자발적인 것이 아니라 비자발적인 것이며, 특히 매개자 혹은 중개자의 욕망을 모방함으로써 주체—매개자—대상의 삼각형이 성립된다고 주장하였다. 또한 욕망 주체와 중개자의 거리가 멀 때 외적 중개, 거리가 가까울 때 내적 중개라 칭하였는데, 문제는 내적 중개에서 발생한다. 내적 중개에서 주체는 가까운 사이의 중개자에 대한 모방을 감추면서 자신의 욕망이 자발적이라는 환상을 갖게 되는데, 이로 인하여 매개자를 향한 증오와 원한, 폭력이 발생하는 짝패의 갈등 위기가 등장한다. 근대소설이 의미를 지닐 수 있는 것은 최종적으로 주인공이 자발적인 것처럼 보였던 욕망의 낭만적 허위를 벗고, 욕망의 중개성 즉 모방적 욕망의 본질을 인식함으로써 '소설적 진실'을 드러낸다는 점에 있다. 이와 같은 지라르의 개념은 김유정의 소설에 나타난 돈에 대한 강렬한 욕망과 반복적인 폭력성을 새롭게 읽는 데 여러 가지 도움을 준다. 이에 본고에서는 욕망과 폭력의 양상을 출발점으로 김유정의 소설을 다시 읽어보고자 한다.

---

4 르네 지라르, 김치수 · 송의경 옮김, 『낭만적 거짓과 소설적 진실』, 한길사, 2001; 『폭력과 성스러움』, 김진식 · 박무호 옮김, 민음사, 1997; 『희생양』, 김진식 옮김, 민음사, 1998.

2. 자전소설과 폭력의 기원

김유정 소설에서 폭력의 기원을 찾아가는 데 있어 중요한 작품은 「형」이라 할 수 있다. 일련의 자전적 소설(「두꺼비」, 『생의 반려』, 「따라지」) 들이 있으나, 어린 시절의 폭력적 장면을 가장 강렬하게 묘사해낸 작품이 「형」이다. 또한 이 작품은 어머니를 일찍 여의고, 아버지와 형, 누나의 폭력 속에 성장한 김유정의 트라우마가 어디에서 연원하는지 재구성할 수 있는 작품이기도 하다.

「형」에는 화자 '나'의 눈에 비친 아버지와 형의 갈등관계가 묘사되어 있다.

> 부자간의 고롭지못한 이분쟁이 발생하길 아버지의허물인지 혹은 형님의 죄인지 나는 그것을 모른다. 그리고 알랴지도않았다. 한갓 짐작하는건 형님이 난봉을 부렸고 아버지는 그비용을 담당하고도 터보이지않을만치 재산을 가졌건만 한푼도 선심치않았다. 우리아버지, 그는 뚝뚝한 수전노이었다. 또한 당대에 수십만원을 이룩한 금만가이었다. 자기의사후 얼마못되나 그재산이 맏아들손에 탕진될줄을 그도 대중은 하였으련만 생존시에는 한푼을 아끼었다. (전집, 「형」, 376~377면)[5]

아버지가 병이 들자, 집안일은 물론 아버지 병간호까지 혼자서 해내던 형은 난봉이 나면서 아버지와 틀어지기 시작한다. 아버지는 자산가이면서도 자신은 물론 가족을 위해서는 돈 한 푼도 쓰지 않았던 수전노

---

5   전신재 엮음, 『원본김유정전집』 개정판, 강, 2008. 이하 본문 인용은 이 책이 출처이며 작품명과 해당 면수만 표기한다.

였다. 이러던 차에 결혼한 몸이면서도 새로 사랑에 빠진 형은 아버지 몰래 돈을 쓰고, 조혼한 아내와 갈라서겠다고 선언하면서 아버지와 극단적인 대립 양상을 보이게 된다.

사랑과 그에 뒤따르는 돈에 대한 형의 욕망은 아버지 몰래 돈을 빼돌릴 만큼 절박한 것이었지만, 자발적인 것은 아니다. 그 욕망은 아버지를 매개로 한 모방욕망이라 할 수 있다. 아버지 역시 젊어서 "뭇사랑에 몸을 헤였"(380면)고, 오입을 즐겼으며 그로 인해 몸을 망치기도 하였다는 것이다. 비록 형은 그 모방성을 인식하지 못하고 자신의 욕망을 자발적인 것이라 믿었겠지만, 그는 아버지의 욕망을 고스란히 모방하고 있는 것이다. 돈과 사랑이라는 대상을 향해 형은 주체로, 아버지는 매개자로, '욕망의 삼각형'[6]은 구현된다. 이렇게 욕망은 자발성을 지닌 것이라기보다, 타자의 욕망을 욕망하는 양상을 보인다.

근대 자본주의 사회에서 욕망을 매개하는 것은 신과 같은 초월적 절대자나 이상적인 인물이 아니다. 언제나 욕망주체의 주변을 맴도는 존재들인 것이다. 그렇기에 주체와 중개자의 거리는 가까워지며 여기에서 경쟁과 긴장, 그리고 증오가 발생한다. 대개 주체의 욕망 대상은 매개자와 동일한 것이기에 욕망을 실현하는 데 있어 매개자는 방해물로 기능한다. 「형」에서 아버지는 형의 이혼을 불가하고, 자금을 대주지 않는 방법으로 형의 욕망실현을 방해한다. 타자의 방해와 반대는 주체의 증오를 유발하고 결국에는 폭력을 부른다.

아버지는 자식에게 도끼날같이 무서운 어른이었기에, 바람난 아들을 향해 가차없는 폭력을 휘두르기 시작한다. 집을 나가 살림을 차린 형을 향해, "벼룻돌, 목침, 단소할거없이" 마구 휘두르면서 "혼도할만치

6　르네 지라르, 『낭만적 거짓과 소설적 진실』, 68면.

뚜들겨"(379면) 패는 것이다. 폭력의 속성은 일방적인 것이 아니다. 이는
대칭적이며 상호적인 과정으로 이 역시 모방적 성격을 지닌다. 그렇기
에 형 또한 폭력을 행사하기 시작한다. 다만 그 대상은 자기보다 약자
의 위치에 있는 동생들이었던 것이다.

돈이 필요했던 형은 자신의 욕망이 실현되지 않을 때마다 동생들에
게 분풀이로 폭력을 행사한다. "주먹을들어 혹은 방망이를들어 함부로
때려 울려놓고" 또 "그허구리를 너더댓번 차드니 꼬까라트"리거나 "머
리채를 잡고 마루끝으로 자르르 끌고와서 댓돌알로 굴려버리"(384면)곤
하였다. 이렇게 "어른을 향한 매끝을 우리들이 받았"(381면)던 것이다.
매질에 누이들은 머리가 터지고 옷이 찢겼다. 욕망실현의 방해자(매개
자)에 대한 증오로 인해 이제 대상을 획득하는 일은 사라져버리고 폭력
만이 난무하게 되는 것이다.

"부자간 살육전"(383면)은 결국에는 칼부림으로 이어졌다. 아버지는
아들을 향해 커다란 식칼을 던진다.

> 아버지가 형님에게 칼을 던진것이 정통을 때렸으면 그 자리에 엎떠질것을
> 요행뜻밖에 몸을비켜서 땅에떨어질제 나는 다르르떨었다. 이것이 십오 성상
> 을 지난 묵은 기억이다. 마는 그인상은 언제나 나의 가슴에 새로웠다. 내가
> 슬플때, 고적할 때, 눈물이 흐를때, 혹은 내가 자라난 그가정을 저주할 때, 제
> 일처음 나의몸을 쏘아드는 화살이 이것이다.(376면)

「형」의 첫 장면을 구성하는 이 대목은 화자 '나'의 원초적 상처로 남
아 '나'의 몸을 쏘아드는 화살이 된다. 자전적 소설이라는 점을 전제한
다면, '나'의 상처는 곧 김유정의 상처이며 상흔은 작가 내면 깊숙이 자
리잡아 실제 창작의 과정에서 영향을 미친다.[7]

‘칼’로 상징되는 죽음을 향한 부자간의 갈등과 폭력은 결국 아버지의 죽음으로 끝이 난다. ‘갈등적 모방’[8]의 단계에 오면 주체는 자신의 만족을 위한 실체를 타자(경쟁자)가 가지고 있다고 생각하여 타자가 되기를 욕망한다. 아버지의 죽음으로 자연스럽게 집안의 가장이 된 형은 가부장의 권한을 그대로 물려받고 아버지의 자리에 올라선다. 즉 형과 아버지는 겹쳐지면서 짝패(double)[9]를 이룬다. 그렇다면 표면적으로 끝난 듯 보였던 갈등과 폭력은 형의 내면으로 들어와 증폭되는 것이다. 아버지와 형의 차이는 상실되고 주체가 곧 매개자가 된다. 아버지가 그랬던 것처럼 형 역시 돈에 대한 강렬한 집착과 폭력성향을 여지없이 노출한다. 「형」의 마지막 사건은 형이 집안에 두었던 돈이 없어진 것을 알고는 집안 식구 모두에게 폭력을 휘두르는 장면으로 구성된다. 둘째 누님에게는 “치마만 남기고 빨개 벗기어 그 옷을 일일히 뒤져보고 털어보았으나 그 돈이 내닷지 않으매 대뜸 엎어놓고 발길로 차며 따리며 하여 불이 나”린다.(386면) 돈이 나오지 않자, 모든 누이들, 형수, 하녀, 어린 나까지 고문을 당한다. 무차별적인 모방욕망은 극단적 폭력으로 치닫고 이내 가족의 위기를 초래한다. 가족제도를 포함한 사회 및 문화의 성립은 ‘차이’ 혹은 ‘구별’을 기반으로 하는데, 아버지와 아들의 구별이 없어지고 ‘나’와 타자의 차이가 사라지게 되면, 문화의 위기가 발생한다. 이 상황에서 가족의 질서, 곧 가부장의 질서가 유지되기 위해서는 희생양

---

7 김주리는 〈형〉의 분석을 통해, 극단적 가부장 대결의 상황을 유년의 기억과 상처의 원형으로 파악하고 있다. 나아가 이것이 김유정 글쓰기의 원형이 되어 구강적 모성, 매저키즘적 지배자 여성에 대한 지향성을 보인다고 지적한다. 김주리, 앞의 논문 참조.

8 주체와 중개자의 거리가 가까운 ‘내적 중개’는 두 단계를 거친다. 첫 번째인 획득적 모방 단계는 소유를 전제로 하며 주체와 경쟁자가 하나의 대상에 집중하는 것을 말한다. 두 번째 갈등적 모방 단계에 이르면 대상은 사라지고 상호간의 갈등이 주가 되면서 폭력이 나타난다. 이미혜, 「유진 오닐의 작품에 나타난 폭력 연구―르네 지라르의 이론을 중심으로」, 연세대 박사논문, 2004, 7~11면 참조.

9 르네 지라르, 『폭력과 성스러움』, 122면.

이 필요하게 된다.[10] 그렇기에 형을 제외한 나머지 가족 구성원 모두가 희생양이 되어 폭력을 견디어야만 했던 것이다.

「형」에서는 가족 모두가 희생양이 되어 내재한 폭력을 감추지만 이후 자전적 소설을 보면, 최종적으로 '나'가 희생양으로 자리한다. 복수(複數)의 희생양은 폭력을 감출 수 없으며, 오히려 혼란을 불러온다. 그렇기에 "수많은 개인들에게 분산되어 있던 모든 원한들과 모든 증오들은 이제 단 한 사람의 개인, 즉 희생물을 향해 수렴"되는 것이다.[11]

『생의 반려』에서 명렬의 형님에 대한 묘사는 「형」에 나오는 형님의 연장선상에 있다. 주색에 미친 난봉꾼이자, 자신의 일신을 위해 열사람의 가족을 희생시키는 무지한 폭군으로 형상화되어 있다. 이 작품에서 가족은 "순전히 잔인무도한 이 주정군의 주정받이로 태여난 일종의 작난감"(259면)인 것이다. 더 나아가 『생의 반려』에서 확인되는 바는 누님의 폭력이다. 14살에 결혼했지만, 시집에 돈을 가져오지 않는다 하여 결국 쫓겨나고 오빠에게 매일같이 폭행을 당한다. 이후 직공으로 취직하여 분가하고, 막내동생('나' 혹은 명렬)을 떠맡게 된다. 히스테리컬하고 성미가 까다로운 그녀는 공장일에서 유발된 스트레스를 "만만하고 양순한 동생"(262면)에게 모두 풀어버린다. 누님 역시 형님과 모방욕망 관계에 놓이면서 폭력이 발생한 것이다.

희생양은 가족 내부에 존재하는 폭력의 배출구로, 이는 폭력을 폭력으로 속이는 역할을 담당하며 특히 복수의 염려가 없는 하나의 희생물

10　체제의 질서유지를 위해서는 구성원들 간의 차이와 차별이 전제되어야 하나, 짝패의 성립과 폭력의 전염은 '무차별'을 지향한다. 이로 인하여 가족 내 차별을 정의하는 경계가 위협받게 된다. 여기서 공동체의 위기를 극복하기 위해서는 폭력을 은닉할 수 있는 희생양이 필요하며, 희생양 의식(儀式)에 의해 공동체는 경계의 재설정에 성공한다. 린 헌트, 조한욱 옮김, 『프랑스혁명의 가족로망스』, 새물결, 1999, 29면.
11　르네 지라르, 『폭력과 성스러움』, 123면.

에 집중시켜 모방폭력을 희생폭력으로 승화시키는 기제가 된다. 이때 처음의 상호적 폭력은 희생의식을 위한 집단의 만장일치의 폭력으로 변화한다. 형의 폭력 양상이 결국 누님의 폭력으로 확장되고 가장 약자의 위치에 놓인 막내동생 '나'(명렬)는 희생양이 되어 가족 내 질서를 구현한다. 즉 사회체제의 유지를 위해 무질서를 발생시키는 모방폭력(나쁜 폭력)이 질서를 가져오는 희생폭력(좋은 폭력)으로 변화[12]했던 것처럼, 희생양 선택은 누님과 '나'의 가족 질서를 유지하게 해준다. 그러나 폭력의 본질은 동일하다. 복수의 길이 막힌 희생물에게 모든 격렬한 반응을 보임으로써 '재난의 폭력'을 정화하였던 것이다. 그러므로 희생물은 '상상적인 신'에게 봉헌되는 것이 아니라, 거대한 폭력에게 봉헌되게 된다.[13]

희생양은 그가 저지른 범죄 때문이 아니라 그들이 가진 희생양의 표지에 의해 선택된다. '나'(명렬)는 직업을 가진 것도 아니고, 몸은 병들어 있으며, 여자에 미쳐 우울증을 앓고 있다. 가난하고 병든 몸은 타자성을 표상한다. '나'는 어떠한 행위도 하지 않지만, 타자성을 두루 갖췄기에 희생양이 되어 숱한 폭력을 잠자코 견딘다. 「따라지」의 '톨스토이' 역시 같은 계열의 인물군이라 할 수 있다.

그러나 누님의 폭력성은 형님의 것과는 변별되는 측면을 보여준다. 누님과 '나'는 형님과의 관계에서는 동일한 희생양이었다. 아버지의 욕망을 모방하던 형님의 폭력 아래 가부장의 질서를 유지하기 위해서는 '나'와 누님이 모두 희생양으로 기능하였다. 그러나 분가 후 누님은 가장의 지위에 오르면서 폭력[14]을 휘두르게 되는데, 이때 폭력은 이중적

---

12 위의 책, 22면.
13 김현, 『폭력의 구조 / 시칠리아의 암소―김현문학전집 10』, 문학과지성사, 1992, 46면.
14 여기서 누님의 폭력이 형의 그것처럼 육체적인 것은 아니다. 물건을 부수거나 말로 비아냥거리며 트집을 잡고 들볶는 방식이다. 그러나 이 또한 폭력의 또 다른 양상이며, 분노의 표출이라는 점에서는 동일하다.

성격을 지니고 있었다. "형이 먹일걸 왜 내가 먹인담, 팔짜가 드시니까 별꼴을 다 보겠네!"(『생의 반려』, 275면)라며 동생을 괴롭히다가도 어려서 부모를 잃고 외롭게 자란 막내동생에 대한 혈연적 사랑을 보여주기도 한다. 그렇기에 누님은 한편으로는 동생에게 트집잡고 들들 볶아대고 물건을 던지는 등 히스테리의 양상을 보이지만, 동시에 "내가 주는 밥이나 먹고 몸성이 있거라"(278면)며 몸약한 동생을 걱정한다. 「따라지」의 누님은 동생이 사라지자, 밥도 굶고 공장도 빠지며 울면서 "부모없이 불상히 자란 그놈"(「따라지」, 310면)을 찾아 나선다. 『생의 반려』에서 명렬이 누님에게 "원수와 은혜"(278면)를 동시에 느끼는 것과 마찬가지로 누님 역시 동생에게 양가적이고 이중적인 태도를 보이게 된다.

이렇게 자전적 계열의 작품군은 서사의 진행이 욕망의 모방 성향과 그로 인한 갈등 및 폭력 양상으로 구조화되어 있다. 중첩되는 폭력 속에 그것을 은닉하기 위한 수단으로 희생양이 선택되는데, 희생양은 죽음을 전제한 존재다. 그의 소멸은 가족 및 사회체제의 유지를 위해 필수적이다. 즉 무질서를 발생시키는 모방폭력이 질서를 가져오는 희생폭력으로 전환될 필요가 있었던 것이다.

또한 모방욕망으로 인한 폭력은 일차적으로는 증오나 질투, 분노의 부정적 감정 상태를 근원으로 하지만, 여기에는 언제나 연민과 사랑이 '짝패'처럼 또 다른 얼굴로 놓여 있다. '원수와 은혜'로 표상되는 증오와 연민의 양가성은 모방욕망과 더불어 김유정 소설의 심층적인 구성 원리라 할 수 있겠다. 어린 시절의 폭력 경험이 무의식 속에 상흔으로 남아있고, 그 상처의 드러냄과 치유과정이 바로 김유정의 소설 쓰기일 것인데, 아이러니컬하게도 그 폭력성을 지배하는 원리는 증오와 연민의 양가성이라 할 수 있겠다.

3. 대상의 결여와 소설적 진실

김유정의 자전적 소설 이외의 소설들에서도 모방욕망과 폭력의 양
상은 다양하게 변이되면서 출현한다.

「총각과 맹꽁이」에서 덕만은 들병이에게 장가들고 싶어 하나, 결국
실패한다. 덕만에게 들병이는 욕망의 대상이지만, 이것이 자연 발생적
인 것은 아니다. 덕만은 들병이를 취하고 싶어하는 주변 남성인물들의
욕망을 모방한 것이다. 특히 뭉태와는 직접적인 경쟁관계에 놓인다. 서
로가 서로의 욕망을 모방하면서 대상으로서의 들병이는 사라지고 질투
와 싸움 그리고 '눈물'만 남는다.

「소낙비」에서는 여러 겹의 욕망의 삼각형이 등장한다. 춘호의 경우,
투기할 돈 이원을 욕망한다. 이는 당시 유행하던 농민들의 욕망, 노름
판에서 돈을 따 빚을 갚고 서울로 가서 안락한 생활을 누리려던 시대적
욕망을 모방한 것이다. 이 모방욕망을 배경으로 춘호처의 행위가 전경
화된다. 춘호처 역시 쇠돌엄마의 욕망, 이주사와 배가 맞은 뒤 금방석
에 뒹구는 팔자가 된 그녀의 욕망을 모방한다. 쇠돌엄마에 대한 질투와
경쟁심, 그리고 남편의 폭력 속에 춘호처는 이주사와 관계 맺게 되는
것이다. 동시에 춘호처는 남편 춘호의 또 다른 욕망인 '서울 살기'를 모
방한다. 그녀 역시 서울행을 희망하였고 이는 남편 춘호에 의해 자극받
은 것이다. 결국 돈 이원은 서울행을 보증해주는 수단이 되는데, 이것
이 부재하였을 때에는 매질과 불평과 원한만 가득했으나, 돈 획득이 눈
앞에 놓이자 일시적으로 평화가 찾아온다.

「노다지」의 꽁보와 더펄이는 표면적으로는 의형제를 맺은 사이이며,
꽁보는 자신의 누이를 더펄이에게 줄 생각까지 한다. 그러나 그들이 돈

을 향한 욕망을 노출하는 순간, 서로 경쟁자로 돌변한다. 금줄 박힌 돌을 발견하자마자, 과거에 자신의 목숨까지 구해주었던 더펄이를 꽁보는 죽게 버려두고 달아난다. 이 외에도 「金따는 콩밧」의 영식과 수재, 「만무방」의 응칠과 응오, 「솟」의 근식과 뭉태 등의 인물관계는 모두 서로의 욕망을 모방하면서 경쟁하고 질투하고 싸움을 벌인다. 경쟁관계에 놓여 있기에 이들 사이에는 언제나 폭력이 뒤따르는 것이다.

일련의 욕망과 폭력의 연쇄 속에서 '소설적 진실'[15]은 욕망의 모방성, 중개성을 노출시킴으로써 자기 욕망의 비자발성을 인정하게 하고 결국 욕망의 대상이 텅 비어있는 결여의 표상임을 확인할 때 획득된다. 김유정 역시 욕망과 폭력만을 드러내었다면 그의 소설은 '낭만적 거짓'에 머물렀을 수도 있다. 그러나 김유정 소설이 유의미한 것은 그의 작품에서 '소설적 진실'을 읽어낼 수 있기 때문이다. 김유정은 다양한 장치를 통하여 모방욕망의 허위성과 대상의 부재를 보여준다. 그 대표적 장치가 아이러니와 양가성일 것이다.

1) 아이러니 – 욕망 대상의 상실

기존 연구에서 김유정 소설에 나타난 아이러니는 시대상황, 인물유형, 문체, 시점, 서사구조 등 다양한 측면에서 규명된 바 있다.[16] 본고에

---

15 르네 지라르의 책 제목의 일부이기도 한 이 용어는 중개자의 존재를 드러내는 소설 작품에 대해 사용한 것으로, 작품의 결말에서 낭만적 태도의 허위를 인식하고 자기 욕망이 중개되었음을 인정하면서 중개의 굴레를 벗어던질 때를 지칭하는 말이다. 김진식, 「르네 지라르의 욕망 모방과 소설적 진실」, 『연구논문집』 제20권 제2호, 울산대학교, 1989 참조.
16 아이러니와 관련된 대표적 연구를 지적하면 다음과 같다. 이재선, 「회학적 감각과 바보열전」, 『한국단편소설연구』, 일조각, 1975; 정한숙, 「해학의 변이－김유정 문학의 본질」, 『현대한국작가론』, 고려대 출판부, 1977; 김정자, 「소설에 나타난 아이러니와 문체」, 『인문논총』 20, 부

서는 욕망의 문제와 연결하여 아이러니를 확인하고자 한다.[17] 주체—매개자—욕망 대상의 삼각형이 아이러니를 산출할 수 있는 것은 욕망 대상의 허위성, 혹은 부재를 확인할 때이다. 획득하기를 열렬히 희망하지만 실은 그것이 아무것도 아닌 것임이 증명될 때, 소설의 아이러니는 발생한다. 매개자와의 경쟁이 치열해질수록 욕망의 구조에서 남는 것은 폭력뿐, 실제 대상은 소멸된다. 타락한 현실에서 타락한 방식으로 소망을 추구하지만, 그것이 결국 텅 비어있는 것임을 확인할 때 독자는 아이러닉한 감정을 느끼게 되는 것이다.

먼저 '들병이'를 소재로 한 소설을 보자. 「총각과 맹꽁이」에서 덕만은 들병이와 결혼하기를 희망한다. 또 「솟」의 근식은 아내와 아들이 있음에도 불구하고 남편 있는 들병이를 얻고자 집안세간을 모두 내준다. 「안해」의 '나'는 아내를 들병이로 만들려고 갖은 방법을 다 써보기도 한다. '들병이'는 여성의 육체를 수단으로 자본 획득을 지향하므로, 성적 자유가 전제되어야 한다. 남편 있는 여성이 들병이로 나선다는 것 자체가 부조리한 현상이지만, 이들의 출현은 당대의 절박한 삶의 양상을 반영하는 것이기도 하다. 그런 들병이와 일부일처가 기본인 '결혼'을 하겠다는 덕만의 소망은 모순적인 것이며 사실 불가능함을 내포한다. 또 남

산대학교, 1981; 김상태, 「김유정과 해학의 미학」, 『한국현대문학론』, 평민사, 1984; 이주일, 「향토적 해학과 풍자의 세계—김유정론」, 『한국근대작가연구』, 삼지원, 1985; 유인순, 『김유정 문학 연구』, 강원대 출판부, 1988; 한만수, 「김유정 소설의 아이러니 연구」, 『한국어문학 연구』 21, 1986; 김미현, 「김유정 소설의 카니발적 구조 연구」, 이화여대 석사논문, 1990; 박정규, 『김유정 소설과 시간』, 깊은샘, 1992; 나병철, 「김유정 소설의 해학성과 현실인식」, 『비평문학』 8, 1994;김은정, 「해학과 아이러니의 미학」, 『새로 쓰는 한국작가론』, 백년글사랑, 2002; 최병우, 「김유정 소설의 다중적 시점에 관한 연구」, 『현대소설연구』 23, 2004; 김원희, 「김유정 단편에 투영된 탈식민주의—소수자와 아이러니의 형상화를 중심으로」, 『현대문학 이론연구』 29, 2006.

17 '아이러니'는 새로운 정의를 내리려는 시도 자체가 혼란을 가중시킨다고 지적할 정도로 다양한 내포를 지닌 개념이다. 본고는 유(有) / 무(無)의 이항대립을 기본으로 하여 유를 지향(욕망)하나, 무를 확인하는 과정을 「아이러니」라 총칭하고자 한다.

편 있는 들병이를 따라나서는 근식의 행위 역시 반어적이다. 그러므로 소유할 수 없음이 전제된 여성을 소유하겠다는 의지는 좌절될 수밖에 없다. 들병이와의 결혼(혹은 일대일 관계)이라는 기표는 이미 기의를 상실한 비어있는 대상이기 때문이다. 이는 기표가 기의에 닿지 못하고 그 표면에서 미끄러져 안정적 의미를 산출하지 못하는 것과 마찬가지다. 의미의 불안정성은 곧 대상의 결여를 상징한다.

'금'이 욕망의 대상이었던 소설은 「金따는 콩밧」, 「노다지」, 「금」 등이다. 「金따는 콩밧」에서는 황토흙을 금이라 속이는 수재의 거짓말이 대상의 결여를 보여주며, 「노다지」와 「금」은 금의 획득이 결국 목숨을 담보로 하였다는 점에서 아이러니를 산출한다. 즉 금의 현존=인간의 부재라는 역설을 통해 의미의 전도가 일어나고, 대상은 결핍으로 전환된다.

「소낙비」에서는 유예된 결말이 대상의 부재를 우회적으로 전달한다. 춘호부부의 욕망 대상은 돈 이원으로 노름에서 큰 돈을 벌어 서울로 가는 것이다. 그래서 아내는 몸을 팔고 이주사로부터 돈을 받기로 약속한다. 그러나 작품의 결말에 이르러서도 약속만 남아 있을 뿐 춘호의 수중에 돈은 없다. 이렇게 결말을 열어 놓음으로써 작가는 욕망 대상이 허구적인 것임을 보여준다. 문제가 해결되지 않는 열린 결말은 인물의 욕망을 내면의 소망으로 전화시키지만, 현실의 모순은 그 소망을 좌절시킴으로써 내면과 현실이 분리되는 아이러니가 나타나는 것이다.[18]

무엇보다 「만무방」의 경우, 대상의 결여를 역할 전도에 의해서 가장 분명하게 보여주고 있다. 도둑질과 노름을 일삼는 응칠과 성실한 응오 형제는 응오의 도둑질과 응칠의 도둑잡기로의 전환을 보여줌으로써,

---

18 나병철, 『소설의 이해』, 문예출판사, 1993, 243면.

아이러니를 발생시키고 있다. 응오는 자신이 공들여 농사지은 '벼'가 지주에게 돌아가고 또 빚갚기에 쓰이게 되자, 벼베기를 거부하고 몰래 자신의 벼를 훔친다. 본래 자신의 것이지만, 자신의 것이 아닌, 그래서 자신의 것으로 하기 위해 도둑질을 해야 하는 응오의 행위는 '벼'라는 기표의 기의를 산종(散種)시킨다. 의미의 산종으로 인해 대상의 기의는 확정될 수 없으며 실제로서의 대상은 결핍된다.

이 외에 「산골」에서 이쁜이 역시 자신의 것이 될 수 없는 서울 간 도련님을 욕망하고, 「봄·봄」의 '나'는 키가 크지 않아 아내가 될 수 없는 점순을 욕망한다. 그러나 '도련님'의 표상은 신분상 차이 나는 결혼이 불가능함을 심층의 구조로 지니고 있으며, '키가 크지 않음'은 장인어른의 거짓말이기에 점순과의 결혼이라는 욕망 역시 결코 채워질 수 없는 것이다.

이렇게 인간의 욕망이 모방의 성격을 지니고 있다는 사실, 그래서 남는 것은 짝패와의 치열한 갈등뿐 결국 대상은 텅 비어버린 허망한 것임을 인지할 때 소설적 진실은 발생한다.

어떤 욕망의 대상이든, 그 앞에는 결여가 놓여 있다. 결여에서 욕망이 작동되지만, 타자의 욕망을 욕망하기에 그 과정에서 대상은 부재한다. 이는 어쩌면 대상의 의미화 과정이 본래적으로 지닌 불안정성에서 유래한 것일 수도 있다. 기표와 기의의 관계는 고정된 결합이 아니라, 기의가 분리되어 끊임없이 미끄러지는 '과정'적인 것이다. 그렇기에 의미는 기표들 사이에서 결정되지 못하고 분열되며 비결정적으로 의미 연쇄를 오갈 뿐이다.[19] 과정 속에 분열된 의미는 결국 '아무것도 아님'을 표상하게 된다. 유정의 소설에서 폭력만 남고 대상이 삭제되는 양상과

---

19 아니카 르메르, 이미선 옮김, 『자크 라캉』, 문예출판사, 1994, 114~128면 참조.

동일한 것이다. 부재로서의 대상은 역설적으로 욕망의 허구성을 증명하며, 이를 통해 '소설적 진실'을 산출한다.

2) 양가성 - 증오와 연민

　욕망의 허위성을 증명함으로써, '소설적 진실'을 산출하는 또 다른 방식은 양가성의 구조로부터 나온다. 양가성은 사실 앞서 언급한 아이러니와 동일한 원리를 지닌다. 즉 양가감정에 의해 상반된 의미를 병렬시킴으로써 의미의 불안정성과 비결정성을 지향한다는 점에서 그러하다. 김유정의 소설에서 대표적인 양가성은 '증오와 연민'이다. 2장에서 살펴본 바와 같이 증오는 폭력으로 전환되어 김유정 소설의 서사를 작동시킨다. 그렇다면 연민은 어떠한 방식으로 소설화되는가?

　우선 지적할 수 있는 것이 서술자의 대상에 대한 따뜻한 시선이다. 유정의 소설에 등장하는 순박한 인물군 혹은 바보형 인물은 혼탁한 세상에 살면서도 순수함을 유지한다. 이 순수함은 인물에 대한 서술자의 애정을 근간으로 하여 형상화되어 있다.

「총각과 맹꽁이」에서 덕만은 들병이 앞에서 '정식으로' 인사한다.

　데이 하치못한 인생! 하고 저몸을책하고 난뒤 게집의아프로 달겨들어 무릅을꾸럿다. 두손은공손히무릅우에언젓다. 그행동이 너무나 쓱스럽고 남다르구로 벗들은눈이컷다.

　"뵈기는 앗가부터봣으나 인사는처음엿줍니다" 하고 죽어가는음성으로 억지로봉을 쎗다. 그로는 참으로큰용기다.

　"저는 강원두춘천군신남면증리아랫말에 사는김덕만입니다. 우라버지가 승이 광산김갑니다."

　두 손을 작구 비비드니

　"어머니허구 단두시굽니다. 하치못한 사람을차저주서서 너무고맙습니다.
저는 설흔넛인대두 총각입니다."

　"?" (35면)

　술자리에 모인 다른 사람들은 들병이와 수작하기 바쁜데, 이 와중에
덕만은 무릎을 꿇고 겸손과 예절로 무장한 채 인사를 한다.[20] 이 장면은
덕만의 내면이 지닌 순수함을 보여준다. 친구들은 모두 그를 비웃고 계
집조차 덕만을 무시하는데, 그의 마음만은 진실된 것이며 간절한 것이
었다. 결국 뭉태의 술수에 놀아나 덕만은 술값만 내고 계집과는 말조차
나눠보지 못하고 눈물만 흘린다. 그의 눈물은 세속의 논리에 적응하지
못한 어리석은 인물의 것으로 치부되나 실은 이 눈물을 통해 인간의 소
박한 소망이 무엇인가를 작가는 보여주고자 한 것이다. 「봄·봄」의 경
우도 마찬가지다. '나'는 아무것도 모르는 듯 보이며 장인의 말만 굳게
믿고 점순이가 자라길 기다린다. 더욱이 장인의 계속되는 폭력에도 군
소리 없이 견디고 올 가을 성례를 약속하는 장인을 '착한 사람'으로 여
기기도 한다. 지켜지지 않을 약속을 조건으로 자신의 노동력을 착취하
는 장인에게 고마워 눈물까지 흘리는 '나'의 모습은 일견 우둔한 바보로
보이기도 한다. 그러나 작가는 일인칭 시점을 차용함으로써 철저하게
'나'의 편에 서서 인물의 우직함과 순수함을 보여준다. 이는 순수함을
지닌 사람이 오히려 바보가 되는 세태에 대한 비판이자, 폭력에 대비되
는 순박함을 드러냄으로써 "평범한 서민들의 선량한 본능과 인정"[21]을

---

[20]　유인순, 「김유정 소설의 웃음 그리고 그 과녁」, 『현대소설연구』 38, 2008, 208면.
[21]　전규태, 「김유정론」, 『한국문학의 통시적 연구』, 지문사, 1981, 394면.

향한 작가의 지향을 강조하고 있다. 이렇게 증오(폭력)의 또 다른 얼굴
인 연민이 대위법처럼 어울려 소설 속에 배치되고 있는 것이다.

두 번째로 서술자가 보여주는 외부세계에 대한 이중적 시선이 양가
성을 산출한다. 이는 곧 폭력적인 인간 대 아름다운 자연의 묘사라 할
수 있다.

「만무방」의 자연 묘사는 「산골」의 묘사와 더불어 김유정 소설의 미
학이 압축된 지점이기도 하다.

산골에, 가을은 무르녹앗다.

아름드리 로송은 빽빽이 느러박엿다. 무거운 송낙을 머리에 쓰고 건들건
들. 새새이 끼인 도토리, 뺏, 돌배, 갈입들은 울긋불긋. 잔디를 적시며 맑은
샘이 쫄쫄거린다. 산토끼 두 놈은 한가로이 마주 안저 그물을 할짜거리고.
잇다금 정신이 나는듯 가랑입은 부수수, 하고 떨린다. 산산한 산들바람. 구
여운 들국화는 그품에 새뜩새뜩 넘논다. 흙내와 함께 향깃한 땅김이 코를 찌
른다. 요놈은 싸리버섯, 요놈은 입 썩은 내 또 요놈은 송이—아니, 아니 가시
넝쿨속에 숨은 박하풀 냄새로군. (「만무방」, 95면)

산
머리우에서 굽어보든 햇님이 서면으로 기울어 나무에 긴 꼬리가 달렸건만
나물 뜯을 생각은 않고
이뿐이는 늙은 잣나무 허리에 등을 비겨대고 먼 하늘만 이렇게 하염없이
바라보고 섰다.
하늘은 맑게 개이고 이쪽저쪽으로 뭉글뭉글 피어올은 흰 꽃송이는 곱게도
움직인다. 저것도 구름인지 학들은 쌍쌍이 짝을 짓고 그새로 날아들며 끼리
끼리 어르는 소리가 이수퐁까지 멀리 흘러나린다.

각가지 나무들은 사방에 잎이 욱었고 땡볕에 그잎을 펴들고 너홀너홀 바람
과 아울러 산골의 향기를 자랑한다.(「산골」, 123면)

위 인용문은 아름다운 강원도 산골의 풍광을 눈에 보이듯, 리드미컬
하게 그려 낸 장면이다. 의성어, 의태어, 구어를 많이 사용하여 '활력(活
力)의 언어'[22]를 보여줌으로써 배경으로서의 풍경이 살아 움직이는 듯
한 느낌을 준다. 그러나 이러한 묘사가 이중적인 것은 아름다운 자연을
배경으로 벌어지는 인간의 삶이 파괴적인 양상을 지니기 때문이다. 향
긋한 송이버섯의 향기 속에 도둑이자 노름꾼인 응칠이 도둑잡기에 혈
안이 되어 있고, 이뿐이는 떠나버린 도련님을 하염없이 기다린다. 또
자신이 농사지은 벼를 몰래 훔쳐야 하는 응오의 고달픈 삶이 놓여 있고,
정만 통하고 서울로 달아나 다른 여자와 혼인하려는 도련님의 야속함
이 놓여 있다. 즉 여기에서 재현된 농촌은 "서정성으로 봉합되지 않고
다양한 근대적 욕망이 충돌하고 모순이 현시되는 공간"인 것이다.[23] 소
설 속 환경의 요소는 인물의 행위와 밀접한 연관을 맺고 있으며, 인물
과 환경의 상호작용에 의해 플롯이 구성된다고 할 수 있다. 김유정의
소설에서 인물과 환경의 상호작용은 모순과 대치의 원리로 나타난다.
즉 아름다운 풍경이 강화될수록, 인물의 비극적 삶은 그 강도를 더한
다. '추함'을 배경으로 '미'는 극적으로 형상화되고, 또 '미'를 배경으로
'추함'은 더욱 추해진다. 결국 미 / 추 역시 양가적인 의미망을 지니고
서로를 보충하고 있으며, 그 안에서 비극적인 인간의 삶은 연민의 대상
이 된다.

22 김상태, 「김유정의 문체」, 『문체의 이론과 해석』, 새문사, 1982, 241면.
23 김양선, 「1930년대 소설과 식민지 무의식의 한 양상」, 『한국근대문학연구』 5권 2호, 2004,
    155면.

세 번째는 사랑의 양가성이다. 사랑이 증오를 배경으로 작동한다는 사실토부터 이미 그 양가성은 충분히 짐작할 수 있을 것이나, 김유정의 소설에서 사랑은 폭력을 배경으로 훨씬 극적으로 제시되고 있다.

「소낙비」에서 춘호는 아내에게 지게막대로 무지막지한 폭행을 가한다. 그러나 아내가 돈을 변통하였음을 알고는 잠깐의 평화가 찾아온다.

> 남편은 혼자 중얼거리며 바른팔을 들어 이마우로 흐트러진 안해의 머리칼을 뒤로 씨담어넘긴다. 세상에 귀한것은 자기의안해! 이안해가 만약 업섯단들 자기는 홀로 어떠케 살수 잇섯스려는다! 명색이 남편이며 이날까지 옷한벌 켠변히 못해입히고 고생만짓시킨 그죄가 너머나 큰듯 가슴이 뻐근하였다. 그는 왁살스러운 팔로다 안해의 허리를 꼭 꺼안어 자기의압으로 바특이 끌어댕겻다. (「소낙비」, 49~50면)

돈 이원을 취하기 위해 아내가 이주사와 관계를 맺었을 것을 짐작 못하는 것은 아니나, 춘호에게 그것은 별 문제가 되지 않는다. 서울행과 동행할 아내만 있으면 되는 것이다. 그렇기에 고생하는 아내를 향해 '세상에서 귀한 것'이라 여기며 가슴이 뻐근하였던 것이다. 이렇게 성매매와 폭행, 또 지극한 애정이 작품 속에 자연스럽게 병렬되어 있다.

무엇보다 「안해」라는 작품은 폭력과 사랑의 기원적 동일성을 보여준다는 점에서 단연 압도적이다. "쥐었다 논 개떡"(169면)같이 생긴 아내를 '나'는 부화가 치밀 때마다 때린다. 농사를 지어도 남는 것이 없고 빚에 몰릴 뿐이며 집에 들어와 봤자 자식놈은 울고 아내는 옷이 없어 떨고 있으니, 화자 '나'는 시시때때로 화가 끓어오른다. 그러면 아내를 한바탕 두들겨패는 것이다.

그러나 우리가 원수같이 늘 싸운다고 정이 없느냐 하면 그건 잘못이다. 말
이 났으니 말이지 정분치고 우리것만치 찰떡처럼 끈끈한 놈은 다시 없으리
라. 미우면 미울수록 싸울수록 잠시를 떨어지기가 아깝도록 정이 착착 붙는
다. (172면)

애정의 이면이 증오라는 것을 알 때만 증오를 애정으로 바꿀 수 있
다. 즉 증오를 가르치는 것이 곧 사랑을 가르치는 길인 것처럼[24] 동전의
양면처럼 결합되어 있는 사랑과 증오의 양가성을 위 인용문에서 확인
할 수 있다. 아내에 대한 사랑과 연민은 폭력의 강화 속에서 더욱 강렬
해진다.[25] 이는 욕망의 모방이 가져온 폭력과 갈등의 강화가 결국 사랑
과 연민의 또 다른 이름이며 동시에 대상의 허위성을 노출하는 과정의
한 양상임을 보여준다.

또한 이 과정은 부부간에만 나타나는 것이 아니라, 동기간에도 나타
난다. 이미 『생의 반려』에서 누님의 양가성을 확인했던 것처럼, 「만무
방」의 응칠에게도 양가성은 드러난다.

대뜸 뭉둥이는 들어가 그볼기짝을 후려갈겼다. 아우는 모루 몸을 꺽드니
시납으로 찌그러진다. 대미처 압 정강이를 때럿다. 등을 팻다. 일지 못할만치
매는 나리엇다. 체면을불구하고 땅에 엎드리어 엉엉울도록 매는 나리엇다.
횟김에 하긴햇으되 그꼴을보니 또한 마음이 편할수업다. 침을 퇴 배타던

---

24 권택영, 「프로이트에게 돌아가기—라캉의 기표는 사랑인가 증오인가」, 『라캉과 현대정신분
    석』 6권 2호, 2004, 15면.
25 물론 라캉에 의하면, 이는 주체의 욕망 자체가 결핍이기에 나타난 현상일 수도 있으며, 또 자
    기애를 구조로 하는 사랑의 불가피한 결과일 수도 있다. 또 동시에 사랑이 상상적 허상이기
    에 증오를 기반으로 하는 것일 수도 있다. 다만 이 글에서는 논의의 집중을 위해 증오와 사랑
    의 양가성에만 초점을 두고자 한다.

지곤 팔짜드신놈이 그저그러지 별수잇나. 쓰러진 아우를 일으키어 등에업고
일어섯다. (120~121면)

　동생의 도둑질을 보고 '눈물'을 흘렸으나, 금세 황소를 훔칠 계획을
세우는 형 응칠을 무시하는 동생에게 형이 가하는 매질 장면이다. 그
매질에는 눈물이 섞여 있다. 당연히 마음이 안 좋은 형은 동생을 업고
다시 나선다. 증오 속의 폭력과 연민 속의 눈물이 뒤섞여 있는 이 장면
은 「만무방」의 결말 부분으로 식민지 자본주의 체제에서 철저하게 소
외되었던 농민들의 절망과 타락을 씁쓸히 보여준다. 폭력이자 눈물인
양가성의 세계에서 살아야 했기에 그들의 욕망은 가장 세속적일 수밖
에 없으며 모방의 속성에 의해 대상은 획득되지 않고 끝없이 달아날 뿐
인 것이다.
　이와 같은 아이러니와 양가성의 구조를 바탕으로 김유정의 소설은
인물들이 내보이는 욕망의 연쇄 고리가 결국 허위임을 증명한다. 모방
욕망은 경쟁의 구도 속에 끝없이 반복되고 강화된다. 이는 수평적인 연
속선상에 놓인 것이 아니라, 그 속성상 폭력의 증폭 속에 하강의 파국을
향해 치닫게 된다. 이를 멈출 수 있는 것이 '수직적 초월'이다. 소설가는
작품을 통해 소설의 진실을 드러냄으로써 타락한 현실 세계를 떠나 진
정성 다시 말해 '수직적 초월'을 이룩할 수 있는 것이다.[26] 김유정 역시
모방욕망에 의한 반복적 폭력의 서사 속에 아이러니와 양가성의 장치를
삽입함으로써 '수직적 초월'을 시도하고 있다고 평가할 수 있겠다.

[26]　김현, 앞의 책, 33면.

4. 나가는 말

이 논문에서는 김유정의 소설에 나타난 모방욕망과 폭력의 양상을 전반적으로 검토하였다. 아버지와 형, 누나와의 갈등이 등장하는 자전적 소설 계열은 주체와 매개자가 욕망의 모방을 통해 짝패가 되어 가는 과정을 보여주고 있으며 이로써 가족 구성원 내의 폭력의 확산과 희생 제의가 산출되는 경로를 드러낸다. 이러한 양상은 들병이 소재 소설이나, 금광 소재 소설 등에서도 반복적으로 나타나고 있다.

문학작품이 일종의 '승화'라면 작가의 억압된 상흔이 작품 속에 변형된 형태로 등장하게 된다. 어린 시절 경험한 아버지와 형, 누나의 폭력은 김유정의 소설 속에서 인물들간의 끊임없는 갈등과 경쟁, 증오 그리고 폭력의 양상으로 빈번히 출현한다. 그러나 이 폭력은 아이러니하게도 대상의 부재를 확인하게 하고, 증오는 그 자신의 또 다른 얼굴인 연민이라는 양가의 세계를 구축한다. 결국 소설 속 인물의 욕망은 타자의 욕망으로부터 자극받은 모방의 성격을 지니며 타자와의 경쟁관계에 의해 폭력을 산출하지만, 그 결과 대상의 부재와 연민이 드러나게 되는 것이다.

이 과정에서 노출된 욕망의 허위성의 발견, 이것이 김유정 소설의 서사원리라 볼 수 있겠다. 즉 김유정은 모방욕망에 의한 반복적 폭력의 서사 속에 아이러니와 양가성의 장치를 삽입함으로써 일종의 소설적 진실 혹은 진정성의 발견이라는 '수직적 초월'을 시도하고 있다고 평가할 수 있다.

참고문헌

전신재 엮음, 『원본김유정전집』 개정판, 강, 2008.

권택영, 「프로이트에게 돌아가기—라캉의 기표는 사랑인가 증오인가」, 『라깡과 현대정신분석』 6권 2호, 2004.

김미현, 「김유정 소설의 카니발적 구조 연구」, 이화여대 석사논문, 1990.

김양선, 「1930년대 소설과 식민지 무의식의 한 양상」, 『한국근대문학연구』 5권2호, 2004.

김원희, 「김유정 단편에 투영된 탈식민주의—소수자와 아이러니의 형상화를 중심으로」, 『현대문학이론연구』 29, 2006.

김주리, 「매저키즘 관점에서 본 김유정 소설의 의미」, 『한국현대문학연구』 20, 2006.

김진식, 「르네 지라르의 욕망 모방과 소설적 진실」, 『연구논문집』, 울산대 제20권 제2호, 1989.

송기섭, 「김유정 소설과 만무방」, 『현대문학이론연구』 제33집, 2008.

유인순, 「김유정 소설의 웃음 그리고 그 과녁」, 『현대소설연구』 38, 2008.

이미혜, 「유진 오닐의 작품에 나타난 폭력 연구—르네 지라르의 이론을 중심으로」, 연세대 박사논문, 2004.

최병우, 「김유정 소설의 다중적 시점에 관한 연구」, 『현대소설연구』 23, 2004.

한만수, 「김유정 소설의 아이러니 연구」, 『한국어문학연구』 21, 1986.

김상태, 「김유정의 문체」, 『문체의 이론과 해석』, 새문사, 1982.

김은정, 「해학과 아이러니의 미학」, 『새로 쓰는 한국작가론』, 백년글사랑, 2002.

김 현, 『폭력의 구조 / 시칠리아의 암소—김현문학전집 10』, 문학과지성사, 1992.

나병철, 『소설의 이해』, 문예출판사, 1993.

유인순, 『김유정 문학 연구』, 강원대 출판부, 1988.

전규태, 「김유정론」, 『한국문학의 통시적 연구』, 지문사, 1981.

전신재 엮음, 『김유정 문학의 전통성과 근대성』, 한림대아시아문화연구소, 1997.

르네 지라르, 김치수·송의경 옮김, 『낭만적 거짓과 소설적 진실』, 한길사, 2001.

________, 김진식·박무호 옮김, 『폭력과 성스러움』, 민음사, 1997.

________, 김진식 옮김, 『희생양』, 민음사, 1998.

린 헌트, 조한욱 옮김, 『프랑스 혁명의 가족로망스』, 새물결, 1999.

아니카 르메르, 이미선 옮김, 『자크 라캉』, 문예출판사, 1994.

김유정 소설에 나타난 부부 윤리

한상무

1. 머리말

본고는 김유정 소설에 나타나는 부부 윤리의 양상과 그 가치의 특징을 고찰함을 목적으로 한다. 방법론적으로는 정신분석학적 방법과 사회 윤리적 방법을 원용하여 주로 부부인 작중인물의 행태와 그 윤리적 가치의 특징을 구명해 보려 한다.

부부란 용어는 시대와 더불어 그 개념도 다소 변했지만, 대개 결혼이라는 제도를 통해서 맺어지는 한 쌍의 남녀를 말한다. 부부는 사회 집단의 기본 단위인 가족(부부와 자녀만으로 이루어진) 내에서 인간관계의 핵심 구조다. 전통적인 관례에서는 결혼을 통해서 남녀가 부부의 연을 맺음으로써 자녀의 출산이 이루어지며, 부부 중 남편인 가장은 주로 아내와 자녀의 경제적 부양책임을 지며 아내는 주로 가정의 살림과 자녀의 양육 책임을 진다. 한 가족을 구성한 남편과 아내는 상호간에 부부로서 자신들의 윤리적 책임을 충실하게 수행할 의무가 있다. 물론 부부라는 개념과 유사하게 부부 윤리의 개념도 시대에 따라 변해 왔지만, 사회 윤리적 가치나 중요성, 기본적인 이념은 오늘날에도 상당 부분 그 골격을 유지하고 있다고 본다.

가족 윤리의 핵심 범주로서 부부 윤리는 두 가지 측면으로 이루어져 있다고 할 수 있다. 첫째는 에로스 혹은 성적 관계에 따르는 윤리적 가치며, 둘째는 삶의 동반자적 관계에 따르는 윤리적 가치다. 이 양자는 가족 구성원의 원만하고 행복한 삶을 위해 부부 모두 그 중요성의 인식은 물론 행동을 통해서 준수하고 실천해야 하는 당위적 가치다.

김유정의 소설들은 이러한 부부 윤리의 구체적 행태를 고찰하고 그 윤리적 가치를 해석, 평가하는 데 이점과 약점을 함께 가진다. 먼저 이점이란 그의 대부분의 소설이 작품의 배경이 된 1930년대 당대의 시대적 풍손사(주로 농촌)를 엿볼 수 있게 하는 정치하고 뛰어난 현실 및 심리 묘사를 제시하고 있다는 점이다. 이미 기왕의 많은 연구에 의해 인정되어 왔지만, 그의 주요 작품들은 강원도 농촌을 배경으로 땅에 뿌리박은 원시적 생명력, 토착적 방언의 구사, 특유의 해학성, 반어성 등으로 독자의 사랑을 받아 왔으며, 또한 당대 농촌 사회의 물질적 배경과 생활상, 그리고 무지하면서도 우직한 아이러닉 모드의 작중 인물들의 내면에 대한 섬세한 묘사를 통해서 당대 농촌 현실에 대한 구체적 파악과 이해를 제공하고 있다. 반면 그의 소설의 약점이란 그의 소설이 모두 단편으로 그 장르적 한계를 지닐 수밖에 없다는 점이다. 단편소설이 인생의 총체성을 그리려는 장편소설과 달리 인생의 단면을 상징적, 암시적으로 그리는 장르적 특성을 가진다는 점에 비추어 볼 때, 그의 소설이 제시하는 당대적 풍속사나 현실 묘사는 그 한계를 가질 수밖에 없다.

특히 본고에서 설정한 주제에 비추어 볼 때 논의의 대상이 되는 작품의 수량적 부족 또한 불가피하게 감수할 수밖에 없는 한계라 하겠다.

아래에서는 부부 윤리의 두 가지 측면 중 먼저 에로스 혹은 성적 관계와 그 윤리적 측면을 「정조」, 「소낙비」 두 작품을 대상으로 고찰하고, 다음 삶의 동반자적 관계와 그 윤리적 측면을 「안해」, 「땡볕」, 「산골 나그네」 세 작품을 대상으로 고찰하려 한다.

2. 부부 윤리의 두 범주

1) 에로스 혹은 성적 관계와 그 윤리

결혼이라는 사회적 제도를 통해서 부부로 맺어지는 남녀 한 쌍은 기본적으로 에로스 혹은 성적 관계를 갖게 된다. 에로스는 이성에 대한 본능적인 성적 욕구나 욕동 혹은 욕망 모두를 포함하는 넓은 의미의 이성애를 가리킨다. 부부는 상호간에 상대를 에로스적 파트너로 삼아 지속적으로 자신의 성적 욕구나 욕동 혹은 욕망의 충족을 구한다. 그리고 이는 또한 대개 생물학적으로 자녀의 생산이라는 자연적인 생식의 과정으로 이어지기도 한다.

프로이트(G. Freud)의 정신분석학을 이론적으로 계승하고 이를 독창적으로 재해석, 발전시킨 자크 라캉(J. Lacan)은 인간의 본능적인 욕구와 욕동, 그리고 욕망을 개념상 구별한다. 욕구(need)는 동물의 한 종으로서 인간이 지닌 순수한 생물학적 본능으로 기갈이나 성욕 따위가 그것이다. 이러한 욕구가 '말하는 주체'인 인간에 의해 언어로 표현될 때 이는 사랑의 요구(demand)가 되며, 요구로 표현된 욕구가 충족된 후에도 요구의 다른 측면인 사랑을 위한 갈망은 충족되지 않은 채로 남게 되는데, 이 잔여가 바로 욕망(desire)이다. 라캉에 의하면 욕망은 충족을 위한 식욕이나 성욕이 아니고 사랑을 위한 요구도 아니며, 요구로부터 욕구를 뺀 차이다. 이런 욕망은 욕구와 달리 결코 충족될 수 없으며, 불변하는 일정한 대상도 없이 환유적 속성을 지닌다. 욕망은 또한 욕동(drive)과 구별된다. 욕동은 본능적 욕구가 '말하는 주체'인 인간에 의해 문화적으로 변질된 것으로(문화화된 동물성), 프로이트가 성적 리비도라고 부른 것이다. 욕망은 하나이지만 욕동은 여럿이다. 즉 욕망의 대상은 '대상 a'라는 단 하나뿐이지만, 욕동은 다양한 부분 대상들에 의해 부분 욕동으로 표출된다. 곧 욕동은 욕망이라 불리는 단일한 힘의 특별한(부분적인) 표출이다.

결혼한 부부는 상호간에 에로스적 욕동이나 욕망의 충족을 구한다. 그리고 이런 관계에서 부부는 상호간에 부부 관계를 지속하고 부부가 중심이 된 가족의 행복과 번영을 위해 성적 윤리적 규범을 반드시 지켜야 한다. 21세기 오늘날 부부 간에 지켜야 할 성적 윤리적 규범의 핵심은 부부인 남편과 아내가 동등한 인격적 존재로 자유 의지에 의해 육체적 순결을 지켜야 하는 것이다. 이는 넓은 의미에서 인간의 사회 및 정신의 진보에 따라 인류의 보편적 가치로 공인된 인권 및 남녀평등 사상의 영향에 기인한다. 그러나 전근대적인 시대, 특히 김유정이 그의 소설들을 발표하던 1930년대의 경우 이런 부부 간의 성적 윤리는 그 성격이 달랐다. 전통적인 가부장적 가족제에서 부부 간의 성적 윤리는 지배자이며 주인 위치에 있는 남편에 의해 피지배자이며 종속적 위치에 있는 아내에게 소위 '정조'라는 이념적 가치가 일방적으로 강요되었고, 반면 남편은 종종 자신의 지배자적 권력과 물질적 재화를 이용하여 외설적인 남근적 향락(phallic jouissance)을 거리낌 없이 추구하였다. 김유정이 그의 주요 소설들을 발표하던 1930년대는 오랜 식민지 피지배 체제하에서 황폐화된 농촌 경제 탓으로 가부장적 가족제의 근간이 크게 훼손되었고, 이에 따라 전통적인 부부 윤리의 경직성이 많이 약화되긴 했지만, 아직도 양반 지주 계급이나 하층 농민 계급에서 상당 부분 그 영향력이 상존하고 있었다.

김유정의 소설들 중 「정조」, 「소낙비」 두 작품은 당시의 부유층―양반 혹은 지주 계급 가족 내의 가부장적 남성에 의해 행해지는 성적 행태와 그 윤리적 파탄, 그리고 이와 대조적인 하층 빈민들의 성적 윤리의 아노미 현상을 적나라하게 보여줌으로써 당대 사회의 풍속사의 한 단면과 함께 여성에 대립되는 보편적인 남성의 성 심리의 일단을 엿보게 해 준다.

「정조」는 도시 소재의 한 부유한 양반 집안에서 주인인 남편의 이른바 충동적, 탈규범적인 외도 행위와 이에 따른 일련의 내적, 외적 갈등을 다룬 작품이다. 3인칭 전지적 서술자에 의한 서술이지만 주로 주인의 아내의 시점으로 서술되고 있는 이야기에서 남편은 술이 만취한 상태에서 귀가 중 집안의 행랑어멈과 충동적인 성적 관계를 갖게 된다. 술이 만취되었다고 하지만 반드시 그렇지만도 아닌 것이, 주인은 행랑아범이 잠시 동안 귀향 중인 사실을 알고 있었기 때문이다. 소설의 플롯의 중심 갈등은 이 사건 이후 돌연한 사건의 충격파를 최소화하려는 주인아씨와 이 사건을 빌미로 가족의 생계를 위해 최대의 물질적 보상을 받아내려는 행랑어멈과의 일련의 외적 충돌과 내적 갈등이다.

외도의 당사자인 주인은 비교적 부유한 양반 집안의 가부장이다. 그는 부모가 물려준 재산을 바탕으로 아내 외의 다른 여성과 탈윤리적인 외도 행각을 벌여 왔다. 그는 본처인 주인아씨 외에 기생첩이 있고, 또 여학생 첩도 있다. 주인아씨의 눈으로는 "꽃 같은 계집들이 이렇게 앞에 놓였으련만 무슨 까닭에 행랑어멈을 그랬는지" 도무지 그 속을 알 수 없다. 이 점은 당사자인 주인 서방님도 의식적으로는 역시 마찬가지다. 행랑어멈과의 충동적인 성 관계 이후 주인은 자괴감에 빠져, "(문지방 하나만 더 넘어서면 곱고 깨끗한 아내가 있으련만 그걸 뭘 보구?) 이렇게 생각해 보니 곧 창자가 뒤집힐 듯이 속이 아니꼽다."라고 후회와 한탄을 거듭한다.

주인아씨는 이런 남편의 탈윤리적 행태에 대하여 적극적인 저항이나 반발을 보이지 못한다. 기껏해야 남편에게 사태의 수습을 전적으로 미루거나, 불륜 사실을 빈정거리다가 남편의 폭력적 행패에 고개를 움츠리고, 행랑어멈의 불손한 태도에 집안에서 자신의 위신 추락에 전전긍긍하는 나약한 소극적 태도를 보일 뿐이다. 그녀는 남편의 외도 행각이나 행랑어멈과의 불륜 사실을 자신과 가족의 지배자이며 가부장인 남편의 당연한 권리이며 관습으로 여기고 이를 용인할 뿐 아니라, 단지 남편의 불륜 사건이 원만히 수습됨으로써 집안에서의 자신의 위상이 계속 보장되기만을 바랄 뿐이다.

소설 속의 중심 사건의 발단이 된 주인과 행랑어멈과의 충동적인 성 관계가 시사하는 부부 윤리의 탈규범성은 전통적인 가부장적 가족제에서는 오랜 세월 동안 하나의 인습을 이루어 왔다. 가부장적 가족, 특히 양반 귀족 계급 가정에서 많은 가부장 남성들은 자신이 소유하고 있는 가부장적 권력과 물질적 부를 이용해 자신의 아내는 정조라는 이념적 족쇄로 묶어 놓고 자신은 마음껏 아내 외의 여성들과 성적 쾌락을 추구했으며, 이는 역사적, 사회적으로 공공연하게 용인되는 관습의 일부를 이루어 왔다. 조선조시대에서 지배 계급인 양반 가정의 소위 사대부 남편들 중 많은 이들이 본처나 정처 이외에 하나 이상의 첩을 두고 성적 향락을 일삼았다는 사실은 많은 역사적 기록에 의하여 입증된다.

김유정의 주요 소설의 시대적 배경이 되고 있는 1930년대에도 이런 인습은 지속되고 있었으며, 「정조」의 작중인물인 주인 역시 이러한 인습적 맥락에 속하는 인물이다. 단지 상류 부유층에 속하는 주인이 비록 음주 때문이라고 하지만, 신분상 비천하기 그지없는 행랑어멈과 충동적인 성 관계를 갖는다는 사건은 보편적인 남성의 성 심리의 일면을 보여준다는 점에서 흥미를 끈다.

정신분석학의 관점(프로이트–라캉)대로, 존재론적으로 결여를 안고 사는 인간 주체의 욕망이나 욕동을 무의식적인 것으로 규정할 때, 주인 남편의 행랑어멈에 대한 욕망이나 욕동은 무의식적이라고 할 수 있다. 그리고 앞에서 잠깐 거론한 욕망과 욕동의 개념적 차이에 비추어 볼 때 행랑어멈은 주인 남성에게 욕동의 부분대상으로서의 '대상 a'에 해당된다고 하겠다. 라캉에 의하면, 인간 주체는 사회적인 금기를 내면화함으로써 문화 혹은 상징계 속으로 탄생하며 바로 이 금기로 말미암아 지울 수 없는 욕망을 지니게 된다. 욕망은 본질적으로 금지된 대상이 약속하는 '향락'을 향해 움직인다(금지는 욕망을 창출한다). 그런데 대상에 의해 활성화된 욕망의 일부는 문화와 제도, 즉 상징적 법에 의해 다시 사회적 환상으로 수렴되면서 쾌락원칙에 묶이게 된다. 즉 불쾌의 회피를 특성으로 하는 쾌락원칙은 현실원칙과 결합하여 금지된 대상에 대한 욕망을 포기하게 만들지만, 결국 쾌락원칙은 사회적 법의 한계를 넘어서지 못한다. 이 때 사회적 환상에 잡히지 않은 욕망은 쾌락원칙을 넘어서 직접적인 충족을 요구하는 욕망으로 다시 태어나는데 이것이 바로 욕동이다. 이 욕동은 쾌락원칙을 위반하고 향락을 위반하고 향락을 즐길 수 있는 유일한 방식이다.

욕망이 쾌락의 현실에 안주한다면 욕동은 향락의 실재를 향해 끊임없이 움직인다. 프로이트는 사회적으로 규범화되기 이전의 인간의 성, 즉 욕동이 본질적으로 '다형도착성(polymorphously perverse)'을 띠고 있음을 지적한 바 있다. 욕동은 본능적인 생식과 성기 중심의 조직화나 표준화된 사회적 규범을 거부하고 '비정상적인' 다양성을 지닌 채 자유롭게 흘러 다닌다. 욕동은 항상 부분 욕동으로 그 지향 대상 역시 개별적으로 파편화된 부분 대상이다.

라캉은 성적 욕동의 부분 대상으로 젖가슴(구강욕동), 대변(항문욕동), 시선(시각욕동), 음성(청각욕동) 등을 들었지만, 이밖의 감각적 대상들도 부분 욕동의 대상이 될 수 있다. 삶의 현실에서 욕망이나 욕동의 '대상 a'는 다양한 모습으로 나타날 수 있다. 그것은 누군가가 나에게 건넨 시선일 스도 혹은 누군가의 음성일 수도 누군가의 냄새라든가 그 느낌이나 하얀 살결이 될 수도 있고, 누군가의 눈동자 색깔이 될 수도 있으며 말하는 태도가 될 수도 있다. 이러한 목록은 무궁무진할 수 있다. 욕동의 부분 대상으로서의 '대상 a'가 쾌락원칙의 한계를 넘는 실재적 향락의 대상이라는 사실은 「정조」에서 작중인물인 남편이 비천한 신분인 행랑어멈과 충동적인 성 관계를 갖게 되는 이유를 설명해 준다.

(아 아! 내 뭘 보구 그랬든가 검붉은 그 얼골 푸리딩딩하고 꺼칠한 그 입술 그건 그렇다하고 찝찔한 짠지냄새가 확 끼치는 그리고 생후 목물 한 번도 못 해봤을듯 싶은 그 몸둥아리는? 에잇 추해! 추해!……)

주인 남편에게 성적 욕동의 미끼로 작동한 '대상 a'는 위의 인용에서 보듯이 후각적 감각 자극으로 보인다. 프로이트는 남자의 사랑 대상의 선택 방식을 '강박적 성격'으로 규정한다. 이런 남자는 환상 속에서 원시 부족 시대에 모든 여성을 독점적으로 소유한 채 절대적 향락을 누리던 원초적 아버지를 꿈꾸며 여성과의 성적 관계를 통해 완벽한 향락을 누리려는 착각에 빠지지만, 결국은 항상 결여를 남기는 '남근적 향락'을 취할 뿐이다. 이런 남성에게 상대인 여성은 다만 '대상 a'의 우연적인 용기나 매체에 지나지 않는다. 남근적 향락은 항상 결여를 남기고 항상 실패로 끝날 수밖에 없는데, 「정조」의 주인 남성은 바로 가족에서의 가부장적 권력과 재화의 힘을 빌어, 또한 아내에 대하여 주인으로 군림하는 부부 관계를 통하여(가족 내에서의 지배자이며 전능한 존재) 상징적 법과 윤리의 규범을 위반해서 부단히 외설적인 향락을 추구하는 전형적인 남성이다. 프로이트는 사랑의 영역에서 나타나는 가치의 하락이라는 개념을 제기했는데, 강박증자는 어머니의 형상으로 변형될 수 없는, '대상 a'를 구현하는 성적인 대상, 즉 창녀형의 여성을 상대로만 마음껏 남근적 향락의 충족을 추구할 수 있다는 것이다. 「정조」의 주인 남편이 행랑어멈과 성 관계를 갖는 동기는 바로 그녀가 자신의 남성 주체적 완전성을 훼손하지 않고 손쉽게 남근적 향락을 충족시킬 수 있는 창녀형의 여성이었기 때문이다.

김유정의 소설 중 「소낙비」에는 이런 「정조」의 주인 남성과 유사한 또 다른 탈윤리적 남성 인물이 등장한다. 작품의 스토리의 배경이 되고 있는 마을에서 부자 양반 이 주사는 남편이 있는 쇠돌엄마와 공공연하게 불륜 관계를 맺으며, 노름 밑천을 구해 오라는 남편의 강박과 폭력을 못 이겨 쇠돌엄마를 찾아 온 춘호 처를 반강제적으로 성 폭행한다. 반강제적인 점은 춘호 처가 이 주사의 폭력에 적극적으로 저항하지 않을 뿐 아니라, 성 관계가 끝난 후는 모욕감과 수치감와 함께 복을 받기 위한 고생쯤으로 치부하며 위안하는 양가적 감정을 가지며, 자기의 첩이 되어 달라고 제안하는 이 주사를 하늘 같은 은인으로 여기는 데 있다. 이런 춘호 처는 또한 「정조」의 행랑어멈 같이 남성의 외설적인 남근적 향락의 충족을 위한 '대상 a'의 우연적인 용기나 매체 역할을 하는 창녀형의 여성이라고 할 수 있다.

2) 삶의 동반자적 관계와 그 윤리

결혼이라는 제도와 관습을 통해 부부의 연을 맺는 남녀는 삶의 도정을 함께 걸으며 삶의 반려자 혹은 동반자로서 삶의 과정에서 행운이나 시련 혹은 역경을 함께 겪으면서 기쁨이나 환희, 슬픔이나 고통, 고민을 함께 나눈다. 부부가 함께 걷는 삶의 도정이 길고 오랠수록 이런 깊고 끈끈한 감정이나 유대 의식은 더 강하고 클 수밖에 없다. 이런 부부가 함께 갖게 되는 감정은 에로스적 욕망이나 욕동을 초월하는 정신적, 인격적인 감정으로 이성애보다 더 높은 가치를 지니는 우정과 흡사한 감정이라 하겠다.

김유정의 일부 소설은 이러한 윤리적 가치에 대한 모색을 보여 준다. 그렇다고 그의 소설이 무에서 유를 창조하듯 전혀 새로운 윤리적 가치를 제시하는 것은 아니다. 그것은 오랜 수난의 역사를 통해서 지배 계급에 의한 사회적 억압이나 폭력, 혹은 경제적 착취와 수탈에 의한 삶의 궁핍이나 역경을 겪으면서 끈질기게 삶을 이어온 한국의 부부 사이에서 그리 어렵지 않게 볼 수 있는, 인간적 정의(情誼)를 바탕으로 하는 윤리적 가치다. 우리는 과거부터 현대적인 '사랑' 개념과는 다소 다른 '정(情)'이라는 말을 자주 사용해 왔지만, 이를 '정의 윤리' 혹은 '정의적 윤리'라고 부를 수 있을 것이다. 이는 바로 앞에서 지적한 대로 남녀간의 에르틱한 관계를 나타내는 '사랑'이라는 용어보다 기쁨이나 슬픔, 고난과 시련을 오랫동안 함께 한 인간 사이에서 형성되는 ‘우정’과 근사한 개념이라고 하겠다.

이러한 부부간의 ‘정’에 대해서는 「안해」에 그 직접적인 표현이 나타난다. 1인칭 서술자이자 주인물인 ‘나’는 가난한 살림에 “속이 맥맥하고 부화가 끓어오를 적”에는 기분 전환을 위해 아내와 한바탕 싸움을 벌이고는 아내와의 감정적 관계를 다음과 같이 표백한다.

그러나 우리가 원수같이 늘 싸운다고 정이 없느냐 하면 그건 잘못이다. 말이 났으니 말이지 정분치고 우리것만치 찰떡처럼 *끈끈한* 놈은 다시 없으리라. 미우면 미울수록 싸울수록 잠시를 떨어지기가 아깝도록 정이 착착 붙는다. 부부의 정이란 이런겐지 모르나 하여튼 영문모를 찰거머리 정이다.

「안해」의 서술자의 토운이 시종 해학적이어서 웃음을 유발하기 위한 다소의 과장과 왜곡을 감안한다 해도, 위의 서술 내용이 부부 사이의 정을 역설적으로 매우 인상 깊게 표현해 주는 점을 부인할 수 없다. 그러나 김유정의 소설에서 부부간의 정을 가장 감동적으로 그려 보여주는 작품은 「땡볕」과 「산골 나그네」다. 이 두 작품은 김유정의 작품치고는 해학적, 희극적 요소가 많이 제거되고 대신 사실적 객관 묘사가 우세한 작품이며, 그 작품적 완성도도 다른 작품에 비해 매우 뛰어나다.

「땡볕」에서 주인물인 덕순은 괴상한 병에 걸린 아내를 대학 병원에 맡겨서 병도 고치고 월급도 타 먹으며 팔자를 한 번 고쳐보려는 허황된 꿈이 결국 물거품이 된 뒤, 아내를 지게에 앉혀 지고 올라가던 길을 맥풀린 걸음으로 내려온다. 뜨겁게 내려 쪼이는 중복 허리의 땡볕을 피해 잠시 나무 그늘에서 쉬면서, 그는 이제 죽음을 눈앞에 둔 아내를 내려다보며 그동안 고생만 시키고 변변히 먹이지도 못했던 것이 갑자기 후회가 된다. 그가 담배를 사려고 남겨 두었던 돈으로 얼음냉수를 사다가 먹여 주니 아내는 '황송하여 한숨에 들이킨다.' 그리고 또 왜떡이 먹고 싶다 하는 아내에게 왜떡 세 개를 사다주고 '눈물도 씼을 줄 모르고 그걸 오직오직 깨물고 있는 안해를 이윽고 바라보고 있었다.'

그러다 안해가 무슨 생각을 하였는지 왜떡을 입에 문채 훌쩍훌쩍 울며
"저 사촌형님께 쌀 두 되 꿔다먹은 거 부대 잊지 말고 갚우."
하고 부탁할 제 이것이 필연 안해의 유언이라고 깨닫고는
"그래 그건 염려말아!"
"그러구 임자옷은 영근 어머이더러 애길하구 좀 빨아달래우."
하고 이야기를 곧잘 하다가 다시 입을 이그리고 훌쩍훌쩍 우는 것이다.
덕순이는 그 유언이 너무 처량하여 눈에 눈물이 핑 돌아가지고는 지게를 도르 지고 얼른 일어선다. 얼른 갖다 눞히고 죽이라도 한 그릇 더 얻어 먹이는 것이 남편의 도릴게다.

「땡볕」의 종말 부분인 위의 장면에서 3인칭 서술자의 초점은 덕순에게 맞춰져 있지만 부부 사이의 감정은, 죽음을 앞에 둔 아내를 내려다보며 남편으로서의 최소한의 도리를 생각해 보며 뒤늦은 반성을 하는 덕순보다 삶의 마지막 순간까지 남편의 사소한 신변 문제까지 걱정하는 아내의 태도에서 더 집약적, 감동적으로 드러나고 있다. 특히 사촌 형님에게 쌀을 꿔다 먹은 것을 잊지 말고 갚으라는 아내의 유언은 소크라테스가 독배를 마시고 운명하는 마지막 날을 다룬 플라톤의 대화편 「파이돈」에서 독배를 마시고 죽음 직전에 소크라테스가 크리톤에게 아스클레피오스에게 빚진 닭 한 마리를 갚아달라고 한 마지막 유언을 연상시킨다. 영혼 불멸을 설파하는 심오한 사상가와 무지한 촌부를 감

히 동등시할 수 없겠지만, 죽음을 앞두고 타자에게 빚을 남기지 않으려는 삶의 정결성에 대한 태도는 같지 않을까 한다.

이러한 부부, 특히 아내에 의해서 구현되는 부부 사이의 정의적 윤리는 「산골 나그네」에서 더 감동적으로 드러난다. 「산골 나그네」는 우연히 가난한 산골 농가를 찾아 든 유랑 여인을 늦도록 장가를 못 간 외아들에게 짝지워 며느리로 삼으려다 결국 여인의 야반도주로 좌절되고 마는 홀어미에게 스토리의 초점이 주로 맞춰져 있지만, 이 작품에서 특히 돋보이는 인물은 젊은 유랑 여인이다. 남편은 없고 몸 부칠 곳이 없어 이리저리 얻어먹으러 다닌다고 자기의 신분을 속인 여인은 가난 때문에 노총각 신세를 면치 못하고 있는 아들의 짝을 구하지 못해 초조해하고 있는 홀어미의 환대를 받고, 노총각 아들의 구애를 못 이겨 마침내 결혼식을 올리게 된다. 그러나 어느 날 밤 그녀는 새신랑과 자던 이불 속에서 빠져 나와 그의 옷과 버선까지 들고 종적을 감춘다.

소설의 종말 부분은 홀어미 집에서 도망친 그녀가 마을에서 멀리 떨어진 물방앗간에 병들어 신음하고 있는 남편을 부축하여 함께 길을 재촉하여 떠나는 장면으로 설정되어 있다.

물방앗간이다. 그러나 이제는 밥을 찾아 흘러가는 뜬 몸들의 하룻밤 숙소로 변하였다.

…… 거지도 고 옆에 홋이불 위에 거적을 덧쓰고 누웠다. 거푸진 신음이다. 의! 의! 으웅! ……

"여보 자우? 일어나게유 얼핀"

계집의 음성이 나자 그는 꾸물거리며 일어 앉는다. 그리고 너털대는 홋적삼을 깃을 여며 잡고는 덜덜 떤다.

"인제 고만 떠날테야? 쿨룩……"

말라빠진 얼굴로 계집을 바라보며 그는 이렇게 물었다.

십 분 가량 지났다. 거지는 호사하였다. 달빛에 번쩍거리는 겹옷을 입고서 지팡이를 끌며 물방앗간을 등졌다. 골골하는 그를 부축하여 계집은 뒤에 따른다. 술집 며느리다.

"옷이 너무 커― 좀 적었으면……"

"잔말 말고 어여 갑시다. 펄적……"

계집은 부리나케 그를 재촉한다. 그리고 연해 돌아다보길 잊지 않았다.

이 장면을 포함하는 플롯의 종말 부분은 플롯의 핵심 부분에서 야기된 일련의 갈등과 의문을 해명해 준다. 그녀는 병든 남편을 데리고 유랑하는 걸인이다. 그녀는 거동이 불편한 남편을 물방앗간에 혼자 남겨두고 으연히 홀어미 집에 들렀다가 환대를 받았고 마침내 그녀의 아들과 결혼까지 하게 되었다. 나그네 혼자라면 아마 마음씨 푸근한 홀어미의 며느리로서, 또 뒤늦게 맞은 아내에게 사랑을 쏟는 덕돌의 아내로서 최소한 굶주림은 면하면서 그런대로 편안하게 살아갈 수 있었을 것이다. 그러나 그녀는 방앗간에 거적을 쓰고 누워 신음하고 있는 병든 남편을 저버릴 수 없었다. 그녀가 항상 새신랑 옆에서 "새침허니 들어 누워서 천장만 쳐다보고" 있었던 것은 그녀의 그러한 내적 갈등 때문이었다. 그녀는 마침내 홀어미 집에서의 작고 소박한 안락함을 포기하고 병든 남편을 택해 그와 함께 정처 없는 유랑의 발길을 계속하기로 한다.

이 장면에서 확연히 드러나는 여인의, 병든 남편에 대한 태도를 전통적인 가부장적 가족 내에서 오랫동안 의식적, 무의식적으로 강요되어 온 아내로서의 도덕적 의무에 의한 것으로 해석하는 것은 지나치게 편협해 보인다. 위의 장면에서 볼 수 있는 여인의 행동과 태도에는 그러한 강요된 도덕적 의무와 차원을 달리하는, 단순한 이성애적 부부 관계

뿐이 아니라, 오랫동안 고난과 시련을 함께 나누고 견뎌 온 인간 상호 간에서 발견할 수 있는, 우정과 유사한 인간애가 감동적으로 드러나고 있다. 이것을 앞에서 지적한 대로 '정의 윤리' 혹은 '정의적 윤리'라고 규정할 수 있을 것이다.

「산골 나그네」는 병든 남편을 부축하여 정처 없이 떠도는 한 유랑 여인을 통해 오랜 가부장적 가족제도 아래에서 일방적으로 여성에게 강요되어 온 정절의 의무나 인간의 기본적인 물질적 욕구를 초월하는 보다 높은 부부간의 윤리적 가치를 감동 깊게 그려 보이고 있다. 이 작품에서 그러한 윤리적 가치를 실행한 인물이 물질적, 경제적 붕괴에 따른 가부장적 가족의 와해로 인해 남성들, 남편들로부터 가장 심한 수난과 피해를 당한 여성으로 설정되어 있다는 점은 매우 의미심장하다고 하겠다. 작가 김유정은 비록 남성이었지만, 아마도 그의 뛰어난 작가적 직관과 통찰력으로 비록 허울만 남긴 했지만, 여전히 부부 혹은 가족의 울타리를 지탱해 주고 언젠가 삶의 조건이 호전되면 부부 및 가족의 관계를 정상적으로 복원할 수 있는 잠재적인 힘을 여성에게서 발견했는지도 모른다.

3. 맺음말

본고에서 필자는 김유정의 일부 주요 소설에 나타나는 부부 윤리의 양상과 그 가치의 특징을 고찰하였다. 가족 윤리의 핵심 범주로서 부부 윤리는 두 가지 측면으로 이루어져 있다고 본다. 첫째는 에로스 혹은 성적 관계에 따르는 윤리적 가치며, 둘째는 삶의 동반자적 관계에 따르는 윤리적 가치다. 이 양자는 가족 구성원의 원만하고 행복한 삶을 위해 부부 모두 그 중요성의 인식은 물론, 행동을 통해서 준수하고 실천해야 하는 당위적 가치다.

김유정의 소설 중 「정조」「소낙비」두 작품은 당대의 부유층—양반 혹은 지주 계급 가족 내의 가부장적 남성에 의해 행해지는 성 행태와 그 윤리적 파탄, 그리고 이와 대조적인 하층 빈민들의 성적 윤리의 아노미 현상을 적나라하게 보여줌으로써 당대 사회의 풍속사의 한 단면과 함께, 여성의 대립 개념으로 보편적인 남성의 성 심리의 일단을 엿보게 해준다.

「정조」의 작중인물인 주인 남편은 가족 내에서의 전능한 지배자로서의 가부장적 권력과 재화의 힘을 빌어, 또한 아내에 대하여 주인으로 군림하는 부부 관계를 통하여 상징적 법과 윤리의 규범을 위반해서, 부단히 외설적이며 실재적인 남근적 향락을 추구하는 강박증적 증상의 전형적인 인물이다. 그는 모든 여성을 독점적으로 소유한 채 절대적 향락을 누리던 원시 부족의 아버지의 향락을 꿈꾸며 자신의 가부장적 권력과 위상을 훼손하지 않고 손쉽게 그의 남근적 향락을 충족시킬 수 있는 여성으로 주로 창녀형의 여성을 선택한다. 주인 남성이 충동적인 성적 관계를 맺는 행랑어멈이 바로 이런 유형의 여성으로, 이 여성은 쾌락원칙의 한계 너머에 있는 부분 욕동의 대상으로 '대상 a'의 우연적인 용기나 매체에 지나지 않는 존재다. 또 다른 작품인 「소낙비」에 등장하는 마을의 지주인 이 주사 역시 이와 흡사한 탈윤리적, 탈규범적 인물이다.

한편 김유정의 다른 주요 소설에는 부부가 고달픈 삶의 도정을 함께 걸으며 삶의 반려자 혹은 동반자로서 갖게 되는 희노애락의 감정을 바탕으로 공유하게 되는 윤리적 가치의 형상이 감동적으로 나타나고 있다. 이런 감정은 에로스적 욕망이나 욕동을 초월하는 정신적, 인격적 감정으로 이성애보다 더 높은 가치를 지니는 우정과 흡사한 감정이다.

김유정의 「안해」 「땡볕」 등 작품에 이러한 부부 윤리, 즉 '정의 윤리' 혹은 '정의적 윤리'라 부를 수 있는 윤리적 가치가 구현되어 있지만, 가장 돋보이는 작품은 「산골 나그네」이다. 이 작품에서 병든 남편을 데리고 유랑 걸식하는 젊은 여인은 우연히 찾아들게 된 농가에서 젊은 남성의 구애를 받고 결혼을 함으로써 일신의 편안을 누릴 수 있었지만, 이를 포기하고 야반도주하여 병든 남편과 고달픈 여정을 계속한다. 작가 김유정은 비록 남성이었지만 아마도 그의 뛰어난 작가적 직관과 통찰력으로 비록 허울만 남긴 했지만, 여전히 부부 혹은 가족의 울타리를 지탱해 주고 언젠가 삶의 조건이 호전되면 부부 및 가족 관계를 정상적으로 복원할 잠재적 힘을 여성에게서 발견했는지도 모른다.

가족이든 가족 이외의 더 넓은 범주의 어떤 사회 집단이든 그 집단이 설사 위기에 처해 있어도 집단의 구성원이 공유하는 윤리적 가치가 힘을 잃지 않고 살아 있으면 그 사회 집단은 위기를 극복하고 다시 태어나고 또 미래에 희망과 발전을 기대할 수 있다. 이런 점에서 김유정 작품 속에서 정의적인 윤리적 가치를 구현하는 여성인물들은 각별히 돋보인다.

참고문헌

김용수, 『자크 라캉』, 살림, 2008.

딜런 에반스, 김종주 외 옮김, 『라깡 정신분석사전』, 인간사랑, 1998.

브루스 핑크, 맹정현 옮김, 『라캉과 정신의학』, 민음사, 2002.

슬라보예 지젝, 김영찬 외 옮김, 『성 관계는 없다』, 도서출판 비, 2005.

요한네스 로쯔, 심상태 옮김, 『사랑의 세 단계』, 서광사, 1986.

유인순, 『김유정 문학연구』, 강원대 출판부, 1988.

이종영, 『지배양식과 주체형식』, 백의, 1994.

조엘 도로, 홍준기 옮김, 『라깡과 정신분석임상』, 아난케, 2005.

한상무, 『한국 근대소설과 이데올로기』, 푸른사상, 2004.

한상무, 『한국 근대소설에 나타난 이데올로기』, 푸른사상, 2007.

홍준기, 『오이디푸스 콤플렉스』, 아난케, 2005.

김유정 소설의 여성 인물과 '貞操'

최성윤

1. 서론

「산골 나그네」(『제일선』, 1933.4)는 김유정의 등단작이다. "뿌리 뽑힌 인간들의 빈궁한 생활상, 무기력한 남성과 생활력이 강한 여성, 살기 위한 매춘, 순박한 인간성, 원점 회귀(原點回歸)의 구성"[1] 등 김유정의 소설에 일관되고 있는 특징들이 이 작품에 고스란히 드러나 있다.

김유정 소설의 일관된 특징이 위와 같은 것들이라면 「산골 나그네」는 별다른 내적 분석 없이도 이후 전개된 개인 소설사의 궤적을 예감할 수 있게 하는 김유정의 초기작으로 자리매김 되기에 부족함이 없다. 그러나 달리 말하면 김유정 작품세계 속 「산골 나그네」의 평범함은 작품

---

[1] 전신재 엮음, 『원본 김유정 전집』, 강, 2007, 17면.

에 대한 정밀한 분석을 가로막는 이유로 작용할 수도 있다.

그렇다고 해서 본 연구가 「산골 나그네」의 독특함이나 이후 작품들과의 차별성을 증명하고 김유정의 작품세계에 대한 해석의 폭을 현저히 확장하고자 의도하는 것은 아니다. 다만 「산골 나그네」를 읽고 난 후 김유정 작품으로서의 등질성뿐만 아니라 다른 작품과의 차이를 함께 발견할 수 있다면, 그 차이를 발생시키는 원인이 무엇인지를 살펴보고 해명하는 일 또한 필요할 것이다.

이 작품의 인물들도 가난하고, 이 작품의 인물들도 순박하며, 이 작품의 얼개 또한 여지없이 '원점 회귀의 구성'으로 설명될 수 있다. 그러나 「산골 나그네」에 등장하는 여성 인물이 남성 인물에 비해 생활력이 강하고, 살기 위해 매춘을 한다는 해석이 가능하다 해도, 살기 위해서는 어떠한 일도 마다하지 않는 영악하거나 뻔뻔스러워 보이기까지 하는 인물로 형상화되지는 않았다는 점에서 이후의 작품들과 분명히 구별된다. 생존의 논리를 내세워 전통적 생활의 윤리를 뒷전으로 돌리는 인물들이 지속적으로 나타난다는 선입견 아래 「산골 나그네」를 읽는 것과 어쩐지 좀 수줍어 보이고 아니면 지극히 순진해 보이는 '나그네'를 직접 만나는 것은 적지 않은 해석의 차이를 발생시킬 수 있다.

이 글은 「산골 나그네」를 시작으로 하여 김유정 소설에 나타나는 여성 인물의 특질을 '貞操'라는 문제에 착목하여 살피고자 한다. 남성 인물과는 다른 여성 인물의 소설적 지위를 가늠해 보고 김유정의 작품이 드러내고 숨긴 작가적 현실 인식을 탐색하는 기회로 삼으려는 것이다.

2. '아내'로서의 여성 인물을 통해 보는 '생존의 논리'와 '생활의 윤리'

밤이기퍼도 술ㅅ군은 역시들지않는다. 메주쓰는냄새와가티쾨쾨한냄새로 방안은 괴괴하다. 웃간에서는 쥐들이찍찍어린다. 홀어머니는쪽써러진 화로를 끼고안저서 쓸쓸한다로곰곰생각에젓는다. 갓득이나 침침한 반짝등ㅅ불이 북쪽지게문에 뚤린구멍으로 새드는바람에 반득이며 빗을일는다. 흔버선짝으로 구멍을틀어막는다. 그러고등잔미트로 반짓그릇을 끌어댕기며 슬음업시 바눌을집어든다.

산ㅅ골의 가을은 왜이리고적할까! 압뒤울타리에서 부수수하고썰닙은진다. 바로그것이귀미테서 들리는듯 나즉나즉속삭인다. 더욱 몹슬건 물ㅅ소리 골을휘돌아맑은샘은 흘러나리고 야릇하게도 음률을읊는다.[2]

호젓한 산골이다. 떠꺼머리 노총각 덕돌이와 그의 어머니가 단둘이 사는 외딴 주막에 어느 날 젊은 나그네가 찾아온다. 제 발로 찾아온 젊은 여인에게 호감을 느낀 주인은 온갖 호의를 베풀고 마침내 나그네와 덕돌이의 혼례까지 성사시킨다. 그러나 어느 밤 나그네는 덕돌이의 옷을 훔쳐 달아나고, 뒤늦게 눈치 챈 모자가 나그네를 뒤쫓지만 종적을 찾지 못한다.

「산골 나그네」의 경개를 위와 같이 정리한다면, 우선 드러나는 주 서사는 순박한 농민 덕돌이의 헛된 욕망과 좌절로 귀결될 것이다. 주인 노파와 덕돌이의 입장에서 보면 분에 넘치는 호의를 거절하고 옷을 훔쳐 달아난 나그네는 그야말로 배은망덕한 인물일 뿐이다. 덕돌이는 순

---

2 김유정, 전신재 엮음, 「산골 나그네」, 『원본 김유정 전집』, 도서출판 강, 2007, 17~18면. 이하 작품 인용은 각주 없이 본문의 괄호 안에 전집의 면수만을 기록하기로 한다.

진하게도 나그네에게 순정을 바치려 했으나 헛물만 켠 셈이다.[3] 이처럼
바보스럽기까지 한 남성 인물의 모습은 이후의 작품인 「총각과 맹꽁
이」(『신여성』, 1933.9), 「솥」(『매일신보』, 1935.9.3~14)에서도 '덕만이'와 '근식
이'로 변주되어 나타난다.

> 덕만이는 금시로 콩밧틀 튀여나왔다. 잿간여프로 달겨들며 큰 돌맹이를
> 집어들엇다. 마는 눈을얼마감고잇는동안 단념하엿는지 골창으로 던져버렷
> 다. 주먹으로 눈물을 비비고는
> "살재두 나는 인전 안살터이유—" 하고 잿간을향하야 소리를 질럿다.(「총
> 각과 맹꽁이」, 전집, 37면)

> 근식이는 구경꾼쪽으로 시선을 훌씻거리며 쓴 입맛만 다실 짜름— 종국에
> 는 두 손으로 눈우의 안해를 잡아 일으키며 거반울상이 되엇다.
> "아니야 글세, 우리솟이 아니라니깐 그러네 참—"(「솥」, 전집, 155면)

위 두 작품의 결말 부분과 「산골 나그네」의 결말은 일맥상통하는 부
분이 있다. 서론에서 언급한 '순박한 인물', '원점 회귀의 구성'의 요소가
적나라하게 드러난 것이다. 다른 점이 있다면 「총각과 맹꽁이」, 「솥」의
결말이 해학적으로 처리된 반면 「산골 나그네」의 결말은 불안하고 초
조한 여성 인물의 시선으로 착색되어 있다는 사실을 우선 들 수 있겠다.

---

3 이 논문의 방향과 일치하는 것은 아니지만, '덕돌이'의 성격 또한 세심하게 규정될 필요가 있
   다. 작품의 분위기나 서술자의 어조를 살펴볼 때 '덕돌이'가 이후 발표 작품에서의 남성 인물
   처럼 희화화되지는 않았기 때문이다. 풍자이든 유정골계이든 헛된 욕망의 좌절을 전면화하
   여 드러내는 여타 작품 속 남성 인물들의 성격은 부정적인 것으로 해석될 수밖에 없다. 그러
   나 「산골 나그네」는 중심인물의 성격을 긍정적, 부정적인 대립항 위에 놓지 않음으로써 이면
   의 서사를 발생시킨다.

"아 얼는좀 오게유"

쏭싯이마르는듯이 게집은사내의손목을 겹겹히잡앗근다. 병들은몸이라 쓸리는대로뒤툭어리며 거지도으슥한산저편으로가치사라진다. 수은ㅅ빗갓 흔물ㅅ방울을품으며 물ㅅ결은산벽에부다쓰린다. 어데선지 지정치못할넉대 소리는 이산저산서와글와글굴러나린다.(「산골 나그네」, 전집, 28면)

위 인용문에서 보듯 「산골 나그네」의 결말이 늑대 소리 가득한 불길한 어둠으로 그려진 것은 나그네와 병든 남편의 앞날을 예견하여 보여주는 듯하다. 「총각과 맹꽁이」의 마지막을 희화적으로 채색한 맹꽁이 소리와는 전혀 다른 느낌으로 독자에게 다가가는 것이다. 즉 「산골 나그네」의 결말에서 독자가 마주하고 있는 것은 바보 같은 덕돌이의 얼굴이 아니라 공포에 질린 나그네의 얼굴이다.

'나그네는 어째서 덕돌이 모자의 호의를 저버리고 배신을 택했을까' 보다도 먼저 떠오르는 의문은 '나그네가 어째서 안락한 삶을 포기하고 불안한 삶을 이어가려 하는 것일까' 정도로 요약될 수 있다. 「산골 나그네」는 독자로 하여금 위와 같은 질문을 맨 먼저 던지게끔 하는 김유정의 드문 작품 중 하나이다.

나그네는 먹고 살기 위해 구걸을 했고 덕돌이의 집에서는 작부 노릇까지도 마다하지 않았다. 이는 김유정의 다른 작품 속에서 빈번하게 나타나는 들병이들의 모습과 다를 바 없을지 모른다. 「정조(貞操)」(『조광』, 1936.10)의 행랑어멈이 집 주인의 환심을 사기 위해 애를 쓰고, 「소낙비」(『조선일보』, 1935.1.29~2.4)의 춘호 처가 리주사의 집에서 봉변을 무릅쓰는 것도 모두 돈 때문이라고 한다면 이와 마찬가지이다. 그러나 나그네의 행동을 생존을 위한 밑바닥 인생의 분투 정도로만 처리하기에는 미진한 부분이 있다. 만약 가장 큰 문제가 먹고 사는 것에 국한되어 있었다면 나그네가 덕돌이의 집을 떠나야 할 이유가 없어지기 때문이다.

「산골 나그네」의 서두가 주막집 주인의 눈에 비친 풍경으로 묘사되어 있는 반면 그 결말은 나그네가 바라본 풍경인 것처럼 처리되어 있음을 상기할 필요가 있다.[4] 덕돌이나 그의 모친의 입장을 위주로 하여 작품의 경개가 정리될 수 있었던 것처럼 나그네의 입장에서 가늠되는 새로운 줄거리를 구성할 수도 있다는 말이다.

이는 김유정의 농촌을 배경으로 하는 전 작품을 대상으로 여성 인물을 살펴볼 때 '아내를 밑천으로 삼아 돈을 벌려는 한심한 남편들과 남편의 말에 순순히 따르는 아내'라는 공식에 맞추어 「산골 나그네」를 바라볼 수도 있지만, 김유정의 등단작이 보여 주는 '병든 남편과 의리를 지키는 아내'의 구도가 이후의 작품에서 어떤 방식으로 변주되는가를 살피는 작업도 유효할 수 있다는 말과 같다.[5]

병든 남편을 이끌고 유리걸식하는 아내가 있다. 피차에 의도적으로 접근한 것은 아니지만 그 여자에게 호의를 베풀고 가족의 연으로 맺어지기를 권유하는 사람들이 있다. 정답게 말을 걸어오고 넉넉지 않은 살림에 양식을 나누고자 하는 그들을 위해 여자는 조건 없이 일을 돕는다. 내친 김에 혼사를 치를 요량으로 서두는 이들에게 아무 말도 않은 것이 잘못이라면, 아무 말도 않은 것을 긍정이라 여긴 것이야 말로 그들의 실수다. 병든 남편을 위해 새 옷 한 벌을 거두어 그 집을 빠져나온 여자

---

4 최병우, 「김유정 소설의 다중적 시점에 관한 연구」(『현대소설연구』23, 2004)는 김유정 소설이 한 인물의 관점에서 서사 세계를 바라보다가 수시로 여러 작중인물의 시각으로 초점화하는 양상을 보이는 것에 대해 분석하고, '서술자의 다중적 성격'을 '다중적 시점'이라고 명명한다.

5 이와 같은 관점은 김유정의 다른 작품과 「산골 나그네」의 비교를 넘어서서 김유정 소설의 여성 인물과 여타 작가들이 형상화한 여성 인물을 비교하는 데에도 유효하게 적용될 수 있을 것이다. 예컨대 김동인의 「감자」나 이태준의 「오몽녀」가 형상화하고 있는 가난한 여성 인물들은 김유정의 여성 인물과 어떻게 다른가. 이들의 거리를 살펴보는 일 또한 '貞操' 의식의 비교를 통해 가능하며, 그들의 적극적 행동이 어떻게 담론화되느냐에 따라 작가의 역사 사회적 현실 인식을 설명하는 하나의 기준이 될 수 있다.

는 병든 남편을 이끌고 어둡고 위험한 밤길을 재촉한다.

덕돌이 모자의 행동에 대한 긍／부정성 판단 이전에 주목되는 문제가 있다. 나그네의 입장에서 정리된 위 작품 경개에서 그의 행동은 '살아남기 위해 정조 등의 전통적 윤리 관념을 허물어뜨리는 식'의 것으로 이해될 수 없다. 그의 병든 남편이 아내의 훼절을 조장한 것도 아닌 데다가 아내의 작부 노릇이나 거짓 결혼 등의 행동의 책임은 오히려 덕돌이 모자에게 상당 부분 있는 것이다. 아내로서 제 남편에게 돌아가는 행동이야말로 정조 의식의 발로가 아니겠는가.

「산골나그네」에서 초점주체로 기능하고 있는 인물은 주막의 '주인'이자 덕돌의 '홀어머니'다. 그는 '나그네'가 자신의 주막에서 '작부' 노릇을 하기 원한다.(「산골 나그네」, 전집, 20면. 이하 면수만 표기) 그리고 말 잘 듣고 일 잘하는 것을 보고는 '나그네'가 자신의 딸처럼 함께 살기를 바라며(22면) 노총각 아들을 둔 어머니로서 '나그네'를 자신의 며느리로 삼고자 한다.(23면) 이처럼 작중 시간의 흐름에 따라 '주인'이 '나그네'를 생각하는 데에는 교환가치로서 파악이 개입되어 있다. 작부로 삼고자 하는 것은 말할 필요 없이 주막의 이익을 위해서다. 딸로 삼고자 하는 것은 그의 노동이 '소한바리'의 값은 되기 때문이고 며느리로 삼고자 하는 것은 제대로 며느리를 얻으려면 필요한 선채금 삼십 원이 '나그네'에게는 필요 없기 때문이다.[6]

6 「총각과 맹꽁이」, 「솟」, 「가을」 등의 소설에서도 비슷한 양상을 발견할 수 있다. "「총각과 맹꽁이」에서 덕만이가 들병이를 아내로 얻으려는 이유는 "이런 걸 데리고 술장사를 한다면 그박게 더 큰수는 업다. 뒤해만 잘하면 소한바리쯤은 락자업시 떨어진다(33면)"고 생각하기 때문이다. 「솟」의 남편 역시 안해의 속곳과 맷돌짝, 함지박을 훔려 내는 이유는 들병이인 "게숙이를 따라다니며 벌어먹겟구나" 하는 생각, "압흐론 굼주리지 않어도 맘편히 살려"는 생각 때문이지 결토 들병이를 사랑해서가 아니다. 복만이 처를 사간 소장수 황거풍은 "홀애비의 몸으로 얼굴 똑똑한 안해를 맞어다가 술장사를 시켜보고자 벼르든 중"이었다. 취처(娶妻)가 목적이 아니라 술장사를 통한 이윤 얻기가 목적인 것이다."(김양선, 「1930년대 소설과 식민지 무의식의 한 양상—김유정 소설에 나타난 향토의 발견과 섹슈얼티를 중심으로」, 『한국근

나그네가 밥값을 하기 위하여 덕돌이 모자에게 한 일이 가정사에 국한된다면 경우는 달라지겠지만, 며느리 혹은 아내가 될지도 모르는 사람에게 술꾼 시중을 들게 한 것은 남편이 아닌 그들이었다. 이것이 들병이 형 여성 인물이 등장하는 이후의 소설들과 「산골 나그네」가 구별되는 가장 뚜렷한 지점이다. 덕돌이의 집에 남아 새 살림을 차렸다면 나그네가 언제든 반복적으로 그와 유사한 곤욕을 당하고야 말았으리라 추측하는 것도 무리는 아니다. 단지 나그네의 입장에서만 본다면 덕돌이네 주막은 헌 서방을 버려야 함은 물론이고 봉욕과 수탈을 감내해야 머물 수 있는 새 서방의 집에 지나지 않는다.

생존의 논리와 생활의 윤리가 늘 대립되는 선택지로 남는 것은 아니라는 것을 「산골 나그네」는 보여 준다. 생존을 위해 윤리를 포기하는 것이 아니라 생존을 위한 행동이 전통적 윤리의식의 발현으로 귀결되는 우연한 접점에 「산골 나그네」가 놓여 있다.

그렇다면 의리 혹은 정절을 지킨 아내로서의 나그네의 형상은 이후 작품들에서 어떻게 나타나고 있는가를 살필 차례다. 그러나 그에 앞서 뚜렷이 드러나는 변화는 남편 쪽에서 발견되며, 여성 인물의 형상이나 성격은 남성 인물의 성격 변화에 동반하여 드러난다. 「산골 나그네」의 남편이 아내에게 보탬이 되지 못하는 것 이외에 뚜렷이 성격화된 인물로 나타나지 않는 반면, 「소낙비」의 남편은 노름 밑천을 구해오지 않는다는 이유로 아내를 구박하고, 「貞操」의 행랑아범은 아내의 뒤에 숨어서 장사 밑천으로 쓸 몸값 흥정을 한다. 「안해」(『사해공론』, 1935.12)의 남편은 아내에게 들병이 교육을 시키고, 「가을」(『사해공론』, 1936.1)의 복만이는 소장수에게 50원을 받고 아내를 판다.

대문학연구』5-2, 2004.10, 161면)

각 작품에 따라 인물을 바라보는 작가의 태도가 다르고 그에 따라 작품의 분위기도 달라지지만 변하지 않은 것은 '무소용한 존재로서의 남편'이라는 요소이다. 병들고 무기력해서든, 허황된 꿈을 꾸고 있어서든, 윤리적 결함을 지니고 있어서든 이유에 관계없이 아내의 입장에서 남편은 별 쓸데없는 존재인 것이다.

그럼에도 불구하고 없느니만 못한 남편을 차마 포기하지 못하는 여성 인물들의 처지와 행동은 「산골 나그네」에서도 이후의 작품들에서도 변하지 않고 있는 것이다. 김유정이 여러 작품에서 형상화한 많은 여성 인물들은 이미 맺어진 인연을 단념하거나 거부하지 않고 지속시키고자 노력하는 존재라는 면에서 의미가 있다.[7]

위에서 예로 든 김유정 소설의 여러 남성 인물은 가장의 허울을 쓰고 있을 뿐 가족 앞에 직면해 있는 현실적 조건을 변화시키거나 진전시킬 능력이 없는 존재로서 나타난다. 때로는 가망이 없어 보이는 병자로, 때로는 바보로, 파렴치한으로 얼굴을 달리하지만 본질은 달라지지 않는 것이다. 그들을 그렇게 병자나 바보나 파렴치한으로 만든 요인이 가족 내에 있는 것이 아님은 누구나 짐작할 수 있다. 선천적인 형질이 아

7　이 같은 사실을 김유정 여성 인물들의 성의식과도 연관시켜 해석해 볼 수 있다. 「안해」, 「애기」 등 몇몇 작품을 제외한 김유정 소설의 여성 인물들은 개인적 유희 감정이나 쾌락의 차원에서 다루어질 만한 심리상태나 행동 양식을 표출하는 법이 없다. "그런 모욕과 수치는 난생 처음 당하는 봉변으로 지랄중에도 몹쓸지랄이엇으나 성공은 성공이엇다. 복을 받을려면 반듯이 고생이 따르는법이니 이까짓거야 골백번 당한대도 남편에게 매나안맛고 의조케 살수만잇다면(「소낙비」, 전집, 46면)" 등의 표현에서 보듯, 배우자 외 남성과의 정사는 불가항력적 상황을 벗어나기 위한 치욕적인 통과의례이다. 춘호 처가 리주사의 집을 나와 웃는 것은 방금 끝난 정사에서 비롯된 만족 때문이 아니라 2원을 얻어 남편과 함께 서울로 가리라는 기대 때문이다. 김동인의 「감자」에서처럼 점진적인 타락의 과정을 보여주는 것도, 이태준의 「오몽녀」에서처럼 스스로를 발견하는 과정을 보여 주는 것도 아니다. 쾌락적 욕망이 배제된 상태라는 점에서 여성 인물의 행동에 대한 판단은 최소한 개인적 책임의 차원을 벗어날 수 있게 된다. 반면 김유정 소설 속에서도 위에서 언급한 「안해」, 「애기」의 여성 인물은 판이하게 다른 성격을 드러낸다. 이에 대해서는 장을 달리하여 상술할 것이다.

니라면 말이다. 이에 대해 많은 선행 연구들은 김유정의 소설 속에 피폐한 농촌의 현실을 구조적으로 인식하는 작가의 눈이 개입되어 있음을 지적해 왔다.[8]

당대 농촌의 현실을 구조적으로 인식하고 있는 작가의 눈과 당장의 내일 일도 짐작하지 못하는 바보 같은 인물들의 생각과 행동 사이에 괴리가 발생하는 것은 당연한 일이며, 이 지점에서 김유정 소설의 아이러니가 탄생하는 것 또한 당연하다.[9] 그러나 같은 논점이라도 다른 각도에서 바라보면 그에 앞서 주목되는 문제가 있다. 당시의 조선 농촌 구조가 이미 기존의 전통적 가치관과 질서로는 지탱될 수 없을 정도로 파괴되어 있었다는 판단이 온당하다면, 김유정 소설의 남성 인물들은 기존의 행동양식을 고수하지도 못하고 기회주의적으로 혼란기의 틈새를 공략하는 데도 재바르지 못했던 당대 농민의 평균율을 묘사한 것이라 할 수 있지 않겠는가.

밥!밥! 이러케 부르짓고 보면 대쯤 神聖치못한 餓鬼를 聯想케된다. 밥을 먹

---

8   이 같은 맥락의 해석 중 송하춘의 논의는 특히 주목된다. 김유정의 「봄·봄(〈조광〉, 1935.12)」과 「동백꽃(〈조광〉, 1936.5)」을 분석하는 자리에서 지주 혹은 마름과 소작농, 주인과 더슴의 계급적 차이를 지적하는 동시에 '두 가지 상반된 욕구의 충돌'이 곧 '화해의 조건'이 되는 이중적 구조를 추출하는 것이다. "주인은 노동력 때문에 싸웠지만 그것이 악화될 때는 되레 그 노동력에 타격을 받는다는 걸 알기 때문에 물러서고, 머슴은 결혼 때문에 싸웠지만 그것이 악화될 때는 되레 그 결혼에 타격을 받는 걸 알기 때문에 물러서는 것이다."(송하춘, 『탐구로서의 소설독법』, 고려대 출판부, 1996, 176면 참조) 「봄·봄」에서 노사관계와 부자관계의 결합이 욕망의 이중 구조를 드러낸다면, 「산골 나그네」에서 또한 덕돌이 모친과 나그네 사이에서 위와 유사한 욕망의 이중구조를 발견해낼 수 있을 것이다.

9   "서술조건이란 작중화자가 이야기하지 못하면서도 작가에 의해서 이야기되는 것이라 볼 수 있으며, 아이러니는 이 서술조건을 드러내려는 은밀한 전략으로 작용한다. 따라서 작품이 아이러니 구조로 되어 있다는 것은 그 의미가 이중적이라는 말이다. (…중략…) 김유정의 소설에서 바보형 인물의 욕망의 달성은 이미 실패로 끝나는 것이기 때문에 결과가 문제시되기보다는 그 욕망이 형성되는 조건 내지는 배경에 해당되는 욕망의 발생원인이 바로 바보형 인물의 욕망이 생성되는 조건에 대한 규명이라 볼 수 있겠다."(전상국, 『김유정—시대를 초월한 문학성』, 건국대 출판부, 1995, 53~54면)

는다는 것이 따는 그리 神聖치는 못한가부다. 마치 이社會에서 救命圖生하는
糊口가 그리 神聖치 못한것과 가치 — 거기에는 沒自覺的 服從이 必要하다. 그
리고 賣春婦的愛嬌 阿諂도 必要할는지 모른다. 그러치 안코야어디 제가 敢히
社會的地位를 壟斷하고 生活해 나갈 道理가 잇겟는가 — (「朝鮮의 집시—들뱅
이 哲學」,『전집』, 414면)

　　시골의 총각들이 娶妻를 한다는것은 實로 容易한 일이 아니다. 結婚當日의
費用은말고 于先 先綵金을 調達하기가 어렵다. 적어도 四五十圓의 現金이 아니
면 賣婚市場에 出馬할 資格부터 업는것이다. 이에 늙은 총각은 三四年間 머슴
살이 苦役에 不得已 堪耐한다.
　　그리고 한편 그들의 後日의家庭을 가질만한 扶養能力이 잇느냐하면 그것도
한疑問이다. 現在 妻子와 同樂하는 者로도 猝地에 離別되는 境遇가 업지안다.
모든 事情은 이러케 그들로하야금 獨身者의 生活을 强要하고 따라서 情熱의 飽
滿狀態를 招來한다. (「朝鮮의 집시—들뱅이 哲學」,『전집』, 417~418면)

위 인용문은 들병이를 만드는 행위도, 들병이를 찾는 행위도 결국 그
원인에는 가난의 문제가 연관되어 있음을 알게 한다. 사람이니까 살아
가야 하고, 사람이니까 사랑해야 하는 것인데, 그럴 형편의 여유가 없다
는 말이다. 들병이의 남편도 본시 농민이었으며, 들병이를 찾는 술꾼들
도 마찬가지인데, 그들은 최소한의 순박성을 간직하고는 있으나 상황
을 타개할 만한 능력이나 지혜는 갖고 있지 않은 것이다. 그러니 기존의
가치관이 흔들리는 세태 속에서 개인적 사고체계와 생활방식에 새로운
질서를 구축하고 적용하는 것은 아직 난망한 상황일 수밖에 없다.
그런 상황 속에서도 가족 구성원으로 형성된 기존의 틀을 유지시키
며 현 상태라도 지속시키려 노력하는 여성 인물들이 있다. 김유정 소설

의 남성 인물보다 여성 인물들에서 상대적으로 강한 생명력, 생활력을 발견할 수 있다는 평가[10]가 있고, 이와 같은 평가는 가족 해체를 막아내는 여성 인물들을 통해 볼 때에도 확연히 드러난다.

순박하고 순진하며 여느 남성 인물들과는 달리 의리를 저버릴 줄 모르는 여성 인물은 혼란스러운 세태 속에서도 전통적 가치관의 일정한 부분을 고집스럽게 지켜내고 있다. 김유정 소설의 여성 인물군을 통해 발견할 수 있는 사실은 이들의 생활을 고통스럽게 하는 요인이 가난이라는 외적 조건에만 국한되는 것이 아니라는 점이다. 무능력한 남편 등으로 형상화된 남성 인물에 의해서도 여성 인물의 위기는 조장되며 갈등은 확산될 수 있다는 점을 간과하지 말아야 한다. 개인적 노력으로는 극복되기 어려운 당대 사회현실의 구조적 문제점은 여성 뿐 아니라 남성 인물들의 삶에도 영향을 미치지만, 여성 인물의 삶의 고단하고 불안한 데는 믿을 수 없는 남편의 탓도 있다는 말이다.

요컨대 김유정 소설의 여성 인물은 내·외적 악조건 속에서 홀로 분투하는 존재로 암시되어 있다. 김유정 소설의 여성 인물은, 어쩌면 탐욕스러운 바깥바람에 노출되어 있는 동시에 허물어진 바람막이라도 지켜 내려 애쓴다는 점에서, 나라 잃은 식민지 백성이 감당해야 할 역사적이고 운명적인 상황조건을 떠올리게 한다. 병든 남편, 성과 노동력을 착취하기 위해 선심을 쓰는 새 식구들, 그 사이에 서 있는 여성 인물의 불안한 위치는 작가의 역사적 상황 인식에 의한 식민지 수탈구조의 알레고리적 형상화로 보기에 부족함이 없다.

---

10 "비참한 현실을 해학으로 극복해나가는 자세를 작품정신으로 하고 있는 점, 비속어를 효과적으로 사용하고 있는 점, 모든 등장인물 중 표면상 여성이 우세에 있고 남성이 열세에 있는 점, 아이러니가 풍부한 점 등 (…중략…) 이는 김유정 소설의 공통적 특질이다."(전신재, 「동백꽃」 해설, 전집, 219면)

3. '어머니'로서의 여성 인물을 통해 보는 전망 부재의 실체

앞 절에서 살펴본 김유정 소설의 여성 인물들은 '貞操' 관념의 발로이든 단순한 의리 때문이든 가족의 틀을 깨지 않으려 노력하는 모습을 보여 주었다. 그런데 「夜櫻」(『조광』, 1936.7)의 '정숙'은 제가 먼저 이혼을 요구하는, 남다른 선택을 한다.

> "그래 오작해야 정숙이언니가 아주 멀미를 내다싶이해서 떼내던졌어요, 방세는 내라구 조르고 먹을건 없고 언내는 보채고허니 어떻게 사니, 나같으면 분통이터저서 죽을 노릇이지, 그래서 하루는 잔뜩취해온걸 붙들구앉아서 이래선 당신허구 못살겠우, 난 내대루 벌어먹을터이니 당신은 당신대루 어떻걸셈대구 낼은 민적을 갈라주, 조곰도 화도 안내고 좋은 소리루 그랬대, 뭐 화두 낼 자리가 따루 있지 그건 화를 낸대짜 아무 소용이 없으니까, 그리고 언내는 안즉 젓먹이니까 에미품을 떨어저서는 못살게니 내가 데리구 있겠오……"(「夜櫻」, 전집, 231~232면)

가족 간의 이별을 의도하는 정숙의 불가피한 선택에는 부부 관계 외에 어린아이의 존재라는 선결조건이 개입되어 있다. 작품의 서두에서부터 아이를 잃어버린 어머니의 슬픔이 묘사되어 있고, 결국 어린아이의 실종 사건이 뜻밖에도 헤어진 남편의 소행이었다는 것이 밝혀지는 작품의 후반부에도 자식을 걱정하고 사랑하는 어머니로서의 마음이 지속적으로 표현되어 있는 작품이다.

이혼을 요구하는 정숙의 선택이 앞서 살펴본 여성 인물들의 행동방식과는 차이가 난다고 해서 '룸펜과도 같은 남편의 생활에 질린 도시 여성다운 선택'으로 간주할 필요는 없다. 정숙의 이혼 요구는 아내로서의 판단에 의한 것이 아니라 상당 부분 자식의 미래를 걱정하는 어머니로서의 판단에 의한 것이라고 보이기 때문이다. 즉 배경을 달리함으로 해서 농촌 여성과 도시 여성 간의 차이를 드러낸 것이라기보다는 아내로서 아니면 어머니로서의 입장이 서로 달랐던 것으로 이해되어야 한다.

게다가 아직은 농민으로서의 정체성을 잃었다고 할 수 없는 여성 인물에게서도 비슷한 경우의 선택이 나타남을 다음의 인용에서 발견할 수 있다. 「만무방」(『조선일보』, 1935.7.17~30)에서 응칠의 가족이 농토를 떠나고 결국은 이산하는 과정을 요약 서술로 제시하는 부분이다. 응칠의 아내가 남편을 향해 헤어지자고 제안하는 상황이 서술되어 있다.

> 그들 부부는 돌아다니며 밥을 빌엇다. 안해가 빌어다 남편에게, 남편이 빌어다 안해에게. 그러자 어느날 밤 안해의 얼골이 썩 슬픈 빗이엇다. 눈보래는 살을 여인다. 다 쓰러저가는 물방아간 한구석에서 섬을 두르고 언내에게 젓을 먹이며 떨고잇드니 여보게유, 하고 고개를 돌린다. 왜, 하니까 그말이 이러다간 우리도 고생일뿐더러 첫때 언내를잡겟수, 그러니 서루 갈립시다 하는것이다. (「만무방」, 『전집』, 100면)

농토를 떠나 유랑하며 걸식으로 생계를 잇는 부부의 모습은 「산골 나그네」의 상황과 크게 다를 것이 없다. 물방앗간이라는 임시 거처 또한 낯익은 것이다. 그러나 「산골 나그네」의 부부에게는 없던 어린아이가 「만무방」의 응칠 부부에게는 있다. 부부 간의 의리를 지키는 일도 중요하지만 어린아이를 살리는 일은 그보다도 우선하는 가치이다.[11]

---

11 '부브 간의 의리'가 '민족 정체성의 문제'를 환기시키는 것으로 해석될 수 있다면 '어린아이를 살리는 일'이란 '민족적 전망의 문제'에 대응될 수 있을 것이다. 여기서 「夜櫻」, 「만무방」을 통

어머니의 입장에서 어린아이가 포기할 수 없는 최우선의 가치요 내일을 기약하게 하는 전망이라면 「夜櫻」이나 「만무방」에 나타나는 어린아이의 상황은 결코 긍정적으로 해석될 수 없다. 어머니와 헤어진 후 병든 아버지의 손에서 자라나는 어린아이나 한데와 다름없는 물방앗간에서 젖을 빨고 있는 갓난아기의 모습에서 미래의 밝은 전망을 기대하기란 어렵다.

비단 이 두 작품 뿐 아니라 김유정의 다른 소설에서도 밝고 활기찬 모습의 어린아이의 형상을 발견하기는 쉽지 않다. 많은 작품에서 아버지는 어린아이에 대해 무심하거나 가혹한 존재로 그려지고 있다. 들병이에 혹해 언제든 가정을 버릴 준비가 되어 있는 「솥」의 아버지나 식탐을 한다는 이유로 자식을 위협하고 학대하는 「떡」(『중앙』, 1935.6)의 아버지가 대표 격이다. 가족이라는 틀 안에서 그들은 남편으로서도 아버지로서도 부적격인 인물들이다. 한 번 맺어진 인연을 지켜야 하는, 그 인연을 끊을 수밖에 없는 단 하나의 이유인 자식을 돌보아야 하는 책임은 여성 인물의 어깨에 짐 지워져 있다.

그런가 하면 「안해」나 「애기」(『문장』, 1939.12) 등의 작품에 등장하는 여성 인물은 신랄한 풍자와 비판의 대상이다. 이들 작품의 여성 인물들에 대한 작가의 시선 역시 '貞操'라는 가치와 관련되어 있는 것으로 보인다.

「안해」의 남편은 아내에게 들병이 교육을 시키다가 뭉태에게 농락만 당하고 나서 낳지도 않은 자식을 돈으로 환산하는 어이없는 공상을 한다. 이미 있는 네 살짜리 똘똘이도 제대로 건사하지 못하면서 아이들이 장성하여 벌어들일 수입만을 바라는 것이다.

해 문제들 중 어느 쪽이 우선인가를 따지는 것은 무의미하다. 이들 작품에서 여성 인물이 아이를 위해 새살림을 차리는 등은 개입되어 있지 않기 때문이다.

너는 들병이로 돈벌 생각도 말고 그저 집안에 가만히 앉었는것이 옳겟다. 구구루 주는 밥이나 얻어먹고 몸 성히있다가 연해 자식이나 쏟아라. 뭐많이도 말고 굴때같은 아들로만 한 열다섯이면 족하지. 가만있자, 한놈이 일년에 벼옅섬씩만 번다면 열다썸이니까 일백오십섬. 한섬에 더도 말고 십원 한 장식만 받는다면 죄다 일천 오백원이지. 일천오백원, 일천오백원, 사실 일천오백원이면 어이구 이건 참 너무 많구나. 그런줄 몰랐더니 이년이 배속에 일천오백원을 지니고 있으니까 아무렇게 따저도 나보담은 났지 않은가. (「안해」, 전집, 179면)

이루어질 수 없는 꿈속에서일지라도 아이들은 희망이요 미래다. 이미 세상에 태어난 아이들이 제대로 양육되지 못하는 한편에서는 계속해서 태어나야 할 아이들이 아버지의 머릿속에 머물러 있다. 어머니는 지속되는 들병이 수업 끝에 잔뜩 바람이 나서 외간남자를 들이고 술에 취하는 등 아이를 돌보는 일을 뒷전으로 미뤄 놓았다. 그러나 작품 내에서 아내의 행실을 나무라고 응징하려는 아버지 또한 앞뒤를 가리지 못하는 대책 없는 인물이라는 점에서는 매한가지다.

「애기」의 안해는 임신 사실을 숨기고 결혼을 해서 남의 아이를 낳아 놓고도 안하무인격으로 시집의 식구들을 대한다. 이처럼 뻔뻔스런 아내에게 휘둘리는 시부모나 남편 또한 결혼을 성사시키겠다는 욕심에 거짓말을 한 전력이 있는 탓으로 직접적인 비판자의 역할을 하지 못하고 함께 뭉뚱그려져 풍자의 대상이 되고 만다. 「안해」와 「애기」에 나타나는 여성 인물은 '貞操' 관념을 잃은 동시에 어머니로서의 책임마저 저버린 것으로 설정되어 있다.

"여보, 우리 애를 내다버립시다" 하고 안해가 맞우 처다보며 눈을 깜짝입니다.

　　"왜 날젠언제구 또 내버리다니?"

　　"아니 저……"

　　안해는 낯이 후꾼한지 어색한 표정으로 어물어물합니다. 실상이지 딸은 제딸이로되 요만치도귀엽진 않습니다. 이것때문에 걸려서 시부모에게 큰체를 못해서요. 큰체를 좀 빼다가도 방에서 악아가 빽, 울면 고만 제밑을 들어내놓고 망신을 시키는 폭입니다. 전날에 부정했던 제죄로 말미아마 아주 찔끔못하고 꺾여버립니다. 또 이뿌던것도 모두들 밉다, 밉다, 하면 어쩐지 밚아 밉게되는 법이니까요.

　　"그런게 아니라 이렇게 서루 고생할게야 있우, 자식귀한 집으로 가면 저두 호강일테고한데!"(「애기」, 전집, 405면)

아내이자 어머니로서의 역할을 방기한 이들이 풍자의 대상으로 전락했다는 사실은 역으로 작가가 바라본 긍정적인 여인상을 짐작할 수 있게 해 준다. 무가치하고 무기력한 남편이라도 한 번 인연을 맺은 이상 떨쳐버리지 못하는 아내, 온갖 악조건 속에서도 자식을 위하여 제자리를 지켜내는 어머니의 모습이다. 이는 식민지 조선의 빈궁한 농촌이라는 역사적 시공간 속에서 당대의 가치와 미래의 전망을 동시에 걸머진, 힘겨운 얼굴의 인간상이다.

어머니로서의 여성 인물들이 고단하고 어린아이들의 처지가 불안하다는 것은 작가 김유정이 예감한 조선의 미래가 그만큼 어두웠다는 것을 암시하는 것이다. 특히 어린아이로 표상되는 일가족의 미래가 철저히 절망 속으로 함몰되는 「땡볕」(『여성』, 1937.2)에 이르면 비극적 현실 인식과 전망 부재의 절망적 상황이 극도로 응축되어 있는 한 폭의 극사실주의 회화와 마주치게 된다.

죽어가는 아내를 지게에 얹어 지고 걸어가며 단지 안타까워할 수밖에 없는 남편과, 남편의 마지막 선물인 왜떡을 입에 물고 울며 미주알고주알 유언을 쏟아내는 아내와, 끝내 세상 빛을 보지 못하고 어머니의 뱃속에서 죽어 화석처럼 굳어 버린 아가와, 그들의 지친 어깨 위로 작열하는 땡볕. 어린아이도 죽고 어린아이를 잉태할 가능성마저 죽는, 허황되든 아니든 내일을 꿈꿀 수조차 없는 극한상황이다.

4. 결론

　작가가 텍스트 문면에 표면적으로 드러내지 않았다고 해도, 이면적 주제로 암시하려 의식했다는 근거조차 확인할 수는 없다고 해도 김유정 소설 속 여성 인물의 면면에서 추출되는 '貞操' 의식은 일정한 지향성을 내포하고 있음이 발견된다.

　김유정 소설에 암시되어 있는 '貞操'는 '훼절'이나 '성적 문란'의 반의어가 아니다. 정조를 지키는 것은 윤리의 문제이며 정조를 버리는 것은 생존의 문제라는 식의 가치판단도 의미가 없다. 오히려 「산골 나그네」 등의 김유정 소설은 생존의 논리와 생활의 윤리가 '貞操'를 접점으로 하여 맞닿아 있다. 개별 작품 속의 세계에서 어쩌면 소박하고도 토속적인, 의리의 개념으로 나타나는 '貞操'는 오독의 가능성을 무릅쓰고 민족의 비극적 상황이라는 확장된 공간에 위치시킬 때 역사적 의미를 획득할 수 있다.

　본 논문에서 살핀 김유정 소설의 남성 인물이 당대의 빈궁한 삶을 타개하지 못하고 어쩔 수 없이 견디어내고 있는, 당대 조선 농민의 평균율에 해당하는 인간상을 구체적으로 형상화한 것이라면, 같은 소설 속의 여성 인물들은 식민지 백성이라는 역사적 조건을 한 몸에 짊어진 민족의 상징적 구현태로 이해된다 할 것이다.

요컨대 그가 구체적 묘사의 방법으로 형상화한 남성 인물들의 면면을 살펴보면 작가 김유정은 당대의 현실을 참으로 솔직하게 진단하고 있었음을 읽을 수 있다. 병든, 바보 같은, 파렴치한 그들을 통해서는 어떠한 당대 속에서의 변화나 역사적 진전도 기대할 수 없음을 함께 생각하게 된다. 그 반면 등단작인 「산골 나그네」에서부터 지속적으로 이어진 여성 인물의 보수적 성격은 — 어찌 보면 봉건적 속성으로 이해될 수도 있겠으나 — 굴욕적 수탈에 맞서고 강요된 변화를 거부하는 민족적 무의식의 발로라고 판단된다.

또한 이들 여성 인물들이 지켜내야 했던 가치는 자칫 회귀적이거나 퇴행적인 것으로 보일 수도 있는 전통적인 덕목에 한정되지 않는다. 이들은 민족이 생산할 수 있는 전망을 책임져야 하는 어머니로서도 기능해야 했던 것이다. 그러나 작가가 수행했던 암중모색의 결과가 죽은 아이를 계속 품고 있을 수도, 낳을 수도 없는 어머니의 모습으로 나타나고 만다는 점에서는 전망을 기대할 수 없는 비극적 현실 인식을 다시 한 번 확인하게 된다.

참고문헌

김유정, 전신재 옮김, 『원본 김유정 전집』, 도서출판 강, 2007.

김윤식·김현, 『한국문학사』, 민음사, 1973.

서종택, 『한국근대소설의 구조』, 시문학사, 1882.

박정규, 『김유정 소설과 시간』, 깊은샘, 1992.

전상국, 『김유정―시대를 초월한 문학성』, 건국대 출판부, 1995.

송하춘, 『탐구로서의 소설독법』, 고려대 출판부, 1996.

최병우, 「김유정 소설의 다중적 시점에 관한 연구」, 『현대소설연구』 23, 2004.9.

김양선, 「1930년대 소설과 식민지 무의식의 한 양상―김유정 소설에 나타난 향토의 발견과 섹슈얼리티를 중심으로」, 『한국근대문학연구』 5―2, 2004.10.

김준현, 「김유정 단편의 반(半)소유 모티프와 1930년대 식민수탈구조의 형상화」, 『현대소설연구』 28, 2005.12.

한상무, 「김유정 소설에 나타난 강원도 여인상」, 『강원문화연구』 24, 2005.

양문규, 「한국근대소설에 나타난 구어 전통과 서구의 상호작용」, 『배달말』 38, 2006.6.

한상무, 「김유정 소설에 나타난 부부 윤리」, 『김유정학회 제1회 학술연구발표회 자료집』, 2011.4.

김유정의 금광 체험과 금광 소설

전봉관

1. 금광쟁이 뒷잽이

　김유정이 등단 이전 금광을 전전했고, 그때의 경험을 바탕으로 「금
따는 콩밧」, 「노다지」, 「금」 등 3편의 금광 소설을 창작했다는 사실은
잘 알려져 있다. 그러나 그의 전기에서 그가 언제, 어디서, 어떠한 이유
로 금광을 전전했으며, 금광에서 어떤 일을 했는지는 정확히 기술되어
있지 않다.

　김영기의 『김유정―그의 문학과 생애』에 의하면, 1930년 여름 그가
연희전문을 중퇴하고 실레마을로 낙향했을 때, 마을 근처 물골에 놀러
다니곤 했는데, 물골 개천 바닥은 금쟁이들이 사금을 캐느라 떠들썩했
고, 그때 목도한 물골 풍경이 「금따는 콩밧」의 배경이 되었다고 한다.[1]
또한 김유정이 서울에서 함께 살던 둘째누님은 광업소 기사로 있는 정

씨와 동거했는데, 1931년 김유정이 보성전문 법학부에 입학만 하고 학교를 다니지 않자, 정씨가 그를 집에서 쫓아내기 위한 방편으로 충청도 예산 금광으로 현장 감독 자리를 마련해주었지만, 김유정은 잠깐 동안 충청도 금광을 전전하다가 서울을 거쳐 실레마을로 돌아가 야학과 금병의숙을 설립하고 농촌계몽운동을 벌였다는 것이다.[2]

김영기의 기술대로라면, 김유정의 금광 체험은 1931년 봄에서 여름 사이 몇 달에 불과하다. 그러나 그것은 『조광』 1937년 3월호의 '심경설문' "3년 전 3월 선생은 어느 곳에서 무엇을 하셨습니까?"라는 질문에 김유정이 답한 "예산 등지에서 금광에 골몰하고 있었습니다."라는 기록과 차이를 보인다. 김유정의 답변대로라면, 그는 1934년 3월 예산 일대의 금광을 전전하고 있었다. 그가 『제일선』 1933년 3월호에 「산골 나그네」, 『신여성』 1933년 9월호에 「총각과 맹꽁이」를 발표했으니, 소설가로 데뷔한 이후에도 한동안 "금광에 골몰"했던 셈이다. 이러한 사실은 1935년 1월 『조선일보』 신춘문예에 「소낙비」가 1등 당선되었을 때 약력 소개란에서도 확인할 수 있다.

강원도 춘천에 출생. 조실부모로 경성 재동공보를 거쳐 휘문고보 졸업으로 연희 문과를 중도에 퇴학 보전 법과에 입학하야 다시 금광으로 배회 답사하다 가 문필에 뜻을 두게 되어 현재 경성부 사직동 123의 1번지에 우거한다고.[3]

"우거한다고"라는 표현에서 알 수 있듯, 『조선일보』에 소개된 약력은 김유정이 구술했거나 적어도 그의 확인을 거쳐 기술된 것임을 알 수

<hr>

1   김영기, 『김유정—그 문학과 생애』, 지문사, 1992, 91~94면.
2   위의 책, 108~109면.
3   『조선일보』, 1935.1.4.

있다. 즉, 김유정 자신이 생각하기에 보성전문학교 법학과를 중퇴한 1931년 봄부터 1935년 1월까지 약력에 기록할 만한 활동은 '금광으로 배회 답사'한 것이 전부였던 셈이다. 그 기간 김유정의 연보 대부분에서 기록하고 있는 야학 개설과 농촌계몽운동, 금병의숙 창립과 문맹퇴치운동 같은 것은 김유정 자신이 생각하기에 '금광으로 배회 답사'한 것보다 중요하거나 내세울 만한 활동이 아니었던 것이다.

김유정이 향리인 실레마을에서 야학당과 금병의숙을 설립하고 농촌계몽활동과 문맹퇴치활동을 벌인 것은 사실이었으므로, 연보에 그가 서울로 올라와 누이 집에 얹혀살며 창작에 전념했다고 기록된 1933년부터 1934년 사이, 상당 기간을 예산 등지의 금광을 전전했을 가능성이 크다. 그것은 김유정이 사망한 이후 김문집의 회고에서도 확인할 수 있다.

「소낙비」가 조선일보에 1등으로 당선했을 적의 군의 직업은 실로 금광쟁이 뒷잽이였다. 鑛쟁이 따라다니면서 밥도 얻어먹고 술도 얻어먹고 등기소 심부름도 하고⋯⋯ 아마 그래들 하고 도라단인 모양이다. 그 군의 집안은 어떠느냐하면 철원서도 손꼽는 가문으로 數三千石 추수를 했다 한다. 아버지와 형이 가산탕진의 경쟁을 한 것은 군의 소년시대의 일이였다.[4]

『조선일보』에 소개된 약력, 『조광』의 '심경설문', 김문집의 회고를 종합하면, 김유정은 최소한 1934년 3월 이전부터 그해 말까지 예산 등지의 금광에서 "금광쟁이 뒷잽이"를 하고 있었다. 그 기간을 최대한 늘려 잡으면 보성전문학교 법학과를 중퇴한 1931년 봄 이후 향리에서 농촌계몽활동을 벌인 1~2년을 제외한 대부분의 시간을 금광에서 보냈을

4　김문집, 「고 김유정 군의 예술과 그의 인간비밀」, 『조광』, 1937.5.

수도 있다.

이처럼 김유정 자신은 금광을 떠돈 것에 대해 부끄러워하거나 감추려하지 않았음에도 불구하고, 그의 전기와 평전에서 그의 금광 경력이 축소된 것은 그것이 소설가의 경력과는 어울리지 않고, 또 그의 전력을 금전꾼으로 소개하는 것보다는 농촌계몽운동가였다고 소개하는 것이 '민족문학가'로서 그를 자리매김하는 데 유리할 것이라는 선입견이 작용한 듯하다. 그가 금광을 기웃거린 것은 부인할 수 없는 사실이므로, 「금따는 콩밧」, 「노다지」, 「금」 등 탁월한 금광 소설을 창작하기 위한 잠깐 동안의 '외도' 내지 '방황' 정도로 축소시키려 한 의도가 다분한 것이다.

그러나 '황금광시대'라 불린 1930년대라는 상황에 비춰 볼 때, 소설가가 금광업에 종사하는 것이 이례적인 일이 아니었다. 금광을 떠돌았다는 것이 감추거나 축소해야 할 만큼 부끄러운 이력은 아니었던 것이다. 또한 지식인 또는 계몽주의자의 시선에서 민중을 바라보는 것이 아니라 민중 중에서도 가장 밑바닥 인생의 시선에서 농촌과 하층민의 현실을 풍자하고 비판한 김유정 작품의 특성을 고려할 때, 그가 농촌계몽운동가였다고 소개하는 것보다는 그가 금전꾼, 그것도 금전판에서도 가장 밑바닥 인생인 '금광쟁이 뒷잽이'었다고 소개하는 것이 그의 문학적 특성과 성과를 이해하는 데 더 유용할 수 있다.

1930년대 식민지 조선에 금광 열풍이 거세게 휘몰아친 것은 세계 대공황과 금본위제의 위기와 밀접한 관련을 지닌다. 당시 금은 귀금속이라기보다는 신뢰할 수 있는 유일한 통화인 정화(正貨)였고, 국제적 신용을 지닌 유일한 기축통화였다. 일본은 1917년 제1차 세계대전 와중에 중지했던 금 수출을 1930년 1월 11일부로 허용함으로써 13년 동안 이탈했던 금본위제로 복귀했고, 1931년 12월 13일 2년 동안 실시했던 금본위제를 다시 중지했다. 금본위제에 복귀하면서 금의 가치는 30% 정도 상승했고, 금본위제를 정지하면서 금의 가치는 3배 이상 폭등했다.[5] 금 값이 폭등하자, 전국적으로 금광 개발이 시작되었고, 남녀노소 없이 금을 찾아 나섰다.

수삼년 내로 금광열이 부쩍 늘기도 하였거니와 금광 때문에 졸부된 사람도 훨씬 많아 졌다. 그래서 웬간한 양복쟁이로 금광꾼 아닌 사람이 별로 없고 또 예전에는 금전꾼이라 하면 미친놈으로 알았으나 지금은 금광 아니하는 사람을 미친놈으로 부르리 만치 되었다.[6]

전국적으로 금광 열풍이 거세게 휘몰아치면서, 금광으로 뛰어드는 문인들도 적지 않았다. 김기진과 채만식이 그 대표적인 인물이었다. 조선일보 사회부장으로 근무하던 김기진은 경영난에 빠진 조선일보가 1933년 1월 금광 재벌 방응모에게 인수되자 '금전꾼' 밑에서는 기자노릇 할 수 없다며 미련 없이 사표를 던졌다. 회사의 사주가 바뀌는 바람에 졸지에 실업자로 전락한 그는 집에서 놀면서, 함께 퇴직한 김웅권과 사업을 구상했다. 평남 안주에 가서 금광을 하려는 계획이었다.

신문사 서무부장으로 있던 석천 김웅권으로부터 곧 좀 만나자고 나오라는 기별이 왔다. 나가서 만나보니까, 3년 전부터 그의 부탁으로 내가 주선해오던 총독부 광산과에 경원(競願)이 붙었던 평남 안주의 허가가 나게 되었다는 통지를 받고, 우선 출자할 친구를 한 사람 구했으니 안주로 내려가서 광산이나 하자는 의논이었다. 나는 좋다고 승낙했다. 그깐놈의 신문 같은 것에 미련

<hr>

5   전봉관, 『황금광시대』, 살림, 2005, 213~290면.
6   「金鑛界 財界 內報」, 『삼천리』, 1934.8.

을 남기고 서울에 있느니보다 산골에 가서 노루피나 먹는 것이 낫지 않느냐
는 석천의 말에 공명했던 까닭이다. (…중략…) 그때의 석천과 나의 심정은
장차 산에서 큰 재수가 터질 거니까 그 까짓것 미구에 돈 백만 원 움켜쥐고 신
문 하나 경영하는 것쯤 어렵잖다는 꿈에 취해 있던 것이다.[7]

김기진은 금전꾼 밑에서 기자노릇 하기 싫어서 스스로 금전꾼이 된
것이었다. 서당에서 한학을 배운 것 외에는 이렇다할 근대적 교육을 받
지 못한 금광 덕대 출신 방응모는 신문사 사장이 되고, 동경 유학을 거
친 당대 최고의 엘리트 김기진은 금광 덕대가 되는 황금광시대의 아이
러니였다.

노다지를 발견해 신문사 하나 차리겠다는 야무진 꿈을 안고 이듬해 4
월 평남 안주의 금광으로 달려간 김기진은 낮에는 광부들과 어울려 금
을 캐고, 밤에는 「청년 김옥균」, 「장덕대」 등과 같은 작품을 쓰는 고단
한 일과를 보냈다. 그러나 김기진의 금광 사업은 순탄치 않았다. 첫 삽
을 뜬 지 두 달이 지나도록 금광에서는 노다지는커녕 금싸라기 한 톨도
나오지 않았다. 자금을 대던 전주(錢主)는 더 파봐야 손실만 커질 것으
로 판단하고 일찌감치 손을 털었다. 노다지를 얻어 신문사를 차리겠다
는 김기진의 꿈은 불과 넉 달 만에 수천원의 손실만 보고 막을 내렸다.[8]

채만식은 수필 「금과 문학」(1940)에서 자신의 금광사업 전모를 상세
히 기록해 두었다. 채만식의 셋째형과 넷째 형은 사금광 개발에 뛰어난
능력을 지닌 광업기술자로, 오랫동안 김제와 천안 일대의 광산에서 덕
대(광산의 현장 책임자)로 일했다. 그들은 평소 분광지를 얻어 독립할 뜻을
품고 있었는데, 마침 3년 동안 '보링 작업'을 했던 남택광에서 마음씨 좋

---

7   김팔봉, 「나의 회고록」, 『김팔봉전집』 2, 문학과지성사, 1988, 257~258면.
8   전봉관, 앞의 책, 31~33면.

은 광주를 만나 그 꿈을 이룰 수 있었다. 그 동안의 실적을 인정받아, 금
분(金分)이 가장 좋은 자리를 직접 선택해서 분광권(分鑛權)[9]을 갖는 행운
까지 얻었지만, 문제는 개발에 들어가는 2,000원 정도의 자본이었다.

1938년 여름, 채만식은 자본 조달자로 형들의 금광 사업에 참여했다.
말이 좋아 자본 조달자이지 사실상 기술자와 투자자를 연결시키는 일
종의 브로커 역할을 했던 것이다. 다른 사람도 아니고 채만식 같은 이
름난 소설가가 '금광 브로커' 역할을 한다는 것은 여러 모로 쉽지 않았
을 것이다. 채만식은 경향 각지로 투자자를 찾아다닌 결과 넉 달 후인
11월 투자자를 찾았다. 그가 천신만고 끝에 구한 투자자는 설의식이었
다. 당시 관례대로 설의식은 자금 일체를 부담했다. 채만식을 포함한
세 형제와 설의식은 혹한을 무릅쓰고 현장작업을 했으나 결과는 손해
만 5,000원이었다. 그 경험은 이후 장편『금의 정열』(1939)에 몇몇 에피
소드로 삽입되었다.[10]

청주의 금광에서 혹한과 맞서 싸우던 1938년 겨울 채만식은 「점경」
(1938), 「대하를 읽고서」(1939) 등의 글들을 꾸준히 발표했다. 채만식은
김기진과 마찬가지로 낮에는 금광에서 금을 찾아 헤매고, 밤에는 책상
머리에 앉아 글을 쓰는 고단한 일과를 이어갔던 것이다. 황금 찾기에
매진했지만 끝내 뜻을 이루지 못한 채만식은 진한 아쉬움을 안고 놓았
던 펜을 다시 들어야 했다. 그는 훗날 '소설쟁이'조차 금광으로 내몬 그
시대의 일그러진 초상을 다음과 같이 술회했다.

---

9   당시 광업권을 소유한 광주는 양질의 광구는 직접 채굴했지만, 채산성이 불투명한 곳은 투자
     위험을 줄이기 위해 분광업자에게 분배하여 생산량에 따른 분철 수입을 얻었다. 분철은 함
     금 품위에 따라 2분철에서 6분철까지 차등을 두었는데, 함금 품위가 높을수록 광주의 몫이
     많았다.
10   채만식, 「금과 문학」, 『인문평론』, 1940.2.

시골로 다니면서 보면, 웬만한 사람으로 금광이나 몇 구역(區域) 출원해 두
지 않은 사람이 없다. 경성에 한번 들여놓으면 여관의 유숙인 가운데 열에 아
홉까지가 금광업자들이다. 십만 원이니 백만 원이니 하는 흥정 소리에 귀를
기울이면 죄다가 금광 매매다. 의사는 메스를 집어던지고, 변호사는 법복을
벗어 던지고, 금광에로 금광에로 달려간다. 기생이 영문도 모르고서 백오 원
을 들여 광을 출원하는가 하면 현직 교원이 감석을 들고 분석소엘 찾아간다.
브로커며 건달이며 난봉이가 광산도면을 한 짐씩 안고 구석구석에서 수군거
리는 것쯤은 유로 세일 수가 없다. 하는 덕에 소설쟁이도 광산을 하자고 덤벼
보았었고 ······.[11]

금을 찾아 헤맸다는 것은 동일하지만, 김유정의 금광 체험은 김기진,
채만식과는 성격이 다르다. 김기진, 채만식의 경우는 금광 열풍에 편승
해 일확천금을 꿈꾸며 광주(鑛主)로서 금광으로 달려간 반면, 김유정은
생계를 위해 "금광쟁이 뒷잽이"로 금광을 전전했다. 김기진, 채만식에
게 금광은 더 윤택한 삶을 누리기 위한 허욕이었다면, "鑛쟁이 따라다
니면서 밥도 얻어먹고 술도 얻어먹고 등기소 심부름"도 했던 "금광쟁이
뒷잽이" 김유정에게 금광은 더 이상 내려갈 곳이 없는 막장과 같은 것
이었다.

채만식의 금광 소설 「금의 정열」(1939)이 광산사업가, 금광업에 뛰어
든 지식인들을 다룬 데 반해, 김유정의 금광 소설이 브로커, 잠채꾼, 광
부 등 금광과 관련된 군상들 중에서 최하층민이 다뤄지고 있는 것도 바
로 그런 경험의 차이에서 비롯되었다. 이태준의 「영월영감」(1939), 이기
영의 「설」(1938), 「적막」(1936) 등 1930년대 우수한 문학성을 지닌 금광

---

11 위의 글.

소설은 대부분 광산사업가나 금광 투기꾼, 금광으로 뛰어든 지식인들의 시선에서 금광을 다루고 있는 반면, 김유정의 금광 소설들은 금전판을 떠도는 밑바닥 인생을 주인공으로 내세워 더 나빠질 수 없는 막장에 내몰린 인간의 뒤틀린 욕망을 형상화하고 있다. 김유정의 금광 소설들이 여타의 금광 소설과 다른 이유는 김유정 자신이 지식인으로서 좀처럼 경험하기 힘들었던 "금광쟁이 뒷잽이" 생활을 절박한 생계의 필요성에서 체험해본 덕분이었다.

2. 황금광시대 농촌 현실 풍자―「금따는 콩밧」

김유정의 「금따는 콩밧」은 피폐한 농촌 현실에 대한 풍자이지만, 더 정확히 말하자면 금광 열풍이 거세게 휘몰아친 황금광시대 농촌 현실에 대한 풍자이다. 오늘날 독자에게 순박한 농부가 친구의 꾐에 빠져 다 키워놓은 콩밭을 갈아엎고 금을 찾는다는 설정은 현실에서는 도저히 있을 법 하지 않는 황당한 설정이지만, 1930년대 현실은 허구적 개연성을 넘어서는 소설보다 더 황당한 상황이었다. 1932년 봄 김제의 상황을 살펴보자.

　전북 김제군 쌍감면과 금구면에 날로 심각하여지는 불경기에 몰려 주림을 참다못하여 '손벽채' 하나를 들고 논과 밭바닥을 파서 사금을 캐는 무리가 날로 늘어가게 되었다는 경기 좋은 이야기가 있다. 명확한 통계는 알 수 없으나

보는 바에 1,000여 명에 달하며 이밖에 정식 출원을 한 금광도 몇 개 소 있지마는 천 여 명 빈민들은 허가를 받거나 대규모로 하는 것이 아니요, 불경기로 인하여 그날그날의 생활을 지속하기 위하여 극빈민층에서 금이 난다는 말을 듣고 땅 파보기를 시작하였는데 쌍감, 금구 각지 어느 산이나 냇바닥을 안 파본 곳이 없으며 그 중에도 황금몽에 도취하여 논바닥이면 지주의 승낙을 받고 냇바닥이면 승낙 여부도 없이 혹 1~2인씩 자본도 없이 벽채로 파내어 그날의 수입이 있으면 먹고 없으면 굶고 하는 자가 그와 같은 숫자를 나타내고 있는바 대개 그들의 수입을 보면 한 사람의 수입이 하루에 40~50전은 된다는데, 피땀을 흘리며 30~40전에 불과한 수입보다 훨씬 낫다 하여 금을 캐는 모양인데 냇바닥이라고 가보면 거미 구멍같이 파놓지 아니한 곳이 없다. 작년이나 재작년에는 보지 못하던 형상인바 농촌의 정형과 조선인의 생활 정도가 어떻다고 하는 실증이라고 보겠다.[12]

1930년, 1931년 농업공황으로 빚더미에 오른 김제 농민 1,000여 명은 산이나 냇바닥을 파헤쳐 사금을 채취하다가 급기야 논바닥, 밭바닥까지 파헤쳐 사금을 캤다. 이렇게 사금을 캐면 하루에 40~50전씩 벌이가 생기는데 반해 노동을 해서 일당을 받으면 30~40전밖에 벌지 못하니 냉정한 경제 논리로만 보더라도 피땀 흘려 농사를 짓는 것보다는 어디든 파헤쳐 금을 캐는 것이 더 나았던 것이다. 이러한 상황을 채만식은 「문학인의 촉수」에서 다음과 같이 풍자했다.

최군의 이 광구 안에서 생긴 일인데 어느 농부가 자기 집 근처에서 ― 흙 속에서 ― 금이 쏟아져 나오고 하니까 자기 집 벽을 헐어서 그 놈을 함지에다 이

12 「황금광시대―하천과 田野를 채굴만 하면 금」, 『조선일보』, 1932.3.19.

뤄보았다.

　그랬더니 금이 서 돈쭝이 나왔더라고.

　황금광시대의 한 에피소드다.[13]

　이러한 금광 열풍이 휘몰아친 1930년대 농촌 상황을 전제하면, 「금 따는 콩밧」에서 수재의 꾐에 빠져 콩밭을 갈아엎고 금을 캐는 영식이 단지 허욕에 빠진 아둔한 개인을 형상화한 것이 아니라 금광 열풍에 휩싸인 1930년대 농촌의 현실 그 자체를 풍자한 것임을 알 수 있다. 영식이 수재의 꾐에 넘어간 것은 영식이 아둔했기 때문은 아니었다.

　수재는 "농사는 안 짓고 금점으로 돌아다니"던 인물이다. 영식이 사는 마을에서 산 넘어 큰 골에는 광부를 300여 명이나 부리는 노다지 금광이 있다. 하루에 금이 70냥씩 생산되는데, 돈으로 치면 7,000원이다. 수재는 그 금광의 금맥이 산허리를 뚫고 영식이의 콩밭으로 이어졌다고 설명하고, 둘이서 콩밭을 파면 열흘 안에 적어도 하루에 서 돈, 30원씩은 벌 수 있다고 꾄다.

　영식은 일단 거부하지만, 그 이유는 수재의 제안이 터무니없다고 생각되었기 때문이 아니라 "금점이란 칼 물고 뜀뛰기"와 같아서 "잘 되면 이어니와 못 되면 신세만 조파"기 때문이었다. 일찌감치 금전판을 떠돌던 수재의 제안이고, 산 너머 대규모 금광이 개발된 이후 영식의 이웃 중에서도 금을 캐서 쌈짓돈을 챙기는 사람이 없지 않았다. 그만큼 솔깃한 제안이었던 것이다.

　뒷집 양근댁만 해도 금점 덕택에 남편이 흰 고무신도 사주고, 영식의 집에 쌀도 닷 되씩 빌려 줄 정도로 형편이 나아졌다. 양근댁이 그처럼

13　채만식, 〈문학인의 촉수〉, 『조선일보』, 1936.6.9.

형편이 풀린 것은 대단한 금광을 발견했기 때문이 아니라 양근댁의 남편이 "날마다 금점으로 감돌며 버력더미를 뒤지고 토록"[14]을 주워 와서 그것을 "온종일 장판돌에다 갈면 수가 좋으면 2~3원, 옥아도 70~80전"씩은 벌 수 있었기 때문이다.

뒷집에는 금광으로 하루에 몇 원씩 챙기는 이웃이 있고, 비료 값과 품삯으로 7원의 빚이 있는 영식에게 금전에서 잔뼈가 굵은 수재가 금전판의 '전문용어'를 사용하며 여러 차례 꾀는데, 영식이 넘어가지 않을 수 없었다. 말하자면 영식은 개인적 탐욕 때문이 아니라 시류에 휩쓸려 콩밭을 갈아엎은 것이었다. 콩밭을 갈아엎어 금을 캐는 것이 영식만의 탐욕이 아니었음은 그를 지지한 아내를 통해서도 알 수 있다. 아내의 셈은 이러했다.

시체는 금점이 판을 잡았다. 스뿔르게 농사만 짓고 있다간 결국 비렁뱅이밖에는 더 못 된다. 얼마 안 있으면 산이고 밭이고 할 것 없이 다 금쟁이 손에 구멍이 뚫리고 뒤집히고 뒤죽박죽이 될 것이다. 그때는 뭘 파먹고 사나. 자 보아라. 머슴들은 짜위라도 한 듯이 일하다 말고 후닥하면 금점으로들 내빼지 않는가. 일꾼이 없어서 올엔 농사를 질 수 없느니 마느니 하고 동리에서는 떠들썩하다. 그리고 번동 포농이조차 호미를 내어던지고 강변으로 개울로 사금을 캐러 달아난다. 그러다 며칠 뒤에는 다비신에다 옥양목을 떨치고 희짜를 뽑는 것이 아닌가.

이러한 아내의 셈속은 1930년대 신문잡지에서 흔히 찾아볼 수 있는 당대의 세태였지 시골 아낙네의 근거 없는 허욕은 아니었다. 영식이 애

---

14 토록 : 광맥의 본래 줄기에서 떨어져 다른 잡석과 함께 광맥의 겉으로 드러나 있는 광석.

써 키운 콩밭을 갈아엎고 금을 찾아 나선 것은 1930년대의 세태에서 결과를 장담할 수는 없지만, 한번 덤벼볼 만한 일이었다. 영식이 지주, 마름, 동네 어른들에게 손가락질과 위협을 받으면서도 금에 대한 미련을 버리지 못하고 콩밭을 파헤친 것도 노다지 금광을 발견하지는 못하더라도 양근댁의 남편처럼 농사짓는 것보다는 나은 수입이 생길 것이라는 기대를 버리지 못했기 때문이었다.

「금따는 콩밧」은 더 이상 금이 나올 가망이 없음을 깨달은 수재가 황토를 곱색줄이라 속이고 달아나는 것으로 마무리된다. 영식은 반드시 실패할 수밖에 없는 일에 뛰어든 것이 아니라 확률이 낮은 도박을 벌였다가 성공하지 못한 것이었다. 「금따는 콩밧」을 통해 김유정이 하고 싶었던 이야기는 당대의 농촌 현실이 콩밭을 뒤엎어 금을 캘 수밖에 없을 정도로 어려웠다는 것보다는 논밭을 뒤엎어 금을 캐는 세태가 한 발짝만 떨어져서 바라보면 얼마나 우스꽝스러운 일인지에 대해 고발하고 풍자하려 했던 것이다.

3. 황금의 유혹과 앞에 허물어지는 인간성 비판―「노다지」·「금」

「노다지」는 금광을 돌아다니며 감돌을 훔치는 잠채꾼들의 이야기다. "금광쟁이 뒷잽이"로서 금광을 전전한 경험이 없었다면 도저히 상상하기 어려운 서사와 금전꾼들의 질편한 언어가 돋보이는 작품이다. 그러나 이 작품이 탁월한 것은 밑바닥 인생들의 모습을 날것 그대로 보여주었기 때문이 아니라 황금의 유혹 앞에 우정이나 인간성이 얼마나 무기력하게 허물어지는지 보여줌으로써 인간의 본성에 대한 깊이 있는 성찰을 보여주었기 때문이다.

「노다지」는 잠채꾼들 사이의 폭력과 배반이 서사의 중심이 된다. 이 소설에 등장한 첫 번째 갈등은 잠채한 금의 분배 문제였다. 꽁보와 더펄이는 다른 동무 세 명과 함께 강원도 회양 근방 금광으로 한밤중에 잠채에 나섰다. 다섯 사내가 서른 길이 넘는 암굴에 들어가 한 시간도 못 돼 감돌 두 포대를 땄다. 잠채를 마친 후 꽁보가 감돌을 공평하게 나누자, 덩치 큰 한 사내가 금광을 자기가 발견했으니 자기는 더 받아야겠다고 주장한다. 꽁보가 거부하자, 그 사내는 벽채를 들어 꽁보의 갈빗대와 외편 어깨를 내리찍는다. 그가 가슴을 겨누고 달려들 때 더펄이가 달려와 그의 허리를 뒤에서 두 손으로 꿰어 들어 산비탈 아래로 내던져 버린다.

그 후 꽁보는 목숨을 구해준 더펄이를 형님으로 깍듯이 섬기고, 자기 누이와 결혼까지 시킬 생각을 한다. 잠채가 시원찮을 때 꽁보와 더펄이는 가족과 같이 서로 돕고 아끼며 살아간다. 심지어 허약한 꽁보가 산에 오르다 지치면 더펄이는 등에 업고 오르기도 한다. 그러나 이러한 끈끈한 우정은 물질적 이해가 눈앞에 등장한 이후까지 지속될 수는 없었다. 출발점에서 그들의 결합은 물질적 이해관계에 종속되어 있었기 때문에 은인이라든지, 생사를 나눈 동지라든지 하는 의식은 노다지 앞에 허물어질 수밖에 없었던 것이다. 어느 외진 광산에서 노다지가 발견되자 꽁보도 더펄이도 자신의 마음속에 잠재해 있던 탐욕을 주체할 수 없었다.

그는 형의 주먹을 가만이나려보다가 가엽시도 앙상한 제주먹에 대조하야 보지안흘수업다. 그러나 다만 속이바르르떨릴뿐이다.

그러자 꽁보는 기급을하야놀라며 뒤로 물러섯다. 어이쿠하는 불시의 비명과 아울러 와그르, 하엿다. 싸하올린 동발이 어찌하다 중툭이 헐리엇다. 모진돌들은 더펄이의 장딴지며넓적다리 응뎅이까지 고대로 업눌럿다. 살은 물론 으츠러젓스리라. 그는 업프린채 꼼짝못하고 아픈데 목이기어 끙끙거린다. (…중략…)

"여보게 내몸좀 빼주게"

형은 몸은 못쓰고 죽어가는 목소리로 애원한다. 그리고 또

"아우, 나죽네, 응?" 하고 거듭 애를 끈흐며 빌붓는다. 고개만 겨우 들엇슬 따름 그외에는 손조차 자유를일흔 모양갓다.

아우는 문허질야는 동발을치어다보며 얼른 그머리 마트로 다가슨다. 발아페 노힌 노다지 세쪽을 날새게 손에잡자 도로 얼른 물러섯다. 그리고 눈물이 흐른형의 얼골은 돌아도 안보고 고발로 하둥지둥 장벽을 기여오른다.

노다지를 앞에 두고 그들이 의형제라는 것, 혹은 더펄이가 꽁보의 생명의 은인이라는 것 등은 아주 무의미한 과거의 일이 되어버린다. 노다지가 발견된 순간 눈앞에 보이는 것은 서로가 함께 누릴 행복한 미래가 아니라, 형의 억센 주먹과 아우의 앙상한 주먹뿐인 것이다. 그들에게 황금이 한낱 탐욕의 대상일 뿐이었던 만큼, 불법적으로 얻어진 황금은 폭력과 재앙을 부를 수밖에 없었던 것이다. 꽁보는 사고를 당해 고통 속에 신음하는 더펄이를 내버려둔 채 노다지 세 쪽만을 들고 금광을 빠져 나온다. 꽁보가 먼저 배반하지 않았다면, 그 자신은 더펄이의 폭력에 희생되었을 것임에 틀림없다.

김유정은 노다지를 발견하기 전 꽁보와 더펄이가 얼마나 서로를 아끼고 위해주는 사이였는지 다양한 에피소드를 통해 보여준다. 그처럼 애

틋했던 두 사람의 우정이 노다지를 발견한 순간 허망하게 무너져 내리는 것을 보여줌으로써 황금의 유혹이 얼마나 강렬한지, 그리고 황금을 향한 탐욕이 인간성을 얼마나 심각하게 훼손하는지 알려주는 것이다.

「금」은 이러한 탐욕이 음모와 결합된 경우이다. 광구에서 직접 금을 캐내는 것은 광부의 일이었고, 그가 캐낸 금의 양을 그 자신 외에는 아무도 알 수 없었기 때문에, 금광에서는 광부들이 금을 빼돌리지 못하게 하기 위해 감시를 철저히 했다. 그렇다고 감시 때문에 금을 빼돌리기 위한 광부들의 시도 자체가 사라지지는 않았다.

> 이렇게 엄중히 잡두리를 하건만 그래도 용케는 먹어들 가는 것이다. 어떤 놈은 상투속에다 금을끼고 나온다. 혹은 다비속에다 껴신고 나오기도 한다. 이건 예전 말이다. 지금은 간수들의 지혜도 훨신 슬기로웁다. 이러다는 담박 들키어 내떨리기밖에 더는 수 없다. 하니까 광부들의 꾀 역 나날이 때를 벗는다. 사실이지 그들은 구뎅이내로 들어만 서면 이궁리 빼고 다른생각은 조금도 없다. (…중략…) 거기에는 제일 안전한 방법이 있으니 그것은 덮어놓고 꿀떡, 삼키고 나가는 것이다. 제아무리 귀신인들 뱃속에 든 금이야, 허나 사람의 창주란 쇠ㅅ바닥이 아니니 금덕을 보기전에 꽤저버리면 남보기에 효상만 사납다. 왜냐하면 사금이면 모르나 석혈금이란 유리쪽같은 차돌에 박였기 때문에, 에라 입속에 감춰라, 귓속에 묻어라, 빌어먹을거 사타구니에 끼고 나가면 누가 뭐랄텐가. 심지어 덕히는 항문이에다 금을 박고나오다 고만 뽕이났다.

광산의 금을 빼돌리기 위한 광부들의 시도가 기발해질수록 광산의 감시도 철저해져서 어지간한 방법은 통하지 않게 되었다. 이러한 상황에서 「금」의 이덕순과 그의 동무는 천 원 상당의 가치가 있을 것으로 생각되는 감석을 빼돌리기 위해 이덕순의 다리를 희생하려는 음모를 꾸민다. 작업 도중 다리를 돌로 내려쳐 병원으로 긴급히 후송하는 와중에 감석을 반출하려는 그들의 계획은 일단 성공적으로 끝난다. 그러나 진정한 음모는 감석을 빼돌리는 데 있지 않았다. 이덕순과 그를 엎고 집으로 온 동무 사이에 또 다른 음모가 드러나는 것이다.

> "금으로 잡아 파나, 그대로 감석채파나 마찬가지되리, 얼른팔아서 돈이 있어야 자네도 약도사고할게아닌가. 가치하고 설마 도망이야 안가겠지"
> "팔아오게."
> 그제서 마음을 놨는지 감을 내어준다.
> 동무는 그걸 받아들고 방문을 나오며 후회가 몹시 난다. 제가 발을 깨지고, 피를내고 그리고 감석을 지니고 나왔드면 둘을 먹을걸, 발견은 제가 하였건만 덕순이에게 둘을 주고 원쥔이 하나만 먹다니. 그때는 왜 이런 용기가 안났던가. 이제와생각하면 분하고절통하기 짝이없다. 그는 허둥거리며 땅바닥에다 거츠르게 침을 퇘, 뱉고 또 퇴, 뱉고싸리문을 돌아나간다.

이덕순의 동무가 금을 판 돈을 가지고 돌아왔는지 그대로 도망갔는지는 소설에 나타나 있지 않다. 그러나 인용문에서 그들 사이에 또 다른 음모가 놓여 있음은 확실히 드러난다. 황금과 자신의 다리를 맞바꾼 이덕순은 적어도 탐욕스럽지는 않았지만, 황금의 유혹은 너무나 강렬한 것이었기에 언제든지 배반당할 가능성이 있었던 것이다.

이렇듯 「노다지」, 「금」은 황금광시대 인간 군상들의 탐욕을 드러낸다. 그가 그리고 있는 것은 금광 주변부 인물들의 유혹, 폭력, 배반, 음모 등이었다. 금광 주위에서 기생하고 있었던 금광 브로커, 잠채꾼 등은 황금 앞에서 강렬해지는 인간의 욕망, 탐욕이 황폐화시키는 인간성을 보여준다.

　김유정은 "금광쟁이 뒷잽이" 경험을 바탕으로 세 편의 금광 소설을 썼고, 그 속에는 다른 금광 소설에서 쉽게 접할 수 없는 금광 내에서도 가장 밑바닥 인간 군상의 모습을 생생하게 보여주었다. 단순히 금광 열풍이 할퀴고 지나간 농촌 사회의 세태를 풍자하고 고발하는 데 그치지 않고, 황금과 인간의 관계에 대한 진지한 성찰을 보여주었다. 김유정의 "금광쟁이 뒷잽이" 이력이 묻어두어야 할 이력이 될 수 없는 이유는 그 때문이다.

참고문헌

김문집, 「고 김유정 군의 예술과 그의 인간비밀」,『조광』, 1937.

김영기,『김유정-그 문학과 생애』, 지문사, 1992.

김팔봉, 「나의 회고록」,『김팔봉전집』2, 문학과지성사, 1988.

전봉관,『황금광시대』, 살림, 2005.

채만식, 「금과 문학」,『인문평론』, 1940.2.

_____, 「문학인의 촉수」,『조선일보』, 1936.6.9.

「金鑛界 財界 內報」,『삼천리』, 1934.8.

「황금광시대-하천과 田野를 채굴만 하면 금」,『조선일보』, 1932.3.19.

『조선일보』, 1935.1.4.

김유정 문학의 근대 자본주의 경험과 재현 양상[1]

김화경

1. 서론

　김유정에 대한 평가는 토속적이며 향토적인 작가라는 데 모아진다. 근대에 대한 자의식은 매우 소박하며 현실인식이 부족하다는 것이 그 이유다. 이러한 일련의 평가들은 작가 특유의 현란한 조어력과 유머러스한 표현방식이 큰 역할을 해 낼 수 있었던, 농촌(산골)이라는 공간 소설에 연구가 집중된 탓으로 생각된다.[2] 하지만 김유정은 근대와 도시, 또 그 모든 것을 지탱하는 자본, 돈의 의미를 독특한 방식으로 보여주

1　이글은 발표자의 박사학위 논문 「김유정 문학의 모더니티 재현 양상과 수사전략」 중 제II장 '근대성의 경험과 글쓰기를 통한 재현' 일부를 재구성한 것이다.
2　이 부분과 관련해 농촌 공간에 집중되는 유머와 향토어에 관해서는 김화경, 「모더니티가 구성한 농촌과 고향」, 『현대소설연구』 제39호, 한국현대소설학회, 2008 참조.

고 있으며 그 어떤 모더니스트보다도 신랄하게 '모던'이 가져온 환상과 허구성을 비판하고 있다.

　김유정의 근대 경험과 이것의 재현이라는 주제를 살피는 데 있어 떠올려야 할 단어는 '계략(計略)'과 '복사'다. 김유정은 「병상의 생각」에서 "그 결과에 있어 전달을 예상하고 계략하여 가는 그 과정이 표현"이며 "예술이란 자연의 복사만도 아니"다고 분명히 밝히고 있다.[3] 그는 자신의 문학적 특성이 '치밀한 묘사'나 '사실적 표현'으로 평가되기를 원했던 것은 아니었을 것이다. 문학은 작가의 기획을 통해 쓰여지며 작가가 사용한 언어들이야말로 수사적 전략의 결과물이다. 이는 김유정의 근대 인식과 그 재현에 있어서도 마찬가지로 적용되어야 한다.

　이 글은 근대성의 두 축이라 할 과학적 합리성과 자본주의에 대한 인식이 김유정 문학 안에서 어떠한 방식으로 표현되는지를 탐색하는 작업이라 할 수 있는데, 특별히 그 중에서도 범위를 좁혀 '황금'과 '똥'으로 재현되고 있는 근대 자본주의 경험에 초점을 맞춘다. 김유정이 당시를 지배하던 근대 자본주의를 어떻게 경험하고 인식하는 가에 주목함으로써 언어, 공간 설정 방식, 유머와 같은 작가 특유의 창작 기법이 치밀한 계획에 따른 결과이며 이러한 수사학적 전략이야말로 모더니티를 이루는 한 방식으로 작동됨을 알 수 있을 것이다.

3　김유정, 전신재 엮음, 「병상의 생각」, 『원본 김유정 전집』, 강, 2007, 469면. 이하 김유정의 글은 이 전집에서 인용하며, 『전집』으로 표기한다. 본문 인용의 경우 제목과 페이지만 표기한다.

2. 자본주의 물신사상의 희화화

근대성이란 근대적 형태의 과학적 합리성을 뜻하고 이는 계산가능성을 원리로 한다. 화폐경제라는 새로운 조건의 등장으로 근대의 모든 관계들은 화폐가치로 평가되기 시작한다. 화폐(돈)는 모든 것을 쉽게 비교할 수 있게 해준다. 화폐의 출현은 상품의 '인격화' 과정을 보다 첨예하게 전개시켜왔다. 화폐는 모든 것을 상품화하고,[4] 모든 가치를 대표하는 궁극의 상품으로 간주된다. 화폐는 선발된 상품이다. 화폐의 등장은 활발한 상품 교환의 편의를 위해 시작된 것이지만 자본주의 사회에서 화폐만 있으면 모든 것을 살 수 있게 됨에 따라 화폐는 강력한 힘을 가진 '신적 존재'로 추앙받는다. 수직적 구조를 갖지 않는 상품들과 달리 화폐는 최고의 존재, 왕으로 군림한다. 화폐에 대한 믿음은 신에 대한 믿음과 유사하며 화폐는 '세계의 세속적 신'이 된다.[5] 인간은 자신이 만든 "상품을 대리하는 자"로 전락한다. 김유정은 작품 전반에 걸쳐 상품화되는 인간관계를 묘사하고 있다.

> 외조부, 그는 사람이 썩 이상합니다. 커다란 딸이 있건만 시집을 안보내지요. 젖이 푹 불거지고 얼굴에 여드름까지 터쳐도 그래도 안보내지요. 그속이 이렇습니

---

4 이와 관련해 이진경은 "화폐는 하나의 '사물'이지만, 그것이 끼어드는 모든 곳에서 그것은 모든 것을 계산 속에 끌어들이는 '계산공간'을 형성한다. 이처럼 계산공간 속에 들어간 것들을 우리는 '상품'이라고 부른다. 화폐는 모든 것을 상품화한다. 그것이 컴퓨터 같은 생산물이든, 사슴 같은 '생물'이든, 아니면 빨래하는 '노동'이든 건에. 근대는 모든 것이 이처럼 상품화되는 세계, 다시 말해 화폐를 통해 비교되고 계산되는 시대다. 화폐가 개입하는 모든 영역에서 계산이 작동한다. 그리고 그 계산을 통해서 사람들의 활동이나 그 활동의 생산물들이 관계를 맺게 된다" 쓰고 있다(이진경, 「근대사회와 모더니티」, 『모더니티의 지층들』, 그린비, 2007, 33면).

5 게오르크 짐멜, 안준섭·장영배·조희연 옮김, 『돈의 철학』, 한길사, 1983, 304~305면.

다. 딸을 나가지고 그냥 내줄게뭐야. 앨써 길렀으니 덕좀 봐야지. 부자놈만 하나
걸려라. 잡은참 물고 달릴터이다. 그러나 부자가 어디 제멋 안부리고 이런델 뭘 찾
어먹으러 옵니까. 부자는 좀더 부자를 물어볼랴고 느무는것이 원측이니 좀체 해
볼수가 없었읍니다. 괜히 딸의 나히만 더끔더끔 늘어갑니다. (「애기」, 389면)

「애기」에 등장하는 딸은 아버지에게 완전히 교환가치를 가진 상품
으로 간주되고 있다. 시장에 내어놓은 상품으로써의 딸은 '젖이 불거지
고 여드름이 날' 정도의 충분히 익은 과일처럼 표현된다. 과일이 그러
하듯 출하시기를 놓치면 딸은 상해서 상품성을 잃을 것이고 결국 헐값
에 팔리게 될 것이다. 그마저도 때를 놓쳐 교환가치를 잃게 되면 사용
가치를 생각해 볼 일이다. 이것은 '인간' 얘기가 아니다. 그러므로 쓰일
곳이 없으면 사람도 폐기의 대상이 되는 것은 당연하다. 합리적이고 계
산적인 '근대인'의 정신이다.

그까진거 남의 자식은 해 뭘한담! 갖다 내버리든지. 죽여 없애든지, 하자는
것입니다. 영감역 가만히 생각해보니까 따는 괴이치않은 말입니다. 남의 자
식을 애써 길러야 뭘합니까. 그걸 국을 끓입니까, 떡을합니까. 아무 소용이
없거든요. 혹 기생을 만들며는 나종에 덕좀 볼런지 모르지요. 마는 어느 하가
에 그만치 자라고 소리도 배우고합니까. 그때는 벌써 전에 두늙은이 땅속에
서 힌 백골이 되어 멀건이 누었을것입니다. (404면)

윗글과 같이 국을 끓이지도 떡을 하지도 못하는 「애기」의 '애기'는 사
용가치조차 계산이 되지 않는 폐기 대상물로 비친다. 그리고 「안해」를
통해서 작가는 아이들을 낳는 '출산기계'인 생산설비로써의 '아내'를 보
여준다.[6] 김유정은 자신이 살고 있는 자본주의 사회에서 인간의 존엄성

여부와 가족을 형성하는 기준은 인륜이 아니라 재화 생산능력임을 말하고 있다.[7] 또한 근대 자본주의 시스템 아래 혈연중심의 사적 가족관계까지 순전한 금전관계로 전환되는 양상을 보여주고 있는 것이다.

부르주아지는 지배권을 장악한 곳에서는 어디서나 봉건적, 가부장제적, 목가적인 모든 관계를 모조리 파괴했다. 그들은 '타고난 상하관계'와 결부되어 있던 각종 잡다한 봉건적인 유대를 가차없이 산산조각내고, 적나라한 이기심, 무정한 '현금 계산' 이외에는, 사람과 사람 사이에 아무런 유대도 남기지 않았다. 신앙의 열광, 기사의 감격, 도시인의 감상이란 열정적인 환희를 얼음같이 차가운 이해타산의 물에 빠뜨려버렸다. 인격의 가치를 교환가치로 해소시켜버리고, 특허장으로 인정된 또한 자력으로 획득한 무수한 자유를 오직 하나인, 아무것도 꺼리지 않는 상업의 자유와 바꾸어 놓았다 …… 부르주아지는 이제까지 존경받고 외경의 대상이 되었던 모든 직업에서 그 후광을 박탈했다. 의사도, 법률가도, 승려도, 시인도, 학자도 그들이 고용하는 임금노동자로 바뀌었다. 부르주아지는 가족으로부터 그 감동적인 베일을 벗기고 가족관계를 순전한 금전관계로 전환시켰다.[8]

그런데 근대문학에서 화폐는 화폐 자신이 신으로 대접 받기도 하지만 주로 자신의 소유자를 '전지전능한' 능력의 소유자로 바꾸는 모습을

6   아래는 「안해」의 과학적 합리성의 요소인 계산가능성과 함께 당시 인물들의 물신주의를 잘 보여주는 분분이다. "구구루 주는 밥이나 얻어먹고 몸 성히있다가 연해 자식이나 쏟아라. 뭐 많이도 말구 굴때같은 아들로만 한 열다섯이면 족하지. 가만 있자, 한놈이 일년에 벼열섬씩만 번다면 열다썸이니까 일백오십섬, 한섬에 더도 말고 십원 한장식만 받는다면 죄다 일천오백원이지. 일천오백원, 일천오백원, 사실 일천오백원이면 어이구 이건 참 너무 많구나. 그런줄 몰랐더니 이년이 뱃속에 일천오백원을 지니고 있으니까 아무렇게 따져도 나보담은 났지 않은가."(김유정, 「안해」, 『전집』, 179면)
7   안미영, 「1930년대 소설에 나타난 문명의 제양상」, 『이상과 그의 시대』, 소명출판, 2003, 271면.
8   마르크스·엥겔스, 서석연 옮김, 『공산당선언』, 범우사, 2004. 26~27면.

보여준다. 대표적으로 세익스피어(William Shakespeare)는 『아테네의 타이몬』에서 금, 돈의 힘을 표현한다.[9]

검은 것도 희게 만드는 것 사제를 꾀어내고 도둑도 작위를 받을 수 있도록 하는 것이 금의 힘이다. 내가 무엇이고 내가 무엇을 할 수 있는가는 개성에 의해 규정되는 것이 아니다. 마르크스의 지적대로 화폐의 힘이 클수록 나의 힘도 크게 된다.[10] 우리는 화폐가 우리 삶에 있어 신과 같은 힘을 보여줄 것이며 그 신은 영원히 전지전능할 것이라 믿는다. 문학은 화폐신의 영역 안에 들어서지 못하는 이들의 비참한 삶을 그려냈다.

반면에 정선태는 '문학의 힘을 믿고, 그 믿음에 기대 화폐─신의 무능력을 증명하는 데 골몰하고 있는 사람들도 얼마든지 있을 것'이라며 화폐신의 무능력을 형상화하며, 삶과 사회의 본질을 표현한 작가로 '발자크'를 들고 있다. 우리 문학에서 김유정이 그러하며 김유정의 문학적 재현 방식이 그러하다. 정선태의 분석틀은 김유정 문학 연구에 있어서도 유효한 틀로 활용 할 수 있다.

9　"금? 귀중하고 반짝거리는 순금? 아니라네, 신들이여! 실없이 내가 그것을 기원하는 것은 아니라네. 이만큼만 있으면, 검은 것을 희게, 추한 것을 아름답게 만든다네. 나쁜 것을 좋게, 늙은 것을 젊게, 비천한 것을 고귀하게 만든다네. (…중략…) 또 이 노예는 늙어 빠진 과부에게 청혼자를 데리고 온다네. 양로원에서 상처로 인해 심하게 곪고 있던 그 과부가 매스꺼운 모습을 떨쳐 버리고 오월의 청춘으로 되어서 청혼한 남자에게 간다네. 에이. 빌어먹을 금속아, 너는, 국민들을 모욕하는 인간 공동의 창녀로다."(William Shakespeare, *Timon of Athens*, Act IV. Scene III. : 번역본은 칼 마르크스, 최인호 옮김, 「1884년의 경제학 철학 수고」, 『칼 마르크스 프리드리히 엥겔스 저작 선집』 1, 박종철출판사, 1991, 8~88면)
10　마르크스는 "화폐를 통하여 나에게 현존하는 것, 내가 헤아리고 있는 것, 다시 말하면 화폐가 구입할 수 있는 것은 나 곧 화폐 자체의 소유자이다. 화폐의 힘이 매우 큰 만큼 나의 힘도 매우 크다. 화폐의 속성들은 ─ 그것의 소유자인 ─ 나의 속성들이요, 나의 고유한 능력들이다. 나의 존재와 나의 능력은 결코 나의 개인성에 의해 규정되지 않는다"고 주장한다(칼 마르크스, 김태경 옮김, 『경제학─철학 수고』, 이론과실천, 1987, 116면).

바라보는 시점에 따라 화폐의 전능성은 무력감으로 쉽게 뒤바뀔 수 있다. 이를 직감적으로 알아채고 현실 속을 떠도는 군상들의 이면에 도사린 화폐— 신의 능력=무능력을 소설로 형상화했다는 점에서 발자크는 그 어떤 철학자 보다 삶과 사회의 본질을 적실하게 표현했다고 할 수 있다. 엥겔스의 '리얼리 즘의 승리' 운운하지 않더라도 '발자크들'의 소설은 지금—여기의 삶과 다른 삶을 꿈꾸는 사람들에게 현실의 기만성을 내파할 '폭약'일 수 있다.[11]

자신을 둘러싼 몰개성적이고 균질화 된 거대 세계와 대결하는 이, 그 세계 속에 매몰된 작은 외침에 귀 기울일 수 있는 이가 '발자크들'이다. 화폐신의 권능에 마취된 이들을 밀치고 나서서 신의 전능성을 향해 돌 을 던지는 것은 골리앗의 앞에 선 다윗을 연상케 한다. 다만 김유정의 화폐신을 향한 타격은 문학이라는 방식을 통함으로써 상처내고 피 흘 리기가 아니라 '감염과 경련'과 같은 내부로부터의 타격이 유발하는 잠 복 후 '각성'의 효과를 거두게 된다.[12]

「떡」의 첫머리는 인간이 주조한 화폐가 신이 되어 자신의 주인이었 던 인간을 무릎 꿇리고 다시 그들의 주인이 되는 주종(主從)의 역전 현상 을 보여준다.

---

11 정선태, 「화폐—신의 세계, 파문당한 상상력」, 『한국 근대문학의 수렴과 발산』, 소명출판. 2008, 261면.

12 내부로부터의 타격은 내부의 괴사가 진행되는 어느 순간에 각성으로 나타난다. 김유정의 소설에는 이러한 각성의 순간들이 묘사되어 있다. 「땡볕」의 '덕순'이 각성하는 순간은 '그가 땡볕아래서 도시의 자동차의 소음과 먼지 속에서 벙벙히 서있을 때 "별안간 땡땡소리와 함께 발등에 물을 뿌리고 물차가 지나가니 그는 비로소 살은듯이 정신끼가 반짝 난다'"로 표현된다. 「떡」의 경우 "옥이는 정신이 나나부다. 으악, 소리를 지르며 깜짝 놀란다. 그와 동시에 푸드득 하고퍼대기속으로 똥을 깔겼다"라는 대목에서 발견 가능하다. 「이런 음악회」의 '나' 또한 더 큰 황금의 힘에 동원된 이들의 박수소리에 깜짝 놀라는 모습을 보인다. 물론 이러한 각성의 순간이 그의 문학 속 등장인물들을 새로운 인물상으로 바꾸어 놓는 것은 아니다. 하지만 혁명은 평범한 사람들의 일상적 삶 속에 일어난 작은 각성들이 퇴적의 한계에 달하는 지점에서 발발한다.

원래는 사람이 떡을 먹는다. 이것은 떡이 사람을 먹은 이야기다. 다시 말하면 사람이 즉 떡에게 먹힌 이야기렷다. 좀 황당한 소리인듯 싶으나 그사람이란게 역 황당한 존재라 할 일없다. 인제 겨우 일곱 살 난 게집애로 게다가 겨울이 왓건만 솜옷하나 못얻어입고 겹저고리 두렝이로 떨고잇는 옥이 말이다. 이것도 한개의 완전한 사람으로 칠른지! 혹은 말른지! (「떡」, 84면)

원래 사람이 떡을 먹는다. 떡은 음식으로서 사용가치를 지녔다. 그런데 떡이 사람을 먹었다. 떡이 사람, 즉 제 소유자를 삼킨 것이다. 이것은 매우 상징적인 표현이라 할 수 있다. 「떡」에서의 '떡'은 변조된 황금이자 화폐이기 때문이다.

항상 배고픔에 허덕이던 일곱 살 '옥이'는 '개똥어머니'를 따라 도사댁 생일에 가게 된다. 침만 흘리며 서있던 '옥이'를 발견한 '작은 아씨'는 '옥이'에게 국과 밥을 차려준다. '옥이'는 허겁지겁 밥을 먹는다. 아씨는 시루팥떡을 '옥이'에게 내민다. '옥이'는 그 떡을 받아먹는다. 배가 몹시 부르자 아씨가 내민 두 번째 팥떡은 거절하지만 이내 백설기를 거절하지 못하고 반을 먹어 치운다. 거기다 꿀 바른 주악도 연이어 먹는다.

이밥 이밥. 그분량은 어른이한때 먹어도 양은 조히 차리라. 이것을옥이가 뱃속에 집어넣은 시간을 따저본다면 고작칠팔분밖에는 더 허비치 않엇다. (…중략…) 한그릇을 다먹고 배가 불러서 옹크리고 앉은채 뒤로 털썩 주저앉는 옥이를 보앗다. (…중략…) 찬장앞으로 가드니 손벽만한 시루 팥떡이 나온다. 받아들고는 또 널름 집어치엇다. 곧 뒤이어다시 팥떡이 나왔다. 그러나 이번에는 옥이는 손도 아니 내밀고 무언으로 거절하엿다. 왜냐 하면 이때 옥이의 배는 최대한도로 느러낫고 거반 바람넣은 풋뽈만치나 가죽이 텡텡하엿다. (…중략…) 역시 떡이나오는데 본즉이것은 팥떡이아니라. 밤 대추가 여기저기 삐저나온 백설기. 한번 덥석물어떼이면 입안에서그대루 스르르 녹을 듯싶다. 너 이것도 싫으냐 하니까 옥이는 좋다는 뜻으로 얼른 손을 내밀엇다. (…중략…) 그러면 그다음 꿀발른 주왁 두개는 어떠케 먹엇슬가. 상식으로는 좀 판단키어려운 일이다. (90면)

인체생리학적으로도 불가능해 보이는 과식이며, 경제학에서의 한계효용 법칙의 적용도 비켜가려하는 비상식적인 '옥이'의 떡먹기는 자본주의 화폐의 퇴장(退藏), 바로 그 모습이다. 이미 밥으로 허기를 면했기에 효용을 잃은 떡은 옥이의 뱃속에 저장되고 있다. 생물학적 욕구가 충족되자 '떡'은 욕망의 대상이 된다. '떡'은 '옥이'에게 황금과 다를 바 없다. 물론 본래의 떡은 '금'도 '화폐'도 아니며 그 자체, 먹는 것으로 가치만을 가진다.[13] 화폐가 '추상적인 부' 자체라 할 때 떡은 사용가치를 지닌 '구체적 부'의 형태일 뿐이다.

그럼에도 불구하고 '떡'이 화폐의 다른 모습이 되는 것은 '옥이'가 일곱 살 난 어린아이이기 때문이다. 김유정 소설 중에 어린아이 주인공을 필요로 하는 소설이 있다면 그것은 「떡」이고 실제 유일하다. 아이들의 실물경제사회라는 것은 주로 화폐시장 이전의 형태를 보여준다. 화폐경제가 익숙하지 않은 어린 아이들 사이에서는 종이 딱지나 구슬, 심지어 어른의 눈에는 쓰레기에 불과한 것의 일부일지라도 이것은 쉽게 교환가치의 형태를 띠게 된다.[14]

---

13 화폐로 사용된 금과 같은 금속은 그것의 사용가치가 아니라 교환가치로서 의미가 있으며 또한 이 의미는 거기에 찍힌 법적 표시에 있음은 알려진 바다. 화폐로 사용된 금속에서 의미가 있는 것은 그것의 중량보다 거기에 찍힌 법적 표식이다. 그래서 바본은 "화폐가 꼭 금이나 은으로 만들어질 필요는 없으며", 중요한 것은 "금속 위에 찍히는 표식"이라고 강조할 수 있었다. '그것만 있다면 그 소재가 구리든, 주석이든 상관없이 똑같이 가치를 갖고 똑같은 기능을 수행한다' 했다(Barbon, A Discourse of Trade, p.11~12. 고병권, 『화폐, 마법의 사중주』, 그린비, 2005. 244면).

‘옥이’는 김유정 소설 속에 등장하는 계산적이고 합리적으로 생각은 하지만 욕망의 끝에서 미끄러지는 ‘바보’의 어린이 판이다. 그리고 김유정은 절제를 모르는 탐욕이야말로 사용가치 이상의 화폐(떡)를 축적하게 하는 하나의 원인임을 간접적으로 표현한다.

> 이것은 도시 사람의 일로는 생각되지 않는다. 허나 주의할것은 일상 곯아만 온 굶주린 창자의 착각이다. 배가 불럿는지 혹은 곯앗는지 하는건 이때의 문제가 아니다. 한갓 자꾸 먹어야 된다는 결삼스러운 탐욕이옥이자신도 몰르게 활동하엿고 또는 옥이는 제가 먹고싶은걸 무엇무엇 알앗을그뿐이엿다. 거기다 맛갈스러운 그 떡맛. 생전 맛못보던 그미각을 한번 즐겨보고자 기를 쓴 노력이다. (91면)

“욕망은 마음의 식욕으로서, 육체의 배고픔처럼 자연스럽다. 대다수의 물건은 마음의 결핍을 충족시켜 주기 때문에 가치를 갖는다.”[15] 육체의 배고픔을 이기려는 ‘옥이’의 유아적 욕구는 죽음 직전에 충족된 듯하다. 하지만 육체의 배고픔과 마음의 배고픔이 가지는 격차를 볼 때 자본주의 사회에서 마음의 결핍(욕망)을 충족 시켜 줄 크기의 화폐를 얻는 데는 어떤 대가를 치러야할지 예측할 수 있다.

김유정 「떡」 속의 ‘떡’은 화폐의 변조된 얼굴이고 황금의 상징이다. 많으면 많을수록 좋고 섬기면 무엇이든 다 이룰 수 있을 줄 알았던 황금, 이를 숭배하는 이들에게 「떡」은 이상한 결과를 보여준다. 화폐신은

---

14 아이들의 세계에서는 딱지가 사탕이 되고 구슬이 친구에게 심부름을 시킬 수 있는 권리가 되는 것을 쉽게 볼 수 있다.
15 N. 바본, 『더욱 가벼운 신화폐의 주조에 관한 논술―로크의 고찰들에 대한 대답』, 런던, 1696, 2~3면.

자신을 경배하는 이들에게조차 자애롭지 못하다. 권능과 사랑, 자애로 상징되는 신의 모습은 인간사회의 어진 아버지의 모습으로 비유되곤 한다. 그의 품안에서 평화를 찾고 그에게 믿음을 바치는 신도들을 향한 화폐신의 냉담은, 「떡」에서 배고픔에 잠 못 이루는 '옥이'에게 캥캥거린 다며 주먹을 날리거나, 살아난 '옥이'에게 '혼자 처먹었다'며 욕을 하는 아버지 '덕히'의 모습에 이미 투영되어 있는 셈이다. '옥이'의 황금은 '옥 이'를 죽음의 위협으로 몰고 간다.

> 옥이는 가만히 방바닥에가 눕드란다. 그배를 근디리지 않도록 반듯이 눕
> 는데 아구배야 소리를 복고개가 터지라고 내지르며냉골에서 이리때굴 저리
> 때굴 구르며 혼자법석이다. 그러나 뺨우로 먹은것을꼬약꼬약 도르고는 필경
> 까무러첫스리라 얼굴이 햇슥해지며 사지가 축느러져버린다. (92면)

점쟁이도 불러보고 경도 읽어보고 하던 '옥이'는 쇠침을 맞고 포대기 에 똥을 갈기고서야 목숨을 구한다. 떡과 똥, 황금과 똥은 삶에서 엄청 난 간격을 가지지만 지나친 황금의 욕망은 결국 인간 최고의 잉여물질, '똥'으로 모습을 바꾸는 것이다. 떡=똥, 황금=똥이다.

> 바른손을 논 다음 왼손 엄지손가락으로침이 또 들어갈 때에서야 비로소 옥
> 이는 정신이 나나부다. 으악, 소리를 지르며깜짝 놀란다. 그와 동시에 푸드
> 득 하고퍼대기속으로 똥을 깔겼다. (94면)

어린 신도는 목숨을 바쳐 죽음으로 믿음을 증명할 뻔했다. 그러나 침 을 맞고 '각성' 한 후 포대기 속에 똥을 갈기는 부인(否認) 과정을 겪고서 야 살아난다.

옥이의 '떡'먹기와 배설은 '황금'을 향한 인간의 욕구와 욕망의 관계를 보여준다. '황금'을 향한 욕망은 결코 채워지지 않고 인간의 삶을 지배한다. 하지만 어느 순간 이 모두가 쓰레기였음을 발견하게 되는 것이다. 이 순간이야말로 김유정 문학의 희화화가 발생하는 지점이다.

「떡」이 자신을 추앙하는 어린 백성을 조롱하는 물신의 발견이라면 「金따는 콩밧」은 물신의 전지전능성을 의심하는 사람들을 보여준다.

'영식'과 '수재'의 금 캐기를 보던 동리노인은 자신과 농군들이 예로부터 섬기던 하늘신이 갑작스레 세상을 휩쓸며 나타난 황금신의 전지전능을 믿는 이들에게 벌을 내릴 거라 생각한다. 노인은 황금신을 쫓아다니며 금 캐기에 매달리는 세태를 '세상 망할 징조'라 하고 있다.

> "구구루 땅이나 파먹지 이게 무슨 지랄들이야!"
>
> 동리 노인은 뻔찔 찾어와서 귀거친 소리를 하고하엿다.
>
> 밭에 구멍을 셋이나 뚤엇다. 그리고 대구 뚤는길이엇다. 금인가 난장을 맞을건가 그것때문에 농군은 버렷다. 이게 필연코 세상이 망할려는증조이리라. 그소중한 밭에다 구멍을 뚤코 이지랄이니 그놈이 온전할겐가.
>
> 노인은 제물화에 지팽이를 들어 삿대질을 아니할수없엇다.
>
> "벼락 맞으니 벼락맞어―" (「금따는 콩밧」, 70면)

성서 속 엘리야의 하나님이 불로써 존재를 증명하듯 노인은 하늘신의 '벼락'을 바라고 '영식'과 '수재'는 자신들의 '황금신=곱색줄'(금줄)의 출현을 바라는 형국이다. 물신의 권능이 도전받는 모습은 '영식'의 아내를 통해 다시 한 번 확인된다.

'아내'는 금이 나오면 코다리도 먹어보고 흰 고무신도 신어보고 얼굴에 분도 바르고 집도 한 채 살 것이라 믿는다. 금만 가지면 모든 것이 다

좋아질 것이었다. 그녀는 속이 메질 듯이 짜릿하다. 하지만 "콩밭에서 금을 딴다는 숭맥도 있담" 하고 말하는 아내의 태도는 그녀도 금을 얻는다는 것이 매우 어려운 일임을 알고 있음을 보여준다. 그런데 기다리는 금은 나오지 않고 남편에게 없던 못된 버릇만 생긴다.

> 요즘 와서는 무턱대고 공연스리 골만내는 남편이 역 딱하엿다. 환장을 하는지 밤잠도 아니자고 소리만 뻑뻑 지르며 덤벼들랴고 든다. 심지어 어린것이 좀 울어도 이자식 갖다 내꾼지라고 북새를 피는 것이다. (71면)
>
> 다내는 이 꼴을 바라보며 독이 뾰록같이 올랐다. 금점을 합네하고 금 한 톨 못 캐는 것이 버릇만 점점 글러간다. 그전에는 없더니 요새로 건듯하면 탕탕 때리는 못된 버릇이 생긴 것이다. 금을 캐랬지 뺨을 치랬나. 제발 덕분에 고놈의 금 좀 나오지 말았으면. 그는 뺨 맞은 앙심으로 맘껏 방자하였다. (73면)

'아내'는 금을 얻기도 전에 가족의 일상을 파고들어 균열을 일으키려는 검은 힘의 전조를 본다. '아내'는 변해가는 남편을 보며 금이 가져다 줄 파탄을 본능적으로 느낀 것이다. "제발 덕분에 고놈의 금 좀 나오지 말았으면"하는 '아내'의 바람은 전지전능한 물신을 부인하는 중얼거림이다. 돈 뒤에 숨어있는 무한성의 신기루는 '무한 악(mala infinitud)'에 지나지 않는 것[16]임을 아내는 예감한다. 물신의 전지전능은 이렇게 의심된다.

김유정은 나아가 「이런音樂會」를 통해 물신의 신성(神聖)에 흠집이 생기는 장면을 보여 준다. 「이런음악회」 속의 화폐는 권력이다. 돈의 힘을 알고, 이를 이용해 학교의 공로자가 되고 친구들을 음악회 동원 관중으로 모으는 이가 '황철'이다. '황철'은 글자 그대로 황색의 철로 읽

16　프란츠 힌켈라메르트, 김항섭 옮김, 『물신―죽음의 이데올로기적 무기』, 다산글방, 1999, 68면.

힌다. '황색 철'로는 '황금'과 '동전'을 떠올릴 수 있다. 김유정은 「이런 음악회」를 통해 화폐권력의 한계를 재현하고 물신주의의 극복에 대한 작은 전망을 제시하고자 한다.

만능의 힘을 가졌다는 황금이고 돈이지만 작가의 시선에 포착된 황금은 한계를 지니고 있는 듯하다. 보다 더 큰 황금 앞에서가 그렇다. '황철'의 무리와 또 다른 응원부대의 경쟁은 자본의 논리에 따라 오로지 크고 강한 것만이 이기는 약육강식의 사회를 떠올리게 한다.

> 이 황철이는 참으로 우리 학교의 큰 공로자이다. 왜냐면 학교에서 무슨 운동시합을 하게되면 늘 맡아놓고 황철이가 응원대장으로 나슨다. 뿐만 아니라 제돈을 들여가면서 선수들을 (학교에서 먹여야 번이 옳을건대) 제가 꾸미꾸미 끌고 다니며 먹이고 놀리고 이런다. (…중략…)
>
> 황철이는 우선 입장권을 사가지고 와 우리에게 한장씩 나누어주며 명령을 하는것이다. (…중략…) 암만 심사원이라도 청중을 무시하는 법은 없으니까 일등은 반드시 우리의 손에 있다,고. 허나 다른 악사가 나올적에는 손바닥커녕 아예 끽소리도 말라 하고 하나씩 붓들고는 (「이런 음악회」, 215면)

'나'는 응원을 따라가면 나오다가 돼지고기 만두를 사주겠다는 '황철'의 약속에 혹해서 가기 싫은 음악회에 동원관중으로 참가한다. '황철'은 음악회장에 나누어 앉아서 응원하는 방법을 일러주며 무조건 목청을 다해 재청할 것을 다짐 받는다. '나'는 연주의 지루함에 잠이 들었다가 '황철'이 깨우는 통에 일어나 우리 편 연주자의 연주가 끝나기가 무섭게 박수와 환호를 보냈다. 하지만 음악회장이 넓은 탓에 응원은 시원치 않게 끝이 나 버린다.

이렇게 우리들은 기가 올라서 응원을 하련만 황철이는 시무룩허니 좋지 않은 기색이다. 그 까닭은 우리 십여명이 암만 악장을 처도 큄하게 넓은 그 장내, 그 청중으로 보면 어서떠드는지 알 수 없을만치 우리들의 존잭 너무 희미하였다. 그뿐 아니라 재청을 요구함에도 불구하고 이번에는 말쑥이 채린 신사 한분이 바이오린을 옆에끼고 나오는것이다. (…중략…) 그러나 내가 더 놀란것은 넓은 강당을 뒤엎는 듯한 그 환영이다. 일반군중의 시끄러운 박수는말고 우층에서(한 삼사십명 되리라) 떼를 지어 악을 쓰는것[17]이 아닌가. 재청소리에 귀청이 터지지않은것도 다행은허나 손벽이 모자랄까봐 발까지 굴러가며 거기에 장단을 맞후어 부르는 재청은 참으로 썩 신이난다. 음악도 이만하면 나는 얼마든지 들을수 있다, 생각하였다. 그리고 저도 모르게 어깨가 실룩실룩하다가 급기야엔 나도 딿아 발을 구르며 재청을 청구하였다. 실상 바이오린도 잘했거니와 그러나 나도 바이오린보다 씩씩한 그응원을 재청한것이다. (217면)

고기만두로 동원된 관중이었던 '나'는 더 큰 무리의 씩씩한 응원에 우리 편도 잊은 채 다른 편의 관중이 되어 박수를 치고 발을 구르고 재청을 하고 있다. '황철'의 의도는 허망하게 실패로 돌아간다. '황철'의 권력은 재차 허무하게 무너진다.

"예이 이 자식! 우리건 고만 납짝했는데 남을 응원해줘?" 그리고 또 주먹을 나 댈랴하니 암만생각해도 아니꼽다. 하여튼 잠간 가만이 있으라고 손으로 주먹을 막고는,

"너 왜 주먹을 내대니, 말루 못해?" 하다가,

"이놈아! 우리 얼굴에 똥칠한 것 생각 못허니?" 하고 또 주먹으로 대들려는

---

17 위층에서 응원하던 이들 또한 누군가의 주도 아래 동원되었음을 짐작할 수 있다.

데는 더 참을 수없다.

"돼지고기만두 안먹으면 고만이다!" 이렇게 한마디 내뱉고는 나는 약이올라서 부리낳게 층계로 나려왔다. (218면)

내 의지와 행동을 지배하고 취향마저 바꾸어 놓은 바탕에는 '돼지고기만두'로 상징되는 보이지 않는 물신의 힘이 놓여 있었다. '나'는 '돼지고기만두'를 거부함으로써 자유를 찾게 되고 '황철'로 상징되는 자본 권력의 자장에서도 벗어날 힘을 가지게 된 것이다. 만두를 거부할 수 있다면 고기 한 근도 거부할 수 있을 것이다. 물신의 손을 떨칠 수 있는 가능성에 한 계단 더 가까워지는 것이다. 김유정은 한 인물의 상징적 행동을 통해 물신주의를 극복할 수 있는 작은 전망을 제시하고 있다. 댐을 무너뜨리는 작은 구멍처럼 물신의 전지전능은 돼지고기만두 하나의 거부로 타격을 입을 수 있다. 결국 '나'의 자존심과 의지야말로 '황철'의 안락한 그물에서 빠져나갈 무기인 셈이다. 김유정이 「이런 음악회」를 통해서 재현한 것이야말로 돈의 노예가 되어갈 수밖에 없는 자본주의 삶, 그 골리앗을 향해 던지는 작은 돌이자 '똥칠'이다.

3. '황금'과 '똥'의 거리

그의 소설에서 황금은 현재이고, 미래이며 은유된 돈이다. 인물들의 행동과 사고를 지배하는 것도 황금(돈)이고 그들이 목숨을 담보로 쫓는 것도 황금(돈)이다.

김유정의 작품 중에는 아예 제목부터 '금'인 소설로 「금」과 「노다지」가 있다. 「노다지」와 「금」은 작가의 실제 금광 생활의 경험을 담고 있다. 「금」과 「노다지」의 주인공들은 동무 혹은 형·동생 하는 가가운 사이다. 하지만 이들은 황금 앞에서 서로를 배신하는 모습을 보여준다.

「금」의 '덕순'은 금을 숨겨오기 위해 제 손으로 발을 으스러뜨려 부상을 가장한다. 그는 부상을 가장하여 금을 숨겨 나오는 계획을 오래전부터 준비해왔으며 결국 실행에 옮겼다. 언제, 어떤 방식으로 할 것인지 주도면밀하게 준비해왔음을 알 수 있다. 이런 '덕순'을 바보라 할 수 있을지, 의문을 제기할 수 있는 부분이다. 그는 지극히 합리적이고 계산적인 사람이다.

> "아, 이거 왜 이랬우?" 안해는 자지러지게 놀라며 뛰어나온다. 남편은 뻔히 처다볼뿐, 무대답, 허나 그속은 묻지않아도 훤한 일이었다. 요즘 며칠동안을 끙끙거리던 그계획, 그리고 이러이러 할수밖에 없을텐데 하고잔뜩 장은댔으나 그래도 참아 못하고 차일피일 멈처오던 그계획. 그예 그여코 이꼴을만들어오는구! (「금」, 82면)

하지만 이렇게 숨겨온 금을 팔 방법이 없자 '덕순'은 할 수 없이 동무에게 대신 팔아 줄 것을 부탁한다. 동무는 그걸 받아들고 나오며 후회한다. 발견을 자기가 하였으니 제 발을 깨었더라면 금은 모두 자기 것이었기 때문이다. 동무는 '덕순'을 배신할 것으로 표현된다.

> 이제와생각하면 분하고절통하기 짝이없다. 그는 허둥거리며 땅바닥에다 거츠르게 침을 퇴, 뱉고 또 퇴, 뱉고싸리문을 돌아나간다. 이꼴을 맥풀린 시

선으로 멀거니 내다본다. 덕순이는 낯을 흐린다. 하는냥을보니 암만해도, 암
만해도 혼자 먹고 다라날 장번인듯, 허지만 설마. 살기 위하여 먹는걸, 먹기
위하야 몸을 버리고 그리고 또 목숨까지 버린다. 그걸그는 알았는지 혹은 모
르는지 아픔에 못이기어 "아이구"하고 스러지는듯 길게 한숨을 뽑드니 "가지
고 다라나진 않겠지?" (83면)

「노다지」의 '꽁보'의 경우 금만 가로채는 것이 아니라 동료이자 생명
의 은인이었던 '더펄'의 죽음을 방조했다는 점에서 배신의 정도가 더하
다고 할 수 있다. '꽁보'는 과거에 캐어낸 광석을 나누다 벌어진 싸움에
서 '더펄' 덕에 목숨을 구한 적이 있었다. 고마운 마음에 심지어 제 누이
를 시집보낼 생각도 한다. 하지만 '노다지'를 발견한 후엔 기뻐하기보다
'더펄'이 금을 더 가져갈까봐 걱정하는 모습을 보인다.

꽁보는 그아페 서서 시무럭헌이 홍이지엇다. 금점일로 할지면 제가 선생이
요 형은 제지휘를 바다 왓든것이다. 뭘 안다고 푸뚱이가 어줍대는가, 돌면하
나 변변이 못떼낼것이⋯⋯. 그는 형의 태도가 심상치안흠을 얼핏 알앗다. 금
을 보드니 완연히 변한다. (⋯중략⋯) 형이 무랍업시 구면굴스록그것은 반드
시 시위에가까웟다. 힘이좀 잇다고 주제넘게꺼떡이는 그화상이야 눈허리가
시면시엇지 그냥은 못볼것이다. 필연코 이노다지를 혼자 먹을랴고 하는것이
다. 허면 내가잇는것을 몹시 끄리켓지하고 속을 태운다. (「노다지」, 61~62면)

'꽁보'가 힘으로 '더펄'을 이길 수 있을까하는 생각에 자신의 주먹과
'더펄'의 주먹크기를 떠올리며 실망하고 있을 때 돌덩이들이 굴러 떨어
진다. '더펄'이 죽어가는 목소리로 돌덩이들 사이에서 몸을 빼 달라 '꽁
보'에게 애원하지만 그는 발 앞의 '노다지'만 챙기고 뒤로 물러선다.

아우는 문허질야는 동발을 치어다보며 얼른 그머리 마트로 다가슨다. 발아

폐 노힌 노다지 세면을 날새게 손에잡자 도로 얼른 물러섯다. 그리고 눈물이

흐른형의 얼골은 돌아도 안보고 고발로 하둥지둥 장벽을 기여오른다. (62면)

결국 '꽁보'는 '더펄'을 사지(死地)에 버려두고 금을 챙겨 달아난다. 그

들 사이를 이어주던 형제애, 동료애와 같은 인륜들은 광석 몇 덩어리의

값어치보다 못한 것이 된다.

홉스의 전제에서 보듯 「금」과 「노다지」의 '금'은 경쟁과 불신상태에

던져진 재화를 대표한다. 금은 추앙해야 할 대상이며, 이를 둘러싸고 무

서우리만큼 금에 집착하는 인간 군상의 투쟁이 펼쳐진다. 「금」과 「노다

지」는 당시의 황금광에 대한 욕망이 인간성을 처절하게 파괴해가는 모

습을 사실적으로 보여준다.

홉스는 상호경쟁과 불신상태에서 재화를 놓고 처절하게 싸우는 시장의 인

간상을 인간 본연의 것으로 전제하고 있는 것이다. 실제로 그는 사회상태를

다루기 전부터 인간의 힘과 능력이 거래되는 시장을 상상하고 있다.[18]

전신재의 평가처럼 이 두 소설은 "김유정 특유의 수법대로 처절성을

해학화하지 않고, 그대로 핍진하게 그리"[19]고 있다. 하지만 주로 김유정

문학의 미학은 작가가 「병상의 생각」에서 밝힌 것처럼 '자연의 복사'에

해당하는 '그대로를 잘 보여주기'에서보다 '문학적 재현'을 위한 '말놀

이' 방식에서 발견된다. 문학적 재현을 위한 '말놀이' 방식에 들어서면

18 토머스 홉스, 한승조 옮김, 『리바이어던』, 삼성출판사, 1995, 205면.
19 (굵은 글씨는 필자 강조) 전신재의 「노다지」, 「금」의 작품해설. (김유정, 『전집』, 52면, 77면
   참조)

금은 '순도'를 잃기 시작한다.

「금」은 '사실성'에 기대고 있지만 글의 앞부분에서 김유정은 벌거벗은 채 몸수색을 당하다 오줌을 싸고야 마는 노인 '최서방'의 이야기와 함께 금을 몸에 숨겨 나오려는 광부들을 묘사하여 웃음을 주고 있다. 여기엔 금을 숨기는 여러 방법이 등장한다. 완전히 일관되지는 않지만 머리 위 상투 속에서 입속, 사타구니를 거쳐 똥구멍으로 흐르는 형국이다.

> 금점이란 헐없이 똑 난장판이다. 감독의 눈은 일상 올뺌이눈같이 둥글린다. 혹하면 금도적을 맞는 까닭이다. 하긴 그래도 곧잘 도적을 맞긴하련만— (…중략…) 이렇게 엄중히 잡두리를 하건만 그래도 용케는 먹으들 가는것이다. 어떤 놈은 상투속에다 금을끼고 나온다. 혹은 다비속에다 껴신고 나오기도 한다. 이건 예전 말이다. (…중략…) 거기에는 제일 안전한 방법이 있으니 그것은 덮어놓고 꿀떡, 삼키고 나가는 것이다. 제아무리 귀신인듯 뱃속에 든 금이야. 허나 사람의 창주란 쇠ㅅ바닥이 아니니 금덕을 보기전에 꽤저버리면 남보기에 효상만 사납다. 왜냐하면 사금이면 모르나 석혈금이란 유리면 같은 차돌이 박였기 때문에. 에라 입속에 감춰라. 귓속에 묻어라. 빌어먹을거 사타구니에 끼고 나가면 누가 뭐랄텐가. 심지어 덕히는 황문이에다 금을 박고나오다 고만 뽕이났다. 감독은 낯을 이그리며 금을 삐집어놓고 "이자시 이가 금이 또구모기로 먹어?" 하고 알볼리짝을 발낄로 보기좋게 갈기니 쩍걱 그리고 내떨렸다. (「금」, 78~79면)

'덕히'는 금을 황문(항문)에다 숨기고 나오다 발각된다. 감독은 '금이 또구모기(똥구멍)로 먹냐고 발길질을 한다. 그런데 금을 숨겨오는 여러 사람의 예를 드는 중 그리 중요하지 않은 등장인물에게 '덕히'라는 이름을 주어 이를 거론하는 것이 특이하다. 「금」의 주인공은 '덕순'과 함께 이름 없는 '동무'이며 나머지 불특정 사람들은 '최서방'이나 '감독'과 같이 익명성을 띠기 때문이다. 그런데 '덕히'의 금 숨기기, 입으로 삼키기, 똥구멍에서 '뽕나기(발각되기)' 식의 이미지 연결은 이후 똥을 팔아 술을 먹는 「떡」의 '덕희' 이름에까지 계속되고 있음은 기억할 일이다.[20]

뿐만 아니라 이밖에도 김유정 소설 속에 나타나는 금들의 변색은 이미 「이런 음악회」에서 찾아 볼 수 있었다. '황철'의 '황금'이 얼굴에 똥칠한 것으로 그 영광을 다했던 것이다. 또, 「떡」에서 '떡'으로 변한 '옥이'의 과도한 황금은 '똥'이 되어야만 했다.

> "이놈아! 우리 얼굴에 똥칠한 것 생각 못허니?" (「이런 음악회」, 218면)
>
> 그와 동시에 푸드득 하고퍼대기속으로 똥을 깔겼다. (「떡」, 94면)

유창한 김유정의 표현법에 걸맞게 발음마저 유사한 떡과 똥이었다. 금은 변색되어 배설된다. 이렇듯 연이어 나타나는 금과 비천한 것들과의 연결고리는 김유정식 표현의 '금점'이라 할 수 있다.[21]

여기서 앞서 언급했던 「금」의 '덕히'에 비견되는 '덕희' 문제를 다시

---

20 이 부분과 관련한 김유정의 의성·의태어 조어방식과 이름 짓기에 대해서는 김화경, 「말더듬이 김유정의 문학과 상상력」, 『현대소설연구』 제32호, 한국현대소설학회, 2006 참조.

21 프로이트는 "인간이 알고 있는 가장 소중한 것과 쓰레기 같은 것이라고 거부하는 가장 쓸모없는 것 사이의 대조." 프로이트의 짧은 글은 실제 신경증에 관한 것이었지만 그가 예로 들고 있는 것, 황금과 똥의 대조는 우회적으로 돈에 대한 경고의 목소리를 들려준다. "사실 태곳적 사고방식이 아직도 우세하고 지속되는 곳 ― 고대 문명, 신호, 우화와 미신, 무의식적인 사고, 꿈과 신경증 등 ― 에서는 돈이 오물과 가장 밀접한 관계가 있는 것으로 나타난다. 우리는 악마가 애인에게 준 황금이 악마가 떠난 뒤에 배설물로 변했다는 이야기를 잘 알고 있다. 여기서 악마는 바로 무의식 속에 억압된 본능적 삶이 의인화되어 나타난 존재인 것이다. 우리는 또한 보물의 발견을 배설에 비유한 미신도 알고 있다. 그리고 「돈 먹고 똥 쌀 놈」이라는 표현을 모르는 사람은 없을 것이다. 실제로 고대 바빌로니아의 교훈에 따르면 황금은 「지옥의 똥」이었다"고 한다. (지그문트 프로이트, 김정일 옮김, 「성격과 항문 성애」, 『성욕에 관한 세편의 에세이』, 열린책들, 2003. 194면)

보도록 하자. 「떡」에는 또 다른 종류의 '똥'이 숨어 있다. '덕희'의 '뒹'이 그것이다. '옥이' 아버지 '덕희'는 '옥이'의 떡에 해당하는 '술'과 제집 '똥'(뒹)을 바꾸는 재주를 보여준다. 돈의 다른 모습으로, '떡'과 '똥'이 상징적으로 쓰였으며 둘은 서로 가까운 것임을 다시 한 번 보여주는 것이다. 이것은 찾아보기 힘든 교환가치로써 '똥'의 등장이라는 데 의미가 있다.

> 지난 봄만하드라도 놈이 술에 어찌나 감질이 낫든지 제집에 모아낫든 뒹을 지고가서 술을 먹엇다. 뒹 퍼다주고 술 먹긴 도리에서 처음 보는 일이라고 게 집들까지 입에 올리며 소문은 이리저리 돌앗다. (85면)

이쯤 되면 김유정 소설에서라면 금과 똥은 역할 자체가 헷갈리는 상황에 이른다. '똥인지 된장인지 찍어 먹어봐야 아느냐'는 속담과 함께 놓고 보면 똥인지 금인지는 상황에 따라 전능의 신인지, 폐기물인지, 혹은 구분 가능한 것인지가 정해진다. 어느 상황이거나 똥과 비교되는 자체가 물신의 위상을 떨어뜨리는 것임에 틀림없다.[22]

---

[22] 김유정 문학 속에 사용된 똥의 이미지는 '애브젝트(abject)' 미술의 방식을 연상시킨다. 애브젝트 미술은 똥오줌, 땀, 정액 등의 신체 내부에서 배설된 불결한 것 혹은 변형, 절단된 신체 부분 등 신체 이미지의 안정성을 거부하는 것들을 소재로 형이하학적 세계를 다룬 미술 개념이다. 'Abjection'은 사전적 의미로 '비열, 더러운 상태의, 분절되지 않은 상태에서, 구토를 통해 새로운 무언가로 나아가려고 하는 상태 혹은 나아가려고 하는 가능성'을 뜻한다. 김유정은 자본주의 사회에서 신성한 존재로 추앙받는 황금신을 불결한 똥과 함께 배치하고 있다. 그리고 「떡」에서처럼 '똥'은 이를 '배설함으로써 생명을 얻는 옥이'로 연결된다. '똥'은 불결함과 배설의 신성함, 두 가지 모습을 모두 보여준다. 그러면 김유정 소설에 차용된 위와 같이 불결한 것들의 이미지가 가져오는 효과는 무엇일까. 이는 애브젝트 미술의 효용에 관한 이론을 통해 미루어 짐작해 볼 수 있다. 애브젝트 미술에 대한 강태희의 주장을 보면 다음과 같다. "애브젝트는 신체 이미지의 테러적인 사용을 매개로 한 진정성에의 접근 시도로 정리할 수 있다. 그런데 예로부터 규범으로부터의 일탈과 공격은 모든 전위적인 작가들의 기본적인 전략이었지만 과연 가장 더러운 것이 가장 성스러운 것으로, 또는 가장 도착적인 것이 가장 유효한 것으로 작용할 수 있는지가 애브젝트 미술의 최대 관건이 되겠다"(강태희, 『현대미술의 또 다른 지평』, 시공사, 2000. 199면). 애브젝트 이론과 관련해 '규범으로부터의 일탈과 공격' 이야말로 눈여겨보아야 할 부분이다. 앞으로 더 많은 연구가 필요한 분야다.

물신을 똥과 함께 놓는 시도는 작가 이상에게서도 발견할 수 있다. 이상의 「날개」에 등장하는 주인공이 돈을 사용하는 방식은 김유정이 세우고 있는 황금(돈)=똥과 상당히 가깝다. 「날개」의 주인공 '나'에게 은화, 지폐는 가치를 가지지 못하는 '금속이요 종이'일 뿐이다. 물신을 숭배하는 많은 신도들이 가장 귀하게 여기는 돈. 그 은화가 많이 든 '벙어리(저금통)'를 '나'는 '변소'에 갖다 넣어 버린다. '지폐'는 쓰지도 않고 가져온다.

안해에게 래객이 많은 날은 나는 왼종일내방에서 이불을쓰고 누어있어야만된다. 불작난도못한다. 화장품 내음새도못맡는다. 그런날은 나는 의식적으로 우울해하였다. 그렇면 안해는 나에게 돈을준다. 오십전짜리은화다. 나는 그것이좋았다. 그러나 그것을 무엇에써야 옳을지몰라서 늘머리맡에 던저두고두고 한것이 어느결에못여서 꽤 많아졌다. 어느날 이것을본안해는 금고처럼생긴벙어리를 사다준다. (…중략…) 어느날 나는 고 벙어리를 변소에갖다 넣어버렸다그때 벙어리속에는 몇푼이나 되는지는 몰겠으나 고 은화들이 꽤들어있었다. (…중략…) 벙어리도 돈도 사실에는 안해에게만필요한 것이지 내게는 애초부터 의미가전연없는것이었으니까 될수만있으면 그 벙어리를안해는 안해방으로갖어갔으면하고 기다렸다. (…중략…) 나는 안해의 밤외출을 타서 밖으로나왔다. 나는 거리에서 잊어버리지않고가지고나온 은화를 지폐로바꾼다. 五원이나된다. 그것을 주머니에넣고 나는 목적을잃어버리기위하야 얼마든지 거리를쏘단였다. 오래간만에보는거리는 거의 경이에가까울만치 내 신경을흥분식히지않고는마지않았다. 나는 금시에 피곤하야버렸다. 그러나 나는참았다 그리고 밤이 이슥하도록 까닭을 잊어버린채 이거리저거리로 지향없이헤매였다. 돈은 물논 한푼도쓰지않았다. 돈을 쓸 아모 염두도 나스지않았다. 나는 벌서돈을쓰는 기능을 완전히 상실한것같았다. (…중략…)

나는 이것은 또 무슨생각으로 그랬는지모르지만 툭툭털고이러나서내 바지
포켙속에 남은 돈 몇원몇십전을 가만히끄내서는 몰래미다지를열고 살몃이
문ㅅ지방밑에다놓고 나서는 나는 그냥 줄다름박지를처서나와버렸다.[23]

'나'는 '돈을 쓰는 기능을 완전히 상실'했다. '나'는 애초부터 돈은 의
미가 전혀 없는 것이었다고 말하고 있다. 돈에 새겨진 구매력과 이에
따른 힘, 혹은 그 자체의 퇴장(退藏)도 관심 밖이다. 돈이 없어서 일어날
일에 대한 두려움도 없다. 물신의 문장(紋章)이 새겨진 그것이 '그'에겐
한낱 장난감에 불과하다. 자신의 신성함과 고귀함을 증명하기 위해 물
신이 '그'에게 보여줄 수 있는 것이 없다. '그'는 물신의 시민권을 박탈당
할 것이다. 황금은 가치를 잃고 똥 속에 수장되었다. 이상이 택한 '무가
치한 돈'의 이미지 재현 방식이다.

다시 김유정으로 돌아와 보자. 「금따는 콩밧」의 금은 어떠한가. 금이
나길 바라는 곳은 황토장벽으로 막힌 곳이며, 콩밭이고, 흙 속이다. 동
리 노인의 말처럼 땅이야말로 농민들의 금맥임에도 '영식'은 붉으죽죽
한 황토를 들고서 금이라 믿고 있다. 황토는 이렇게 금이기도 하고 똥
이기도 하다.

거츠로 황토장벽으로 앞뒤좌우가 콕 막힌 좁직한 구뎅이. (「金따는 콩밧」,
(64면)

"구구루 땅이나 파먹지 이게 무슨 지랄들이야!" 동리 노인은 뻔질 찾어와서
귀거친 소리를 하고하엿다. (70면)

"콩밭에서 금을 딴다는 숭맥도 있담" 하고 빗대놓고 비양거린다. (…중략…)

<hr>

23 이상, 「날개」, 『조광』 11, 1936.9, 201~213면.

"금줄 잡앗서 금줄" "으ㅇ"하고 외마디를 뒤남기자 영식이는 수재앞으로 살 닫이 달겨드러다. 허겁지겁 그 흙을 받아들고 샃샃이헤처보니 따는 재래에 보지못하든 붉으죽죽한 황토이엇다. 그는 눈물이 핑돌며 "이게 원줄인가"

(…증략…)

"그흙속에 금이 있지요" (75~76면)

근대인들은 경제적으로 표현할 수 없었던 특수함이나 고귀함을 그 것을 구입하는 데 드는 화폐량의 많고 적음을 통해 의미를 부여한다. 모든 가치는 화폐 가치에 의해 평가되도록 요구된다. 비록 사람들에게 추앙받을지라도 본질적으로 돈은 비천하다. 돈은 모든 것에 대한 등가 물이기 때문이다. 가장 높은 것은 가장 낮은 것의 수준으로 끌어내려진 다.[24] 돈의 속성이 그렇다면 돈의 문학적 재현을 똥으로 쓰고 있는 김유 정의 방식은 매우 효과적으로 보인다. 김유정 문학에서 금(돈)과 똥은 일관되게 서로 마주보며 서서, 거울의 역할을 해내고 있다. 그런데 앞 서 예를 든 「떡」이나 「금따는 콩밧」, 「금」이 금과 똥의 이미지만을 끌 어다 쓴 것이라면, 「연기」와 「봄밤」에서는 둘을 가시적으로 드러내어 마주보게 하고 있다.

「연기」의 주인공은 익명의 동네사람들이 힘을 모아 채웠을 변소에 서 볼일을 보고 엉거주춤 걸어 나온다. 변소에 놓고 나왔을 변과 소변 의 누런 기운을 채 떨치기 전에 그는 황금덩어리를 발견한다. 수많은 이들이 황금덩어리를 가까운 곳에 두고도 보지 못했는데 이걸 찾아내 다니 이는 분명 횡재다.

---

[24] 이것과 관련해 짐멜은 "오로지 개별적인 것만이 고귀하다. 다수가 동일하게 가진 것은 가장 낮은 것의 수준으로 끌어내려진다. 모든 수평화는 바로 가장 낮은 요소의 수준으로 귀결되 는 데, 이를 수평화의 비극이라고 한다" 쓰고 있다(게오르그 짐멜, 위의 책, 22면).

공동변소에서 일을 마치고 엉거주침이 나오다 나는 벽께로 와서 눈이 휘둥
그랬다. 아 이게 무에냐. 누리끼리한 놈이 바루 눈이 부시게 번쩍버언쩍 손가
락을 펴들고 가만히 꼬옥 찔러보니 마치 갓굳은 엿조각처럼 쭌득쭌득이다.
애 이눔 참으로 수상하구나. 설마 두깐기둥을 엿으로빚어놨을 리는 없을텐
데. 주머니칼을 끄내들고 한번 시험쪼로 쭈욱 나리어깎아보았다. 누런 덩어
리 한쪽이 어렵지 않게 뚝떨어진다. 그놈을 한테 뭉처가지고 그앞 댓돌에다
쓱 문태보니까 아 아 이게 황금이 아닌가. 엉뚱한 누명으로 끌려가 욕을 보든
이 황금, 어리다는, 이유로 연홍이에게 고랑땡을 먹든 이 황금, 누님에게 그
구박을 다받아가며 그래도 얻어먹고 있는 이 황금— (…중략…) 황금! 황금!
아, 황금이다. (「연기」, 332~333면)

하고많은 금점들 중에 공중변소 기둥에서 얻어내는 누리끼리한 황
금이다. 없어서 서러웠던 때를 돌이켜 생각하며 '그'는 기뻐한다. 먹고
사는 것이 해결될 기미를 보이자 제일 먼저 하는 것이 온갖 구박을 받던
누이의 집에서 벗어나고자 하는 일이다. 큰소리도 한번 처보고, 누님의
눈물어린 사과도 받아 본다. 하지만 어디서 나타난 참새에게 목을 물린
다. 콧구멍을 후비고 들어오는 연기처럼 황금도 꿈도 허공에 흩어진다.
혹 남은 연기라도 있나 그는 이불속으로 다시 미끄러져 들어간다.

고 구녕으로 아침짓는 매캐한 연기가 모락모락 올라오고 있었다. 그 연기
만도 숨이 막히기에 넉넉할텐데 이건 뭐라고 제손으로 제목을 잔뜩 웅켜잡
고 누었느냐
"그게 온 무슨잠이냐?" (…중략…)
이마의 땀을 씻을랴고 손이 올라가다 급작이 붉어오는 안색을깨닫고 도루 이불
을 뒤집어쓴다. 이불속에는 아즉도 아까의 그 연기가 남아 있는것이다. (335면)

글의 첫머리에 "눈뜨곤 없더니 이불을 쓰면 가끔씩 잘도 횡재한다."
라며 공중변소에서 황금을 캐는 이 상황이 꿈임을 작가는 미리 말하고
있다. 황금이나 똥이나, 일상생활에서는 쉽게 쓰지도 먹지도 못하는 누
런 덩어리일 뿐이다. 비교하자면 황금은 평범한 인간이 가치를 부여한
누런 덩어리일 뿐이다. 그의 소설에 나타난 인물들은 황금을 만져 보지
도 못한 자들이다. 「떡」에서 보듯 배가 고파 죽이 먹고 싶은 아이 '옥이'
에게 '죽커녕 네미나(네 엄마나) 찢어먹어라' 하는 절대적 빈곤의 삶을 사
는 자들이라는 것이다. 반면 공중변소의 '눅진한 황금'이야말로 그들 주
변에 넘쳐나는 것이다. '황금' 뒤에 숨은 '무한악'을 보여주긴 어려우나
'똥'의 더러움은 쉽게 보여줄 수 있는 것이 문학 특유의 재현방식이다.
황금을 얻는 것은 결과적으로 스스로의 목을 죄는 일일 뿐이며 「연기」
의 '연기'가 상징하듯 그 자체도 연기와 같은 것으로 인식된다. 강요받
지 않아도 똥 같은 황금을 얻기 위해 잃어야하는 것들이 가진 가치는 얼
마나 되는지 생각하게 된다.

금과 똥의 거리를 보여주는 다른 소설 「봄밤」은 '영애'와 '옥녀'가 영
화를 보고 집으로 돌아오는 어느 봄밤의 이야기다.

인젠 머리를 틀어올려야 되겠군하고 생각하다 옥녀와 거반 동시에 발이 딱
멈추었다. 누가 사가주가다가 떨어쳤는가 발앞에 네모번듯한 갑 하나가 떨
어져있다. 옥녀는 걸쌈스러운 시눈으로 사방을 돌아보고 선뜻 집어들었다.
그리고 갑의 흙을 털며 그 귀에 가만히
"영애야! 시겐게지?"
"글세 갑을 보니 아마 금시겔걸!"
그들은 전등밑에 바짝붙어서서 어깨를 맞대었다. 그리고 불야살야 갑이
열리었다. 그속에서 나오는 물건은 또 반질반질한 종이에 몇겹싸이었다. 그

놈을 마자 허둥지둥 펼치었다. 그러나 짜정 그 속알이 나타나자 그들은 기급을 하야 땅으로 도루내던지며 퉤, 퉤, 하고 이방이나하듯이 침을 배앝지 않을 수 없다. 그보다더 놀란건 골목안에 사람이없는줄 알았드니 이구석 저 구석에서 작난꾼들이 불쑥불쑥 빠져나온다. 더러는 재밋다고 배를 얼싸안고 껄껄거리며

　"똥은 왜 금이아닌가?"

　하고 콧등을 찌긋하는 놈―

　영애는 옥녀를 끌고 저리로 다라나며

　"망할자식들 같으니!"

　"으하하하하! 고것들 이뿌다!" (「봄밤」, 212~213면)

금시계를 발견했다고 생각하며 두 사람은 한순간 기쁨을 만끽한다. 반질반질한 종이에 몇 겹으로 싸인 것이 금시계 대접을 받고 있다. 하지만 이건 곧 금이 아니라 똥임이 밝혀진다. 장난꾼들은 놀라 침을 뱉는 '영애'와 '옥녀'를 향해 웃으며 말하고 있다. '똥은 왜 금이 아닌가?' 이 부분이 '똥이 금도 되는 순간'이다.

전기적 사실에 비추어 볼 때, 돈이 목적이 되는 삶의 허무함을 김유정만큼 몸으로 느낀 사람이 없을 것이다. 천석꾼의 아들로 태어났지만 죽음을 앞둔 즈음에는 가세가 기울어 닭 한 마리 먹기 어려웠던 이가 김유정이다. 짧은 삶의 대부분을 병과 싸워야 했고 유산을 두고 싸우는 형과 누이를 보면서 자라야 했다. 그럼에도 불구하고, 작가는 금시계에 마음을 빼앗겨 누런 똥을 쥐어 들고, 확인하고야마는 이 두 아가씨를 향해 "으하하하하! 고것들 이쁘다!", 라고 하고 있다. 탐욕이나 어리석음을 탓하지 않는다.

김유정 소설 속 빈곤한 주인공들은 자본가의 탐욕이나 부의 축적과 가까운 이들이 아니다. 그렇기에 아내의 몸을 팔아 살아가는 행위도,

자신의 발을 찍어 금을 숨겨 나오는 행위도, 구걸을 하는 행위도 모두 윤리적 단죄에서 벗어날 수 있게 된다. 이들은 단 한 번도 가져본 적 없는 행운이나 황금을 가져보기 위하여 매우 논리적이고 수학적인 계산에 몰두한다. 하지만 이들은 구조적으로 똥만 볼 가능성이 높다.

김유정은 자본주의라는 주어진 시스템 하에서 살아가야 할 '운명'을 짊어진 대부분의 평범한 사람이 지닌 물신주의에 대한 비판이나 그들이 욕망하는 황금에 대해 직접적으로 비난하기를 멈추었다. 그는 '돈에 미쳐 사는 것이 결국 한 순간의 꿈이요 연기와 같은 것이다'라며, 가벼워서 더 진중한 경고와 위로를 함께 보낸다. 이것이 김유정 문학의 힘이다. '삶의 문제에서 사실은 중요하지 않으며, 삶에서 중요한 것은 타인의 고통에 응답하는 능력'일지도 모를 일이다. 그런 점에서 '노다지'를 쫓느라 다리를 잃은 어리석은 남편 '덕순'을 향한 아내의 한탄은 김유정의 마음을 한 줄로 대변하고 있다. '비천한 돈'을 향한 숭배가 얼마나 어리석은 일인지 안다할지라도 이를 거부하기란 어려운 것이다.

> 아, 얼마나 어리석은 짓인가? 그러나 그러나 단돈 천 원은 그얼만가? (「금」, 81면)

4. 결론

자본주의 체제하의 화폐는 신의 전지전능함을 가진 것으로 인식된다. 하지만 김유정은 바라보는 시점에 따라 화폐의 전지전능성은 무력감으로 뒤바뀔 수 있음을 보여준다. 화폐 축적을 향한 욕심이 주인공을 죽음으로 몰고 가는 모습과 돈 뒤에 숨은 무한 악이 가져다줄 삶의 파탄 그 전조를 소설을 통해 보여주는 것이다. 돈과 황금, 똥과 땅(흙)은 각각 김유정 소설 속의 주체와 하위주체의 상징물로 쓰이며 차츰 그 거리를 좁혀간다. 황금은 똥이다. 그의 글쓰기는 전면적으로 드러내거나 사진처럼 그대로 보여주기 방식을 따르지는 않는다. 그렇기 때문에 말하고자 하는 바를 문학 속에 녹여내 온 김유정의 창작기법으로서의 '미학적 글쓰기 전략'을 새롭게 확인 할 필요가 있는 것이다. 그의 문학의 이면에는 고도로 기획되어 매복된 미적 근대성이 자리한다. 이는 김유정 작품의 상징과 인물들을 좌표화 함으로써 확인할 수 있는데 황금을 지닌 주체의 공간을 살펴보면 이는 위선자와 사기꾼의 공간이며 합리의 공간이 된다. 똥·땅이 지배하는 하위주체의 공간은 질병과 바보들의 공간이며 비합리의 공간이 된다. 그리고 이러한 모더니티 재현 공간과 그 특성들이 일관성을 띠며 근대성에 대한 비판의식을 품고 있다는 점에서 주목할 만하다. 특히 이 모두를 아우르는 중심에 유머(말놀이를 포함)라는 장치를 설치함으로써 김유정 문학의 미학적 전략이 완성된다.

김유정은 자신이 맞닥뜨린 근대와 자본주의라는 것이 결코 막을 수 없는 역사의 커다란 흐름임을 깊이 인식한다. 문명개화 자체나 '조선의 근대화'를 비판하고자 하는 것은 아니었다. 다만 받아들일 수밖에 없는 '근대성'이 품은 악성을 철저히 꿰뚫고 있었기에 그의 문학 어느 곳에서도 이를 피할 수 없는, 동시대를 살아가는 소박한 이웃들을 향한, 등장인물들에 대한 윤리적 단죄를 행하지 않는 것이다. 근대를 사는 우리는 누구나 예비 된 바보임을 작가는 보여준다. 해학과 말놀이, '바보' 인물들은 옷깃을 스치면 살아가는 동시대 소박한 이웃, 독자를 향한 위로이자 이해이고 포용방식이라 할 수 있다.

참고문헌

김유정, 전신재 엮음,『원본 김유정 전집』, 강, 2007.

강태희,『현대미술의 또 다른 지평』, 시공사, 2000.

게오르크 짐멜, 안준섭 장영배 조희연 옮김,『돈의 철학』, 한길사, 1983.

고병권,『화폐, 마법의 사중주』, 그린비, 2005.

김화경,「김유정 문학의 모더니티 재현 양상과 수사전략」, 국민대 박사학위 논문, 2008.

_____,「말더듬이 김유정의 문학과 상상력」,『현대소설연구』제32호, 한국현대소설학회, 2006.

_____,「모더니티가 구성한 농촌과 고향」,『현대소설연구』제39호, 한국현대소설학회, 2008.

마르크스·엥겔스, 서석연 옮김,『공산당선언』, 범우사, 2004.

안미영,「1930년대 소설에 나타난 문명의 제양상」,『이상과 그의 시대』, 소명출판, 2003.

이상,「날개」,『조광』11, 1936.9.

이진경,「근대사회와 모더니티」,『모더니티의 지층들』, 그린비, 2007.

정선태,「화폐—신의 세계, 파문당한 상상력」,『한국 근대문학의 수렴과 발산』, 소명출판. 2008.

지그문트 프로이트, 김정일 옮김,「성격과 항문 성애」,『성욕에 관한 세편의 에세이』, 열린 책들, 2003.

칼 마르크스, 김태경 옮김,『경제학—철학 수고』, 이론과실천, 1987.

________, 최인호 옮김,「1884년의 경제학 철학 수고」,『칼 마르크스 프리드리히 엥겔스 저작 선집』1, 박종철출판사, 1991.

토머스 홉스, 한승조 옮김,『리바이어던』, 삼성출판사, 1995.

프란츠 힌켈라메르트, 김항섭 옮김,『물신—죽음의 이데올로기적 무기』, 다산글방, 1999.

제2부 / 김유정의 이야기꾼

김유정 소설의 설화적 성격

전신재

1. 머리말

김유정은 방송국에서 어린이 시간에 옛날이야기의 구연을 방송한 일이 있다. 구연하는 방식이 '야담이나 고담식이어서' 방송국에서는 어른 대상의 야담 구연도 김유정에게 맡길 생각을 하였다고 한다. 그는 평소에는 과묵하고 말을 더듬었지만 마이크 앞에 앉으면 '아주 능청스럽게' 이야기를 잘 하였으며, 술좌석에서도 '시골 오입장이적 어조로' 좌중을 휘어잡았다고 한다.[1]

김유정의 이러한 이야기꾼적인 기질은 그의 소설에도 그대로 나타난다. 그의 소설은 이야기꾼이 구연하는 옛날이야기를 그대로 녹음해

---

[1] 이석훈, 「유정의 면모편편」, 『조광』, 1939. 12, 314면.

놓은 형식을 취하고 있다. 또한 그의 소설들 중에는 설화에서 소재를 취한 듯한 작품들이 상당수 있다.

이 논문에서 발표자는 김유정 소설의 설화적 성격은 구체적으로 어떠한 것들이며, 그것이 현대소설로서 어떠한 효과와 가치를 가지는가를 살펴보려 한다. 소설의 설화적 성격을 파악하기 위해서는 언어 사용 방법, 진술 방식, 작품의 구조, 소재로서의 근원설화, 등장인물들의 유형 등을 분석해보아야 할 것이다. 이 논문에서는 진술 방식과 소재만을 살펴보기로 한다. 나머지 문제들은 자리를 달리 하여 별도로 논의하겠다.

발표자는 20여 년 전에 김유정의 소설을 구비문학과 관련시켜 살펴본 바 있는데[2] 이번 기회에 이의 한 부분을 수정, 보완, 확장한다.

2. 진술 방식

김유정의 소설들은 마을의 이야기판에서 청중들을 휘어잡고 신나게 이야기하는 사람의 목소리를 그대로 녹음해놓은 구술록과 같다. 김유정의 소설들 중에는 「봄봄」이나 「가을」처럼 현재 자기가 당하고 있는 억울함을 호소하는 이야기도 있고, 「동백꽃」처럼 여자에게 일방적으로 당하기만 하는 바보 같은 총각의 하소연도 있고, 「안해」처럼 신이 나서 자기의 아내를 흥보는 폭로담도 있다. 그리고 「떡」처럼 마을에서

2 전신재, 「김유정 소설의 구비문학 수용」, 『아시아문화』 2, 한림대 아시아문화연구소, 1987.

일어난 특이한 사건의 진상을 마을 사람들에게 보고하면서 그 진상에 대하여 토론하는 형식을 취한 작품도 있다. 그래서 김유정의 소설을 읽으면 이야기꾼의 목소리가 귀에 들리는 듯하다. 그의 작품들은 읽히기 위한 소설이라기보다는 들려주기 위한 이야기이다.

이야기를 실감나게 하기 위해서 이야기꾼은 등장인물의 입장에서 대상을 바라보기도 하고, 등장인물의 어조를 흉내내기도 하고, 등장인물의 몸짓을 부분적으로나마 흉내내기도 한다. 그리고 결정적인 장면에서는 어조에서나 몸짓에서나 완전히 등장인물로 변신하는 때도 있다. 마치 배우처럼.

「노다지」는 전체적으로 보아 3인칭 시점을 취하고 있으나, 실질적인 서술자(내포 작가)는 꽁보이다. 독자는 꽁보의 눈을 통해 대상을 바라보게 된다. 「산ㅅ골나그내」도 3인칭 시점의 소설이지만 장면에 따라서 홀어미의 시각으로 서술되기도 하고, 덕돌의 시각으로 서술되기도 한다. 「金따는 콩밧」도 3인칭 시점을 취하고 있으나 장면에 따라 각각 다른 등장인물의 내적 독백이 지문으로 나타나 있다. 즉 작가가 처음부터 끝까지 일관되고 엄정한 작가 자신의 시각으로 대상을 바라보는 것이 아니라, 장면에 따라서 그 장면을 주도하고 있는 등장인물의 시각으로 대상을 보는 대리적 서술(substitutionary narrative)의 방법을 취하고 있다. 3인칭 시점임에도 불구하고 장면마다 다른 등장인물의 목소리와 의식이 노출되는 것이다. 구덩이는 영식의 시각으로 묘사되고 느티 대추나무들은 영식의 아내의 시각으로 묘사된다. 그리고 아내가 점심을 내올 때부터 수재가 거짓말을 할 때까지의 마지막 장면에서 아내, 영식, 수재의 내적 독백이 각각 섞여서 지문으로 나타난다.

오늘도 또 싸운 모양. (74)[3] (영식의 아내가 바라본 영식과 수재의 모습)

적으나면 게집이니 위로도하야 주련만 요건 분만 폭폭 질러노려나. 예이
빌어먹을거 이판새판이다. (75) (영식의 내적 독백)

인제 걸리면 죽는다. (75) (수재의 내적 독백)

거짓말이란 오래 못간다. 뽕이 나서 뻑따구도 못추리기전에 훨훨 벗어나
는게 상책이겟다. (76) (수재의 내적 독백)

이야기판에서 자기의 이야기를 하지 않고 남의 이야기를 하는 경우
에는 서술자의 객관적인 3인칭 시점을 유지하기 힘들다. '서술자는 주
인공의 활동을 말할 때 종종 무심코 1인칭으로 말해버린다.'[4] 즉 서술자
는 잠시 동안 등장인물로 변신하는 것이다.

「가을」은 1인칭 시점을 취하고 있는데 서술자는 조복만이 자기의 아
내를 소장수 황거풍에게 팔 때 계약서를 써준 재봉이다. 재봉은 주인공
이 아니라 부수적 인물이다. 재봉이 서술자이니 이 소설의 지문에서
'나'는 마땅히 재봉이어야 한다. 그런데 다음 부분에서는 그렇지 않다.

①참이지 몇칠 살아밧지만 남편에게 그렇게 착착 부닐고 정이 붙는 게집
은 여지껏 내 보지못했다. 그러기에 나두 저를 위해서 인조견으로 옷을 해입
힌다 갈비를 디려다 구어먹인다. 이렇게 기뻐하지 않었겠느냐. 덧돈을 디려
가면서라도 찾을랴하는 것은 저를 보고싶어서 그럼이지 내가 결코 복만이에
게 돈으로 물러달랄의사는 없다. 그러니 아무염녀말고
②"복만이 갈듯한 곳은 다좀 아르켜주" ③놈의 말투가 또 이상스리 꾀는걸

---

3   숫자는 전신재 엮음, 『원본김유정전집』, 강, 2007의 면수를 가리킴. 이하 같음.
4   월터 J. 옹, 이기우·임명진 옮김, 『구술문화와 문자문화』, 문예출판사, 1995, 75면.

알고 불쾌하기가 짝이 없다. (…중략…) 이것도 사랑병인지 아까는 큰체를 하든 놈이 이제와서는 나에게 끽소리도 못한다. 항여나 여망있는 소리를 드를까하야 속달게 나의 눈치만 글이다가

④ "덕냉이 큰집이 어딘지 아우?"

"우리 삼촌댁도 덕냉이 있지유"

"그럼 우리 오늘은 도루 나려가 술이나 먹고 낼 일즉이 가치 떠납시다"

"그러기유" (199) (번호 및 밑줄, 발표자. 이하 같음.)

①은 지문임에도 불구하고 재봉의 시각으로가 아니라 황거풍의 시각으로 진술되고 있다. 이 부분의 '나'는 재봉이 아니라 황거풍이다. 서술자인 재봉이 이야기 중에 잠깐 황거풍으로 바뀌어 있다. ②에서는 이야기를 실감 있게 하기 위하여 황거풍의 말투를 흉내내고 있다. 똑같이 황거풍이 재봉에게 하는 말임에도 불구하고 청자에 대한 대우법이 ①에서는 '보지못했다', '않었겠느냐', '없다'처럼 해라체(아주 낮춤)로 나타나고, ②에서는 '아르켜주'처럼 하오체(예사높임)로 나타난다. ①은 간접화법이고, ②는 직접화법이기 때문이다. ①②에서 우리는 이야기꾼이 등장인물로 변신해가는 과정을 본다. 그것은 서술자로서의 이야기꾼이 등장인물의 배역으로 변신하는 과정이기도 하다. ③에 와서 이야기꾼은 배역에서 벗어나 서술자로 되돌아가서 재봉의 시각으로 황거풍을 본다. 같은 지문임에도 ①의 '나'는 황거풍이고, ③의 '나'는 재봉이다. ④에서는 서술자는 숨고 등장인물의 모습과 목소리만 나타나 있다. 완전히 극화되어 있다.

이야기꾼이 서술자로서의 기능과 등장인물의 배역들로서의 기능을 넘나들고 있는 이야기판보다 더 생동하는 이야기판은 이야기꾼과 청중들이 한 사건에 대해서 서로 다른 주장을 가지고 토론을 하는 이야기

판이다. 우리는 「떡」에서 그러한 사례를 본다. 「떡」은 동네에서 가장 가난한 집의 딸 옥이가 마침 생신 잔치를 벌이고 있는, 동네에서 가장 부자인 나리댁으로 가서 떡을 잔뜩 먹고 실신한 사건을 소재로 삼은 이야기이다. 1인칭 시점을 취하고 있는데 서술자는 동네 사람이다. 서술자는 동네 사람이지만 사건의 현장에는 없었던 사람이고, 청중 중에 사건의 목격자가 포함되어 있다.

> ① 만약 이 떡의 순서가 주왁이 먼저 나오고 백설기 팟떡 이러케 나왓다면 옥이는 주왁만으로 만족햇을지 몰른다. 그리고 백설기 팟떡은 단연 아니 먹엇을것이다. ② 너는 보도못하고 어떠케 그리 남의일을 잘 아느냐. ③ 그러면 그장면을 목도한 개똥어머니에게 좀 설명하야 받기로하자. ④ 아 참 고년 되우는 먹습디다. 그 밥한그릇을 다먹구그래 떡을 또 먹어유. 그게 배때기지유. 주왁먹을제 나는 인제 죽나부다 그랫슈. 물 한먹음 안처먹고 꼬기꼬기 씹어서꿀딱 삼키는데 아 눈을 요로케 됩쓰고 꿀딱 삼킵디다. 온 이게 사람이야. 나는간이 콩알만 햇지유 꼭 죽는줄 알고. 추어서 달달 떨고섯는 꼴하고 참 깜찍해서 내가 다 소름이 쪼옥 끼칩디다. ⑤ 이걸 가만히 듣다가 그럼 왜 말리진 못햇느냐고 탄하니까 ⑥ 제가 일부러 먹이기도 할텐데 그러케는 못하나마 배고파먹는걸 무슨 혐의로 못먹게 하겟느냐고 ⑦ 되례성을 발끈 내인다. ⑧ 그러나 요건 빨간 가즛말이다. 저도 다른 게집 마찬가지로 마루끝에서서 잘먹는다 잘먹는다 이러케 여러번 칭찬하고 깔깔대고 햇섯슴에 틀림없을게다. (91~92면)

어느 동네에나 이야기하기 좋아하는 이야기꾼이 있게 마련인데, 이야기판에서 이야기꾼이 청중들과 이야기를 주고받으면서 사건의 내막을 풀어나가고 있다. ①, ③, ⑤, ⑦, ⑧은 이야기꾼의 진술이다. 이야기꾼은 사건의 발생과 전개에 대한 자기의 의견을 청중에게 내세우기도 하고(①), 사건 현장의 목격자(등장인물)에게 설명을 의뢰하기도 하고(③), 목격자에게 질문을 하기도 하고(⑤), 장면을 묘사하기도 하고(⑦), 편집자적 논평(editorial comment)을 하기도 한다(⑧). ②는 청중 중 한 사람의 진술이다. ④와 ⑥은 청중 중 목격자의 진술이다. 청중은 수동적으로 이야기를 듣고만 있는 것이 아니라 이야기꾼의 이야기에 반응을 나타내면서 이야기판에 적극적으로 참여하고 있다. 이렇게 이야기꾼과 청중들이 서로 상대방의 주관적 진술에 제동을 걸면서 생동하는 이야기판을 연출하고 있다.

어떤 이야기꾼은 청중들이 모르고 있는 신기한 사건을 이야기해줌으로써 청중들의 호기심을 충족시켜주고, 어떤 이야기꾼은 세상의 어떤 모순된 국면을 폭로함으로써 청중들로 하여금 세상의 진면목을 바로 보게 해준다. 어떤 이야기꾼은 (사실은 허구의 등장인물은) 현재 자기가 당하고 있는 억울한 사정을 청중들에게 호소함으로써 비판을 촉구하기도 하고, 어떤 이야기꾼은 청중과 토론을 벌임으로써 청중들이 사태를 바르게 파악하도록 해준다. 이러한 이야기판이 바로 소설의 기원인데, 이러한 이야기판의 상황을 그대로 재현해놓은 것이 김유정의 소설이다.

소설의 기원은 설화라고 할 때, 다시 말해서 소설의 고향은 설화라고 할 때 김유정의 소설은 고향에 돌아온 것과 같은 친근감을 주면서도, 모더니즘이 풍미하는 시대에 설화의 시대로 되돌아간 것이기에 오히려 신선한 충격을 준다. 이야기판의 원초적 생동성은 모더니즘 소설에는 없는 것이다. 여기에 더하여 처음부터 끝까지 고정된 한 시점으로 진술하지 않고, 시점을 다양하게 바꾸어가며 진술하는 방식은 사태를 객관적으로 파악하게 한다. 대상을 총체적으로, 온전하게 보아내기 위

해서는 여러 사람의, 여러 각도의 시점들을 동원하여야 한다. 한 사람
의, 한 각도의 시선만으로는 대상을 온전하게 보아내기 힘들다.[5]

3. 소재

1) 「산ㅅ골나그내」와 「이부열녀담」

김유정의 소설 「산ㅅ골나그내」(1933)는 설화 「이부열녀담(二夫烈女
談)」과 그 줄거리가 유사하다. 두 이야기의 줄거리는 다음과 같다.

「산ㅅ골나그내」 : 유랑하는 거지 부부가 있다. 겨울이 가까워 오는데 남편
은 병이 들어 잘 움직이기조차 못하는데다가 겨울이 오면 입을 옷도 없다. 아

---

5   최병우는 김유정 소설의 시점에 관한 논의에서, 한 작품 내에서 서술자가 바뀌거나 한 서술
    상황에서 서술자가 다중적으로 드러나는 상황을 다중적 시점이라고 명명하였다. 그리고 이
    다중적 시점은 단면성을 극복하고 현실에 대한 다양한 의견을 드러내는 데 효과적으로 기능
    한다고 하였다. 여기에서 김유정 소설이 다중적 시점을 취하게 된 근본 원인은 그의 소설이
    이야기판의 구연 상황을 재현하였기 때문이다.
    김병국은 판소리사설의 진술 방식은 '작자의 주제적 정시(呈示)와 인물의 극적 재현과 작자
    및 작중 인물의 이중시점과 내적 독백이라고나 할 비공개적 사적 시점이 공존하면서 상호 침
    투하는 다성곡적(多聲曲的) 구조'라고 하였다. 이 경우도 결국은 판소리 광대가, 마치 이야기
    꾼처럼, 혼자서 서술자의 역할과 등장인물들의 역할을 모두 담당하기 때문에 일어나는 현상
    이다.
    최병우, 「김유정 소설의 다중적 시점에 관한 연구」, 김유정문학촌, 『김유정 문학의 재조명』,
    소명출판, 2008.
    김병국, 「판소리의 문학적 진술방식」, 『한국 고전문학의 비평적 이해』, 서울대 출판부, 1995.

내는 남편을 물방앗간에 있게 하고, 나그네로 가장하여 산골의 주막집으로 간다. 주막집에는 홀어미와 그녀의 아들 덕돌이 살고 있다. 덕돌은 노총각이다. 나그네 여인은 주막집에 머무르면서 집안의 온갖 일을 정성껏 해 준다. 홀어미는 여인을 금덩이처럼 위해 주고, 덕돌도 나그네 여인을 탐낸다. 덕돌이 나그네 여인에게 청혼하고, 나그네 여인은 이를 받아들인다. 며칠 후 한밤중에 나그네 여인은 덕돌의 옷을 훔쳐 가지고 물방앗간으로 가서 남편에게 입히고 함께 도망을 한다.

「이부열녀담」 : 유랑하는 거지 부부가 있다. 남편이 병들어 구걸 행각이 어려워지자 여인은 어느 홀아비의 집 행랑방을 얻어 들어가 산다. 여인은 홀아비 집의 온갖 일을 정성껏 해 주고, 홀아비는 행랑방의 거지 부부를 잘 보살펴 준다. 홀아비는 여인에게 동거를 요구하고, 여인은 이를 허락한다. 여인의 남편이 지병으로 죽는다. 여인이 홀아비에게 부탁하기를 자기가 죽으면 남편과 합장을 해 달라고 한다. 홀아비는 그렇게 하겠다고 한다. 여인은 남편 무덤에 가서 비상을 먹고 스스로 죽는다.[6]

거지 여인이 병든 남편을 살리기 위하여 남의집살이를 하고, 그 집 남자의 요구를 받아들여 몸을 허락한다는 점에서 소설 「산ㅅ골나그내」와 설화 「이부열녀담」은 그 기본 구조가 같다. 그러나 「이부열녀담」이 '남편을 위한 일편단심'에 초점을 맞추고 있는 데 반해서 「산ㅅ골나그내」는 '남편과 함께 살아가기'에 초점을 맞추고 있다는 점에서 두 이야기는 주제가 다르다.

「이부열녀담」에서 여인은 일편단심이라는 이념을 살리기 위하여 자

---

6   장덕순, 『한국설화문학연구』, 서울대 출판부, 1971, 133~134면. (필자 요약)

기의 목숨을 버린다. 남편이 살아 있을 때에는 자기도 살아 있으면서 마음으로 남편을 공경하는 것에서 삶의 의미를 찾았지만 남편이 죽은 다음에는 자기가 살아 있는 것이 아무 의미가 없다. 이 이야기에서는 정신적 이념과 육체적 생명을 대립시켜 놓고 전자를 취하고 후자를 버린다.

「산ㅅ골나그내」의 나그네 여인에게서 우리는 두 가지 모습을 동시에 본다. 하나는 전통적 여인의 모습이고, 하나는 현대인의 실존적 모습이다.

나그네 여인은 덕돌에게서 결혼기념으로 받은 은비녀는 베개 밑에 그대로 놓아두고 덕돌의 옷만 훔쳐 가지고 덕돌의 집에서 도망해 나온다. 남편에게 필요한 것은 은비녀가 아니라 겨울에 입을 옷이다.

그러나 나그네 여인은 남편이 죽으면 자기도 따라 죽을 여인은 아니다. 나그네 여인이 살고 있는 시대는 남편을 위한 일편단심이라는 절대적인 이념은 이미 붕괴되어 버린 시대이다. 나그네 여인에게는 생명을 유지하고 살아가는 것 자체가 최대의 문제이다. 「이부열녀담」이 병든 남편의 죽음과 아내의 자살로 끝나는 데 반해서 「산ㅅ골나그내」는 부부가 다시 유랑을 시작하는 것으로 끝난다. 전자는 끝이 닫혀 있고, 후자는 끝이 열려 있다. 전자는 완결형 구조이고, 후자는 개방형 구조이다. 「산ㅅ골나그내」는 처음과 끝이 같다. 처음에 부부가 유랑하고 있었던 것처럼 끝에서 부부는 다시 유랑을 한다. 처음에 덕돌이 노총각이었던 것처럼 끝에서 덕돌은 다시 노총각으로 돌아간다. 소설의 구성에서 처음과 끝이 같은 구성법은 김유정의 다른 소설에도 해당하며 이것은 부조리극의 구성법과도 같다. 사무엘 베케트의 「고도를 기다리며」나 유진 이오네스코의 「대머리 여가수」를 예로 들 수 있다. 이들 작품은 첫 장면과 끝 장면이 똑 같다. 마치 시지포스가 계속 굴러 내리는 바위를 계속 산 위로 굴려 올리듯이 여인은 주어진 현실에 성실하게 저항하

면서 세상을 살아간다. 나그네 여인이 세상을 살아가는 모습에서 우리
는 인간의 실존적 모습을 본다. 생존 자체가 급선무이기 때문에 이데올
로기가 비집고 들어갈 틈이 없다.

그런데 〈산ㅅ골나그내〉는 설화를 소재로 삼은 소설이 아니라 실화
이다. 이 이야기는 김유정 집안의 소작인이었던 돌쇠네 집에서 실제로
겪은 일이다. 돌쇠네 집은 김유정의 고향인 실레에서 5리쯤 떨어진 한
들에 있었다.

> 그옆에 봇도랑을 끼고 오막살이 한 채가 있었읍니다. 그(김유정을 가리킴)
> 의 집의 소작인이며 선대부터 내려오며 主從關係에 있는 돌쇠네 집이었읍니
> 다. 그곳을 지나는 길에 그가 들러서 봉당에 걸터앉아 담배를 피우면 소리없
> 이 내닫는 돌쇠어멈의 낮은 목소리는 은근한 것이었읍니다.
> "데렌님, 볕이 많이 더워유⋯⋯"
> 그들이 주고받은 말은 그대로 「산골 나그내」에 나타났읍니다. 돌쇠네 모
> 자가 당한 그대로입니다. 집과 인물, 사건이 모두 實話로서 가감없이 표현된
> 것입니다.[7]

「산ㅅ골나그내」는 실제 사건에서 소재를 취해왔기에 사실성이 강하
고, 그 구성의 기본 골격이 설화적이기에 우리에게 친숙하게 느껴진다.
구성의 기본 골격이 설화적이라는 것은 삶의 전형적인 국면을 전형적
인 문학 형식에 담고 있다는 것이기도 하다. 그리고 기본 골격은 설화
적이지만 세부 구조는 설화와 다르다는 것은 이 작품이 김유정 특유의
독자적인 세계를 가지고 있다는 이야기이다.

---

7 김영수, 「김유정의 생애」, 『김유정전집』, 현대문학사, 1968, 401면.

2) 「만무방」과 「조신전설」

최원식이 지적한 대로 「만무방」(1935)에서 부부가 헤어지는 장면은
일연의 『삼국유사』에 실려 있는 「조신몽(調信夢)」 이야기에서 부부가
헤어지는 모습과 꼭 닮았다.[8] 두 장면은 다음과 같다.

「만무방」 : 그들 부부는 돌아다니며 밥을 빌엇다. 안해가 빌어다 남편에게,
남편이 빌어다 안해에게. 그러자 어느날 밤 안해의 얼골이 썩 슬픈 빗이엇다.
눈보래는 살을 여인다. 다 쓰러저가는 물방아간 한구석에서 섬을 두르고 언
내에게 젓을 먹이며 떨고잇드니 여보게유, 하고 고개를 돌린다. 왜, 하니까
그말이 이러다간 우리도 고생일뿐더러 첫때 언내를 잡겟수, 그러니 서루 갈
립시다 하는것이다. 하긴 그럴법한 말이다. 쥐뿔도 업는것들이 붙어단긴대
짜 별수는업다. 그보담은 서루 갈리어 제맘대로 빌어 먹는것이 오히려 가뜬
하리라. 그는 선뜻 응락하엿다. 안해의 말대로 개가를해가서 젓먹이나 잘 키
우고 몸성히 잇스면 혹 연분이 다아 다시 만날지도 모르니깐 마즈막으로 안
해와 가티 땅바닥에 나란히 누어 하루밤을 떨고나서 날이 훤해지자 그는 툭
툭 털고 일어섯다. (100면)

「조신몽」 : 10년 동안 초야를 두루 유랑하여 옷이 해어져 몸을 가리지 못하
였다. 마침 명주 해현령을 지날 때 15세 된 큰아이가 굶주려 홀연히 죽었다.
통곡하다가 길가에 묻고 나머지 네 자녀를 데리고 우곡현에 이르러 길가에
모옥을 짓고 살았다. 부부가 다 늙고 병들고 굶주려서 일어나지를 못하여 10
세 된 딸이 두루 빌어다 먹였는데 어느 날 마을의 개에게 물리어 아픔을 부르

---

8   최원식, 「1930년대 단편소설의 새로운 행보」, 『한국현대대표소설선』 3, 창작과비평사, 1996,
     436면.

짖으며 앞에 와 눕자 부모가 탄식하여 울며 눈물을 흘리었다. 부인이 눈물을 씻고 창졸간에 말하기를,

"제가 처음 당신을 만났을 때에는 얼굴이 아름답고 나이가 젊었으며 옷도 많고 깨끗하였고 맛있는 음식도 당신과 함께 먹었고 따듯한 옷도 당신과 나누어 입어가며 지낸 지 50년이 되었습니다. 그 동안 정이 깊이 들고 사랑도 깊어져 두터운 인연이라고 생각하였습니다. 그런데 요즈음에 와서 병이 날로 심해지고 배고픔과 추위가 더욱 심해졌습니다. 이제는 사람들이 조그만 방도 반찬도 빌려주지 않습니다. 뭇사람의 비웃음은 산처럼 무겁습니다. 아이들의 배고픔과 추위도 면하게 할 수 없습니다. 그러니 어느 겨를에 부부의 사랑과 즐거움이 있겠습니까? 발간 얼굴과 고운 웃음은 풀잎에 맺힌 이슬이고 사랑의 약속은 봄바람에 나부끼는 버들가지입니다. 당신은 저 때문에 누가 되고 저는 당신 때문에 근심이 될 뿐입니다. 사랑의 기쁨은 근심의 시작이었습니다. 우리가 어찌하여 이 지경에 이르렀습니까? 뭇새가 함께 굶어죽는 것보다는 차라리 외로운 새가 짝을 애타게 찾는 것이 낫겠습니다. 추우면 버리고 더우면 취하는 것이 인정상 차마 못할 일이지만 가고 멈추는 것이 뜻대로 되는 것이 아니고 헤어지고 만나는 것에도 운수가 있는 것이니 청컨대 이제 헤어졌으면 좋겠습니다."

조신이 이 말을 듣고 크게 기뻐하여 서로 아이 둘씩 나누어 가지고 갈라서려 할 때 아내가 말하였다.

"저는 고향으로 가겠습니다. 당신은 남쪽으로 가십시오."

부부가 갈라서서 막 길을 떠나려 할 때 조신은 꿈을 깨었다.

如是十年 周流草野 懸鶉百結 亦不掩體 適過溟州蟹縣嶺 大兒十五歲者忽餒死 痛哭收瘞於道 從率餘四口 到羽曲縣 結茅於路傍而舍 夫婦老且病 飢不能興 十歲女兒巡乞 乃爲里獒所噬 號痛臥於前 父母爲之歔欷 泣下數行 婦乃□澁拭涕 倉卒而語曰

「予之始遇君也 色美年芳 衣袴稠鮮 一味之甘 得與子分之 數尺之煖得與子共之 出處五十年 情鍾莫逆 恩愛綢繆 可謂厚緣 自比年來 衰病歲益深 飢寒日益迫 傍舍壺漿 人不容乞 千門之恥 重似丘山 兒寒兒飢 未遑計補 何暇有愛悅夫婦之心哉 紅顔巧笑 草上之露 約束芝蘭 柳絮飄風 君有我而爲累 我爲君而足憂 細思昔日之歡 適爲憂患 所階 君乎予乎 奚至此極 與其衆鳥之同餧 焉知隻鸞之有鏡 寒棄炎附 情所不堪 然而行止非人 離合有數 請從此辭」 信聞之大喜 各分二兒將行 女曰「我向桑梓 君其南矣」 方分手進途而形開[9]

부부가 자식을 데리고 유랑한다는 점, 구걸을 하여 가며 어렵사리 살고 있다는 점, 아내가 헤어지자고 제안하여 부부가 갈라선다는 점 등에서 두 이야기는 공통된다. 그러나 다음과 같은 점에서 두 이야기는 서로 다르다.

「조신전설」에서 이 장면은 세속세계에서의 남녀 간의 사랑은 그 종말이 비참할 뿐이라는 것을 암시해 주는 장치이다. 사랑의 결실인 자식들은 부부에게 부담스러운 존재로 묘사되어 있다. 이 이야기는 세속적 삶의 무의미성을 강조한다.

「만무방」에서 이 장면은 삶의 의지를 강하게 보여준다. 부부가 헤어지는 것은 서로가 더 낫게 살기 위해서이다. 부부는 자기들보다 자식을 더 소중히 여긴다. 무엇보다도 자식을 살리기 위하여 헤어진다. 그들은 아주 헤어지는 것은 아니다. 아내가 개가를 해서라도 아이를 잘 키운 다음에 부부는 다시 만날 희망을 가지고 있다. 이 이야기는 치열한 삶에의 의지를 보여준다.

<hr>

9　一然, 「洛山二大聖 觀音 正趣 調信」, 『三國遺事』.

3) 「산골」과 「춘향이야기」

「산골」(1935)의 경개는 다음과 같다.

이뿐이는 마님댁 씨종[여종]의 외동딸이다. 이뿐이가 16세이던 봄의 어느 날, 산에서 나물을 캐고 있을 때 도련님이 이뿐이에게 접근해오고 이뿐이는 잣나무 밑에서 도련님을 받아들인다. 그 후 이뿐이는 도련님을 계속해서 산에서 만난다. 마님이 이를 알게 된다. 이뿐이는 마님에게 볼기짝이 톡톡 불거지도록 매를 맞고 뜰아랫방에 갇히어 '감옥살이'를 한다. 도련님이 서울로 공부하러 간다. 도련님과 이뿐이는 마을 밖 고갯마루에서 이별을 한다. 도련님은 자기 저고리의 고름을 떼어서 이뿐이에게 주며 한 달 후에 서울로 데려가겠다고 약속한다. 그런데 일 년이 지나도 도련님에게서는 아무 소식이 없다. 석숭이가 이뿐이에게 접근해오지만 이뿐이는 이를 거절한다. 이뿐이는 회양나무 밑에서 도련님에게 보내는 편지를 행주치마 속에 감추어들고 서서 우체부가 오기를 기다린다. 그러나 우체부는 오지 않는다.

여자주인공이 신분이 낮은 과부의 외동딸인 것, 신분이 높은 집안의 도련님이 신분이 낮은 여성에게 접근하여 사랑을 맺는 것, 사랑이 이루어지는 계절이 봄인 것, 여자주인공이 매를 맞고 '감옥살이'를 하는 것, 도련님이 서울로 가게 되어 마을 밖에서 이별하는 것, 이별할 때 도련님이 여자에게 신물(信物)을 주며 장래를 약속하는 것, 도련님이 서울로 가자 다른 남자가 접근해오지만 여자는 이를 거절하는 것, 서울로 간 도련님에게서 소식이 없는 것, 여자주인공이 도련님에게 편지를 보내는 것, 그리고 무엇보다도 사랑에 대한 열망이 남자보다 여자가 더 강한 것 등은 〈춘향이야기〉에 들어 있는 모티프들과 유사하다.

「산골」을 「춘향전」과 결부시킨 첫 논평은 김남천(金南天, 1911~1953)의 「사회적 반영의 거부와 춘향전의 애화적 재현」(1935)이다. 이 논평에서 그는 김유정이 과학적 세계관을 확립하지 못하고 있음을 비판한다. 즉 1930년대 농촌에 남아 있는 봉건적 신분관계는 「춘향전」 시대의 것과는 달리 자본의 침입에 의하여 기형적으로 형성된 것인데 그것을 제대로 파악하지 못했다는 것이다. 현대적 농촌을 제대로 표현함으로써 「춘향전」을 이 시대에 맞게 재창조해야 할 것인데 그러지 못했다는 것이 그의 논리이다. 그는 또한 언어의 곡예에 작자 자신이 도취되어 있고, 형식주의만을 고집하는 부르조아 미학에 젖어 있음도 비판한다. 이 항목에 대한 그의 소결론은 다음과 같다.

> 大體 現代 農村의 身分的 關係를 그리면서 現代的 農村 關係의 어느 모통이도 表現하기를 拒否하고 오르지 春香傳의 서투른 哀話的 再現에만 汲汲한 作家의 努力이 흘러가는 時代의 激浪 속에서 얼마만한 歷史的 報酬를 바들지는 젊은 作家들이 함께 再三熟考할 것의 하나일 것이다.[10]

안함광(安含光, 1910~1982)의 논조도 이와 같다. 그는 「산골」에 대하여, 현실의 표상만을 피상적으로 관찰할 것이 아니라 그의 본질면까지 집요하게 파 들어가는 진정한 의미에 있어서의 리얼리즘 정신이 필요함을 강조한다. 그리고 세계관의 파악을 거부한 이 작가(김유정)에게 후일을 기대하기 힘들다고 한 김남천의 평가가 적평이었다고 부언한다.[11] 김남천과 안함광은 사회주의적 리얼리즘의 시각으로 「산골」을 본 것이다.

<hr>

10 巴朋(金南天), 「最近의 創作(2)―社會的 反映의 拒否와 春香傳의 哀話的 再現」, 『조선중앙일보』, 1935.7.23.
11 安含光, 「昨今文藝陣總檢―今年下半期를 主로」, 『비판』, 비판사, 1935. 12, 80~81면.

최원식은 「산골」을 「춘향전」의 패러디로 본다. 즉 「산골」은 이별 이후
를 다시 씀으로써 「춘향전」을 현실에 맞게 재해석한 작품이라는 것이다.
「춘향전」은 노블적 주제를 로맨스적으로 해결한 복합소설인데, 이를 패
러디한 「산골」은 로맨스를 빌어 로맨스를 부정한, ‘소설 이전’같기도 하
고 ‘소설 이후’같기도 한 복합성을 오묘하게 지니고 있는 소설이다.[12]

발표자는 김유정이 「산골」에서 의도한 것은 산골에 사는 소녀 이뿐
이라는 인물의 탐구라고 판단한다. 이뿐이는 글도 모르고, 사회도 모르
는 인물이다. 이뿐이는 자기와 도련님이 맺어지지 못하는 이유가 무엇
인지를 모르고 있다. 이뿐이는 ‘종은 상전과 못 사는 법이라던 어머니
의 말’을 이해하지 못하며, ‘제가 아씨가 되면 어머니는 일테면 마님이
되련마는’ 그걸 모르는 어머니가 답답하고, 자기의 모습을 바위 아래의
물에 비쳐보아도 ‘의복은 비록 추려할망정 저의 눈에도 밉지 않게 생겼
고 남 가진 이목구비에 반반도 하련마는 뭐가 부족한지 달리 눈이 맞은
도련님의 심정이 알 수 없고’, ‘마님은 마님대로 (…중략…) 상냥한 아가
씨만 찾는 길이니 대체 이게 웬 셈인지’ 알 수가 없고, ‘아무리 생각하여
도 같이 멀리 도망가자던 도련님이 저 서울로 혼자만 삐쭉 달아난 것’도
그 속을 알 수 없다. 이 답답한 마음을 편지로 써서 (그것도 자기와 결혼하
려고 벼르고 있는 석숭이에게 써 달라고 부탁해서쓴) 그 읽을 수 없는 편지를 가
지고 우체부가 오기를 기다리고 있는데 그날은 우체부가 오는 날이 아
니다. 이뿐이는 이처럼 바보스러울 정도로 순박하다. 이뿐이의 바보스
러움 속에서 우리는 인간의 원초적 천진성을 읽는다. 그것은 마님댁과
씨종이라는 사회적 계급이 형성되기 이전의 원초적 천진성이다.

이 소설에서 작가는 자연을 묘사하는 데에 큰 공을 들였다. 그리고

12　최원식, 「이야기꾼 이후의 이야기꾼—김유정의 순진과 비순진」, 『제8회 김유정문학제 학술
　　발표회논문집』, 김유정기념사업회, 2010, 13~17면.

그 자연 속에 이뿐이를 배치해놓았다. 늙은 잣나무, 쌍쌍이 짝을 짓는 학, 잎이 우거진 갖가지 나무들, 꾀꼬리, 개나리, 동백꽃, 뻐꾸기, 따리를 틀고 개구리를 우물거리고 있는 커다란 구렁이, 바위, 험악한 석벽 아래에 맑은 물이 웅숭깊이 층층 고인 웅덩이, 설핏한 하늘의 붉은 노을, 갖가지 새들 등. 이뿐이는 이러한 자연과 함께 있다. 이것은 이뿐이가 가지고 있는 원초적 천진성의 아름다움을 부각시키는 기법이다. 이것은 또한 현대 문명 속에서 교활해진 인간성, 문명에 때 묻은 인간을 되돌아보게 하는 장치이기도 하다.

이러한 주제를 효과적으로 형상화하기 위하여 김유정은 「춘향전」의 구조를 차용했다. 그런 면에서 「산골」은 「춘향전」의 패러디라 할만하다.

이뿐이의 인간상은 춘향의 인간상과 많이 다르다. 춘향은 어떠한 여인인가? 춘향은 강인하고, 논리가 명석하고, 성취의욕이 강한 여인이다.[13] 춘향은 천민 가정에 태어나서 불리한 조건과 역경을 이겨내고 사랑도 성취하고 신분 상승도 성취한 여인이다. 춘향은 독한 여자이다. 이에 반하여 이뿐이는 바보스러울 정도로 천진한 여자이다. 「춘향전」은 '지배계급에 대한 서민의 항거'로 읽히기도 하고, '한 남자에 대한 한 여인의 숭고한 사랑'으로 읽히기도 한다. 이에 비해서 「산골」은 '현대 문명에 때 묻지 않은 인간의 원초적 천진성의 아름다움'에 초점을 맞추고 있다.

그런데 춘향의 인간상은 오랜 세월을 두고 변모되면서 형성된 것이다. 구비문학 작품의 주인공인 춘향의 인간상은 한국인들이 오랜 세월을 두고 공동으로 창조해낸 여인상이다. 춘향은 세월의 흐름에 따라 소극적 성격에서 적극적 성격으로 변모해온 인물이라는 것이 일반적인

---

13 이상택, 「성격을 통해 본 춘향전」, 김병국 외, 『춘향전 어떻게 읽을 것인가』, 춘향문화선양회, 1993, 214~234면.

견해이다. 19세기 후반기에 활동한 장자백(張子伯, 1852?~1907) 창본 「춘향가」에 등장하는 춘향은 아주 적극적인 여인이다. 이에 비해 18세기 중기의 자료인 유진한(柳振漢, 1711~1791)의 「만화본 춘향가(晚華本 春香歌)」(1754)에 등장하는 춘향은 천진한 면을 많이 보인다.

「산골」의 이뿐이와 「만화본 춘향가」의 춘향은, 물론 처해 있는 여건도 다르고 행동 양식도 다르지만, 천진성을 보인다는 점에서 유사한 데가 있다. 그리고 춘향의 성격이 세월의 흐름에 따라 적극적인 성격으로 변모해온 것처럼, 김유정 소설에서는 「산골」(1935. 6. 15. 탈고)의 이뿐이, 「봄봄」(1935. 12. 발표)의 점순, 「동백꽃」(1936. 3. 24. 탈고)의 점순의 순서로 적극적 성격으로 변모한 것이 흥미롭다.

4) 「가을」과 「하우고개전설」

강원도 인제군 인제읍 가리산리 젓바치에서 덕적리로 넘어가는 고개는 그 이름이 하우고개이다. 강원도 화천군 사내면 광덕리에서 철원군 근남면 잠곡리로 넘어가는 고개도 하우고개이다. 두 고개에는 같은 전설이 전해온다.

예전에 어느 마을의 이웃 사람 둘이 심하게 싸우고 감정이 격해져서 재판을 하기로 했다. 재판을 하려면 고개를 넘어 읍내로 가야 한다. 읍내까지는 꽤 먼 거리이고, 넘어야 할 고개도 꽤 높은 고개이다. 그러나 두 사람은 증오심에 가득 차서 함께 읍내로 향한다. 그런데 두 사람은 호젓하고 먼 길을 같이 걷고, 높은 고개를 함께 오르면서 서로에게 쌓였던 증오심이 가시어지고 어느 새 정이 들게 된다. 두 사람은 고개 위에서 화해하고 마을로 되돌아온다. 이런 일이 있은 후로 사람들은 이

고개를 하우고개라고 부른다.

「가을」(1936)에서 황거풍은 느닷없이 재봉을 찾아와서 주재소로 같이 가자고 한다. 황거풍이 조복만의 아내를 50원 주고 살 때 재봉이 계약서를 써주었는데, 현찰 50원에 팔려간 조복만의 아내가 나흘 후에 행방불명이 된 것이다. 거기에다가 같은 날 같은 시각에 조복만도 행방불명이 된 것이다. 그러니 재봉이 사기꾼이라는 것이다.

재봉의 마을에서 주재소까지는 25리인데 높은 고개를 넘어야 한다. 그렇지만 황거풍은 노기충천해서 재봉을 이끌고 주재소가 있는 읍내로 향한다. 그러던 황거풍이 고개 위에서 마음이 누그러진다. 황거풍이 재봉에게 말한다.

"우리 오늘은 도로 내려가 술이나 먹고 내일 일찍이 같이 떠납시다."

내일 같이 가자고 하는 곳은 주재소가 아니라 황거풍의 생각에 복만의 처가 거기에 있으리라고 짐작되는, 그러나 재봉의 생각에 복만 내외가 거기에 있을 리가 없는 덕냉이라는 마을이다.

다른 사람이 없는 호젓한 자연 속에서 원수 사이인 두 사람이 먼 길을 함께 걷고, 높은 고개를 함께 올라가는 상황은 그들을 원수가 되기 이전의 상황으로 되돌려놓는다. 여기에서는 특히 아름다운 자연이 한 몫을 한다. 두 사람은 고개 위에서 내려다보이는 아름다운 경치에 취한다. 먼 산봉우리는 석양을 받아 자줏빛으로 되어가고 이 산 저만치에서 꿩이 푸드득 날아간다. 이 때 해가 막 떨어지고 산골은 오색영롱한 저녁놀로 덮인다. 가난에 찌들고 바랜 삶을 사는 사람들에게, 목숨을 부지하는 일 자체에 여념이 없는 사람들에게 자연은 푸근한 안식처이고, 인간의 원초적인 천진성을 발견하게 해주는 모태(母胎)이다. 「가을」은 이처럼 전설의 모티프를 이용하는 것 자체로 그치지 않고, 그것을 이용하여 자연의 존재 가치를 새삼스럽게 발견하게 해주는 데까지 나아간다.

전상국의 「동행」(1963)에도 하우고개전설의 모티프가 변형되어 나타난다. 눈 내리는 밤에 범인과 형사가 구름치고개를 올라간다. 고개를 올라가면서 범인은 형사에게 자신의 과거를 털어놓는다. 고개를 넘고 나서 형사는 범인을 체포하지 않는다.

5) 「봄·봄」과 「바보 사위」

우리나라에는 상류계층의 똑똑한 여자가 하류계층의 가난하고 어리석은 남자와 결혼하여 남편을 잘 가르쳐서 훌륭한 인물로 출세시키는 이야기들이 많이 있다. 「평강공주와 바보 온달」, 「선화공주와 서동」, 「내 복에 산다(부잣집 막내딸과 숯구이총각)」 등을 예로 들 수 있다. 제주도의 서사무가 「삼공본풀이」도 이와 같은 이야기이고, 「선녀와 나무꾼」에서 나무꾼이 선녀를 찾아 천상세계로 올라간 이후의 이야기도 이와 같다. 이러한 유형의 설화가 골계화한 것이 「바보 사위」인데 「봄봄」(1935)은 「바보 사위」의 패러디이다.

「바보 온달」 : 온달은 고구려 평강왕 때 사람인데 다 떨어진 옷과 헐어빠진 신발로 시정을 왕래하여 사람들이 '바보 온달'이라고 지목했다. 평강왕의 딸아이가 울기를 잘 하므로 왕이 장난삼아 말하기를, 바보 온달에게 시집보내겠다고 하였다. 딸이 16세가 되자 상부 고씨에게 시집보내려 하니 공주가 왕에게 항의하기를, 어째서 전에 하시던 말씀을 고치시느냐고 했다. 왕은 분노하고, 공주는 궁에서 나갔다. 공주는 온달을 찾아가서 그와 결혼하였다. 공주는 온달에게 좋은 말을 사는 방법 등을 가르쳤다. 온달은 사냥대회에서 두각을 나타내어 왕의 관심을 끌었다. 온달은 또한 후주(後周)와의 전쟁에서 크

게 이겼다. 왕은 기뻐하고 감탄하였다.[14]

「바보 사위」: 옛날 바보사위가 있어 처음으로 처가에 다니러 가게 되었다. 장인 앞에 망신을 할까 싶어 그 처가 가르치는 말이

"음낭(陰囊)에 줄을 매어 줄 터이니 내가 그 줄을 한 번 다리거든 '진지 잡수십시오.' 하고, 두 번 다리거든 담배를 넣어서 '연초 잡수십시오.' 하고 권하시오."

하였다. 그리고 처는 잠깐 장인이 되고 신랑은 사위가 되어 여러 번 예습을 하였다.

처가에 당도하였다. 처는 식상(食床)이 나온 뒤 정지(부엌)에서 기회를 보아 쥐었던 줄을 한 번 다렸다. 사위는 장인에게 절을 하면서,

"진지 잡수십시오."

하였다. 식사가 필(畢)한 뒤 처는 다시 줄을 두 번 다렸다.

"연초 잡수십시오."

하였다. 제법 인사를 찾을 줄 알므로 장인은 감심(感心)하였다.

그때 마침 처는 일이 생겨 밖으로 잠깐 나가게 되어 쥐었던 줄을 명태 대가리에 매어 두었다. 명태 대가리를 고양이란 놈이 물고 잡아다렸다. 사위는 다시

"진지 잡수십시오."

또 다리므로

"연초 잡수십시오."

그래도 자꾸 다리므로 자꾸 반복하였다. 수없이 급히 다리므로

"진지 잡쇼. 연초 잡쇼. 진지 잡쇼. 연초 잡쇼."

를 쉴새 없이 반복하였다.[15]

---

14 김부식, 『삼국사기』 권 45 열전 (발표자 요약, 뒷부분 생략)
15 손진태, 『한국민족설화의 연구』, 을유문화사, 1979, 160면.

「봄봄」 : 나는 점순이와 결혼시켜준다는 약속을 굳게 믿고 열심히 일하나 점순의 아버지(장인)는 좀처럼 성례를 시켜주지 않는다.

내가 화전밭을 갈고 있을 때 점순이가 점심을 가지고 왔다 가면서 나에게 말하기를 밤낮 일만 하지 말고 성례시켜 달라고 조르라고 한다. 나는 점순의 말대로 장인에게 성례시켜 달라고 조른다. 그러나 장인은 이를 거부한다. 나는 장인을 끌고 구장에게 가서 호소했으나 오히려 설득당하고 논에 나가 일을 한다.

점순이가 나의 아침상을 가지고 와서 구장님한테 갔다가 왜 그냥 왔느냐고 따지며 이번에는 장인의 수염을 잡아채라고 한다. 나는 점순의 말대로 장인의 수염을 잡아챈다. 그래도 내 요구를 들어주지 않으므로 나는 장인의 음낭을 붙들고 늘어진다. 장인은 비명을 지르며 나에게 할아버지라고 한다.

장모와 점순이가 뛰어나와 양쪽에서 나의 귀를 뒤로 잡아당기며 울음을 터뜨린다. 점순이가 나의 편을 들어줄 줄 알았던 나는 점순이가 의외로 장인의 편을 들어주자 기운이 탁 꺾인다.

「바보 온달」의 기본 갈등구조는 아버지와 딸 사이의 갈등이다. 딸은 부권사회에 속해 있음에도 불구하고 아버지의 억압을 극복하고 자기가 바라는 삶을 독자적으로 건설한다.[16] 딸은 바보처럼 보이는 남편의 잠재 능력을 계발시키는 데에 성공한다.

「바보 사위」에서는 아내가 남편을 계발시키는 데에 실패한다. 그러나 사위가 장인 앞에서 실수를 하였더라도 아내(딸)와 남편(사위)의 사이가 갈라지지는 않는다. 아내는 친정아버지와는 거리를 두고 있고, 남편과는 밀착되어 있다.

<hr>

16 임재해, 「온달형설화의 유형적 성격과 부녀갈등」, 『민족설화의 논리와 의식』, 지식산업사, 1992, 340~364면.

「봄봄」의 기본 갈등구조는 장인과 사위 사이의 갈등이다. 딸(점순)은 남편감(데릴사위)의 편을 들어주는 듯하지만 근본적으로는 아버지에게 예속되어 있다. 또한 딸은 남편감의 잠재 능력을 계발하려 하지도 않는다. 「바보 온달」이나 「바보 사위」에서 딸이 남편에게 가르치는 내용은 장인의 마음에 드는 행동을 하는 것이다. 장인이 부과하는 시험에 합격하기 위한 행동이다. 그러나 「봄봄」에서 점순이 데릴사위에게 가르치는 내용은 장인에게 성례시커 달라고 조르는 것과 장인의 수염을 잡아채는 것이다. 이것은 장인의 마음에 드는 행동이 아니라, 장인이 극히 싫어하는 행동이다. 장인은 점순과 데릴사위를 결혼시키지 않기로 작정을 하고 있는 인물이다.

이처럼 「봄봄」은 「바보 온달」이나 「바보 사위」와 인물과 사건의 설정을 같게 하였으면서도 작품 정신을 전혀 다르게 설정하였다. 여기에서 우리는 김유정의 독창성을 읽어낼 수 있다. 설화에서 사위는 아내의 옹호를 받고 있다. 그러나 「봄봄」에서 데릴사위는 점순으로부터 고립되어 있다. 그런데도 데릴사위는 점순이 자기의 편인 줄 알고 있었던 것이다. 그러나 데릴사위는 절망하지 않는다. 데릴사위는 고향에서 뿌리 뽑힌 유랑민으로서 그래도 이렇게 사는 것이 최선을 다 해서 사는 것이다. 「봄봄」은 절망할 수밖에 없는 냉혹한 세상에서 절망하지 않고 성실하게 살아가는 모습을 보여준다.

한편 「봄봄」은 「바보 사위」의 소설화이기에 앞서 실화이다. 등장인물들은 실존인물들이다. 봉필(장인)에 해당하는 인물은 실레마을의 김종필이다. 그는 일본인 지주의 산과 농토를 관리해주던 인물로서 마을에서 인심을 잃었다고 한다. 그의 딸은 본명이 김씨만(金氏萬)인데 집에서는 점순이라고 불리었고, 쾌활하고 적극적인 성격이었다고 한다. 데릴사위에 해당하는 인물은 최순일(崔淳壹)이다. 그는 실레마을에서 30

리 떨어진 춘천시 동내면 사람인데, 김종필로부터 3년 동안 일해주면 사위를 삼겠다는 약속을 받고 실레마을 점순네 집으로 왔다. 최순일과 김씨만(김점순)은, 소설 속에서는 끝내 결혼하지 못했지만, 실제로는 결혼하여 아들 최금석을 낳았다.[17]

「봄봄」은 실제 사건에서 소재를 취해왔기에 사실성이 강하고, 구성의 기본 골격이 설화적이기에, 즉 전형적인 구조를 취하였기에 우리에게 친숙하게 느껴진다. 그러나 「봄봄」은 실제 사건과도 다르고, 설화와도 다른, 독자적인 세계를 가지고 있는 작품이다.

6) 「두포전」과 「아기장수전설」

김유정은 그의 소설에서 「아기장수전설」을 두 번 이용한다. 「산골」 (1935)에서는 부분을 이용하고, 「두포전」(1939)에서는 전체를 이용한다. 「산골」에서 도련님은 산속의 웅덩이 가에서 이뿐이에게 「아기장수전설」을 이야기해준다.

> 옛날에 이 산속에 한 장사가 있었고 나라에서는 그를 잡고자 사방팔면에 군사를 놓았다. 그렇지 마는 장사에게는 비호같이 날랜 날개가 돋힌 법이니 공중을 훌훌 나르는 그를 잡을 길없고 머리만 앓든중 하루는 그예 이 물에서 목욕을 하고 있는 것을 사로잡았다는 것이로되 왜 그러냐 하면 하누님이 잡수시는 깨끗한 이 물을 몸으로 흐렸으니 누구라고 천벌을 아니 입을리 없고 몸에 물이 닷자 돋혔든 날개가 흐시부시 녹아버린 까닭이라고 말하고 …… (132)

---

17 박태상, 「김유정 문학의 실재성과 허구성」, 『현대문학』1987. 6, 391~393면.

강원도의 「아기장수전설」에는 관군이 등장하지 않는데 여기에는 관군이 등장한다는 점, 일반적으로 아기장수는 하늘이 내린 구세주로 설정되어 있는데 여기에서는 아기장수를 하늘의 뜻과 대립되는 인물로 그리고 있는 점, 장수의 날개가 물에 녹아버리는 모티프는 「아기장수전설」의 일반적 유형에는 나타나지 않는 모티프라는 점 등으로 미루어보아 이 부분은 아마도 김유정이 의도적으로 변형시킨 이야기인 듯하다. 이 장면에서 도련님은 이뿐이에게 겁을 주기 위해서 이 이야기를 한다.

「두포전」(1939)은 김유정의 사후에 발표되었는데 「아기장수전설」에서 소재를 취한 동화이다. 원래 미완성 작품인데 후반부는 현덕(玄德, 1909~?)이 썼다.[18]

「아기장수전설」: 옛날 어느 마을에 가난한 농부 부부가 살고 있었다. 농부는 부친상을 당했는데 시신을 모실 곳이 없어 가매장을 하였다.

어느 날 스님이 찾아와서 하룻밤 묵어가게 해 달라고 청하였다. 이 집의 딱한 사정을 안 스님은 산소 자리를 잡아주었다. 그리고 2년 후에 아기가 태어날 것이니 열흘만 잘 보호하고 있으면 자기가 와서 데려가겠다고 하였다.

스님의 예언대로 2년 후에 농부의 아내는 아기를 낳았다. 아기는 아들이었다. 사흘 후 산모는 개울에 가서 빨래를 해 가지고 들어왔다. 방에 들어온 산모는 깜짝 놀랐다. 아기가 없어진 것이다. 한참 후에 산모는 아기가 시렁 위에 올라가 있는 것을 알게 되었다. 산모는 또 깜짝 놀랐다. 아기의 양쪽 겨드랑이에 날개가 돋아 있는 것이다.

농부 부부는 고민하였다. 미천한 집안에서 장수가 태어나면 그 집안뿐 아

---

18 여기까지 쓰시고, 그러께 봄에 金裕貞선생님은 이 세상을 떠나셨읍니다. 이 다음 이야기는 다행하게도 김선생님 병간호를 해드리며 끝까지 그 이야기를 횅히 들으신 玄德선생님이 김선생님 대신 써주시기로 하였읍니다. 다음 호를 손꼽아 기다려주십시오. 『소년』, 1939. 3, 59면.

니라 삼족(三族)을 멸하는 것이 당시의 나라법이었기 때문이다. 내외는 아기를 뒷마루에 끌어내놓고 아기 위에 안반을 올려놓고, 안반 위에 콩 석 섬과 팥 석 섬을 올려놓고, 그 위로 내외가 올라가서 짓눌렀다. 아기는 죽었다.

사흘 후에 마을에 용마가 나타나서 자기가 태울 장수를 찾았다. 용마는 장수가 이미 죽었음을 알고 분을 참지 못하여 마을 주위를 치뛰고 내리뛰고 하다가 엎어져 죽었다.

나흘 후에 스님이 찾아왔다. 아기장수가 죽었음을 알고 스님은 산소 자리의 혈(穴)을 끊어버렸다. 그 자리에서 붉은 피가 흘러내렸다. 스님은 앞으로 죽은 나무에 꽃이 피고 무쇠배가 다니면 장수가 또 태어날 것이니 그때에는 죽이지 말고 자기에게 보내달라고 말하고 사라졌다.

「두포전」: 강원도 산골인 장수골이라는 마을에 가난한 노부부가 살고 있었다.

어느 날 할머니는 청룡이 천장을 뚫고 올라가다가 꽁지를 화롯불에 데는 꿈을 꾼다. 바로 그날 스님이 찾아와서 바랑에서 아기를 꺼내어 노부부에게 준다. 그 아기는 이름이 두포인데 힘이 장사이고 효성이 지극한 소년으로 자라고, 오막살이인 노부부의 집이 커다란 기와집으로 변하고 부자가 된다.

칠태가 두포의 집 재물을 훔치러 왔다가 15세인 두포의 술법에 망신만 당한다. 두포는 매일 아침에 산에 갔다가 저녁에 돌아온다. 칠태가 두포를 잡으려고 산속을 헤매다가 보니 바위 한복판이 터지며 하얀 용마를 탄 장수가 나와서 공중으로 사라진다. 장수의 양쪽 겨드랑이에 날개가 달려 있는데 그의 얼굴을 잘 보니 곧 두포다.(이상 김유정 집필. 이하 현덕 집필)

칠태의 모함으로 두포는 도적단의 괴수라고 소문이 났다. 나라에서 두포를 잡는 사람에게 크게 상을 준다고 공포한다. 칠태는 두포가 나온 바위를 뚫고 납을 끓여 붓는다. 산이 무너지고 칠태는 돌에 깔려 죽는다.

마을 사람들이 두포의 집으로 가 보니 두포는 나약한 소년이 되어 있다. 그들이 두포를 잡으려 할 때 마침 조정의 수레가 도착한다. 두포는 이 나라의 태자인데 역신(逆臣)의 방해를 피하기 위해 정승이 스님으로 변장하고 노부부의 집에 피신시켰던 것이다.

두포는 임금이 되었다. 두포가 날개 달린 장수의 힘으로 나라를 다스리면 우리나라는 힘 있는 나라가 되었을 것인데, 칠태가 바위에 납을 끓여 부어 그렇게 못하고, 다만 착한 마음과 덕으로써 나라를 다스렸다. 지금도 강원도에 그 바위가 그대로 있어 장수바위라 이른다.

「아기장수전설」은 도탄에 빠진 백성을 구원하기 위하여 하늘이 내린 구세주를 오히려 그 백성이 살해하는 비극적인 전설이다. 아기장수의 부모는 앞을 멀리 보지 못하고, 시야를 넓게 지니지도 못하고, 당장의 생명 유지에만 집착하여 구세주를 죽인다. 이 순간적 판단의 오류가 역사에 엄청난 죄악을 저지른 일이었음을 백성들은 나중에서야 알게 된 것이다. 가정을 구할 것인가, 나라를 구할 것인가의 기로에서 아기장수의 부모는 나라를 버리고 가정을 선택한다. 이 판단의 오류 때문에 오늘의 우리나라는 파탄에 이른 것이다. 현재까지도 이 전설은 우리를 날카롭게 고문한다. 오늘날의 우리는 과연 이 전설을 부끄러움 없이 이야기할 수 있는가.

가정을 살리기 위하여 세상의 구세주인 자기의 아들을 자기의 손으로 죽이는 부모, 구세주인 아기장수를 잃은 용마의 분노, 구세주인 아기장수가 다시는 태어나지 못하게 명당의 혈을 자르고 나서 다음에 아기장수가 다시 태어나면 죽이지 말고 나에게 보내라는 스님의 모순된 절규는 처절한 비극성의 극한을 보여준다.

「두포전」의 두포는 하늘이 내린 인물이라는 점, 겨드랑이에 날개가 돈아 있다는 점, 그리고 장차 나라를 다스려야 할 인물이라는 점에서 아기장수와 같다. 그러나 아기장수는 가난한 농부의 아들로 태어났음에 반하여 두포는 임금의 아들로 태어났다는 점, 아기장수는 현재의 통치 체재를 전복하고 새로운 나라를 세워야 할 인물임에 반하여 두포는 현재의 통치 체재를 어지럽히는 역신(逆臣)들을 물리치고 왕위를 이어받아야 할 인물이라는 점, 그리고 아기장수는 하늘로부터 부여받은 사명을 수행하지 못하고 살해되는 데에 반해서 두포는 역신을 물리치고 임금이 된다는 점에서 두포는 아기장수와 크게 다르다. 이처럼 「두포전」의 작품정신은 「아기장수전설」의 작품정신과 반대가 된다.

「두포전」은 「아기장수전설」을 소재로 삼았음에도 불구하고, 피지배계층의 구비문학인 「아기장수전설」의 심각한 비극성을 감당하지 못하고, 지배계층의 기록문학인 「유충렬전」 계통의 영웅소설의 작품정신을 취하여 동화로 재창조한 작품이다.

4. 맺음말

김유정의 소설은 옛날이야기를 구연하는 이야기꾼의 목소리를 그대로 녹음해놓은 구술록의 형식을 취하고 있다. 이것은 소설이 발생하던 시대로 되돌아가는 것이 아니라, 소설의 본질인 이야기성을 회복하는 것이다. 김유정의 소설은 소설의 기원으로 되돌아감으로써 오히려 생동성과 신선성을 획득한다.

김유정은 작품의 기본 구조를 설계할 때 설화의 구조를 본뜬다. 그러나 그는 설화를 계승하지는 않고 그것을 재창조함으로써 현대성을 획득한다. 친숙함 속에 현대성을 부각하는 것이 그의 의도이다.

김유정은 이태준의 「까마귀」에 대하여, 고대 소설적이고 현대성이 없음을 지적하였다고 한다. 김유정이 추구한 문학의 세계는 과거의 설화의 세계가 아니라 '현대의 문학'임을 알 수 있다.

> 年前 「朝光」에 李氏의 「까마귀」가 發表되자 몇몇 評家가 好評을 했을 때도, 裕貞은 亦是 興奮한 語調로 非難하는 것이었다. 사랑하는 肺患者를 爲해서 활로 가마귀를 쏜다는 等의 이야기는, 먼 古代小說과 다름이 없는 通俗小說的이다. 現實性 그것도 古代小說的 現實性은 있지만 「今日의 文學」이 要求하는 現代性은 없다. 이런 것은 무슨 現代小說이야. 그 點을 똑바로 指摘하는 評家는 슲을사 우리 文壇에는 한 사람도 없구려. 裕貞의 非難은 대략 이러한 內容이었다.[19]

부기(附記) : 이 논문을 김유정학회(2011. 4. 16, 강원대학교.)에서 발표하였을 때 지정토론자 김양선 교수는, 「산ㅅ골나그내」와 「봄봄」은 설화에서 소재를 취한 작품이면서 동시에 실화에서 소재를 취한 작품이기도 한 사실을 주목하면서 '설화와 실화가 작품의 주제나 작가의 현실관과 모종의 관련성이 있는지'를 질의하였다. 이에 대하여 발표자는 다음과 같은 논지로 답변하였다.

설화를 계속해서 소급해 올라가면 결국에 가서는 실화와 만나게 된다고 장덕순 교수가 자주 말씀하셨듯이, 설화의 원천은 실화인 경우가

---

19 李石薰, 「裕貞의 靈前에 바치는 最後의 告白」, 『白光』, 1937.5.152면.

많다. 인간이 한계상황에서 취하는 행동은 몇 가지 유형으로 고정되어
있다. 가령 한 가족이 함께 다니면서 구걸을 하면 구걸한 것을 나누어
먹어야 하지만, 혼자 다니면서 구걸을 하면 그것을 혼자 먹을 수 있다.
그래서 이들은 차라리 헤어져서 각자 빌어먹는다. 이러한 사정은 「조
신설화」와 「만무방」에 공통으로 나타나는데 일제시대에 만주로 이주
한 우리 동포의 구술생애사에도 나타난다. 이 구술생애사에는 또한 만
주의 어느 금광의 갱도에서 두 사람이 짜고 부상을 가장하여 감돌을 가
지고 탈출하는 이야기도 있는데 이러한 상황은 김유정의 「금」에도 나
타난다.

   김유정은 인간이 극한상황에서 취하게 되는 보편적 행동 유형을 잘
포착하여 보여준다. 이것이 김유정이 시대를 초월하여 읽히는 이유들
중의 하나이다.

참고문헌

김남천, 「최근의 창작 2. 사회적 반영의 거부와 춘향전의 哀話적 재현, 김유정 산골」, 조선 중앙일보 1935.7.23.
김병국, 「판소리의 문학적 진술방식」, 『한국 고전문학의 비평적 이해』, 서울대 출판부, 1995.
김부식, 『삼국사기』
김영수, 「김유정의 생애」, 김유정기념사업회, 『김유정전집』, 현대문학사, 1968.
박태상, 「김유정 문학의 실재성과 허구성」, 『현대문학』, 1987.6, 현대문학사.
손진태, 『한국민족설화의 연구』, 을유문화사, 1979.
안함광, 「작금 문예진 總檢 ─ 김유정씨의 산골」, 『비판』, 비판사, 1935.12.
이상택, 「성격을 통해 본 춘향전」, 『춘향전 어떻게 읽을 것인가』, 춘향문화선양회, 1993.
이석훈, 「유정의 靈前에 바치는 최후의 고백」, 『백광』, 1937.5.
이석훈, 「유정의 面貌片片」, 『조광』, 1939.12.
일 연, 『삼국유사』
임재해, 「온달형설화의 유형적 성격과 부녀갈등」, 『민족설화의 논리와 의식』, 지식산업사, 1992.
장덕순, 『한국설화문학연구』, 서울대 출판부, 1971.
전신재, 「김유정 소설의 구비문학 수용」, 『아시아문화』 2, 한림대 아시아문화연구소, 1987.
전신재 엮음, 『원본김유정전집』, 강, 2007.
최병우, 「김유정 소설의 다중적 시점에 관한 연구」, 김유정문학촌, 『김유정문학의 재조명』, 소명출판, 2008.
최원식, 「1930년대 단편소설의 새로운 행보」, 『한국현대대표소설선』 3, 창작과비평사, 1996.
최원식, 「이야기꾼 이후의 이야기꾼 ─ 김유정의 순진과 비순진」, 『김유정문학제 학술발표회 논문집』, 2010.
월터 J. 옹, 이기우·임명진 옮김, 『구술문화와 문자문화』, 문예출판사, 1995.

현대 문화와 소통하는 김유정 문학의 놀이 상상력

문학의 문화 콘텐츠화의 연계 가능성을 기대하며

표정옥

1. 들어가며

인터넷과 영상문화의 질주로 문자 문화는 자못 위기를 맞는 듯하다. 특히, 다변화 시대에 문학을 고정된 방식으로만 읽기를 주장하는 것은 현대 문화를 이해하는 데 양립하기 어려운 가치가 된 듯하다. 비교적 문학 활동이 길지 않았던 김유정과 같은 작가는 더더욱 그러한 논리에서 벗어나기 힘들다. 문학이 위기라고 하는 이 시점에서 김유정문학촌의 여러 행사들과 노력은 김유정을 현대로 끌어들이는 요긴한 징검다리 역할을 하고 있다. 현대는 장 보드리야르가 말한 시뮬라시옹의 세계이다. 드라마와 영화 등 영상 매체가 우리의 생활을 지배하면서 우리는 문학 속의 가상의 공간을 실제로 보고자 한다. 많은 드라마 세트장이 축제의 중요한 공간이 되는 이유이기도 하다. 사람들은 물론 그것이 가짜이며 허구라는 것을 안다. 그러나 허구가 그려진 그 공간에서 작품이 진행되었던 가상의 공간을 어느새 현실이라고 믿고 마는 것이다. 미미크리의 놀이가 실재처럼 느껴지는 즉 허구가 실제를 대신하는 상상력인 것이다.

김유정의 문학 속의 공간은 실레길 속에서 다시 재현되고 있다. 현대 축제의 시대에는 문학가가 주목한 상징적인 사물이 축제의 중요한 모티프가 된다. 현대 우리 문화에는 놀이성이 발현되는 문화 현상이 매우 증가하고 있는 추세이다. 지방자치단체의 활성화로 인해서 여기 저기 벌어지는 축제들이 그것의 가장 단적인 예가 되고 있다. 향토 특산물을 중심으로 한 문화제, 꽃구경과 같이 그 지방의 관광 상품을 중심으로 한 문화제, 역사적 유적지에 관한 상징성에 기반을 둔 문화제, 그 지방의 역사적 인물 등이 축제의 대상이 되는 다양한 축제 기획물들이 쏟아져 나오고 있다. 심지어 지방 대표 음식물과 같은 먹거리는 중요한 축제의 이벤트가 될 정도이다. 〈이효석 문화제〉, 〈김영랑 문화제〉, 〈미당 문화제〉 등 유명한 작가들의 작품 배경이 되는 고향이 작품 속의 중요한 상징인 꽃과 함께 축제의 장이 되기도 한다. 9월의 메밀꽃이 이효석을 기억하게 한다면, 3월의 모란은 김영랑을 기억하게 하며, 10월의 국화는 서정주와 연결되는 상상력이다. 또한 경기도 양평에는 황순원 〈소나기〉의 테마파크가 건설되기에 이르렀다. 이제 문학은 읽는 행위의 산물이 아니라 보고 느끼는 매체가 된 것이다.

이러한 문화적 흐름 속에서 김유정의 문화 생산성은 재고의 가치가 크다고 할 수 있다. 먼저 김유정을 기억할 수 있는 이야기 공간이 만들어져 있고, 작품의 공간이 되는 실레마을이 조성되었고, 무엇보다도 중요한 상징인 노란 동백꽃이 있다. 현재에도 다양한 문화가 생산되고 있다. 김유정 문학정신이 놀이의 창조적 상상력으로 이어진다는 것에서 시작해서 그간 진행해온 연구들 중 문화 콘텐츠와의 연계 가능성을 중심으로 김유정의 문학을 세 가지 측면에 주목해서 살펴볼 것이다. 게임, 영상, 신화, 비언어 텍스트로 소통되는 김유정 문학의 가능성을 살펴봄으로써 현재뿐만이 아니라 미래에도 여전히 읽힐 수 있는 김유정 텍스트의 가능성을 살펴보고자 한다.

2. 게임과 영상 시대로 소통하는 김유정 서사의 놀이성

김유정 작품의 상당수가 노름과 도박의 모티프가 차용되고 있는데 이러한 현상은 개인의 성향이라기보다는 경쟁과 요행을 바랄 수밖에 없는 사회적 상황 때문이라는 것에 주목해 볼 수 있다. 호이징아는 놀이란 선과 악의 대립 밖에 존재하는 진지하지 않은 활동이며 대신 정해진 시, 공간의 한계 속에서 진행되어야함을 강조한다. 까요와 역시 놀이란 규칙이 있는 활동이며 명확한 시간과 공간을 가진 허구적 활동이라고 주장한다. 까요와의 개념 중 아곤(경쟁)과 알레아(요행)는 작품 「노다지」와 「만무방」을 읽어 가는 중요한 개념이 된다. 아곤이란 텍스트가 충돌하는 규범이나 가치에 중점을 둘 때 일어나는 놀이의 형태인 것이며, 알레아란 상대방을 이기기보다는 운명을 이기는 것을 말한다. 즉 아곤이 개인적 의지의 놀이라면 알레아는 운명에 맡기는 놀이이다.

규칙을 가진 조직적인 게임들은 역할을 부여하고 참가자들에게 행동규칙을 규정함으로써 집단 내의 분화를 극소화시키는 이점이 있다. 조직적 게임들은 게임에 참가하는 이들에게 집단에 대해서 비록 짧은 동안일지라도 작가가 공헌할 수 있고 그들 스스로를 진정한 구성원으로 느끼게 하는 공동의 목표를 설정해준다.[1] 「노다지」는 시간과 공간이 철저히 정해진 게임의 양상을 띠고 있다. 호이징아나 까요와가 지적했듯이 정해진 놀이의 시, 공간에서 등장인물들은 작가의 게임전략에 맞게 행운을 쫓는 불행한 놀이를 하고 있다.

「노다지」에서 벌어지는 텍스트―시간은 정확히 하루이다. 그러나 스토리―시간은 약 1년에 거쳐서 진행된다.[2] 그믐 철야의 캄캄한 밤에 솔숲에서 시작한 이야기가 정확히 하루 후인 똑같은 밤에 같은 숲 속에서 끝나고 있는 것이다. 이와 같이 특정한 배경 설정은 대부분의 독자들에게는 강력한 심리적 동인이 된다. 서사를 읽을 때 우리는 우리가 읽고 있는 이야기가 펼쳐지는 장소를 알고자 하며, 사건이 벌어지는 정확한 장소와 사건에 대한 분명한 공식적 지표들을 보고자 한다. 김유정 소설의 시간과 공간은 텍스트의 놀이를 가능하게 하고 있다.

「만무방」에서 보이는 놀이는 사회, 공간적 상황과 매우 필연적인 연관성을 갖는다. 즉 작품의 공간과 시간이 '요행을 위한 속음과 속임의 게임(알레아와 아곤)'을 자연스럽게 드러내고 있다. 주인공 응칠이와 응오의 속이기 게임이 그것인데, 중요한 것은 이들의 속임수가 생활 방식이나 본성에 기인한 것이라기보다는 어쩔 수 없는 時代的, 社會的 상황

2 수잔나 밀라, 황순자 옮김, 『놀이의 심리』, 형설출판사, 1990, 217~219면.
3 텍스트―시간은 어쩔 수 없이 선조적이어서 〈사실상의〉 스토리―시간의 다선성과 일치할 수가 없다. 그러나 텍스트―시간을 관례적인 스토리―시간, 즉 이상적인 〈자연적〉 연대기와 비교해 보아도, 이 두 가지가 일치해야 한다는 가설적인 〈규범norm〉이 실현된 때는 극히 드물고, 다만 극히 간단한 서사물에서만 지켜지고 있음을 알 수 있다. 시모어 채트먼은 담화―시간과 스토리―시간으로 구분하고 있다. (S. 리몬―케넌, 최상규 옮김, 『小說의 詩學』, 문학과지성사, 1992. 73~74면)

에 기인한다는 것이다. '만무방'이란 응칠이의 삶의 방식(알레아적 삶)을 나타내는 말인데 작품에 명시되어 있다.

'그는 꼭 해야만 할 일이 없었다. 싶으면 하고 말면 말고 그저 그뿐. 그러함어는 먹을 것이 더러 있느냐면 있기는커녕 부쳐먹을 농토조차 없는, 계집도 없고 자식도 없고 방은 있대야 남의 곁방이요 잠은 새우잠이요.'(51면)

하고 싶으면 하고, 말고 싶으면 마는 '만무방'의 묘사가 작품 전체에서 볼 때, 한심하다거나 문제성이 있다고는 한번도 언급되지 않으며, 오히려 만무방이 될 수밖에 없는 필연성에 초점을 맞추고 있다. 사회적 모순을 직접 말하지는 않지만 개인의 태만과 방종만이 만무방의 상태를 가져온 것이 아니라는 것을 말한다.

인물들의 속이기 게임은 아이러니를 수행하는 사람에게 아이러니를 표현하게 한 표현적 아이러니(Verbal Irony)가 아니라 아이러니를 수행한 사람은 없지만 피해자는 있는 아이러니인 상황적 아이러니(Situational Irony)인 것이다.[3] 이러한 아이러니는 당시의 정치적, 경제적 상황과 연관이 된다. 그러나 그러한 아이러니는 당시 사회의 불합리성에 항거하려고 하는 차원이 아니다. 인간이 절박한 상황에 처해 있을 때 벌일 수밖에 없는 삶의 한 형태로 보여 지는 것이다. 따라서 「만무방」에서 요행을 위한 속음과 속임의 게임은 「노다지」에서 자기의 이익을 위해 속이는 아곤의 술책이 아니라, 아무런 해결의 문이 보이지 않은 인물들의 필연적인 삶의 과정이라고 보여 진다. 독자는 그러한 속이기의 과정에서 여러 번 응오가 범인이라는 알리바이를 찾아낼 수 있는데도, 응칠이

---

4 D. C. Muecker, *Irony*, Methuen, 1982, p.30.

의 추리로 동일화되어 버리고 결국에는 독자 역시 응오의 속이기 게임에 속아 넘어가 버린다. 응칠이는 자신이 속았음을 뒤늦게 알게 된 자가당착 유형이다. 즉 늘 지적 우위에 서서 타인을 조정한다고 믿고 있으나, 종국에 가서는 제 꾀에 제가 넘어가서 속임을 당하게 된다. 따라서 응칠이가 동생에게서 느끼는 배신감을 독자 역시 느끼게 된다.

김유정 논의는 사회적이고 역사적인 시대인식으로서 평가되는 견해와 그와는 반대로 역사적이고 사회적인 인식이 결여되었다는 견해로 양분화 되었다. 이러한 이분법적 갈림에 의해 김유정은 리얼리즘 작가가 되기도 하고 순수문학을 추구하는 작가가 되기도 하였다. 그러나 김유정 문학을 영상화한 영화감독 하명중의 〈땡볕〉은 이러한 대립된 논의에 사회비판적인 분명한 시선을 보여줌으로써 김유정의 문학 전반을 사회적 인식이라는 상호텍스트성으로 읽게 해주면서 문학과 영상의 역동적인 관계를 보여준다. 영화 〈땡볕〉과 함께 보는 김유정의 텍스트는 보다 더 큰 사회적 맥락에서 읽혀질 수 있다. 요하임 패히[4]의 영화는 문학의 다른 서술이라는 논의를 확장해볼 때 하명중 감독의 영화는 김유정 문학의 또 다른 문학적 서술로 보이며 문화적 담론으로 텍스트를 확장하는 기능을 한다.

소설 「땡볕」은 부인이 희귀병인줄 알고 병원에 간 덕순이 희귀병이 아니라는 말을 듣고 부인을 지게에 메고 실망해서 다시 병원을 나오는 행동을 아무런 비판 없이 기술하고 있다. 동시에 부인을 지게에 진 채 뜨거운 땡볕 아래를 걷고 있는 덕순의 무거운 발걸음을 독자로 하여금 상상하게 하는 것이다. 여기에서 독자는 웃음이나 해학이 아닌 일종의 슬픔을 경험한다. 이 소설은 김유정 소설에서 해학을 느낄 수 없는 예

4　요하임 패히, 임정택 옮김, 『영화와 문학에 대하여』, 민음사, 1997, 28면.

외적인 작품이며 비판적 리얼리즘이라고 칭할 수 있는 근거가 된다. 그렇다고 그 당시의 다른 리얼리즘 작가들의 작품들처럼 현실에 대한 저항의식을 표면적으로 항변하고 있는 것은 아니다. 단지 우매한 생각을 가진 단순한 주인공들에게서 우리는 시대의 아픔을 느끼는 것이다. 여기에서의 아픔은 조금은 서글프면서 웃음을 동반한 것이라고 할 수 있다. 김유정 작품 대부분에서 느껴지는 유머와 해학, 그리고 삶에 대한 건강한 애정은 이 작품에 와서는 다소 변화를 보인다.

김유정의 작품들에서 사회성이 전혀 보이지 않는 것은 아니다. 작품 전반에서 찾아보면 다음과 같은 것을 예로 들 수 있을 것이다. 작품 「노다지」는 꽁보와 더팔이가 금을 찾아다니는 이야기이다. 금을 차지하기 위한 주인공들의 갈등이 재미난 어투로 그려지고 있고 「만무방」은 응칠이의 만무방적인 삶을 그리고 있다. 응칠이는 동생 응오의 논에 벼도둑으로 오해를 받자 스스로 범인을 찾아 나선다. 그러나 실제 새벽녘에 잡은 범인은 자기 논을 스스로 도둑질한 동생인 것이다. 자신의 논의 벼를 훔칠 수밖에 없는 응오의 비참한 심정을 읽을 수 있는 대목이다. 「봄·봄」은 장인과 사위가 점순을 두고 벌이는 노동착취와 저항이며 「동백꽃」은 사춘기 소년, 소녀의 풋풋한 사랑 이야기를 매개로 한 마름과 소작인의 비애인 것이다. 이처럼 작가 김유정은 작품 사이사이에서 사회적 맥락을 읽을 수 있는 장치를 마련하고 있다. 돈, 계급, 지주의 횡포, 마름과 소작인의 관계 등 사회적 비판의식으로 읽을 수 있는 단서가 있기는 하다. 그러나 이러한 이데올로기도 김유정의 손을 거치면 유머와 해학으로 포장이 된다. 우리는 이러한 김유정 문학의 한 특징을 '엔트로피 세타이어'로 칭할 수 있을 것이다. 엔트로피란 사회적 질서체계를 무너뜨리고 현실의 전통적인 생각을 파괴시키며 획일성을 부식시키는 은유로 사용된다. 전통적인 세타이어가 규범적이라면 엔트로픽 세타이어는 무질서하다. 오닐은 엔트로픽 세타이어를 사회적 무질서에 초점을 두고 사회적이고 도덕적인 규범을 깨려는 속성을 가지는 것으로 정의한다.[5] 우리가 김유정을 엔트로픽 세타이어로 볼 수 있는 근거는 획일적으로 사회문제를 보지 않고 가능한 한 사회의 악화된 문제를 그대로 두어서 혼란스러운 논쟁을 가능하게 하기 때문이다.

영화 〈땡볕〉은 소설 원작「땡볕」과는 상당한 간극을 보여 주고 있다. 영화는 오히려 김유정 작품 전반의 모티프와 주인공들을 한데 집결시켜 놓았다는 표현이 맞을 것이다. 또한 김유정 소설 안의 인물들이 사회에 대해서 비판적 불만을 제기하지 않고 그저 시대를 살아가는 사람들인데 반해서 영화감독 하명중의 주인공들은 계속해서 사회에 대한 비판 의식을 정면으로 드러내고 있다. 영화 〈땡볕〉이 사회적 상호텍스트성 속에서 가지는 의미가 여기에 있다고 할 수 있다. 영화 텍스트는 소설과는 다르게 사회의 다른 텍스트들과의 관계를 강화함으로써 김유정의 텍스트를 사회적 리얼리즘으로 재구성하고 있다. 또한 여성주인공들이 돈이나 물질에 지나칠 정도로 집착하는 것을 보여줌으로써 여성이 현실을 견디려고 하는 의지를 상징적으로 드러내 주고 있다. 소설과는 다르게 인물들의 세계에 대한 대응 방식을 무력한 남성성, 강인한 여성성, 분노하는 민중성 등 세 가지로 분류함으로써 사회적 의미망을 보다 확고하게 구축하고 있다. 또한 소설 텍스트보다 여성성을 강화함으로써 현실 문제를 바로 직면하고자 했다. 영화에서 남성은 퇴치되어야 할 과거이자 부정적 정체성[6]을 가진 반면 현재의 문제 해결의 중심에는 여성이 자리하고 그 여성이 현실을 극복하는 미래의 희망은 자식에 대한 희망으로 드러나고 있다. 바르트에 의하면 부정적 정체성이

5　Oneill Patrick, *The Comedy of Entropy*, University Toronto Press, 1990, pp.142~143.
6　김경용, 『기호학이란 무엇인가』, 민음사, 1994, 196면.

란 사람들이 내가 있다고 생각하는 곳엔 내가 없고, 그들이 내가 없다고 생각하는 곳에 내가 있는 특수한 부재 증명이다. 즉 남성의 자리엔 남성의 권위와 역할이 사라져버림을 뜻한다. 김유정에게 여성이 중요한 것은 이 대문이다. 현실을 극복해나가는 김유정의 여성 주인공의 삶 속에는 신화적 여성성이 현현되고 있는 것이다.

3. 신화의 시대와 소통하는 김유정 인물의 신화성과 놀이성

김유정의 문학을 신화적 상상력으로 풀어본 연구는 기존논의에서 찾아보기 힘들다. 하지만 김유정 문학 전반에 나타난 특이한 가족관과 여성 상상력을 살펴보면 어딘지 모르게 우리 신화들의 이야기 생성 원리와 비슷한 점이 많다는 것을 발견하게 된다. 여기에서는 그러한 상상력의 근간을 찾아서 신화적인 사유체제로 풀어가 보고자 한다. 먼저 김유정의 문학 작품에서 도박이라는 모티브에 주목하기로 한다. 도박의 모티프로 인해 남성인물들의 인생관이 결정되어 있는 경우가 많고 여성인물들의 역할이 결정되는 작품이 많기 때문이다. 「노다지」의 꽁보와 더펄이는 금을 캐서 인생을 바꾸어보고자 하고 「만무방」의 응칠이는 그저 세월가는 대로 먹고 살려고 부인과도 헤어져 인생을 노니는 인물이다. 「솥」의 근식은 마을에 온 들병이에게 빌붙어 살아가려고 하고 「소낙비」의 춘호 역시 부인에게 매매춘을 요구해서 돈을 얻으려 한다. 「금따는 콩밭」의 영식은 수재의 말을 믿고 멀쩡한 콩밭을 모조리 파서 농사를 망쳐버린다. 이러한 노름 기질은 18세기 이후에 성행했다고 전한다. 이이화의 논의를 보면 고려시대나 조선시대에 아내를 걸고 노름을 했거나 도박을 했다는 기록이 『어우야담』을 비롯한 많은 문헌집에 전한다고 말하고 있다. 노름꾼은 일확천금을 노려 농사철이고 뭐고 가리지 않고 며칠 밤을 꼬박 새워 노름을 하는 일이 허다했다.[7]

그런데 이렇게 부인을 두고 도박을 한다는 상상력은 우리의 민간신화에서도 내려오고 있다. "태양신이 된 거지 궁상이"[8]가 바로 이러한 상상력의 모태가 되고 있다. 신화의 이야기를 간략하게 정리하도록 하자. 궁산이는 명월각시한테 반해서 3년의 우여곡절 속에 장가를 든다. 그런데 각시가 너무 예쁘고 좋아서 일은 하지 않고 각시 곁에만 있다. 굶어죽을 지경이 되었는데도 일을 하러 갈 기미가 없자 명월각시는 자신의 초상을 그려주고 나무를 해오게 한다. 나뭇가지에 걸어놓았던 초상화가 아랫마을 배선비네 집으로 떨어진다. 초상에 반한 배선비는 금을 한 배 싣고 궁산이와 장기를 두러 온다. 배선비와 궁산이는 마누라를 두고 내기 장기를 벌이는데 바로 여기에서 궁산이는 지고 만다. 이 사실을 안 명월각시는 하녀와 옷을 바꾸어 입었는데 이미 배선비는 이것까지 눈치 채고 하녀를 데려가겠다고 한다.

그렇다면 궁산이는 혼자서 열심히 살았느냐 하면 그렇지가 않았다. 거지처럼 비렁뱅이 짓을 해서 살아갔는데 명월각시는 이를 안타깝게 여겨 거지 잔치를 열어 남편을 찾는다. 명월각시는 구슬옷을 던져서 옷이 맞는 사람이 자신의 남편이라는 말을 하고 궁산이는 옷을 입게 되고 배선비는 옷을 입고 벗을 줄을 몰라 하늘의 솔개가 되었다. 이렇게 해

<hr>

7   이이화, 『놀이와 풍속의 사회사─한국사 이야기 4』, 한길사, 2001, 143면.
8   조현설, 『우리 신화의 수수께끼』, 한겨레출판, 2006, 99~107면. 〈태양신이 된 거지 궁산이〉의 내용을 정리한다.

서 궁산이는 아내 명월각시 덕에 잘 살다 죽어 일월신이 되었다. 우리
가 궁산이 신화를 재미있게 보는 이유 중의 하나가 아내 없이는 아무것
도 못하는 무력한 남성의 이미지를 보기 때문이다. 김유정의 인물 상상
력이 이러한 궁산이 신화에 닿아 있다는 것이 바로 무능한 남성성과 가
정을 지키고자 하는 양성성의 여성성 때문이다. 아내 덕에 살고 그도
부족해서 아내를 팔고 아내 때문에 겨우 생계를 유지하는 인물들인데
이는 김유정이 시대를 해석해 내는 남다른 관점이었을 것이다. 신화 속
인물과 김유정의 인물이 필연적인 상관성이 있다는 것을 강조하기보
다 우리 문학의 상상력이 서로 교호하고 있다는 것에 주목하고자 한다.
　김유정 작품의 「소낙비」를 통해 아내를 건 도박의 상상력과 「산골나
그네」를 통해 부족한 남편을 거두는 여인의 이미지를 살펴보도록 하자.
이 두 소설은 궁산이 신화의 상상력에 닿아있다고 볼 수 있다. 아내를
건 도박의 상상력은 작품 「소낙비」에서 다음과 같이 나온다.

　　요사이 며칠 동안을 두고 요 너머 뒷산 속에서 밤마다 큰 노름이 벌어지는
　기미를 알았다. (…중략…) 이 원이 조화만 잘한다면 금시 발복이 못된다고
　누가 단언할 수 있는가. (…중략…) 「너 이년, 매만 살살 피하고 어디 가 자바
　졌다 왔니?」 (…중략…) 「바루 곧 와 응?」 하고 남편은 그 이원을 고히 받고자
　손색 없도록 실패 없도록 아내를 모양내 보냈다.

　춘호는 자신의 노력으로 살아가려고 하지 않고 부인에게 이원을 만
들어 달라고 조르는 한심한 인물이다. 그는 김유정 소설의 다른 주인공
들이 가지는 한탕주의적인 일련의 주인공들 중 하나로 읽힌다. 생활고
때문에 거침없이 부인과 헤어지고 부인보다 더 능력 있는 들병이에게
빌붙어 자신의 부인을 속이고 떠나는 그런 무책임한 형상을 작품 「소낙

비」는 이어가고 있다. 급기야 부인을 도박밑천을 위해 팔아치우는 형
국까지 이어지는 것인데, 이는 「궁상이굿」에서 궁상이가 배선비에게
자신의 부인을 걸고 하는 도박의 상상력과 맞닿아 있다. 그러나 그의
부인은 자신의 남편을 원망하거나 질책하지 않고 인고한다. 이는 궁상
이 부인이 자신의 남편을 위해 소 한 마리로 남편의 먹을 것을 옷으로
준비해두고 떠날 정도로 극진히 남편을 모시는 것과 비슷하다. 무능한
남편을 위해 손수 구슬 옷을 만들어 거지잔치를 열어 남편을 찾는 명월
각시는 옷을 통해 남편의 지위를 찾아주고 있다. 자신의 희생을 참고
견디며 남편을 위해 잔치와 옷을 마련하는 것은 무너진 가족을 세우고
가장에게 다시 지위를 부여해주는 상징적 의미를 가진다.

　「산골 나그네」의 서사 구조는 명월각시의 남편 찾기 상상력이 엿보
인다고 하겠다. 어느 날 덕돌 어미와 덕돌이 사는 산골 마을 주막에 오
갈 데 없이 배고픈 나그네가 찾아든다. 나그네의 풍행이 마음에 들었던
덕돌 어미는 덕돌과 혼례를 치러주고 옷이며 은비녀며 은가락지를 해
주고 마치 금덩이처럼 귀하게 여긴다. 덕돌은 남루한 의복은 밖에서 입
고 집에서는 "인조견 조끼, 저고리, 새하얀 옥당목 겹바지는 집에 돌아
와 쉴 참에나 입는다. 잘 때에도 모조리 벗어서 더럽지 않게 착착 개어
머리맡에 위에 놓고 자곤 한다." 그런데, 어느 날 밤 그 아끼던 덕돌의
옷과 자신의 옷가지를 모두 챙겨서 나그네는 떠나버린 것이다. 그 나그
네가 찾아가는 곳은 냇가에 외지게 잃어진 오막살이이다. 그곳엔 신음
하는 그녀의 진짜 남편이 허름하고 남루한 모습으로 거적을 쓰고 누워
있다. 그녀는 자신이 가져간 옷을 입혀 그를 부축해서 길을 떠난다. 명
월각시는 어쩔 수 없이 배선비를 따라 나서지만 자신의 남편을 구하기
위해 구슬 옷을 만들고 그 옷을 입힘으로써 자신의 남편을 되찾는다.
명월각시의 구슬옷으로 인해 궁산이는 태양신의 자리에 오르게 된다.

김유정의 「소낙비」의 나그네는 자신의 남편을 구하기 위해 일부러 산골 주막에서 떠돌이처럼 생활하면서 거짓 결혼까지 한다. 자신의 남편을 위해 덕돌이 아끼는 귀한 옷가지를 가지고 도망 나와 결국 자신의 남편에게 입혀 길을 떠난다. 여기에서 옷의 상징성은 크다. 배선비는 옷이 맞지 않아 결국 자신이 가졌던 것을 모두 잃게 된다. 그러나 궁산이는 명월각시가 준 옷으로 인해 태양신까지 된다. 그렇다면 옷은 그 사람의 존재를 사회에 환원시켜주는 의미를 가진다고 볼 수 있다. 「산골 나그네」의 나그네가 남의 옷을 훔쳐와 자신의 남편에게 입히는 것은 자기 남편에게 사회적 존재 의미를 가지게 하는 상징적 의미일 것이다. 궁상이 부인 명월각시와 김유정의 「산골 나그네」의 나그네는 가족의 근간을 지키려는 여성 신들의 현현(epiphany)이라고 부를 수 있다.

김유정의 「소낙비」에서는 기생하는 남성과 매춘당하는 여성이 등장한다. 급기야 춘호의 도박을 위해 춘호처는 매춘을 강요당하는 것이다. 하지만 이 무능한 남편은 부인에 의해 버려지지 않는다는 것이다. 「소낙비」의 나그네는 이런 무능하고 병든 남편을 위해 거짓 결혼을 감행하고 남편을 위해 옷 도둑질까지 해야 하는 운명을 인내한다. 우리 근대문학의 여성상은 무엇을 함의하는 것인가. 근대의 여성상에 어떠한 기의가 함축되어 있는가. 신화의 상상력이 일말의 해석의 단초가 될 수 있을 것이다.

우리 신화에서 여성성과 남성성은 서양신화와는 상당히 다르게 나타난다. 서양 신화 속의 여성은 지극히 모순적인 의미를 가진다. 창조신화를 보면 어머니의 질서에서 아버지의 질서로 바뀌어가면서 여성신화는 가부장제적 질서와 남성이데올로기에 맞도록 변형되었다. 태초에 대지 가이아 여신이 세상을 창조하였고 동양의 경우 여와 여신이 인간을 창조하였다. 서양에서 제우스를 숭배하던 집단이 들어오기 이

전에 그리스에는 가이아와 같은 대지모신을 받들던 집단이 있었다. 그러나 어느새 신화에서 여신들은 그 역할이 축소되어 버렸다.

신화 속의 여성에 대한 논의를 할 때 한국 신화에 나타난 여성의 역할은 매우 특이한 모습을 보인다. 한국 신화의 남신들은 유랑민처럼 등장한다. 터주신으로 유명한 막막부인은 하늘나라의 집을 짓기 위해 떠난 황우양씨를 지조와 현명함과 인내로써 기다린다. 그리고 황우양씨가 성주신이 되는데 지대한 공을 쌓는다. 사랑의 대명사인 자청비 역시 떠나버린 문도령을 찾는 역할을 하고 천지의 질서를 잡은 소별왕과 대별왕의 어머니인 총명부인은 천지 왕이 떠난 후에 자식들을 돌보며 집을 지킨다. 당금애기 역시 시준님이라는 남성신에게 쌀 세 톨을 받고 아들 셋을 낳고 키우면서 갖은 고초를 겪으며 영웅으로 유명한 강림도령도 부인의 헌신이 없었다면 결코 염라대왕을 잡아올 수 없었을 것이다. 바리공주는 아버지의 버림에도 불구하고 자신의 부모를 살리는 존재로 나오며 한락궁이의 엄마인 원강암이는 남편 원강도령의 서천국 행으로 혼자서 많은 시련을 당하면서도 자식과 부부의 정절을 지켜낸다. 우리 신화에 보이는 여성신은 하나같이 막막부인처럼 자리를 지켜주고 사랑을 지켜 주는 터주신 역할을 한 셈이다.[9]

김유정 문학의 상상력을 근간으로 사회 문화적인 측면에서 살펴볼 때 남성들은 현실의 난맥상태를 나타내는 기표들이라고 할 수 있는데 이들을 구제하는 유일한 힘은 여성성(sexuality)뿐이다. 로버트 A. 존슨[10]에 의하면 황금양털을 획득하기 위한 프시케의 모험정신은 본능적이고 무의식적인 단계가 아니라 여성의 위대한 발견이라고 한다. 프시케는 갈대의 도움으로 해질녘 양이 자주 다니는 길목에 가서 가시나무나

---

9   신동흔, 『살아있는 우리 신화』, 한겨레신문사, 2004.

10 로버트 A. 존슨, 고혜경 옮김, 『신화로 읽는 여성성 She』, 동인, 2006, 104~105면.

낮은 나무에 걸려 있는 황금양털을 모은다. 이것은 기존의 남성 신화가 황금양털을 찾기 위해 사움을 해야 했던 것과는 다른 새롭고 지혜로운 방법이라는 것이다. 이러한 해석의 연장선상으로 고혜경[11]은 우리의 전래 동화 「콩쥐팥쥐」와 「심청전」을 여성신화적인 방법으로 해석해 냈다. 심청은 "태양신 거지 궁상이"의 모티브를 그대로 드러내고 있는데 아버지 심봉사의 눈을 뜨게 한 것은 여성성의 회복으로 가능하다는 것이다. 심청은 연꽃을 상징하는데 진흙탕 속, 흔들리는 물 위에서 정제된 아름다움을 가지고 피어나는 꽃이다. 연꽃으로 태어나는 심청이는 참 자신의 발견으로 자기 안에 만개한 생명의 힘을 마음껏 발하는 완전한 여성의 탄생을 의미한다. 콩쥐 역시 여성성을 획득한 진정한 여성영웅이라고 주장한다. 콩쥐는 여러 가지 어려운 난관을 극복하고 콩쥐 내면의 영웅적 세계관을 발견하는 인물이기 때문에 신데렐라 콤플렉스의 여성상을 보이지 않는다는 것이다. 콩쥐를 도와준 소, 두꺼비, 참새 등은 구원의 사자가 아니라 콩쥐 안에 처음부터 존재한 여성성의 동력이라고 할 수 있다. 이러한 여성성의 회복으로 콩쥐는 세상에 대한 너름과 깊이를 보여준다,

여성의 관용과 용서는 신화 속의 여성성을 가장 잘 보여주고 있다. 심청이는 자신을 팔아버린 아버지를 구원하는 역할을 하고 바리공주 역시 버려지지만 부모를 위해 저승길을 선택해서 망자를 살려내는 역할을 한다. 바리공주가 생명탄생과 죽음의 두 문제를 모두 관장하는 것은 원시 대지모신의 상상력과 맞닿아 있다[12]는 논의는 신화의 여성성을 읽을 수 있는 대목이다. 여성성이란 자신의 내면의 아니무스(남성성)에 대항해서 자신의 진정한 아니마(여성성)를 발견하고 현실을 당당하게

---

11 고혜경, 『선녀는 왜 나무꾼을 떠났을까』, 한겨레출판, 2006. 31~90면.
12 김명호 외, 『한국의 고전을 읽는다』, 휴머니스트, 2006, 41~55면.

맞서가는 모습이라고 할 수 있다. 신화에서 발견하는 여성성이란 현재
를 극복하고 현실의 비극을 보듬어서 미래를 꿈꿀 수 있는 힘이라고 할
수 있다.

　김유정의 여성성은 신화적인 상상력으로 바라볼 때 우리 신화의 시
련을 감내하는 전통을 그대로 보여주고 있다. 그러나 이들 여성의 삶을
들여다보면 김열규가 말하는 도깨비의 원형에도 닿아있는 상상력임을
알 수 있다. 동화 속에 나오는 도깨비 중 예쁘게 생긴 여자가 등장하는
이야기가 있다. 이 여자 도깨비는 어리석은 인간을 위해 많은 것을 가
르치고 온갖 보물을 준다. 그리고 인간세계로 남자를 보내지만 바보스
러운 인간의 남자는 계속 도깨비 여인에게 돌아오는 이야기이다. 도깨
비의 원형적 상상력이 어떻게 이들 작품에 등장하는가. 허생원에게 하
룻밤의 일은 "생각하면 무섭고도 기막힌 밤이었어"라고 회상하게 한다.
그리고 그 하룻밤은 반평생 동안 허생원의 반복되는 시간 속에서 새롭
게 되살아나는 것이다. 그에게 성서방네 처녀는 현실의 로맨스라기보
다는 도깨비에 홀린 듯한 비현실적인 하룻밤의 일이었던 것이다.

　이상의 「날개」의 아내 역시 나에게는 늘 도깨비 같은 존재이다. 나의
무력함에 비하면 아내는 도깨비 방망이를 가진 것이나 다름없다. 무슨
직업인지 몰라도 외출도 하고 돈도 벌고 내객도 있으며 밥도 짓는다.
그러나 나와는 의사소통이 단절된 세계의 사람이며 그래서 자신의 부
부를 숙명적으로 "절름발이"라고 부른다. 「산골나그네」의 나그네 역시
도깨비 신부의 원형을 지닌다. 어디선지 모르게 홀연히 덕돌 모자가 사
는 산골에 와서 며칠 동안 함께 살고 결혼까지 해주고 어느 날 홀연히
자취를 감추어버리는 것이다. 덕돌 어미와 덕돌은 그야말로 도깨비에
홀린 셈이다. 자신들이 아끼는 옷가지며 패물을 모두 가지고 떠나버린
나그네의 정체는 그야말로 미궁이기 때문이다. 왜 떠났는지, 어디로 갔

는지 그들에게는 전혀 정보가 제공되지 않는다. 이러한 여성성과 도깨비 이미지는 김열규[13]가 지적한대로 한국인의 콤플렉스이자 그림자라는 기의를 통해 해석이 용이해질 것이다. 당시 근대화에 소외된 인간상들의 콤플렉스이자 그림자가 도깨비 여성상으로 기표화된 것이라 볼 수 있다. 이러한 도깨비 같은 여성상을 통해서 근대화의 삶의 편린들을 상징적으로 드러내고자 한 것으로 읽혀진다.

4. 비언어 텍스트와 소통하는 김유정 문학의 열린 상상력

게임과 놀이 상상력과 신화 상상력에 이어 현란한 비보이들의 공연을 보면서 김유정 문학의 놀이 상상력을 떠올릴 수 있다. 우리는 〈비보이를 사랑하는 발레리나〉를 보면서 현대판 우리문화의 도깨비 정신을 읽은 데서 김유정을 상상해 볼 수 있다. 위에서 언급한 김열규는 '도깨비에게 날개를 달아 준다'는 상상력을 펼침으로써 우리 문화의 창조성을 강조하였다. 그에 의하면 도깨비는 한국인의 콤플렉스이자 그림자이며 문화의 트릭스터 역할을 담당하면서 축제적 기능도 함께 가지고 있음에 주목하였다. 또한 도깨비는 의인화된 그로테스크의 표상으로서 이질화의 기호작용을 수행한다고 주장한다. 강은혜[14]는 〈난타〉의 원형ᄌ 상상력을 두두리 도깨비 방망이의 원형에 연결시킴으로써 도

---

13 김열규, 『도깨비 날개를 달다』, 한국학술정보, 2003.
14 강은혜, 『한국 난타의 원형, 두두리 도깨비의 세계—도깨비 설화의 시작』, 예림기획, 2003.

깨비정신이 우리문화의 창조적 생산 동력이 되고 있음에 주목한 바 있다. 우리 문학에 있어서 그로테스크적 상상력, 트릭스터적 요소, 카니발적 상상력을 두루 갖춘 작가는 단연 김유정을 들 수 있을 것이다.

김유정 문학을 유머와 해학에서 한발 더 나아가 그 작품의 세계를 놀이적 상상력(Ludic Imagination)으로 읽어보았다. 그러나 놀이와 게임의 문제는 인물들 간의 세계관에만 관심을 가지는 한계를 가지며 문화 컨텍스트로 확장해서 볼 수 없게 했다. 따라서 김유정 문학을 연구함에 있어서도 여러 가지 풀리지 않는 문제들이 여전히 남아 있었다. 예를 들면, 미완성된 결말구조, 전복적이고 전도된 인물구성 방식, 수없이 난무하는 속임수 드 명확히 입증할 수 없는 아쉬움들이 있었다. 그 연구의 실마리를 비언어 문화콘텐츠인 〈비보이를 사랑한 발레리나〉를 통해 풀어가 보고자 한다.

〈비보이를 사랑한 발레리나〉와 김유정 문학의 상상력을 상호 비교하는 첫 번째 근거는 '그로테스크한 상상력을 통한 놀이성' 이 두 작품에서 공통적으로 보인다는 데 그 단서를 찾겠다. 김유정 문학에서 인물들의 정신적인 세계관은 그로테스크한 특징을 가진다. 이를테면, 매우 비정상적인 발상을 하는데도 그것이 매우 일상적이거나 정상적으로 인식되는 부조화의 상태를 보여주기 때문이다. 비보이들 역시 그로테스크의 전형적 특징인 지나침과 과장된 몸짓을 통해 자신들의 정신적 세계를 펼쳐 보이는 것을 알 수 있다. 비보이는 발생부터가 그로테스크한 태생이다. 상대방을 누르기 위해 춤을 추었던 것이 서로를 이해하는 화해의 장이 되고 있기 때문이다. 필립 톱슨[15]이 말한 대로라면 아마도 비정상성에 해당되는 개념이다. 두 번째, 김유정 문학의 주인공들은 전

---

15 Phillip Thomson, 김영무 옮김, 『그로테스크 The Grotesque』, 서울대 출판부, 1986.

형적인 트릭스터들이다. 그들의 주 특기는 속임수를 쓰거나 거짓말을 잘 하고 도망을 잘 친다. 〈비보이를 사랑한 발레리나〉 역시 말이 없는 무언극이지만 그 서사적 세계관은 트릭스터들에 의해 진행된다. 수많은 비보이 친구들, 힙합 친구들, 걸스 힙합들, 팝핀, 락킹, 발레리나 친구들 등 등장인물들은 하나같이 트릭스터의 역할을 수행한다. 말이 없는 서사진행에 춤과 트릭스터적 상상력은 극을 진행시키는 추동력이 되고 있다. 세 번째, 우리는 김유정 문학에서 자주 보이는 열린 구조인 결말을 축제적 상상력으로 풀어볼 수 있는 단서를 찾을 수 있다. 바흐친이 말한 축제의 본질은 상하와 수직의 세계가 전도되고 전복되는 상황이라고 할 수 있는데, 김유정의 결말 상상력은 그러한 축제의 본질이 잘 구현되고 있다. 〈비보이를 사랑하는 발레리나〉 역시 고급문화를 담당하던 발레리나가 발레 옷을 벗어던지고 비보이가 되는 전복된 상상력을 구현하고 있다. 이 세 가지 비교를 통해 문화적 코드로 김유정을 읽는 계기가 마련될 것이며 동시에 〈비보이를 사랑하는 발레리나〉가 문학적으로 읽히는 상호텍스트적인 문화 해석이 가능해질 것이다.

〈비보이를 사랑하는 발레리라〉는 엄연히 비언어적 텍스트이고, 김유정의 문학은 언어적 텍스인데, 이 둘을 상호 비교하는 근거는 놀이성과 축제성이라는 두 작품의 구현 정신에 말미암는다. 그렇다면 먼저 놀이성이란 근본적으로 어떠한 속성을 가지는가. 이 두 작품에 등장하는 놀이성의 가장 큰 특징은 등장인물들 간의 팽팽한 경쟁과 게임의 관계를 우선적으로 꼽을 수 있을 것이다. 김유정의 주인공들은 끊임없이 속고 속이는 관계를 보이거나 경쟁적 게임의 상태에 머문다. 이들은 게임의 방법으로 경쟁적인 아곤의 상황을 펼쳐 보이거나 남의 운명을 모방하는 미미크리의 상황을 재현하기도 하고, 실제로 운명 자체를 알레아 즉 운에 맡기는 경향을 보인다. 또한 문제를 해결하는 과정에서 논리적

이거나 합리적인 결말 구조는 존재하지 않는다. 마치 놀이동산에 후룸라이드처럼 아찔한 급강하의 상황이 연출될 뿐이다. 일종의 혼절인 일링크스적인 상황 전개 방식을 보인다.[16] 이러한 놀이성은 한마디로 경쟁적 인물관계에서 비롯된다. 〈비보이를 사랑하는 발레리나〉 역시 인물들 간의 이러한 경쟁 관계와 베틀 경기장의 상상력이 주를 이룬다. 이 두 작품의 놀이성이 성립하는 지점이다. 그렇다면 축제성은 어떤 식으로 구현되는가. 다성성을 이야기했던 바흐친의 논리가 이 두 작품에 보인다고 하겠다. 김유정 문학에는 기존 질서를 무너뜨리려는 민중의 수많은 목소리가 다성적으로 들린다. 상. 하의 구분이 우스워지고, 성과 속의 개념이 뒤섞이고, 불경스러움이 공손함 안에 혼재되어 있어서 가치가 전도되는 축제화의 과정을 겪는다. 반면, 〈비보이를 사랑한 발레리나〉는 몸의 다성성이 보인다. 비보이 정신은 기존 질서와 권위를 벗어버리고 자유로운 춤의 정신으로 새로운 질서를 잡고자 하는 문화 움직입니다. 그 정신 자체가 축제적이다.

트릭스터와 연결시키는 상상력은 정신에 있어서는 방랑자적 기질을 가진다는 점에 주목한다. 트릭스터는 거짓말쟁이 이면서 도둑과 변신의 천재이며, 성스러움과 속된 것을 섞는 자이다. 트릭스터들은 믿음, 고정 관념을 휘저어놓고 뒤집어 놓는다. 그는 모든 금기를 넘고자하는 자이며 질서를 무시하려는 자이다. 인간의 내면에는 일종의 트릭스터라는 그림자가 존재한다. 그림자의 유혹에 넘어가 금기를 넘고자 할 때 모든 사람은 일종의 트릭스터가 될 수 있다.[17] 트릭스터는 가치 측면에

---

16 Roger Caillois, 이상률 옮김, 『놀이와 인간』, 서울 : 문예출판사, 1994. 아곤, 알레아, 미미크리, 일링크스는 로제 까요와가 놀이를 범주화 한 용어이다. 일링크스는 혼절된 인간의 놀이 심리상태를 말한다.
17 최정은, 『트릭스터─영원한 방랑자』, 휴머니스트, 2005, 135면. 334면.

서는 양가적 속성을 가진다. 연쇄적 우발성 안에서 이질적인 것들을 융합하고 연결하는 속성을 가진다. 태초의 신화로 거슬러 올라가면 제우스에게 불을 훔친 프로메테우스와 도둑과 여행의 신인 헤르메세가 트릭스터의 시조라 해도 무방할 것이다. 〈캐리비언의 해적〉 시리즈로 인기를 얻은 "잭 스페로우"라는 인물은 그야말로 양가적 속성을 유감없이 보여주는 트릭스터이다. 항상 어디로 튈지 모르는 어린아이 같은 영혼의 소유자이면서 불의에 두 손을 불끈 쥐다가도 무서운 사건이 벌어지면 나 몰라라 꽁무니를 빼며 도망쳐버리는 겁쟁이의 속성까지 헤르메세의 정신을 그대로 현현하고 있는 인물이 "잭 스페로우"라는 인물이다. 그는 질서와 규범에 얽매이지 않는다. 그는 현대인의 마음속에 그림자처럼 살아있는 트릭스터적인 속성을 유쾌하게 밖으로 표출해 보이기 때문에 현대인들에게 사랑을 받는 것이라 여겨진다.

　그렇다면 〈비보이를 사랑하는 발레리나〉와 김유정으로 논의를 돌려 이 트릭스터적인 요소가 작품을 어떻게 발전시키는지 살펴볼 수 있다. 비보이들은 그 자체로서 문화의 트릭스터들이다. 자유로운 방랑자적 정신의 실현을 보여주는 문화 상징 코드이기 때문이다. 기존의 기성 질서를 넘어서 새로움의 정신으로 무장한 젊은이들이 자유로운 몸동작을 통해 새로움을 향한 욕망을 보여주기 때문이다. 비보이들은 각각이 고유한 특징을 가진 트릭스터들이다. 동료들의 춤동작을 보면서 늘 고정 관념을 깨뜨리려고 경합을 벌이며 항상 새로움에 도전한다. 그들의 세상보기는 고정되지 않는다. 뒤집어보기, 옆으로 보기, 꼬아서 보기, 재주넘어서 보기, 머리 흔들어 보기, 물구나무서서 보기, 한쪽 팔로 지탱해서 아슬아슬하게 보기 등 변형된 세상보기의 끝없는 연속 과정을 보인다. 여기에는 춤에 대한 고정 관념이 있을 수가 없다. 가장 대표적인 트릭스터는 발레리나라고 할 수 있다. 그녀는 자신의 내면의 금기와 처절하게 싸우는 광경을 보인다. 꿈속의 관경을 묘사한 그로테스크한 괴물들의 형상은 그 자체가 트릭스터들이다.

또한 이 무언극의 가장 큰 특징 중의 하나는 관객과 배우가 함께하는 전용극장이라는 것이다. 이 공연을 단순히 춤을 통한 자유로운 정신의 발현이라는 측면에서 더 발전적으로 독해하게 하는 것에는 여러 가지 서사 장치가 얽혀있다. 그중 가장 큰 특징 중에 하나가 익살스러운 재담꾼인 취발이 같은 인물의 공연 이끌기가 있을 수 있겠고 무대 밖에서 자유롭게 무대를 침범하는 "야야, 지금 아니잖아"라는 유일한 대사를 하는 무대 밖의 트릭스터가 있다. 무대 밖에서 들리는 이 말 때문에 관객은 무대와 관객의 지위에 일종의 착종현상을 경험한다. 마치 무대는 관객이고 그들은 잘못 끼어들어온 불청객이 되는 주객전도의 상황을 경험한다. 이러한 상상력은 모두 트릭스터적인 속성이다. 또한 규범적인 극 진행자가 없다는 것도 트릭스터적인 상상력을 발휘한다. 누구나 주인공이 되며 누구나 끼어들 수 있다는 논리가 성립한다. 중심과 주변의 해체를 주장한 데리다의 문화 논리가 이 비보이 공연에서 실현되고 있는 것이다. 누구나 주인공이 되고 언제든 주변인이 되는 이들의 문화는 항상 중심적 상징 위주로 돌아가는 현실에 대한 차가운 비꼼이라 보인다. 비보이들은 끊임없이 변신과 진화를 거듭하는 문화의 트릭스터들이다. 고정된 동작과 모방적 행위는 그들에게 있을 수 없는 것이다. 비보이는 더 이상 성별의 구별도 인정하지 않는다. 비걸의 등장이 이를 잘 설명해주고 있다. 뉴욕의 뒷골목 문화가 한국 젊은이들의 꿈을 표현하는 상징적 춤사위가 되고 심지어 현대 한류의 대표 상품이 되고 있다. 이러한 변화와 진화의 도전정신이 바로 끊임없이 방랑을 하는 문화 영웅의 정신인 트릭스터의 영혼과 일치한다고 할 수 있다.

카니발적 상상력은 이 두 작품의 갈등의 해결 방법과 결말 구도에 집중되어 풀어가야 할 논의이다. 사실 축제의 개념 안에 그로테스크적 상상력과 트릭스터적 인물형은 구현되는 하위 개념들이다. 하지만 이 장에서는 실제 축제가 아닌 비언어텍스트와 언어텍스트에서 축제적 상상력을 찾는 과정이므로 따로 분리해서 연구되어야 하겠다. 실제로 문학의 카니발화는 바흐친이 라블레의 세계를 분석했던 긴요한 도구였다. 바흐친에 의하면 축제는 이념간의 대립이 아니라 모두가 주체가 되며 서로 소통되는 상태를 추구한다. 이러한 속성을 다중적 언어성(Heteroglossia)이라 칭하고 있다. 희화화되고 거꾸로 뒤집힌 세상이 축제에서 구현될 것이며 그 안에는 그로테스크한 미학이 발생한다. 축제는 닫힌 구조가 아니라 열린 또는 채워지지 않은 상태이며 주어진 틀에서 벗어나려는 자유의지의 몸짓이라 할 수 있다.[18] 일찍이 바흐친은 이러한 축제의 기능을 전복적 상상력이라 칭한 바 있다. 이러한 과정을 통해 사회의 질서는 해체되고 재조정된다. 로버트 스탬은 축제는 추상적이고 관념적인 것들과 고귀하고 정신적인 가치를 가졌다고 믿어지는 요소들을 모두 세속적으로 변형시킨다고 주장하였다.[19] 축제는 권위를 허물고 패러디하는 속성 또한 가진다.

〈비보이를 사랑하는 발레리나〉와 김유정의 문학을 축제적 상상력 즉 카니발적 상상력으로 보려는 데는 세 가지 근거에 따른다. 그로테스크적 상상력은 본질적으로 카니발적 상상력으로 이어진다. 그로테스크와 패러디가 거침없이 난무하는 삶은 근본적으로 카니발적 삶이라 칭할 수 있다.[20] 최문규는 라이너 바르닝의 축제의 정의를 인용하면서 축제가 기존 질서의 긍정적인 고양이며 현실 옹호인지 아니면 규범파

---

18 이상룡, 「'또 다른 세계'를 비추는 거울」, 『축제와 문화』, 연세대 출판부, 2003, 78~88면.

19 로버트 스탬, 원용진 옮김, 「바흐친과 대중문화비평」, 『바흐친과 문화이론』, 문학과지성사, 1997.

20 최문규, 「"축제의 일상화"와 "일상의 축제화"—축제에 대한 (포스트)모더니즘적 접근」, 『축제와 문화』, 연세대 출판부, 2003, 113면.

괴적인 현실 파괴인지에 대한 질문을 내놓고 있다. 본고는 〈비보이를 사랑하는 발레리나〉와 김유정 문학의 카니발적 상상력은 이 두 가지의 절묘한 조합이라고 부르고 싶다. 일단 이 두 작품의 형식은 현실 전복적인 상상력을 가지지만 궁극적으로 현실을 따뜻하게 바라보게 만드는 순기능을 가진다.

5. 나오며

　김유정의 문학을 게임, 영상, 신화, 문화콘텐츠 등과 연계해가면서 여러 측면에서 살펴보았다. 이는 다소 작위적인 연구임을 인정한다. 문학이 시대의 정신에 맞게 재독될 수 있으려면 문학의 다시읽기(rereading)는 영원한 과제일 수밖에 없다. 특히, 김유정과 같은 작가의 경우 일찍 세상을 떠났기 때문에 우리가 만나볼 수 있는 작품의 수는 그다지 많지 않다는 안타까움이 그러한 필요성을 더욱 부채질 한다. 우리 시대에 김유정 읽기는 새로운 상상 시대의 언어로 새롭게 읽혀야 할 것이다. 작품의 정신을 다양한 스펙트럼에 비추고 다양한 리트머스용지에 투과해 봄으로서 해석의 다양함이 존재하도록 해야 할 것이다.

참고문헌

강은혜, 『한국 난타의 원형, 두두리 도깨비의 세계―도깨비 설화의 시작』, 예림기획, 2003.

고혜경, 『선녀는 왜 나무꾼을 떠났을까』, 한겨레출판, 2006.

김경용, 『기호학이란 무엇인가』, 민음사, 1994.

김명호 외, 『한국의 고전을 읽는다』, 휴머니스트, 2006.

김열규, 『도깨비 날개를 달다』, 한국학술정보, 2003.

신동흔, 『살아있는 우리신화』, 한겨레신문사, 2004.

이상룡, 「'또 다른 세계'를 비추는 거울」『축제와 문화』, 연세대 출판부, 2003.

이이화, 『놀이와 풍속의 사회사―한국사 이야기 4』, 한길사, 2001.

조현설, 『우리 신화의 수수께끼』, 한겨레출판, 2006.

최문규, 「"축제의 일상화"와 "일상의 축제화"―축제에 대한 (포스트)모더니즘적 접근」,
　　　『축제와 문화』, 연세대 출판부.

최정은, 『트릭스터―영원한 방랑자』, 휴머니스트, 2005.

표정옥, 「〈비보이를 사랑한 발레리나〉와 김유정 문학의 놀이성과 축제성 연구」, 대구가톨
　　　릭 인문과학연구소, 2008.6.30.

표정옥, 「근대문학에 나타난 신화적 상상력 연구」, 시학과언어학회, 2007.6.30.

표정옥, 「김유정 소설에 나타난 사회적 엔트로피와 놀이성―〈노다지〉「만무방」〈봄·봄〉을
　　　중심으로」, 현대소설연구, 2004.3.

표정옥, 「놀이의 서사시학」, 서강대 박사논문, 2003.

표정옥, 「상호텍스트성에 의한 소설텍스트 재구성으로써 영상화」, 인문논총, 2007.6.30.

로버트 스탬, 원용진 옮김, 「바흐친과 대중문화비평」, 『바흐친과 문화이론』, 문학과지성사,
　　　1997.

로버트 A. 존슨, 고혜경 옮김, 『신화로 읽는 여성성 She』, 동인, 2006.

수잔나 딜라, 황순자 옮김, 『놀이의 심리』, 형설출판사, 1990.

요하임 페히, 임정택 옮김, 『영화와 문학에 대하여』, 민음사, 1997.

Roger Caillois, 이상률 옮김, 『놀이와 인간』, 서울 : 문예출판사, 1994.

D. C. Muecker, *Irony*, Methuen, 1982.

Oneill Patrick, *The Comedy of Entropy*, University Toronto Press, 1990.

Phillip Thomson, 김영무 옮김, 『그로테스크 The Grotesque』, 서울대 출판부, 1986.

S. 리몬—케넌, 최상규 옮김, 『小說의 詩學』, 문학과지성사, 1992.

문화콘텐츠 '김유정', 다시 이야기하기

캐릭터성과 스토리텔링을 중심으로

이상진

1. 김유정 문학의 콘텐츠 가치

지난 세기 중반 이미 죽음이 선언된 '문학'은, 21세기 들어 새롭고 다양하게 변형되는 것을 통해서나 독자 대중의 곁에 존재하고 있음을 우리는 매순간 확인하고 있다. 이제 문학은 소비자(독자)가 원하는 방식으로 해석되고 재가공되고 활용될 수밖에 없는 운명에 처했다. 문학연구자들 역시 문학의 죽음을 애도하는 대신 다른 방식으로 새로운 문화콘텐츠로서의 문학의 부활을 지켜보아야 한다는 사명감과 마주하게 되었다. 문학에 대한 새로운 인식과 접근, 원자료의 문학적 가공과 변주 과정에 적극적으로 참여하는 것이 불가피해진 것이다. 이 연구는 이런 자각과 더불어, 전문적인 문학 연구에서 대중화까지의 거리를 좁히기 위한 연구자의 역할과 그 가능성에 대해 점검해보려는 소박한 의도에서 시작되었다.

그런 의도에서 한국문학 콘텐츠를 바라볼 때, 학생부터 일반 성인에게까지 가장 친근하고 매력적인 작가 중 하나가 바로 김유정이다. 작품 활동 겨우 5년, 단편 소설 31편과 몇 편의 수필로 우리나라 근현대 문학사는 물론, 까다로운 프랑스까지도 들썩이게 한[1] 그의 작품은 탄생 100년을 넘어 여전히 그 가치를 인정받고 있다. 뿐만 아니라, 수백 편의 연구 논문과 문학적 초상화, 실명 소설 등 텍스트 자료로 거듭나고 있는 것은 물론, 연극, 드라마, 오페라 등 다양한 시청각 콘텐츠로 각색되어 대중에게 접근하고 있다. 또한 김유정 고향인 실레마을에 테마파크가 건립되고, 각종 관련 행사가 해마다 이루어지고 있다. 김유정의 문학은 문학 콘텐츠에서 나아가 명실 공히 '김유정'[2]이라는 문화콘텐츠로 분명하게 자리 잡게 된 것이다.

김유정은 왜 이렇게 지속적으로 읽히고 연구되고 또 변형되고 있는 것일까? 많은 사람들도 인정하다시피 '김유정'은 특유의 해학성이 보편적 미학을 획득하고 있을 뿐 아니라, 다양한 이야기 거리, 곧 높은 스토리 밸류(storyvalue)를 가지고 있다.[3] 김유정이라는 작가의 굴곡진 생애 자체, 이상·박태원·안회남 등 1930년대의 화려한 문우들과의 관계, 당대 판소리 명창인 박녹주에 대한 지독한 짝사랑 등의 스토리가 그러하며, 작품에 나타난 실레마을(소재의 작품이 13편)이라는 실제 공간, 금

---

1   최미경, 김유정문학촌 엮음, 「보편의 수용─김유정 단편선의 프랑스 출판 성과」, 『김유정 문학의 재조명』, 소명출판, 2008.

2   논의의 편의를 위해 작가 김유정과 김유정의 문학에 바탕을 두고 만들어진 모든 문화콘텐츠와 앞으로 이를 바탕으로 새롭게 생산될 모든 콘텐츠를 '김유정'으로 부르기로 하겠다.

3   한명희, 「김유정 문학의 OSMU와 스토리텔링」, 한국현대문예비평학회, 『한국문예비평연구』 27, 2008.

광, 들병이 등의 흥미로운 모티프(motif), 소설의 모델이 된 실존인물의
존재, 민담적 요소와 강원지역 방언의 구사 등에서 나타나는 향토성이
바로 그것이다. 이 중의 대부분은 이미 다양한 장르로 변형되어 이야기
되었고, 앞으로도 지속적으로 재가공되고 활용될 것이 분명하다.

그렇다면 문화콘텐츠로 재생산된 김유정 문학은 대중들에게 어떤
모습으로 다가가고 있는가. 이쯤 해서 문화콘텐츠로서 '김유정'의 재가
공 현황을 살펴보고, 김유정과 그의 문학에 대한 연구내용과 어느 정도
거리가 있는지 점검해볼 필요가 있다. 나아가 기존의 연구결과에 바탕
을 두고 지금도 왕성하게 진행되고 있는 '김유정' 스토리텔링[4]의 전문
성과 대중성, 다양성을 높일 수 있는 구체적 방안을 제시하는 것이 필
요하다고 생각된다.

2. 문화콘텐츠 '김유정'의 현재

1930년대 몇 년간 작품 활동을 한 것이 전부인 김유정의 작품 중 일부
가 지금과 같은 문학정전으로 자리 잡기 시작한 시점은 1950년대말로

---

4 여기에서 스토리텔링은 '구술적 전통의 예술로서, 사실적 및 허구적 사건을 시각이나 청각
   등에 호소하며 실시간적으로 재연해 전달하거나 소통하는 시공간적 또는 다감각적 또는 상
   호작용적 담화 양식으로, 20세기말 이후 점차 서사적으로 기교화되면서 정치, 경제, 사회 문
   화 전반, 특히 대중 소비문화를 주도하는 미디어 및 엔터테인먼트 산업의 토대가 되고 있는
   담화기법'을 의미한다. 류은영, 「내러티브와 스토리텔링―문학에서 문화콘텐츠로」, 『인문
   콘텐츠』 14호, 2009.3.

거슬러 올라간다. 한국 근대 문학작품에 대한 첫 정전 선정 작업은 1958년 민중서관판 한국문학전집의 발간[5]으로 꼽고 있는데, 여기에 김유정의 「동백꽃」, 「금 따는 콩밭」, 「봄·봄」, 「아내」, 「산골」, 「산골나그네」가 실렸다. 이후 지금까지 이 작품들이 주로 문학정전으로 되풀이 선택되어 왔으며 이 중 「봄·봄」, 「동백꽃」, 「만무방」 등은 청소년 필독서로서 중고등학교 교재에 게재되고 반복적으로 감상되어 왔다.[6] 그 결과 청소년들이 김유정 작품을 선택적으로 감상하고 편향된 이해를 지니고 있음에 대해 한 김유정 연구자는 다음처럼 기록하고 있다.

> 강연에 앞서 그들이 알고 있는 김유정의 작품과 그 특징에 대해서 물어보았다. 하나 같이 〈봄봄〉과 〈동백꽃〉을 대표작으로 꼽았으며, 그 특징으로는 해학과 **토속성**을 들었다.[7] (강조는 필자)

사실상 교과서에 실리는 작품은 청소년에서 성인까지 모든 독자가 함께 읽을 수 있는 작품이다. 그러나 이 외의 작품들 가운데에는 매춘을 부추기고 아내를 파는 남편이야기, 들병이 등 매춘 모티프, 노골적인 육담[8] 등 청소년들에게 혼란을 일으키거나 오해를 하게 할 요소가 있다. 하지만 이 때문에 몇몇 작품만이 반복하여 대표작으로 꼽혀서는 곤란하다. 김유정 소설의 병리성·우울·일탈·그림자는 이른바 성인

---

5 이종호, 「1950년대 남한 문학전집의 출현과 문학정전화의 욕망」, 『한국어문학연구』 56집, 2010.
6 이 사실은 1989년에서 2010년까지 검인정 교과서에 실린 작품 목록에서 확인할 수 있다. 김동환, 「교과서 속의 이야기꾼, 김유정」, 김유정학회, 제1회 학술연구발표자료집, 2011.4.16.
7 유인순, 『김유정을 찾아가는 길』, 솔과학, 2003, 5면.
8 김유정 소설의 윤리 파탄 내지 윤리 부재는 많은 사람들이 지적하듯, '극도로 궁핍화된 생존' 때문에 불가피하게 선택된 것이다. 따라서 이를 피상적으로 이해하고 그의 작품의 비윤리성을 비난할 수 없으며, 그렇다고 이런 부분을 삭제하고 전달해서도 곤란하다. 작품의 전달통로를 다양하게 개발하여 입체적으로 이해할 수 있도록 통로를 마련해 주어야 할 것이다.

의 '선택적 전통'이라는 권력에 의해 차단된 요소들이기 때문이다. 이처럼 제도권 교육 속에서 반복적으로 읽혀진 대표작 때문에 대중들은 이외의 문제적 작품들에 접근할 기회가 차단될 수 있다.

문제는 다른 데에도 있다.

> 김유정 문학은 회화적이고 골계적이라는 특징을 지니고 있다. 그만큼 그가 세계를 인식하는 방법이나 태도는 냉철하고 이지적인 현실감각, 진지성과는 거리가 멀다. (…중략…) 이러한 해학을 통해 작가는 피폐한 농촌 사회와 그 속에서 살아가는 농민들의 고통을 연민의 눈으로 바라보고 있다. 그래서 그의 대부분의 작품에는 순박하고 어리숙한 농촌 사람들의 자연스러운 모습이 드러나 있고 작자는 이를 애정이 담긴 웃음으로 보여주고 있다.[9]

〈그림 1〉 김유정문학촌 홈페이지 〉 김유정 〉 작품포인트

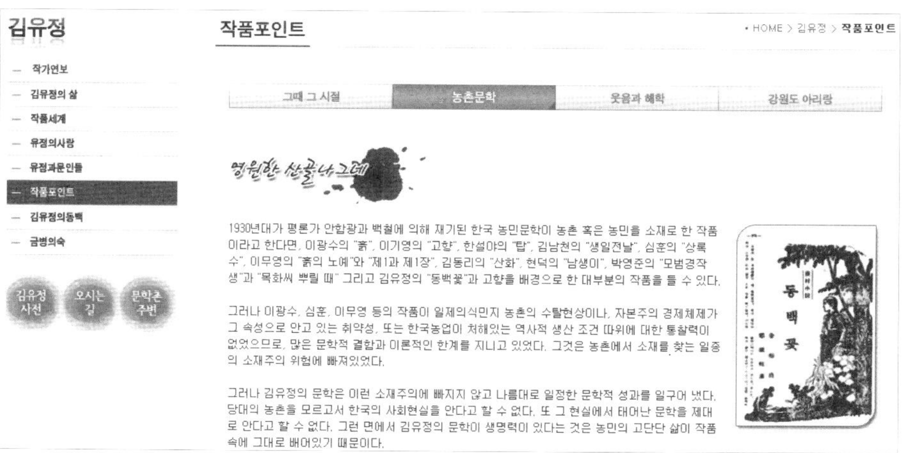

9　권일경 외 22인, 『해법문학─소설문학』, 천재교육, 2008, 103면. 이에 대해서 김동환 역시 교과서에는 '토속적', '해학', '유머' 등이 거의 항수(恒(數))화되어 있다고 지적하고 있다. 김동환, 앞의 발표문.

청소년들이 접하는 김유정 문학에 대한 교육텍스트의 일부이다. 김유정 문학의 특징으로 해학성, 농민의 순박성, 피폐한 농촌의 형상화가 지적되고 있다. 이것은 김유정문학촌 홈페이지의 '작품 포인트'에서도 유사하게 나타난다. 농촌문학, 웃음과 해학이 핵심적 내용이다.

김유정 전시관에서도 그의 생애와 더불어, 1930년대 농촌, 농촌문학, 해학문학, 고향, 작품 배경으로서의 실레 마을을 소개하고 있다. 잘못된 지적은 분명 아니지만, 이러한 정보의 반복과 피상적 이해로 김유정 문학이 '농촌-고향-순박성-자연회귀-향수' 등의 아우라를 느끼게 하는 아이콘으로 둔갑될 수도 있다. 김유정의 작품은 농촌공동체의 정상적이고 건강한 생활이 끝난 그 지점에서 이야기가 시작되고 있으며, 그의 소설의 농민들은 이에 대해 일탈

적인 대응방식을 보여주었다. 따라서 김유정의 작품에서 서정성과 야만성이라는 향토의 야누스적 두 얼굴, 그 균열과 이에 나타난 식민지 무의식[10]을 느낄 수 있도록 다른 전달방식을 찾아보아야 할 것이다.

작품의 배경지나 작가의 체험을 느낄 수 있는 공간콘텐츠는 공감각적이고 구체적인 활동과 체험으로, 작품과 작가를 강하게 각인하게 만든다.[11] 그러나 실제 춘천에 마련된 테마파크 '김유정문학촌'의 공간 구성은 다시 검토될 필요가 있다. 우선 가장 많은 방문이 이루어질 실레 마을의 구조 〈그림 2〉를 보기로 하자.

〈그림 2〉에서 보는 것처럼 이 마을은 김유정 작품의 모델이 된 실존 인물과 그 배경이 되는 구체적 공간을 중심으로 이야기를 느끼도록 조성되어 있다. 예를 들어, 「봄·봄」의 봉필 영감의 집(실레마을에서 욕필이로 통했던 실존인물의 실제 이야기를 메모해 두음), 동백꽃의 산기슭(작품 배경,

---

10 김양선, 김유정문학촌 엮음, 「1930년대 소설과 식민지 무의식의 한 양상」, 앞의 책, 82면.
11 최혜실, 『테마파크 스토리텔링』, 글누림, 2008, 23면.

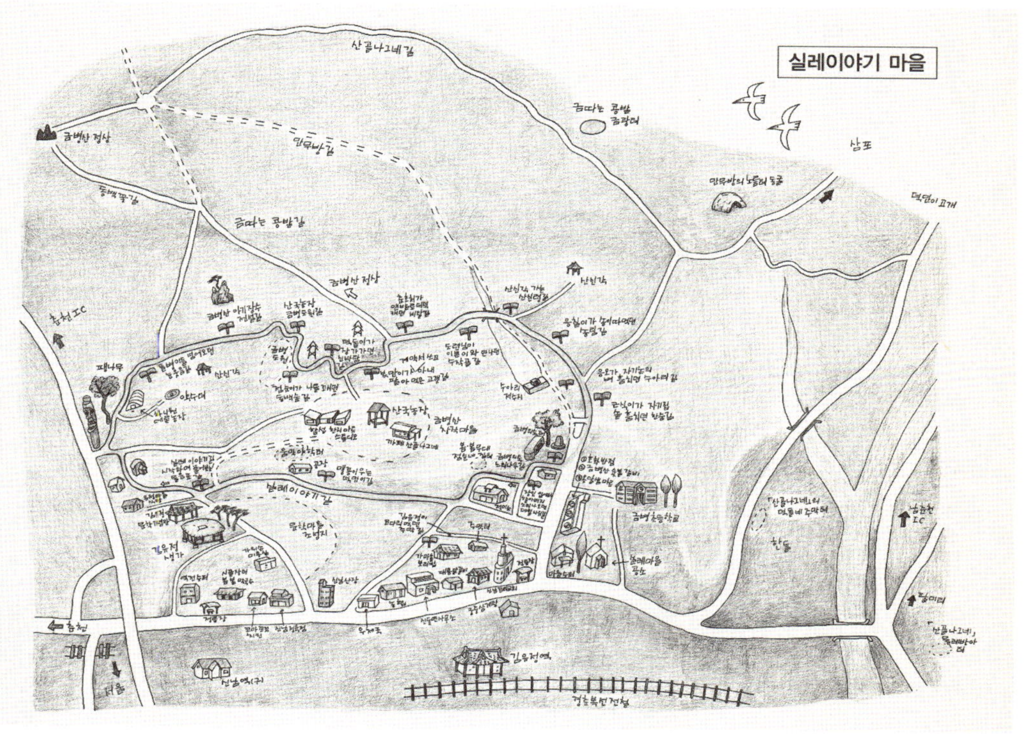

현 김유정백일장, 등반대회 등이 열리던 산국농장이 있음), 만무방 노름터, 금병의숙, 산골나그네의 배경(우마차길 옆 덕돌네 주막에서 들은 이야기 중 며칠 묵다 도망친 들병이 야기가 소설화됨) 등이 그러하다. 또한 '실레마을 걷기 여행'의 걷기 코스는 「동백꽃」, 「산골」, 「안해」, 「봄·봄」, 「솥」, 「떡」, 「금따는 콩밭」, 「만무방」 등의 배경지를 중심으로 조성되어 있다.

이 테마파크는 원래 김유정의 생애 기록과 작품의 성격에 바탕을 두고 조성되었기 때문에 공간 조성 자체가 문제될 하등의 이유는 없다. 문제는 작품의 사실적 근거를 지나치게 강조하게 됨으로써 문학작품의 본질인 허구성을 무시하고 상상력의 중요성을 놓치게 할 수 있다는 데 있다. 이것은 거의 모든 문학테마 파크가 지닌 성격이자 한계이다. 나아가, 공간콘텐츠의 제한과 테마파크의 유지 보수적인 성격 때문에 김유정 콘텐츠는 공간에 고착되고 오랜 시간 반복될 수밖에 없다. 그러나 이같은 '지역 아이콘'에서 벗어나지 않는다면 체험자(소비자)는 곧 식상해질 것이고 테마파크의 목표인 재방문력[12]을 높이기 어렵게 될 것이다.

문화 콘텐츠로서 갖추어야 할 가장 중요한 특성은 재미와 정보이다. 재미와 정보가 있는 콘텐츠가 스토리텔링될 때만이 개방성과 상호 작용성을 두루 갖출 수 있고, 지속적인 콘텐츠 생산에 기여할 수 있다. 그러나 지금까지 살펴본 몇 가지 부분만 보더라도 김유정 콘텐츠의 한계가 분명히 노출된다. 이를 다시 정리하면 다음과 같다.

첫째, 작품의 제한된 감상과 반복 재생의 문제이다. 김유정의 소설 31편 가운데 완성도의 차이가 있다 하더라도 우수한 몇 작품에 집약되어 반복적으로 감상되고 있는 것은 수용자의 흥미를 반감시키는 요인이 되며, 김유정에 대한 편향된 해석을 낳게 된다. 둘째, 구체적인 지역 아이콘의 고착 문제이다. 테마파크의 조성과 더불어 농촌을 배경으로 한 작품이 한정되어 반복 감상되고 있으며, 자연스럽게 토속성과 향토성이 강조되고 있음을 확인할 수 있다. 이 역시 '김유정'에 대한 편향된 해석과 흥미 반감의 요인이 된다. 셋째, 김유정 문학의 특성에 대한 제한된 정보의 문제이다. 현재 김유정 소설은 토속성과 향토성, 해학적 특성만 강조되고 있다. 그것은 정보가 전달되면서 압축, 단순화의 과정을 거쳐 지배적인 정보만이 살아남게 되기 때문이다.

그렇다면 지금까지 보아온 정보와 특성이 문화콘텐츠 '김유정'의 일

---

12 최혜실, 『문화콘텐츠, 스토리텔링을 만나다』, 삼성경제연구소, 2009, 157면.

반적이고 보편적인, 가장 탁월한 특성인가? 아니면 정전을 선택하고 교육시킨 일선의 문학교육자들의 편의에 의한 것인가? 문화콘텐츠 담당자들의 시각과 이익이 변형에 개입해서인가? 혹은 전문가들의 지속적인 관심의 부재인가? 일찍이 위와 같은 문제를 발견하고 반성적 성찰과 수정이 있어야 한다는 지적이[13] 오래전부터 있어 왔다. 그럼에도 불구하고 이런 연구 결과와 일반 독자와의 거리는 여전히 까마득하다.

이제 이런 배경과 문제의식 하에 지금까지 구축된 문화콘텐츠 '김유정'의 재가공 현황을 구체적으로 검토해 보기로 하겠다. 이에 대한 반성적 검토를 거쳐서, 문화콘텐츠로서의 외연을 확대할 정보 제공 전략을 찾고, 공간 고착적인 콘텐츠 개발을 지양하며, 김유정 이야기의 캐릭터를 범주화해 봄으로써 이야기 융합과 재창조의 가능성을 제시하고자 한다.

3. '김유정'의 OSMU, 확장과 융합

현재까지 김유정의 문학작품 및 생애를 기반으로 만들어진 콘텐츠는 수백 건 이상이며 앞으로도 지속적으로 생산될 것으로 보인다. 앞으로의 논의를 위하여 문화콘텐츠 '김유정'을 다음과 같이 구분하고자 한다.[14]

13　우한용은 '해학성으로 집약되는 그 특성 규정이 지나치게 강조되고 일반화되어 있다는 데' 대해 문제를 제기하고 있다. 우한용, 전신재 엮음, 「김유정론의 반성」, 『김유정 문학의 전통성과 근대성』, 1997, 198면.

1차 콘텐츠 : 원자료로서의 김유정의 작품과 생애 기록

2차 콘텐츠 : 1차 콘텐츠를 바탕으로 쓴 문자 텍스트 콘텐츠

3차 콘텐츠 : 1차, 2차 콘텐츠를 바탕으로 만든 시청각 텍스트 콘텐츠

4차 콘텐츠 : 1차, 2차, 3차 콘텐츠를 바탕으로 만든 비텍스트성 콘텐츠, 문
화관광자원 등 산업콘텐츠

먼저, 다른 콘텐츠로 가공되기 전의 원자료(原資料, raw data)이자 다양
한 변형(multi-use)의 원형이 되는 원천자료(one source)를 1차 콘텐츠로
부르기로 하겠다. 1차 콘텐츠에는 김유정의 소설은 물론, 편지, 수필 등
김유정이 창작한 문학작품과 생애 기록이 포함된다. 이것은 작가의 사
적 체험, 공적 체험, 당대의 공간, 시대적 배경, 문화적 배경, 정서 등의
융합물을 일정한 문학적 관습에 의한 양식으로 재현한 결과이다.

김유정의 1차 콘텐츠, 원자료를 바탕으로 하여 지금까지 전환된 콘
텐츠를 정리하면 〈표 1〉과 같다.

2차 콘텐츠는 김유정에 대한 타인의 증언과 인터뷰 등의 생애와 작
품 관련 기록, 작품과 기록을 바탕으로 재구성한 김유정 전기 및 김유
정을 주인공으로 내세워 실명으로 쓴 소설, 그리고 작가와 작품에 대해
쓴 학술 논문과 비평, 그리고 교육용 텍스트 자료를 포함한다. 3차 콘텐
츠는 원자료와 이에 대한 해석 및 자료수집의 결과인 2차 콘텐츠를 기
초로 하여 창작되거나 재가공된 시청각 텍스트로서 다큐멘터리를 비
롯, 영화, 연극, 드라마, 오페라, 판소리 등 서사물이 대부분이다. 이것

---

14 문화콘텐츠의 분류 방식은 연구자들마다 다소간 차이가 있다. 최혜실은 이를 텍스트 콘텐츠, 시
청각 콘텐츠, 디지털 콘텐츠, 산업콘텐츠로 나누었다. (최혜실,『문화콘텐츠, 스토리텔링을 만나
다』, 삼성경제연구소, 2006, 103~105면) 이 분류를 바탕으로 한명희는 김유정의 콘텐츠를 텍스트
콘텐츠, 영상콘텐츠, 공연콘텐츠, 체험콘텐츠로 나누어 정리하였다. (한명희, 앞의 논문)

<표 1> 김유정의 원자료(1차 콘텐츠)

소설 29편	농촌소재	산골나그네, 총각과 맹꽁이, 소낙비, 금따는 콩밭, 노다지, 금, 떡, 산골, 만무방, 솟, 봄·봄, 안해, 가을, 동백꽃, 정분(유고)
		옥토끼, 정조
	도시소재	심청, 봄과 따라지, 두꺼비, 이런 음악회, 야앵, 생의 반려, 슬픈 이야기, 따라지, 땡볕, 연기, 형(유고), 애기(유고)
기타	소년소설	두포전
	꽁트	봄밤
	수필	조선의 집시 외 11편
	서간, 일기	필승전 외 5편
	설문, 좌담[15]	새로운 문학의 목표, 풍림 1집 외
	번역동화	귀여운 여인
	번역탐정소설	잃어진 보석

은 더 구체적으로 디지털 시청각 콘텐츠와 공연예술 콘텐츠로 다시 나눌 수 있다. 그러나 스토리텔링과 재현방식에 초점을 둘 때 같은 범주에 넣고 분석하는 것이 용이하다고 판단된다. 4차 콘텐츠는 개개인의 체험에 의해 이루어지는 무정형의 비텍스트성 콘텐츠로서 테마파크나 작가의 생가 등 유적지, 기념물 등 문화관광 자원을 포함한다. 지역의 역사와 공간, 원자료의 융합, 그리고 2차, 3차 콘텐츠의 활용이 가장 최종적으로, 또 가장 집약적이며 종합적으로 드러나는 것이 바로 이 4차 콘텐츠이다.

위와 같이 범주화함으로써 지금까지 진행되어 온 문화콘텐츠 '김유정'의 재생산 방식을 한 눈에 확인할 수 있다고 생각된다. 우선 김유정의 원자료는 원본 김유정전집과 그 외 다양한 출판을 통해 충분하게 대중에 접근되고 있다. 그러나 2차 콘텐츠의 경우 1차 콘텐츠와의 관계 속에서만 의미를 지닌다. 그러나 그 자료 활용면에서 일정한 한계가 발견된

---

[15] 설문의 내용은 김혁수 작 희곡인 〈유정의 봄〉에 거의 그대로 삽입되기도 했다.

<표 2> 원자료를 전환한 콘텐츠

콘텐츠 구분	갈래	해당 작품 및 내용
2차 콘텐츠 ― 문자 텍스트 콘텐츠	김유정에 대한 기록	김문집 「병고작가 원조 운동의 변」(『조선문학』, 1937.1) / 「김유정의 예술과 그의 인간 비밀」(『조광』, 1937.5) 외
	김유정의 전기, 실명 소설[16], 문학적 초상	안회남, 〈고향〉(『조광』, 1936.3)/〈우울〉(『중앙』, 1936.4) / 〈명상〉(『조광』, 1937.1) / 〈겸허―김유정전〉(『문장』, 1939.10) 이상, 〈소설체로 쓴 김유정론〉(『청색지』, 1939.5) 〈失花〉(『문장』, 1939.3) 김영수, 〈김유정의 생애〉(『김유정전집』, 현대문학사, 1968) 이동주, 〈김유정―실명소설〉(『월간문학』, 1974.1) 조용만, 〈젊은 예술가의 초상3)〉(『문학사상』, 1987.6) 김영기, 『김유정―그 문학과 생애』(지문사, 1992) 전상국, 『유정의 사랑』(고려원, 1993) 외
	관련 비평, 학술논문	2007년 현재 학위 논문 250여 편, 관련 논저 360여 편[17] 외
3차 콘텐츠 ― 시청각 텍스트 콘텐츠	영화	김수용 감독, 〈봄봄〉(1969) 문여송 감독, 〈산골나그네〉(1978) 하명중 감독, 〈땡볕〉(1984) 김수형 감독, 〈떡〉(1988) 최기풍 감독, 〈소낙비〉(1995)
	TV 드라마	〈봄봄〉(1983.5.7, KBS) 박지숙 등 극본, 〈봄, 봄봄〉(2008.3.3, KBS 1)
	연극[18]	김정훈 각색, 〈안해〉 / 〈땡볕〉 신명순 각색, 〈봄봄〉(1975) 최종남 각색, 〈금따는 콩밭〉 황운기 각색, 〈소낙비〉 김혁수, 〈유정의 봄〉 / 마당극 〈강원도 아리랑〉 홍종미 각색, 〈진달래피고 새가 울면는―김유정을 찾아가는 여섯 이야기〉 김성노 각색, 〈봄봄봄〉
	오페라	이건용 대본 작곡, 〈봄봄봄〉(2001)
	창작판소리[19]	전상국 원작, 최기우 각색, 〈유정의 사랑〉 김유정 원작, 신동흔 각색, 〈봄봄〉
	다큐멘터리	〈문학산책―김유정의 봄봄〉(2003.9.10, EBS) 〈김유정의 문학기행〉(2009.5.4, SBS) 〈낭독의 발견―봄봄―김유정을 낭독하다〉(2010.5.4, KBS) 외
4차 콘텐츠 ― 비텍스트성 콘텐츠	공간―유적, 기념관 등	김유정문학촌 : 김유정 생가 / 김유정 기념관 / 김유정 기적비 김유정역, 김유정 문학마을 조성[20] 외
	관련 행사	실레마을 걷기 및 학술제(매년 10월) 김유정 문학제―2003년 시작(매년 4월) 봄봄 페스티벌 외

다. 즉, 작가에 대한 기록이나 실명소설은 3차, 4차 콘텐츠를 통해 각색되거나 참고자료로 활용되고 있으나, 원자료를 대상으로 한 연구결과

와 교육콘텐츠는 여타 다른 콘텐츠 생산과 개발에 작용하는 힘이 미미하다. 이것은 연구자들의 여타 콘텐츠에 대한 관심 부족과 연구논문의 폐쇄적 소통방식에서 기인하는 것으로 판단된다. 각 콘텐츠의 융합과 상호작용이 유연하게 이루어질 때 '김유정'은 훨씬 다양하고 입체적으로 대중에게 다가갈 수 있으며, 선순환이 이루어 질 수 있음은 물론이다.

이를 위해서 각 콘텐츠 자료의 확보와 정리가 우선적으로 필요하며, 원자료와 어느 정도 거리를 지니고 있는지 점검하여 정보로서의 가치와 흥미를 위한 가치를 구분하고, 재생산을 위한 거점 콘텐츠를 확보하는 것이 중요하다.

4. '김유정' 스토리텔링의 거점콘텐츠 — 캐릭터 목록

'김유정' 스토리텔링의 대부분은 두 가지 목적에서 접근되고 있다. 그 하나는 인포메이션 스토리텔링으로서 작가 김유정과 김유정 작품

---

16 유인순, 「김유정 실명소설 연구」, 『김유정을 찾아가는 길』, 솔과학, 2003; 박세현, 「김유정 전기의 몇 가지 표정」, 『김유정문학의 재조명』, 소명출판, 10면 참고.

17 전신재 엮음, 「김유정 관련 학위논문 목록」, 「김유정 관련 논저 목록」, 『원본 김유정 전집』, 강, 2007, 680~713면.

18 한국예술문화단체 총연합회춘천지부, 『김유정 희곡집』, 서울기획, 2002; 한명회, 앞의 논문.

19 김유정문학촌 엮음, 『김유정 문학의 재조명』 부록1, 2.

20 춘천시는 이 사업과 연계해 오는 2014년까지 80억원을 들여 김유정문학촌 일대를 문화마을로 조성한다. 문학촌 일대 2만여㎡ 부지에 1930년대 저잣거리가 재현되고 야외행사장과 주차장 등이 확충된다. (…중략…) 김유정문학촌 일대가 문화마을로 조성되면 기존에 정비된 금병산 등산로, 삼림욕장, 실레 이야기길과 연계돼 춘천의 문화와 자연이 어우러진 관광상품으로 각광을 받을 전망이다. 「옛 경춘선 철길 테마관광지 개발」, 『강원도민일보』, 2011.3.15.

에 대한 정보 제공이다. 이에 부수적으로 당대의 문학과 역사, 지역 방언 등에 대한 이해와 재현이 이루어질 수 있다. 두 번째는 엔터테인먼트 스토리텔링[21]이다. 이는 다수의 대중이 능동성과 유희성을 기반으로 '김유정'의 스토리텔링, 혹은 '김유정식' 스토리텔링을 향유할 수 있도록 하는 일이다.

1) 거점콘텐츠로서의 '김유정' 캐릭터 특성

서론부에서 지적했듯, '김유정'은 소재적 차원에서 볼 때, 스토리 밸류가 매우 높다. 그러나 다양한 스토리텔링으로 변형된 결과에서 확인할 수 있었듯 문제점 또한 있다. 대중성을 지닌 주요 작품에 대한 고정된 시각과 반복적 선택, 1920~30년대 식민지 조선이라는 역사적 배경의 중압감, 서술자의 해학적인 어조를 살리기 위한 전략 부재, 단순하고 상징적인 사건 등이 그것이다. 따라서 '김유정'을 풍부한 스토리텔링으로 재생산할 수 있기 위해서는, 원천자료의 소재적 이점을 살리고 서사화에 따르는 문제를 최소화하여 대중에게 쉽게 다가가기에 용이한 콘텐츠로 전환시킨 '거점콘텐츠'[22]를 만드는 것이 필요하다.

거점콘텐츠의 전략은 당연히 최종적인 스토리텔링의 전략에 기대게 된다. 그것은 개방성, 전문성, 능동성, 상호작용성을 지니고 있어야 한다. 곧 기본적으로 대중의 흥미와 정보제공에 대한 부응, 새로운 콘텐츠를 지속적으로 생산하고 포섭할 수 있는 융합성과 개방성, 그간의 연

---

21 정창권, 『문화콘텐츠 스토리텔링』, 북코리아, 2009, 38~46면.
22 박기수, 「문화콘텐츠 스토리텔링의 생산적 논의를 위한 네 가지 접근법」, 『한국언어문화』32 집, 2007.

구결과를 수용하여 출처의 정확성과 해석의 깊이를 보여주는 전문성, 대중의 자발적이고 유희적인 스토리텔링이 가능한 능동성, 참여성, 상호작용성을 지닌 것이어야 한다.

이러한 거점콘텐츠로 가장 먼저 검토될 수 있는 것으로서 이 연구에서 제시하고자 하는 것은 '김유정'의 캐릭터이다. 이야기가 성립하기 위해 가장 중요한 것이 바로 인물로서, 인물의 성격을 만드는 과정에서 자연스럽게 사건과 배경과 구성은 엮이게 마련이다. 캐릭터가 강하게 부각되어야 영화, 애니메이션, 게임, 테마파크 등 다양한 문화콘텐츠의 개발에서도 높은 이야기 가치를 지니게 된다.[23] 캐릭터는 이야기의 원형이자 콘텐츠의 핵심인 것이다. 이때 캐릭터는 다양한 이야기의 인물로 변형이 가능한 전형성과 개성을 잘 지니고 있어야 한다. 또한 다른 사건이나 이야기에 자연스럽게 삽입될 수 있을 정도로, 곧 상호작용 및 자유로운 결합이 가능한 보조적인 다양한 인물군도 필요하다. 무엇보다 시대적 배경과 실존인물 여부, 특수한 직업적 특성[24]이나 계급적 지위에 고정되면서도 동시에 공시적이고 보편적인 성격을 띠어야 다양한 활용이 가능하다.

김유정 소설의 인물들은 이와 같은 거점콘텐츠가 될 수 있는 캐릭터로서의 요건을 두루 갖추고 있다.

우선, 김유정 소설 가운데에는 서로 다른 작품에도 유사하게 나타난 만큼 유형적이고 평면적인 인물(stock character)이 많다. 김유정의 소설에 대한 연구 가운데 가장 집중적으로 진행된 것 중 하나가 인물 연구, 그 중에서도 인물 유형화 연구인 것은 이 때문이다. 이 같은 특성은 김유정 소설의 희극적 특성[25]과 상통한다. 원래 희극적 인물의 중요한 특

---

23 강상대, 「서사시 금강의 문화콘텐츠 개발」, 『문학관과 문화산업』, 단국대 출판부, 2007.
24 정창권, 앞의 책, 100~101면.
25 김유정의 조카 김영수의 증언에 의하면, 김유정은 희극영화 관람을 즐겼고, 특히 찰리 채플

성이 유형성이며, 인물의 경직성(불변성)은 웃음을 유발하는 가장 중요
한 요소[26] 가운데 하나이기 때문이다. 김유정 인물의 유형성은 스토리
텔링을 위한 캐릭터로 개발하여 활용하기에 특히 용이한데, 인물의 뚜
렷한 성격 속에 기본적인 이야기와 반복적인 모티프가 담겨 있기 때문
이다. 곧 여러 작품을 한데 섞어서 다양한 이야기로 재창조할 수 있고,
즉흥적인 이야기를 만들기도 쉽다.

둘째, 김유정 소설의 인물들은 대개가 하층 계급으로서 분명한 직업
내지 계층적 특성을 보여주고 있다. 들병이, 소작빈농, 건달, 머슴, 아
씨, 마름, 까페 여급, 버스차장, 행랑어멈 등 분명한 직업적 특성 혹은
계급적 기반을 보여주고 있어, 당대 사회의 일부를 드러내는 직업으로
서의 인물이라고 볼 수 있을 정도이다. 이러한 직업적 특성은 캐릭터에
당대 사회구조와 현실을 구현하는 전형성을 드러내기에 적합하다.

셋째, 김유정 인물들의 태도와 행동방식의 측면에서 현재의 가치와
는 다소 차이가 있는 전통적 정서와 일상의 해학성을 느낄 수 있다. 곧
남편에 대한 아내의 순종적이고 희생적인 태도와 남편의 거칠면서도
깊은 정이 느껴지는 행동이 그렇고, 이해 타산적이지 못한 우직하고 바
보스러운 인물들이 보여주는 느리고 어리숙한 태도가 그렇다. 이러한
유형적 특성은 보편적인 인간유형으로서뿐 아니라, 우리 전통적 정서
를 드러내기에 무척 유효하다.

린의 영화, 생전 웃지 않고 남을 웃기는 연기를 좋아했다고 전한다. 유인순은 김유정의 〈노
다지〉의 꽁보와 더펄이의 우정을 채플린의 〈황금광시대〉와 비교하여 그 영향관계를 추측
하고 있다. 〈황금광시대〉의 뚱보가 아사상태에서 느끼는 환시현상도 변형 반복되고 있다
는 것이다. 유인순, 앞의 책, 31면.
26 앙리 베르그송, 『웃음—희극성의 의미에 관한 시론』, 세계사, 1992, 44~46면.

2) 인물유형화 연구 결과 검토

그간 이루어진 김유정 소설의 인물유형화 연구는 1974년 이주일의 논문에서 시작하여 최근까지 지속적으로 이루어지고 있다.[27] 인물 전체를 대상으로 한 연구로서 우직 소박한 인간형 / 탐욕과 아집의 인간형 / 희생적이며 순박한 한국적 여인상 / 현실적이며 타산적인 건달형 / 의지가 있는 외향형의 인간 / 약삭빠른 요부형와 아부형으로 분류한 연구(이주일)와 순박형 / 이해타산형 / 탐욕형의 분류(이주화) 등이 있고, 바보 인물들을 대상으로 능동형과 피동형으로 분류(이재선)한 연구가 있고, 여성인물들을 대상으로 한 연구로는 전통적 아내형 / 이기적인 아내형 / 현실적인 들병이형 / 히스테릭한 누나형 / 주체적인 미혼형의 분류(오매선, 전하영), 순응형 / 피해의식형 / 현실타개형의 분류(오미화, 박길숙) 등을 들 수 있다.

27 우직 소박한 인간형 / 탐욕과 아집의 인간형 / 희생적이며 순박한 한국적 여인상 / 현실적이며 타산적인 건달형 / 의지가 있는 외향형의 인간 / 약삭빠른 요부형와 아부형—이주일, 「김유정 연구」, 중앙대 석사논문, 1974; 순박형 / 이해타산형 / 탐욕형—이주화, 「김유정 소설의 인물 연구」, 국민대 석사논문, 2003; 능동형 인물 / 피동형 인물—이재선, 「희화적 감각과 바보열전」, 『김유정문학의 전통성과 근대성』, 한림대 아시아문화연구소, 1997; 전통적 아내형, 이기적인 아내형, 현실적인 들병이형, 히스테릭한 누나형, 주체적인 미혼형—오매선, 「김유정 소설에 나타난 여성상 연구」, 경기대 교육대학원 석사논문, 1998; 점순이형, 아내형, 들병이형, 기타형—김인화, 「김유정 소설의 여성인물 연구」, 숙명여대 교육대학원 석사논문, 1993; 희생적 인간형 / 이기적 인간형 / 능동적 인간형—박길숙, 「김유정 소설의 여성상 연구」, 수원대 석사논문, 1995; 희생적 아내형 / 이기적인 아내형 / 현실적인 들병이형 / 능동적인 점순이형 / 피해의식에 갇힌 누나형—전하영, 「김유정 소설에 나타난 여성상 연구」, 성균관대 교육대학원 석사논문, 2002; 순응형 / 피해의식형 / 현실타개형—오미화, 「김유정 소설 연구」, 중앙대 교육대학원 석사논문, 2006; 건달형 인물 '뭉태'류 / 바보형 인물 '덕만'류 / '점순'류—전신재, 「농민의 몰락과 천진성의 발견」, 앞의 책; 조석현, 「金裕貞 小說의 諧謔性 硏究」, 성균관대 교육대학원 석사논문, 1987; 한만수, 「한국 서사문학의 바보인물 연구—바보민담, 판소리계 소설 김유정 소설을 중심으로」, 동국대 박사논문, 1991; 박인숙, 「김유정 소설 연구—1930년대 농촌 사회의 형상화 방식을 중심으로」, 연세대 교육대학원 석사논문, 1995.

이 연구결과 중 가장 원천성을 지닌 것은 이주일의 연구로서, 가장 다양한 인물 유형을 제시하고 있다. 전체적인 인물형을 두루 살피기 위해 이를 도표화하면 다음과 같다.

〈표 3〉 김유정 소설의 인물유형[28]

인물유형	해당 작품	해당 인물	직업(신분)	성격 (기질)
우직하고 소박한 인간형	산골	석숭이	농부	우직하고 병신스러운 데가 있으나 착하고 소박한 인간상
	금 따는 콩밭	영식	농사	소박하고 성실, 소작인
	봄봄	나	머슴	우직하고 어수룩하며 눈물겹도록 소박한 인간
	안해	나	품팔이 나무장사	착하고 어리석고 자상한 성격
	만무방	응오	농사	진실하고 소박한 농군, 모범청년
	솟	근식	농사	어리석고 병신스럽게 우직
	산골 나그네	덕돌	농사	무뚝뚝하고 조금은 병신스러운 총각
	동백꽃	나	농사	바보스럽고 순진한 시골청년
	가을	재봉	농사	어리석고 착해 늘 피해만 봄
	이런 음악회	나	고보학생	소극적
	슬픈 이야기	나	없음	단순하고 다혈질
	총각과 맹꽁이	덕만	농사	착하고 용해서 이용만 당함
	두꺼비	이경호	학생	고지식, 내성적
	따라지	톨스토이	없음	내성적 인내형
	금	이덕순	광부	마음은 좋으나 우매하고 남에게 잘 이용당함
	연기	나	없음	착하고 병신스러움
	땡볕	덕순	날품팔이	인정있고 우직함
	형	나	없음	순진, 착실
	생의 반려	명렬	없음	'명주'를 연모하는 집념의 사람
현실적이며 타산적인 건달형	금따는 콩밭	수재	없음	세상물정에 밝은 건달형
	두꺼비	두꺼비		남을 등쳐먹고 뻔뻔하고 활달한 형
	만무방	응칠	없음	활달하고 야성적인 전과범
	생의 반려	박인석	전당포 경영	교만, 처세에 밝음
	총각과 맹꽁이	뭉태	농사	덕만의 의형

28 이주일, 「김유정 연구」, 중앙대 석사논문, 1974.

탐욕과 아집의 인간형	봄봄	봉필이	농사	이기적인 인간, 마름
	가을	황거풍	소장수	지독한 구두쇠, 욕심쟁이
	소나기	이주사		돈 많은 호색한, 음흉
	떡	덕희	나무장수	천하태평의 게으른 술고래
	슬픈 이야기	박감독	전기회사 감독	sadism의 소유자
	형	형	없음	여인에게 빠져 가산 탕진
희생적 순박한 한국적 여인상	소나기	춘호의 아내	품팔이	소박한 순종의 인간상
	산골	이쁜이 어머니	하인	인종과 체념의 화신 (과부)
	금 따는 콩밭	영식의 아내	없음	내조형 진취적 사고
	떡	옥이 어머니	없음	남편과 욱이의 뒷바라지를 하는 착실형
	가을	영득 어머니	없음	조복만의 처
	슬픈 이야기	박감독의 아내	없음	남편에 순종형
	금	덕순의 아내	없음	차분하고 남편에게 순종적
	땡볕	덕순의 아내	없음	착하고 단순하고 소박한 여인
	야앵	정숙	카페여급	조용하고 사색적인 여인
	정조	아씨	없음	사리에 밝고 상냥한 여인
	떡	작은 아씨		친절 상냥
의지가 있는 외향성의 여인들	산골	이쁜이	없음	종의 딸, 무남독녀, 야무지고 당돌
	봄·봄	점순이	없음	키 작고 뚱뚱, 얼굴은 툽툽
	야앵	경자	카페여급	쾌활한 성격의 현실파
	봄밤	영애		활동적이며 외향적인 여인
	따라지	아끼꼬	카페여급	콧대가 세고 활동적이며 극성스러움
	동백꽃	점순이		
수다스럽고 약삭빠른 아부형· 요부형	소나기	쇠돌엄마	없음	이주사의 비위를 맞추어주고 돈 얻어내는 요부형
	정조	행랑어멈	더부살이	약삭빠른 타산으로 게으름을 피우는 심보 고약한 형
	떡	개똥 어머니	더부살이	약삭빠른 아부형, 수다쟁이
	솟	계숙	들병이	아양, 교태, 요염
	총각과 맹꽁이	들병이	들병장수	앙큼, 실속 차리고 현실적임
	두꺼비	채선이	없음	수양조카딸, 깜찍한 소녀
	애기	애기 어머니	없음	시어머니에 짜증, 투정 심술이 있고 고자세

김유정의 인물들은 대체로 이러한 인물 유형 속에 모두 포함된다. 앞의 셋은 남성인물의 분류이고, 뒤의 셋은 여성인물 분류이며, 이는 다시 희생형(순박형) / 이해타산형 / 탐욕형으로 나누어 짝을 지을 수 있다. 이 성격분류는 인물의 거주 공간에 따라서, 인물의 성별에 따라서, 혹은 경제적인 바탕이나 직업과 신분 등에 의해 재분류할 수 있으며, 이에 따라 더 구체적인 성격적 특성을 찾아서 채워 넣을 수 있을 것이다.

3) 캐릭터의 유형적 명명과 관련 스토리

위에서 살펴본 인물유형 분류는 모든 인물을 특정 범주에 넣으려는 의도에 의해 자칫 인물의 특성성격만을 부각시켜 작품의 내용을 왜곡시키거나 삭제하는 결과를 초래할 수 있다. 스토리텔링을 위한 캐릭터 목록은 이 같은 분류보다는 유형을 세분화하고 구체적으로 드러내려는 작업이 더욱 중요하다. 이제 위의 연구결과를 바탕으로 캐릭터 목록화 방안에 대해 생각해보기로 하겠다.

김유정 소설의 인물유형화에서 흥미로운 점은 특정 인물의 경우 명명법과 성격의 유형에서 작품 간에 공통점을 보인다[29]는 점이다.

〈표 4〉 김유정 소설의 인물유형과 인물명

인물 유형[30]	해당 작품—해당 인물
'덕만'류	산골 나그네—덕돌, 총각과 맹꽁이—덕만, 떡—덕히, 가을—복만, 금—덕돌, 땡볕—덕돌
'뭉태'류	총각과 맹꽁이, 솥, 봄봄, 안해—뭉태
'점순'류	봄봄, 동백꽃—점순

---

29 전신재, 앞의 글, 313면.

'덕만' 류의 인물은 농촌을 배경으로 한 순박하고 바보 같은 인물군이고, '뭉태'류의 인물은 건달형의 인물로서 덕만과는 대조적인 인물로서 같은 이름으로 여러 작품에 등장한다. '점순' 역시 「봄·봄」과 「동백꽃」에서 야무지고 당돌하여 소박하고 우둔한 남성들을 리드하는 농촌 여자아이로 공통적으로 그려진다. 이런 인물은 다양한 변형과 상품화가 가능한 캐릭터로 우선 선별될 수 있다.

이러한 유형을 확대하면 들병이, 봉필, (아내를 파는)남편, (희생적인)아내, (히스테릭한)누이, (난봉꾼인)형, (이기적이고 약삭빠른)행랑어멈 등으로 캐릭터를 목록화하는 것이 가능해진다. 이때 이들의 성격화에는 '아내를 팔다', '남편의 등쌀에 들병이로 나서다', '동생에게 히스테릭하게 대하다' 등의 사건과 행동유형이 따라가게 된다.

예를 들어 '남편'의 경우는 〈표 5〉처럼 정리할 수 있다.

이들은 무지하고 가난하기 때문에 상식에서 전도된 과오를 과오인 줄 모르고 행하는 바보 숙맥들로서, 모든 우행은 그들의 원천적인 단순 소박성과 가난의 현실이 교차되는 데서 비롯되고 있으며 그것이 보다 큰 비극임을 인지하는 자의식이 없는 '남편'류이다. 이와 함께 「소낙비」의 춘호의 처나 「산골나그네」의 나그네 여인, 「금따는 콩밭」의 영식의 처와 같이 '순응하고 희생하는 아내' 류와 「정조」의 행랑어멈, 「떡」의 개똥어머니, 「애기」의 필수 아내와 같이 '현실적이고 이기적인 아내'류도 생각해볼 수 있다. 현실적인 아내는 먹고 살기 위해 생활전선에 뛰어드는 '들병이'류로 분류할 수 있다.

김유정의 소설 속에 등장하는 들병이는 대표적인 현실타개형의 여성인물로서 들병이는 본시 농사꾼의 아내로 1930년대 궁핍한 농촌현실

---

30 전신재, 앞의 글.
31 이재선, 앞의 글.

인물 유형	해당 작품	해당 인물	직업	관련 이야기[31]
'남편'류	가을	조복만	무직	◆ '조복만'은 소장수인 황거풍에게 아내를 오십 원에 매도한다. 기상천외하고 진기한 매매계약서까지 작성한다. 이도 가난의 이유로다. 참담한 냉혈적인 비극의 장면이 서술자의 주관성에 의해 이들의 태도와 행위를 변형적으로 과장하는 데서 오히려 희화화(戱畵化)로 나타나고 있다.
	소낙비	춘호	품팔이	◆ '춘호'는 투전판에 나갈 밑천 이원 때문에 아내의 매춘행위를 치장까지 시켜가면서 권장한다. 마치 아내를 회사에 첫 출근이나 시키듯 엄숙성까지 지니고 있을 뿐 그런 행위의 의식적 기조에는 아무런 윤리적인 저항감이 없다.
	땡볕	덕순	날품 팔이	◆ '덕순'은 병든 아내를 의학연구용으로 바쳐서 병도 고치고 월급도 받아 팔자를 고치려는 허망한 기대를 걸었다가 그 꿈이 깨어지자 실망한다.

에서 발생한 유랑 농민의 아내들이 먹고 살기 위한 최후의 방식으로 선택한 직업이다.

김유정의 소설 중 「형」, 「생의 반려」, 「두꺼비」, 「연기」, 「심청」, 「이런 음악회」, 「슬픈 이야기」[32]는 도시를 배경으로 한 작품이며, 이중 상당부분은 자전적인 내용으로 되어 있다. 따라서 이런 작품에 등장하는 '나' 혹은 초점화된 인물의 캐릭터와 사건은 김유정의 전기적인 내용과 함께 스토리텔링의 핵심적인 내용이 될 수 있다. 무엇보다 이 부분은, 작품에서 추측되는 것처럼 김유정이 세상을 포용할 수 있는 연민과 포용력이 있는 사람, 토속어를 해학적으로 늘어놓을 수 있는 입담꾼이 아니라 상처투성이의 우울증, 결핵 환자이며 염인증을 지닌 잠재적 말더듬이 증상을 보인 불행한 작가[33]임을 자연스럽게 전달할 수 있는 인포메이션 스토리텔링이 될 수 있다. 이 중 '누이'류에 해당되는 인물과 해

---

32 박세현, 앞의 글, 14면.
33 유인순, 김유정문학촌 엮음, 「김유정의 우울증」, 앞의 책.

인물 유형	해당 작품	해당 인물	직업	관련 이야기
'들병이'류	산골 나그네	나그네 여인	작부	◆ '작부'는 한낱 거지 남편의 옷을 얻기 위해 들병이에 위장 결혼까지 서슴지 않는다.
	솥	계숙	들병이	◆ '계숙'은 남편이 하라는 대로 아이를 포대기에 들싸서 등에 업고 들병이를 하기 위해 나선다. 주인공 근식은 계숙의 기둥서방이 되어 편하게 살아보려고 계숙과 떠날 꿈을 꾸나 계숙이의 남편이 나타난다.
	안해	아내	가사	◆ 농사를 지으나 나무장사를 해도 살기 어렵게 되자 남편은 '아내'를 구타하고 급기야 아내에게 열심히 들병이 연습을 시킨다.

〈표 7〉 '누이'류의 유형 분류

인물 유형	해당 작품	해당 인물	직업	관련 이야기[34]
'누이'류	생의 반려	누님	양복부 직공	◆ 누이의 내면은 떠돌고 불안정하며 히스테릭하고 때론 암울한 분위기를 드러냈다가 가끔씩은 착한 심성의 소박한 누이모습으로 되돌아와 유정에게 '닭이나 고아주마' '멀리 일본으로 왜 가니 나랑 살자'하는 인정 많은 누님의 심성이 된다.
	따라지	톨스토이 누님	제복 공장 노동자	◆ 누나는 고달픈 직장생활로 동생에게 짜증을 부리다가 동생이 집을 나가면, 행여나 동생이 잘못되었을까봐 찾아 나서고 동생이 들어오면 다시 자신의 화풀이 대상으로 삼는 피해의식형이다.
	연기	누님		◆ 동일

당 정보를 보자.

김유정의 자전 소설에서 가장 주목하여야 할 관계는 김유정과 누이와의 관계가 될 것이다. 김유정의 누이는 여럿이 있었으나 그의 소설에 반복하여 등장하는 누이는 김유형이다. 김유형은 이혼하고 제복 공장에 다니면서 김유정과 함께 살았는데, 김유정을 먹여 살리느라 자신이 극심한 고된 일을 하고 있다는 피해의식을 갖고 있었다.[35] '누나'는 「따라지」, 「생의 반려」, 「연기」에서 양순한 동생을 향해 세상의 설움과 고

34 오기화, 앞의 글.
35 전화영, 앞의 논문.

통을 퍼붓는 인물로 나타난다. 이 인물은 히스테리를 부리면서도 모성
애적인 애정을 보이기도 하는 양면성을 지닌 인물이다. 한편 누나는 결
혼의 실패와 양복공장에서의 피로, 생활고, 병든 동생의 뒷바라지 등의
피해의식은 결국 경제적 궁핍에서 오는 것으로 당대 사회의 가난과 가
부장제의 희생자이며 시대적 산물의 피해 여성으로 성격화되어 있기
도 하다. 김유정의 자전적인 이야기는 누나와 무력한 실직자인 동생의
대립 외에도, 난봉꾼인 형과 무력한 동생의 대립 및 이야기를 그린
「형」, 「생의 반려」, 기생인 박녹주를 향한 집요하고도 어리석은 시도를
그린 「두꺼비」, 「생의 반려」에도 두드러지게 나타난다.

　위에서 살펴본 각 인물 유형은 해당 작품들에 대한 더 상세한 분석을
통해 구체적인 사건과 대사를 덧보탤 수 있다. 처음에 제시한 '뭉태'류,
'덕만'류, '점순'류에 대한 관련 이야기를 보태고 이 외의 주변적인 인물
유형들, 곧 '카페여급'류, 호색한인 '이주사'류, 아첨 잘 하는 '행랑 어멈'
류 등을 더한다면 스토리텔링을 위한 기본적인 캐릭터 목록을 완성할
수 있을 것이다.

5. 제언 및 남는 문제

　이 연구는 크게 두 가지 목적을 지니고 있다. 하나는 문화콘텐츠 '김
유정'의 전달 방식과 내용에 대한 반성적 검토와 문제제기이고, 다른 하
나는 '김유정' 스토리텔링을 위한 전략으로서 캐릭터 목록화 작업을 시

도하는 것이다. 이를 위해 문자텍스트이든 전자의 바다를 통해서든 혹은 공간의 직접체험에 의해서든, 원자료인 작가와 작품에서 독자(소비자)에게로 나아가는 다양한 통로를 조사하고 이를 문화콘텐츠 '김유정'의 이름으로 범주화하였다. 지금까지 구축된 문화콘텐츠 '김유정'의 재가공 현황에 대한 반성적 검토를 통해 문화콘텐츠로서의 외연을 확대할 정보 제공 전략을 거점콘텐츠인 캐릭터목록의 작성으로 삼았다.

본론에서 분석한 것은 원자료로서의 1차 콘텐츠 속의 캐릭터 목록화에 대한 시론이었다. 거점콘텐츠로서 이 목록이 제대로 구실을 하기 위해서는 여기에 다시 2차 콘텐츠와 3차 콘텐츠의 인물들이 포함되어야 한다. 2차콘텐츠에서는 당시 김유정과 돈독한 관계를 유지하였던 문우인 이상, 안회남, 현덕, 김문집 외 구인회 멤버들, 사랑의 대상이 되었던 박녹주, 박봉자, 누이와 형, 조카 등 가족 등 실존인물들을 김유정의 생애와 당대 역사를 함께 스토리텔링할 수 있는 인물유형으로 목록화할 수 있다. 다시 3차 콘텐츠인 시청각적 텍스트 콘텐츠를 통해 창조되거나 변형되어 나타난 인물들, 박녹주, 안회남(김혁수의 희곡 〈유정의 봄〉),[36] 안성댁(이건용의 오페라 〈봄봄봄〉), 각설이, 옥이네 부부(김정훈의 희곡 〈땡볕〉), 영달, 순자, 점례(신명순의 희곡 〈봄봄〉) 등의 인물도 포함시켜 캐릭터 목록을 작성할 수 있다. 이러한 캐릭터 목록이 완성되면 각 캐릭터에 대한 연구결과를 참고한 상세한 분석이 첨가됨으로써 거점콘텐츠로서 캐릭터 목록과 분석내용이 완성될 것으로 생각한다.

이 거점콘텐츠의 확보에 의해 '김유정'의 내용이 확대되는 것은 물론, 캐릭터를 융합하고 확장하는 다양한 스토리텔링 방식도 가능해질 것이

---

[36] 김혁수의 〈유정의 봄〉은 작가의 생애를 재구성한 것으로 김유정과 박녹주의 사랑을 중심으로 창작과정과 작품 세계를 보여주고 있다. 이 작품의 가장 뚜렷한 특징은 김유정의 생애와 작품의 융합이다.

다. 영화나 드라마, 연극, 오페라 등으로의 각색은 물론, 소설재구성, 단편영화, 즉흥극[37] 공연 등으로 대중의 참여를 유도할 수 있을 것이다. 무엇보다 거점콘텐츠는 지금까지 문제로 지적했듯 특정 공간 중심의 스토리텔링이나 몇 작품의 반복된 감상용 스토리텔링에만 사용되지 않을 것으로 본다. 김유정과 그의 시대에 대한 사회 문화적 접근은 물론, 모든 작품의 유형화된 인물을 통해 작품에 대한 고른 이해와 수용이 가능해질 것이다. 또한 한 개인의 전기쓰기 및 작가의 창작과정에 대한 보다 입체적인 이해와 연구결과의 적절한 반영으로 김유정과 그 작품에 대한 심층적인 접근이 용이하고, 교육 자료로서 활용도가 높아질 것이다.

지금까지 논의의 초점은 문화콘텐츠 '김유정'의 융합과 확장에 대한 문제제기에 있었다. 그러나 사실 더 큰 문제는 이러한 콘텐츠의 제작과 교류에서 스스로 소외된 채 폐쇄회로 속에 갇혀있던 문학연구자 집단에 있을 것이다. 그러나 이 논의의 결과, 그간의 문제에 또 다른 문제를 하나 더 얹어 놓았다는 자괴감을 고백할 수밖에 없다. 모쪼록 문제의 발견과 참여만으로도, '김유정'의 현재와 미래가 한국문학의 문화콘텐츠화의 긍정적 모델이 되는 데 작은 기여가 될 수 있기를 소망한다.

37　이러한 즉흥극과 인물 유형은 16세기 이태리 전문희극극단인 〈코메디아 델 아트〉의 인물과 공연방식을 참고할 수 있다. 이에 대해서는 이재명, 앞의 책, 235~237쪽; 오스카 G 브로케트, 김윤철 옮김, 『연극개론』, 한신문화사, 1998, 194~200면.

참고문헌

전신재 엮음, 『원본 김유정 전집』, 강, 2007.

권일경 외 22인, 『해법문학―소설문학』, 천재교육, 2008.

김유정문학촌 엮음, 『김유정 문학의 재조명』, 소명출판, 2008.

김혁수, 「유정의 봄」, 『무대 뒤에 있습니다』, 한국연극협회, 2000.

유인순, 『김유정을 찾아가는 길』, 솔과학, 2003.

전신재 엮음, 『김유정 문학의 전통성과 근대성』, 1997.

정창권, 『문화콘텐츠 스토리텔링』, 북코리아, 2009.

최혜실, 『테마파크 스토리텔링』, 글누림, 2008.

최혜실, 『문화콘텐츠, 스토리텔링을 만나다』, 삼성경제연구소, 2009.

한국예술문화단체 총연합회춘천지부, 『김유정 희곡집』, 서울기획, 2002.

베르그송, 정연복 옮김, 『웃음―희극성의 의미에 관한 시론』, 세계사, 1992.

강상대, 「서사시 금강의 문화콘텐츠 개발」, 『문학관과 문화산업』, 단국대 출판부, 2007.

류은영, 「내러티브와 스토리텔링―문학에서 문화콘텐츠로」, 『인문콘텐츠』 14호, 2009. 3.

박기수, 「문화콘텐츠 스토리텔링의 생산적 논의를 위한 네 가지 접근법」, 『한국언어문화』
　　　32집, 2007.

이종호, 「1950년대 남한 문학전집의 출현과 문학정전화의 욕망」, 『한국어문학연구』 56집,
　　　2010.

표정옥, 「상호텍스트성에 의한 소설텍스트 재구성으로써 영상화―김유정 원작과 하명중 감
　　　독의 영화 〈땡볕〉을 중심으로」, 『서강인문논총』, 21집.

최원식, 「모더니즘 시대의 이야기꾼―김유정의 재발견을 위하여」, 민족문학사연구소, 『민
　　　족문학사연구』, 2010.

한명희, 「김유정 문학의 OSMU와 스토리텔링」, 한국현대문예비평학회, 『한국문예비평연
　　　구』 27, 2008.

제3부 / 김유정 작품의 문화 콘텐츠

봄·봄·봄[*]

박정규

* 「봄·봄·봄」은 김유정의 「봄·봄」을 바탕으로 쓴 작품이다.

  "「봄·봄」은 사건 구성이 반복·순환의 구성법을 취하고 있고 (…중략…) 주인공 '나'는 유랑민이다."

     — 『원본 김유정 전집』(전신재 편)에서 단편소설 「봄·봄」에 대한 전신재 교수의 각주 해설 중에서

  "「봄·봄」의 경우, 이 소설에서 절대적 비중을 차지하는 동종 내적 소급 제시는 (…중략…) 수평적 시간구조에서 두 번째 시간적 구조인, 이야기의 시간과 같은 방향으로 진행되지 않고 역(逆)진행함으로써 최초의 출발 상황에서 진전이 없는 상태로 되돌아오는 시간 구조에 기여하는 것이다."

     — 박정규 논문집 『김유정 소설과 시간』 중, 'II.김유정 소설의 시간구조 분석. 2) 「봄·봄」을 모형으로 한 미시구조' 중에서

벌써 이틀째 봉필 영감과는 눈을 마주치지 않았다. 내가 간절한 목소리로 예식을 올리게 해 달라며 애처로운 눈빛을 그에게 보낸다 한들 곱게 받아줄 리도 없을 뿐더러 오히려 곤욕을 치르기 십상이기 때문이다. 인석아 왜 일할 생각은 안 하고 또 쓸데없는 소리여. 그 큰 눈은 왜 자꾸 껌벅거리는겨? 노래공부는 자알 하고 있는 겨? 그래, 그럼 와서 한 번 해봐라. 이 나라에서는 노래 한 자락 못 하면 사람 구실 못하는 겨. 그러고는 내게 노래를 하라고 윽박지를 것이 뻔하다. 봉필 영감도 노래를 썩 잘 부르는 편은 아니다. 박자도 음정도 썩 정확한 편은 아니지만 첫째로 목소리가 영 아니다. 조금 높이 올라가는 부분에서는 압력밥솥에서 김 빠져나오는 소리가 난다. 하지만 천둥산 박달재 노래는 그래도 그 노래 비슷하게 부른다. 노래 부를 기회가 있을 때마다 그 노래만 하는 것으로 보아서는 봉필영감이 아는 노래가 그 노래 하나밖에 없다는 건 거의 확실하다. 내가 봉필 영감 앞에서 처음 노래를 부른 것은 이 공장에 새로 온 지 거의 두어 달 쯤이나 지나서 헌 식구가 되어갈 무렵 뜬금없이 새 식구 환영회식이라고 모였던 날이었다. 시장바닥 같이 복작거리는 닭갈비집 한 구석에 우리 일행 다섯이 간신히 자리를 잡고 앉았다. 앉자마자 우선 소주부터 주문했다. 내가 한국에 온 지 삼 년이 지났지만 술 마시는 일에는 아직도 적응이 안 된다. 아니 내게 술 마시는 일은 적응 여부의 문제가 아니다. 몸이 술을 거부하는 거다. 소주 한 잔을 다 마시면 온

몸에 두드러기가 돋아나서 군데군데 부풀어 오르고 특히 항문은 참기 힘들만큼 가려워진다. 지난 번 일터에서도 이러한 육체적 고통을 설명하고 양해를 받는 데에 나는 애를 먹었다. 한국 사람들은 도대체 술 못 마시는 특이체질이 있다는 사실 자체를 인정하려 하지 않는 것 같았다. 힘들더라도 내 육체적 고통을 그들에게 직접 보여주는 수밖에는 없었다. 그 고역을 또 되풀이해야 하나 하고 긴장하고 있는데 뜻밖에도 봉필영감이 나를 구해준 것이었다. 너 술 못 마시지. 네. 내 그럴 줄 알았다. 재한테는 술 권하지 마라. 삼겹살집으로 가려다 여기로 온 것도 다 재 때문이야. 너희들도 알아 둬. 원래 회교 믿는 나라에서는 술과 돼지고기를 금하는 거거든. 봉필영감의 말끝에 칠쟁이 박 씨가 그렇잖아도 동그란 눈을 더 동그랗게 뜨고 처음 듣는 소리라는 양, 아, 그래요? 하고 토를 달자, 그럼, 그럼, 사람 사는 풍습은 나라마다 제각각인 법이거든. 영감은 자신의 풍부한 상식이 스스로 대견스러웠던지 공연히 헛기침까지 하면서 자못 위엄어린 표정을 지으며 나를 건너다보았다. 나는 꼭 종교적인 것 때문이 아니라 특이체질 때문이라고 말해야할까 말까 망설이다가 그만 두었다. 내 바로 옆에 앉은 목공 김 씨가, 삼겹살보다 닭갈비가 싸게 먹혀서겠지. 하고 작은 소리로 쫑알거리는 것을 들었기 때문이었다. 그런데 너 한국에서 오래 살려면 앞으로 술 마시는 건 꼭 배워야 할 꺼다. 그 때는 그 말이 무엇을 뜻하는지 나는 알지 못했다. 아무튼 내 가장 큰 고민거리 하나를 해결해준 봉필영감이 당장은 내 아버지처럼 고맙고 인자해보이기까지 했던 거다. 술자리가 끝나고 거나해진 일행들은 정해진 코스인 것처럼 근처의 노래방으로 향했다. 일찍 집으로 들어가겠다던 봉필영감은 노래방 비용은 우리들이 추렴해서 낼 테니 같이 가자는 칠쟁이 박 씨의 말에 슬그머니 따라나섰다. 젤 어른부터 한 곡조 하셔야지요. 그래야 우리 졸개들도 마음 놓고 하지요. 목공 김 씨가 혀 꼬부라진 소리로 재촉하자 봉필영감은 몇 번 헛기침으로 목을 고르고는 천둥산 박달재 노래를 불렀다. 노래가 끝나자 목공 김 씨만 빼놓고는 모두 환호하며 박수를 쳤다. 김 씨는 술이 취했는지 벽에 기대어 자고 있었다.

나도 박수를 쳤지만 속으로는 별로라고 생각했다. 그 헛바람이 새는 작고 쉰 목소리가 내 귀에 껄끄럽게 걸렸던 거다. 오늘의 주인공이라며 내게 마이크가 넘어왔다. 내가 반주 없이 윤수일의 아파트를 부르겠다고 했더니 기대에 찬 눈길들이 내게로 향했다. 내 목소리는 맑고 크다. 그래서 나는 쉬어터진 목소리밖에 없는 봉필영감이 들으라고 일부러 목청껏 크게 노래를 불렀다. 반주도 없이 내 목소리만 쩌렁쩌렁 울리던 노래방 안이 갑자기 소란스러워졌다. 내 노래를 듣던 이들이 배를 끌어안고 소파 위에서 혹은 아예 바닥에서 데굴데굴 구르며 웃느라 난장판이었다. 몇몇은 눈물까지 흘리며 웃고 있었다. 봉필영감은 웃는지 우는지 모를 묘한 표정으로 나를 건너다보고 있었다. 내가 노래를 부르면 모든 노래들은 곡조가 없어진다는 거다. 그저 약간의 높낮이와 가사가 있을 뿐이란다. 그래서 내가 부르는 노래는 가사만 다르고 곡조는 모두 같단다. 나는 분명 곡조에 맞춰 부른다고 부르는데 듣는 사람들은 그렇게 들린다는 거다. 참 알다가도 모를 일이다. 나 같은 사람을 음치라고 한다나. 태어날 때부터 그랬으니 말하자면 선천성 음치인 셈이다. 몇몇이 모여서 술 한 잔 한 후에는 대개 노래방으로 갔다. 음식점을 나서며 으레 계산대 옆의 이쑤시개를 빼어 들듯이 그들은 노래방에 갈 때마다 나를 앞장세우곤 했다. 이를테면 노래방 필수휴대품인 셈이다. 나처럼 항상 빠지지 않고 노래방에 함께 가는 사람은 목공 김 씨다. 그는 거기 가기는 하지만 노래에 취미가 없다며 구석 소파에 기대어 잠만 자고 가곤 했는데 그런 목공 김 씨마저 내가 노래를 부르고 나면 마이크를 들고 일어나 우중충한 표정과 기어들어가는 목소리로 한 곡조 뽑고 나서는 내 어깨를 다독여주며 요즈음 나 때문에 살맛이 난단다. 아무튼 나는 노래방에 갈 때마다 최고의 인기를 누렸다. 한국 사람들은 일행이 함께 노래방에 들어가더라도 노래 부르는 사람만 있고 듣는 사람은 없다. 자기보다 윗사람이 노래를 부를 때는 탬버린을 흔들고 백댄서가 되어 함께 참여하다가 노래가 끝나면 노래한 이의 가창력과 상관없이 앙코르를 외치며 환호하기도 하지만 동료나 후배들이 노래를 부르는 동안에는 다음에

자기가 부를 곡목을 찾기 위해 침침한 조명 아래 눈을 홉뜨고 노래책을 뒤적이
든지 그렇지 않으면 여분으로 비치된 마이크를 들고 본래 그 노래를 신청한 사
람보다 더 큰 목소리로 따라 부르다가 아예 그 곡을 빼앗아 부른다. 그런데 내가
노래를 부를 때만은 예외이다. 모두 내 노래에 집중한다. 그리고 한없이 즐거워
하는 것이다. 나라고 왜 남들처럼 본래의 곡조대로 노래를 부르고 싶지 않겠는
가. 노력을 안 한 것도 아니다. 혼자 속으로 흥얼거릴 때는 내 머릿속에 그 곡조
들이 떠오른다. 그런데 정작 노래 소리로 되어 나올 때는 영락없이 음표와 쉼표
들이 날아간 채 단조롭고 평평하게 변해버리는 것이다. 선천적이라는 것이 무섭
다는 게 이런 경우인 모양이었다. 그래서 생긴 대로 살자고 마음 편하게 생각하
기로 했다. 남들이 나로 인해서 행복해한다면 되지 않았느냐 말이다. 나는 인기
가 있어서 좋고. 그러나 결국 내가 그렇게 내 노래에 대해서 느긋할 수만은 없는
사정이 생기고 만 것이었다. 내가 이 가구공장에 온 지 반 년이 거의 되어갈 무렵
이었다. 하루는 봉필 영감이 나를 사무실로 부르더니 내 신상에 대해서 이것저
것 캐물었다. 내가 직업학교에서 목공예를 전공했고 혈육이라고는 단 한 분뿐이
던 어머니가 돌아가신 후 한국에 왔다고 말하자 눈을 지그시 감고 듣고 있던 봉
필영감은 느닷없이 오늘 일 끝난 후 외출준비를 하고 기다리라고 했다. 외출이
라니. 회식 같은 것 때문이라면 (일 년에 한두 번 있을까 말까 한, 봉필 영감이 비용
을 부담하는 그 회식) 내게 외출 준비를 하라 마라 할 리가 없다. 칠쟁이 박 씨를
불러 지시하면 될 일이었다. (회사에 들어 왔다는 시기나 나이로 보면 목공 김 씨가
그 일을 맡아야 하지만 여하튼 박 씨가 이 공장 일꾼 대표 노릇을 하고 있다.) 나는 일
을 끝내고 부리나케 세수를 하고 옷을 갈아입고 머리까지 빗고 기다렸다. 너 우
리 집어 가서 저녁먹자. 도대체 무슨 일인가 싶어 멍하니 쳐다보는 내 소매까지
슬쩍 잡아끌며 평소의 그답지 않게 아주 살갑기 그지없었다. 나는 영문을 모른
채 따라 나설 수밖에 없었다. 봉필영감 집은 공장에서 스무 걸음도 채 안 되는 거
리에 있다. 내 숙소가 있는 가건물로 지은 가구공장 옆에 제법 제대로 지은 자그

마한 이층집이 그의 집이다. 현관문을 열고 들어서자 음식 냄새가 코를 찔렀다. 거실에는 벌써 큼직한 상이 놓여 있고 초등학생만한 계집애와 그 보다 조금 클까 말까 한 늙은 여자가 부지런히 음식을 나르고 있다가 막 들어서는 영감과 내게 눈길을 돌렸다. 나이 먹은 여자가 어서 오라고 몸집에 어울리지 않는 큰 소리로 외쳤는데 높낮이가 없는 억양 때문인지 조금 퉁명스럽게 들렸다. 나는 유치원 다니는 한국 어린이처럼 손을 아랫배에 모으고 허리를 굽혀 공손히 배꼽인사를 했다. 초등학생만한 계집애가 이런 나를 보고 샐쭉 웃고는 고개를 돌렸다. 그런데 다시 보니 작은 키와는 다르게 바스트도 힙도 의외로 컸고 살집이 붙어 동그스름한 얼굴도 성숙해 보였다. 키만 어린아이 같았다. 내가 목공일을 하다 보니 길이나 크기에 대한 눈짐작은 적잖이 정확한 편인데 그녀의 키는 넉넉히 쳐줘도 백사십오 센티미터를 넘지 않을 듯했다. 하기야 봉필영감도 큰 키는 아니다. 일 미터 팔십오 센티미터인 나와 마주서면 가슴께쯤 차는 것으로 보아 그의 키는 백육십 센티미터 언저리일 것이 분명했다. 그들 사이에 있으려니 나만 밀밭에 웃자란 잡초 같은 기분이 들었다. 그렇다고 큰 키를 반으로 접을 수야 없지 않느냐. 그래서 저녁을 먹는 동안 가능하면 몸을 오그리고 있으려니 식탁에 앉아 있는 시간이 일을 할 때보다 더 힘들었다. 그 곤혹스러운 환경 때문에 식욕이 떨어져서 그런지 아니면 영감 부인의 음식솜씨 탓인지 차린 것은 꽤 되는데도 음식 맛은 별로였다. 돌덩이도 소화시킬 가공할 소화력으로 세 끼니를 꼬박꼬박 챙기면서도 항상 배고픔을 느끼는 내가, 먹은 음식이 혹시 체하지는 않을까 걱정해야 할 정도였다. 봉필영감이 자기 안사람이라고 소개했던 나이 먹은 여자는 내게 가족상황이나 한국생활에 대해 끝없이 질문을 해댔다. 나는 면접시험 보는 수험생처럼 아주 성실하게 열심히 대답했다. 영감이 자기 딸이라고 소개했던 그 초등학생만한 여자는 틈틈이 해쭉해쭉 웃는 얼굴로 나와 눈을 맞추곤 했다. 한국말은 나보다 더 잘하고 키도 크고 콧날도 쭉 곧은 게 외양은 그럴듯한데 그 살결이 좀 덜 검었으면 좋겠네. 자못 아쉬워하는 아내의 말 끝에 영감이 한 마디 거들었다. 어허, 쓸 데 없는 소리. 아 한국에 오래 살면서 좋은 화장품 많이 쓰면 피부야 차차 희어지겠지. 그러자 이제까지 말 한마디 없이 슬쩍슬쩍 나와 눈 맞춤만 하던 영감의 딸이 혼잣소리처럼 중얼거렸다. 표백크림. 표백크림이요. 그 표백크림이란 것이 내 얼굴을 희게 만들기 위한 화장품을 말한다는 것은 한참 후에야 알았다. 내가 한국어를 배운 것은 방글라데시에 있을 때부터였다. 아버지가 돌아가시자 어머니는 어린 나를 데리고 일자리를 찾아 떠돌다가 묵따까차의 한 농장에서 일하게 되었는데 그 농장은 한국인 선교사와 그 가족들이 회교국인 방글라데시에서 기독교선교사업의 일환으로 운영하는 것이었다. 그 선교사의 배려로 우리 모자가 농장 안에 사는 동안 나는 선교사의 가족들에게서 자연스럽게 한국말을 배울 수 있었다. 나이가 들면서 나도 농장 일을 돕게 되었는데 내 손재주를 유심히 본 선교사가 직업학교에서 목공예를 공부할 수 있도록 주선해 주었다. 어머니가 돌아가시고 한국에 산업연수생으로 나오면서 나는 다시 방글라데시로 돌아가지 않겠다고 결심했다. 어머니가 없는 그 곳이 내게는 더 이상 의미 있는 곳이 될 수 없었다. 사실 힌두교도인 어머니는 그리고 어머니를 따라 자연스럽게 힌두교도로 분류된 나는 회교국가라 할 수 있는 그 곳에서 늘 이질적 존재로 취급 받는 외톨이였다. 그래서 선교사 가족들과 생활하면서 나는 종교적인 차별이 없다는 한국에 가서 자리 잡고 사는 꿈을 키웠었다. 그러나 막상 한국에 와보니 이곳에서의 정착은 하늘의 별 따기였다. 그러던 차에 봉필영감에게서 이런 뜻밖의 말을 들은 것이었다. 내가 자네를 한동안 지켜보면서 자네를 내 딸과 혼인시킬 생각을 했네. 혼례야 조만간 날을 잡아서, 아무튼 차차 올리겠지만 여하튼 자네는 우리 식구가 된 걸세. 봉필영감이 이렇게 한껏 점잖은 목소리로 이야기 하는 동안 나는 넋이 나간 사람처럼 그저 멍하니 앉아 있었다. 헌데 내용상으로는 그런 거지만 혼례를 올릴 때까지 너희 둘이서 만나는 건 절대로 안 되는 일이니 이점 명심하도록 해라. 한국의 풍습에서는 엄하게 금하는 일이니까. 봉필영감이 말투를 바꿔 마치 다짐받듯이 내 눈을 똑바로 들여다보며 이야기할 때에서야 비로소 정신이 들어 그냥 네, 네 하고 연신 머리를 조아렸다. 그러면서도 내 몸은 땅 위에 있는데 내 정신은 구름 위에 있었다. 내가 현재 한국에 머물 수 있는 체류자격은, 고용허가 절차에 의해 고용된 제조업 관련 외국근로자에 해당하는, E—9—2인데 한국인과 결혼하면 F—2—1로 바뀔 것이고 오 년 이상 한국에 살면 영주 자격인 F—5를 획득할 수 있을 것이다. 잘 하면 그 동안에 귀화 절차도 밟을 수 있을 것이다. 내 오랜 꿈이 이루어지는 순간이었다. 그날 이후 나는 봉필영감의 사위 자격으로 그 집에서 아침저녁으로 그들과 함께 식탁에 둘러앉는 것이 허락되었지만 대신 그날부로 월급은 없어져버렸다. 잠은 여전히 공장 한 구석 간이침대에서 잤고 점심은 영감이 박스로 사다주는 라면으로 때웠다. 사위가 된 후 두 번째 월급날, 한참을 망설인 끝에 사무실로 봉필영감을 찾아갔다. 제 월급은요? 월급? 너는 이제 옛날 같은 종업원 신분이 아니야. 너는 내 가족이라고. 가족끼리 월급은 무슨 월급. 아무튼 내가 자세한 얘기는 안 한다만 이 쬐끄만 하청가구공장 해서 무슨 떼돈을 벌겠니? 지금 우리나라 경제 사정도 그렇고…… 그러니 우리 가족끼리라도 고통을 분담하자 이 말이다. 막말로 내게 아들이 있니, 걔 말고 다른 자식이 있니? 결국 나중엔 이 공장도 다 네 거잖아. 이게 내 공장이다 생각하고 일해야지, 지금 월급타령이나 하고 있다니. 원 쯧쯧…… 알아들었으면 이럴 시간에 어서 가서 장롱 한 짝이라도 더 짜야지. 그날은 정말 내가 영감의 사위가 되긴 된 건가 긴가민가하여 더 긴말을 못하고 그냥 나왔지만 그 다음 날도 또 그 다음 날도 혼례에 대해서는 가타부타 일절 말이 없는 데는 뭔가 불안한 구석이 없지 않았다. 그렇게 한 달을 더 보내고는 다시 영감의 사무실로 찾아가 출입문을 열면서 오늘은 좌우간에 결판을 내기 전에는 이 문을 나오지 않겠다고 다짐을 했다. 너 내 사위라고 시도 때도 없이 일도 안 하고 이렇게 사장실에 드나들면 다른 사람들은 일할 맛이 나겠냐? 그래 오늘은 또 뭔 일이냐? 혼례는 언제 시켜주실 건데요? 내 말을 듣고 천정을 쳐다보며 입맛만 다시고 있던 영감은 한참 후에 책상 서랍에서 에이 포 용지 한 장과 사인펜을 꺼내더니

뭘 끄적끄적 써서 내게 내민다. 각서. 아래의 사항이 이행되면 두 사람의 혼례를 즉시 올려준다. 아래. 음정 박자 맞춰서 노래 두 곡 부르기와 소주 석 잔 마시기. 이상. 나는 종이에 쓰인 글자들을 읽으면서 기가 막혔다. 이런 걸 결혼 조건으로 내세우는 장인이 세상 천지에 어디 또 있을까 싶었다. 잠시 내 발 밑만 쳐다보고 있던 나는 고개를 들고 봉필 영감을 똑 바로 보면서 말했다. 좋아요. 혼례는 내가 노래도 술도 배운 다음에 올려요. 아, 그래야지. 그럼, 그럼. 그래야지. 에헴. 봉필 영감은 아주 만족한 듯 헛기침까지 덧붙였다. 그런데 혼례는 나중에 올리더라도 어차피 할 혼인이니 혼인신고는 당장 해 주시지요. 엥? 혼인신고? 아니, 혼례도 안올리고 무슨 혼인신고? 그런 법은 당최 없는 것이거든. 부모 없는 자식도 아니고, 무슨 혼례도 안 치르고 혼인신고여. 자 철없는 아이처럼 그렇게 떼만 쓰지 말고 어른 말을 들어라. 너만 조건을 갖추면 내 서둘러서 혼례를 올려 주마. 딴 생각 말고 어서 가서 열심히 일이나 해라. 이 공장이 다 네 것이라고 생각하고 열심히 일이나 혀. 그리고 틈나는 대로 그 뭐시냐, 표백크림인가 뭔가 하는 것도 부지런히 좀 바르고…… 예식장에서 신랑 신부가 나란히 서 있으면 그렇지 않아도 키 차이가 그렇게 나는데 얼굴 색깔까지 너무 차이가 나면 되겠냐? 그날도 나는 내 등을 툭툭 두드려 주며 건네는 봉필 영감의 다정한 목소리를 들으며 예식장 운운하는 말이 나왔던 것을 위안으로 삼고 사무실에서 터덜터덜 걸어 나올 수밖에는 다른 도리가 없었다. 내가 목공 김 씨가 하는 이야기만 듣지 않았어도 아마 당분간 봉필 영감의 처분만 바라며 다소곳이 기다리고 있었을 것이다. 봉필 영감은 집으로 점심 먹으러 가고 칠쟁이 박 씨와 장식공 윤 씨가 작업대 위에 도시락을 펼쳐놓는 것을 보고 내가 작업장 구석에 있는 내 숙소로 가서 라면 끓일 준비를 하고 있는데 목공 김 씨가 와서 라면 값을 줄 테니 자기 것도 끓여달라고 했다. 어쩔까 망설이다가, 라면 값은 무슨 라면 값이요, 제가 그냥 끓여 드릴게요, 하고 흔연한 표정을 지어 보였다. 그는 갑자기, 아쌀라무 알라에꿈, 하고 소리를 꽥 질렀다. 나는 깜짝 놀라서, 그를 쳐다보았다. 그는 얼굴에 묘한 웃음을 띠우고 나를 바라보았다. 내 이걸 어디서 배웠는지 아니? 너 오기 일 년 전에 너처럼 거무죽죽하게 생긴 애가 여기서 일했던 거 넌 모르지? 걔가 가르쳐주더라. 안녕하세요 라는 말이라면서? 그건 회교식 인사말이다. 힌두인이나 극소수인 기독교인은 인사말로 너모시까르를 주로 쓴다. 봉필 영감이 전에 있었던 회식자리에서 꽤 아는 척하며 회교국가 운운하던 말이 떠올랐다. 걔 이름이 뭉태여. 그 녀석 처음에는 안 그랬는데 온 지 얼마가 지나면서부터 잔뜩 불만스런 얼굴로 투덜투덜 무슨 뭉태, 무슨 뭉태라고 저 혼자 중얼거리더라고. 그래서 왜 자꾸 뭉태, 뭉태 하느냐니까, 영감이 올해 안에, 이달 안에, 하면서 자꾸 시간만 끌고 있다는 거여. 본 이름은 길어서 모르겠고 우리가 그 녀석이 중얼거리던 말을 따서 그냥 별명으로 부른 게 뭉태지. 이야기로 미루어 보건데 그가 입버릇처럼 했다는 뭉태라는 말은 아마도 기간 등의 범위를 뜻하는 '몯더'에 처소격 조사가 붙은 '몯테'를 가리키는 것 같았다. 가령, 두 달 안에, 라는 말은 '두이 마셰르 몯테'라고 한다. 못된 영감이 키가 몇 뼘밖에 되지 않아서 한국 머슴애들은 거들떠도 안 보는 잘난 딸을 내세워서 외국인 노동자들 거저 부려먹으려는 속셈이지. 그 녀석도 영감 사위 될 꿈에 월급 한 푼 못 받고 한 이 년 버티다가 헛물만 켜고 불법체류자가 될까봐 결국 제 나라로 돌아갔지. 정말 사장님이 그 사람에게도 딸과 결혼시키겠다고 했었나요? 그럼. 너한테만 그런 게 아냐. 내가 네게 라면 하나 공짜로 얻어먹어서가 아니고 그냥 걱정이 되어서 하는 소린데 너도 봉필 영감 수법에 넘어가지 말고 진즉에 생각 고쳐먹는 게 좋을 거여. 목공 김 씨의 말을 다 믿을 것은 못된다. 영감과 김 씨는 나이 차이도 별로 안 나는데 영감은 항상 김 씨에게 반말을 할 뿐 아니라 눈엣가시 대하듯 한다. 저번에 납품한 화장대가 불합격 제품으로 반품되었을 때도 영감은 제작 담당인 김 씨에게 감봉처분하겠다며 불같이 화를 내고는 나를 가리키며 재한테 일을 다시 배우든지 하라고 다그치기까지 했다. 그러니 목공 김 씨가 영감에게 좋은 감정을 가졌을 리가 없고, 그래서 영감을 헐뜯으려 하는 말일 수도 있는 것이다. 아무려면 아버지가 되어 가지고 자기 딸 혼례 문제를 놓고 장난치는 사람이 세상에 어디 있을까 싶었다. 그건 절대 있을 수 없는 일이었다. 그 영감 얼마나 괴상한 사람인지 아니? 아, 글쎄 세상 사람들이 다 좋아하는 꽃을 그 영감은 원수 대하듯 한다니까. 꽃을 싫어해요? 그럴리가요. 세상에 예쁜 꽃을 싫어하는 사람이 어디 있겠어요. 그러기에 하는 말이지. 무슨 꽃가루 알레르기가 있다나. 봄만 되면 일절 외출도 안 해요. 어쩌다 나가더라도 마스크를 겹겹이 하는데다가 꽃나무 근처에는 얼씬도 안 하지. 이제 꽃 피는 봄날이 왔으니 영감이 고생 좀 단단히 할 거다. 김 씨는 고소하다는 듯이 입을 비쭉이며 웃음까지 흘렸다. 나는 김 씨가 밉살스러워 다 끓은 면발이 퉁퉁 불을 때까지 일부러 기다렸다. 내 장인인 봉필 영감을 나쁜 사람 취급을 해서라기보다도 남의 고통을 즐기는 것 같은 김 씨의 모습이 마음에 들지 않았기 때문이다. 그렇지만 그 뭉태 이야기가 적잖이 마음에 걸리는 것은 사실이었다. 다음 날 사무실로 찾아갔다. 봉필 영감은 숫제 나를 못 본 체하고는 책상에 앉아 하던 일만 하고 있었다. 뭉태는 누군가요? 지금껏 나를 아예 무시하고 투명인간 대하듯 하던 영감의 얼굴에는 화들짝 놀라는 표정이 역력했다. 뭉태? 나, 나는 모르는 이름인데. 또 뭐가 못마땅해서 난 알지도 못하는 이름을 대가면서 트집을 잡는 거냐? 영감은 쩝쩝 입맛을 다시고는 눈을 가늘게 뜨고 나를 지긋이 건너다보더니 서랍 속에서 글씨가 써진 종이를 꺼냈다. 전에 그가 써서 내게 보여 주었던 그 각서였다. 그는 나를 가까이 오라고 했다. 그리고 사인펜으로 '음정 박자 맞춰서 노래 두 곡 부르기와 소주 석 잔 마시기' 중에서 '음정 박자 맞춰서 노래 두 곡 부르기'만 남겨 놓고 '와 소주 석 잔 마시기'는 두 줄을 그어 지워 버렸다. 자 이제 됐지. 괜한 트집 잡지 말고 이젠 가서 열심히 일이나 해라. 틈틈이 노래연습도 하면서. 그럼 이제 나가 봐라. 나는 꾸벅 인사를 하고 사무실을 나왔다. 사실 술 석잔 마시기보다 노래 두 곡 부르기가 내겐 더 어려운 과제였다. 술이야 죽기 아니면 까무러치기라고 마시고 나서 극심한 후유증에 한 동안 시달리는 한이 있더라도 일단 마실 수는 있는 것 아니냐. 그런데 이 노래 부르기는 어떻게 해 볼 재간이 없는 것이었다. 그날 저녁 먹는 자리에서 영감이 자기는 사정이 있어서 갈 수 없으니 며칠 있다가 날 좋은 날 잡아서 모녀와 함께 뒷산에 있는 자기 부모님 산소에 좀 다녀오라고 했다. 아직 혼례를 안 올렸으니께 산소에 절 같은 건 할 필요 없고, 예초기하고 낫 가지고 가서 산소에 벌초도 하고 그 주변에 칡넝쿨이랑 그런 것들도 좀 훤하게 치워봐라. 그 허우대에 남는 힘 뒀다 뭣에 쓰것냐. 네 처의 조상이면 네 조상도 되는 거거든. 남의 일 하듯 하지 말고 네 일이라고 생각하고 성의껏 하거라. 아마도 꽃가루 알레르기 때문에 자신이 산소에 갈 수 없으니 나를 시키는 거라고 생각하며 네, 하고 짧게 대답했다. 며칠 후 나는 세 식구 점심 도시락과 1.8리터짜리 물병 두 개가 담긴 배낭을 메고 양 손에 벌초 도구들을 들고 모녀의 뒤를 따랐다. 산소를 가르쳐 주러 가는 길에 나물을 캔다며 착착 접은 비닐봉지와 과도 하나씩만 들고 가벼운 옷차림으로 나선 모녀의 뒷모습은 소풍가는 유치원 학생처럼 앙증맞았다. 그래도 어머니가 딸보다는 반 뼘 쯤 키가 더 크다. 딸의 키는 참 작다. 점순이라는 제 이름 대로 작은 점하나 콕 찍은 것처럼 정말 작다. 키가 작은 것이 흠이기는 하지만 살짝 웃음 띤 얼굴로 나와 눈길을 마주칠 때면 제법 여성스러운 귀염성과 매력도 있다. 먼저 일하던 공장에서 경리일을 보던 미스 김도 예쁘장한 얼굴에 체구가 자그마했다. 나 같은 외국인 노동자들은 속으로야 어떨지 모르지만 겉으로는 감히 그녀에 대한 어떤 감정도 드러낼 수 없었다. 그러나 한국인 노동자들은 그녀가 먼발치에서만 보여도 그녀를 대상으로 농담들을 많이 했다. 그 중에서 지금까지 내 기억에 남는 것이 하나 있다. 여자와 커피 잔은 작을수록 좋은 거라나. 그래, 이 경우에는 작아도 너무 작은 것이 흠이기는 하다만 작은 것이 좋다니 그녀의 키에 대해서 다시는 신경 쓰지 않기로 하자. 이렇게 생각하니 한결 내 마음이 가벼워졌다. 묘지는 몇 년을 돌보지 않았는지 마른 잡풀과 칡넝쿨이 뒤덮여 봉분을 찾기도 힘들었다. 서너 시간을 예초기로 쳐내고 낫질을 한 뒤에야 무덤의 모습이 차츰 드러나기 시작했다. 그늘에 앉아 물을 마시고 잠시 땀을 들이고 있노라니 사방에 갖가지 꽃들은 흐드러지게 피어 있는데 짝짓기를 하는지 꿩들은 그 못 생긴 울음소리를 산자락 여기저기에 흩뜨리며 푸드득거리고 옷 속으로 파고드는 부드러운 바람에 가슴이 출렁출렁 흔들리는 것이 그냥 볕으로 따뜻하게 덥혀진 풀숲에 누워 잠 속에 푹 빠지고만 싶었다. 공연히 심란해져서 먼산바라기를 하고 있는데 점순이가 나 있는 곳에서 두어 발자국 떨어진 곳에 쪼그리고 앉아 나물 캐는 척하며 혼잣말처럼 낮게 중얼거렸다. 오빠! 나는 처음에는 무슨 말인가 했다. 그리고 그게 오빠라는 말이라는 것을 알고 나서는 도대체 누구에 대한 호칭인가를 생각하느라 한동안 벙벙한 표정을 짓고 있을 수밖에 없었다. 그러자 그녀는 나를 빤히 쳐다보면서 장난기 서린 표정으로 조금 목소리를 높여 보로바이라고 말했다. 보로바이는 무슬림들이 오빠나 형을 부를 때 쓰는 말이다. 나 같은 힌두교도들은 이런 경우 다다라는 말을 쓴다. 그 순간 나는 가슴이 덜컥 내려앉았다. 목공 김 씨에게서 들은 뭉태라는 이름이 생각났기 때문이었다. 나는 아무 대답도 못하고 멍하니 그녀를 바라만보고 있었다. 오빠 나하고 결혼할 생각이 있긴 있어? 나는 얼른 고개를 끄덕였다. 그런데 언제까지 그러고만 있을 거야? 허락을 안 하시니 내가 어쩔 수 없지. 내 참, 우리 아버지 두 배도 넘는 그 큰 덩치는 뒀다 뭐하게. 그냥 한 번 확 들었다 놔버려. 내가 뭐라고 대답하려는데 저 쪽 소나무 밑에서 희뜩 하고 어머니의 모습이 보이자 그녀는 벌떡 일어나 목청을 높여서 소리를 질렀다. 엄마 여기 나물 많아요. 나는 옆에 놓았던 낫을 집어 들고 풀 베던 곳으로 걸어가면서, 영감을 언제 한 번 정말로 확 들었다 놓아야겠다고 별렀다. 그날 셋이 둘러 앉아 점심 도시락을 먹는데 점순이가 저는 밥 생각이 없다며 제 도시락의 반을 제 엄마 도시락에 덜었다. 그러자 점순이 엄마는 얼른 그 밥을 내 도시락에 옮겨 담았다. 내 도시락에 수북하게 쌓인 밥을 바라보며 멋쩍어 하고 있는 내게 점순이가 생긋 웃음을 보냈다. 점심 먹고 나서도 두어 시간 일을 더 하고 내려왔으니 저녁이 멀지 않은 시간이었다. 조금 쉬다가 저녁이나 먹을 요량으로 막 씻으러 수돗가로 가는데 봉필 영감이 다짜고짜로 소리를 버럭 질렀다. 새로 주문 받은 일거리 공정이 빠듯한데 일 안 하고 뭐하느냐는 거였다. 몇 년 동안 손도 안 댔는지 엉망진창이 된 자기네 조상 묘소를 하루 종일토록 번듯하게 치워 준 사람에게 고맙다고 치하는 하지 못할망정 거기 대해서는 일언반구도 없이 꽥꽥 소리부터 지르는 건 도대체 무슨 경우냐는 말이다. 해도 너무한다 싶어 나는 슬그머니 뱃이 뒤틀렸다. 산소에서 일하다가 허리가 삐끗 했나 봐요. 한 마디 하고는 씻지도 않고 들어와 내 침대에 누웠다. 뭐야? 며칠간 야근을 해도 납품기일을 지킬까 말까 한데 지금 무슨 소리를 하고 있는겨. 젊은 놈이 그까짓 일 조금 했다고 무슨 허리 병이 다 나고 그래. 쓸데없는 소리 말고 어서 벌떡 일어나지 못해. 쫓아 들어온 영감은 내 허리께를 발로 된통 걸어차고 나갔다. 나는 어떻게 할까 생각하다가 그 힘든 일을 혼자 했는데 그까짓 일쯤으로 치부해 버리는 영감의 소이가 적잖이 섭섭하다는 생각이 들어 꼼짝 안 하고 그냥 누워 있었다. 한참을 그러고 있는데 영감이 다시 와서는 이번에는 대걸레 자루로 나를 후려 쳤다. 내가 아침마다 사무실을 청소하고 깨끗이 빨아서 내 간이침대 옆에 세워 말리는 것이었다. 나는 아픈 걸 참으며 죽은 듯이 맞기만 했다. 분에 겨워 한참을 씩씩거리던 영감은 제풀에 지쳤는지 획 나가버렸다. 또 그렇게 한동안 누워 있다가 보니 저녁 먹을 시간이 되었다. 나는 어떻게 할까 잠시 망설이다가 모르는 척하고 저녁을 먹으러 가기로 했다. 내가 들어서니 영감의 가족들은 벌써 저녁을 먹고 있었다. 그런데 내 자리에 밥그릇이 없었다. 당황하여 머뭇거리고 있는데 영감이 수저질을 하면서 고개도 안 돌리고 말했다. 네 밥은 없다. 오늘 넌 일을 안 했으니 굶어라. 나는 기가 막혔다. 하루 내내 제 조상 묘지 벌초를 한 건 일이 아니고 뭐란 말이냐. 나는 획 돌아서서 나와 버렸다. 점심을 많이 먹기는 했지만 어디까지나 점심은 점심이고 저녁은 통째로 굶는 셈이 아니냐. 숙소로 가서 라면이라도 끓여 먹으려고 물을 끓이다가 불을 끄고 벌떡 일어섰다. 부아가 치밀어 견딜 수 없었다. 영감에게 어떻게 앙갚음을 해줄까 이 생각 저 생각 하다가 문득 목공 김 씨의 말이 떠올랐다. 영감에게 꽃가루 알레르기가 있다는 그 말. 나는 배낭을 메고 나서서 공장 주변과 이웃 마을까지 돌면서 눈에 띠는 꽃들을 한 아름이나 꺾어서 배낭 속에 넣었다. 그리고 영감의 집으로 가서 현관 문을 열었다. 모녀는 부엌에서 설거지를 하는지 보이지 않고 영감만 티브이 앞에 앉아 코미디 프로를 보는지 낄낄거리고 있다가 내가 들어서자 힐끗 쳐다보고는 얼른 표정을 고쳤다. 네가 이 시간에 뭔 일이냐? 영감의 목소리는 차가왔다. 나는 아무 말도 하지 않고 메고 있던 배낭을 내려 재빨리 꺾어온 꽃들을 꺼내 들었다. 예, 하도 꽃이 예뻐서 집안에 꽂아 놓으려고 가지고 왔습니다. 좀 보세요. 참 예쁘지요. 나는 꺾어온 꽃다발을 일부러 영감의 코앞에 대고 마구 흔들었다. 영감은 눈물 콧물을 흘리며 재채기를 하느라 소리도 지르지 못하고 두 손만 버둥거리며 내 젓고 있었다. 결국 이것이 내가 하루를 꼬박 누워서 낑낑 앓게 된 사단이 된 것이었다. 못되어먹은 그까짓 외국인 노동자 하나쯤 밀린 월급 주어서 보내 버리고 외국인 연수 취업자 한 사람 새로 받으면 될 텐데, 온 몸이 두드러기로 벌겋게 부풀어 누워 있는 내게 약을 지어다 준다, 그 귀하다는 토종꿀물을 먹인다 하며 걱정을 해 주고 또 올해 안에 혼례 치러 줄게 어서 가서 주문받은 농이나 짜라고 어깨를 토닥여 준 영감은 목공 김 씨가 헐뜯던 그런 나쁜 사람이 아닌 것만은 확실했다. 그 것뿐이냐. 김 씨는 일하는 게 거치니 단가가 높은 이번 일은 힘들더라도 손재주 좋은 네가 전적으로 맡아서 해야 한다며 격려까지 해 주지 않았느냐. 혼인으로 인한 체류자격 변경도 귀화도 모두 물 건너간 거 아닌가 하고 체념하고 있던 차에 영감의 그 다정한 말을 듣고 나서, 나는 아직 두드러기가 덜 가라앉은 엉덩이를 긁적거리며 벌떡 일어나 용서해 주셔서 감사하다고 공손히 고개를 숙이고는 얼른 작업장으로 달려가지 않았느냐. 허지만 앙갚음할 생각으로 마음속이 꽉 차 있던 그 때는 그것도 모르고 내 분에 못 이겨 영감에게 몹쓸 짓을 했던 거다. 숨을 제대로 못 쉬며 고통스러워하던 영감은 목이 막혀 말은 못하고 손짓으로만 어서 치우라고 야단이더니 끝내 무릎을 꿇고 빌기까지 했다. 그러나 마음 독하게 먹은 나는 여전히 꽃다발을 흔들며 그의 코앞에 꽃가루를 털어내는 일을 그치지 않았다. 설거지를 하다가 거실의 이상한 낌새를 눈치 채고 뛰어나온 모녀는 영감의 상태를 보고는 울며불며 내게 달려들어 꽃다발을 빼앗아 창문 밖으로 내던졌다. 영감을 부축하여 다른 방으로 옮기고 나온 모녀는 내게 달려들어 꼬집고 할퀴는데 어찌나 손길들이 모질고 독한지 정신을 차릴 수가 없었다. 특히 우리 아버지를 죽이려고 한다며 내 목덜미를 고양이 어금니 같은 손톱으로 물어뜯듯이 꼬집고 있는 점순이의 공격은 내게 가장 치명적이었다. 목덜미의 통증도 통증이지만 정말 내게 대한 미움이 서린 듯한 그 표정은 내 온몸에 기운이란 기운을 쏘옥 빠져나가게 만들었다. 나는 살쾡이들처럼 물고 뜯고 할퀴는 모녀에게 내 몸을 맡긴 채 두 눈을 감고 거실 바닥에 축 늘어져버렸다. 그런데 누군가 내 몸 위에 타고 앉아 숨을 못 쉬게 내 코를 틀어잡았다. 나는 입을 벌리고 숨을 쉬어야 했고 그 서슬에 입 속에 밀어 넣어진 병 주둥이에서 나오는 액체를 한 동안 들여 마실 수밖에 없었다. 간신히 눈을 떠보니 마스크를 하고 내 위에 올라타서 나를 찍어 누르고 있는 영감의 무섭게 부릅뜬 두 눈이 보였다. 그 액체가 기도로 들어가 숨을 쉴 수 없게 되자 나는 있는 힘을 다해 나를 타고 앉은 영감을 밀어내고 일어나 내 기도를 막고 있는 그 액체를 밖으로 내보느라 캑캑거렸다. 죽을 것처럼 고통스러웠다. 그 와중에도 아까 보았던 그 미움에 가득 찬 점순이의 눈빛이 떠오르며 그냥 이대로 눈을 감아버리고 싶다는 생각을 했다. 영감은 내 목구멍에 들어붓고 반 쯤 남은 소주병을 든 채 나를 내려다보며 고래고래 소리를 질렀다. 가물가물해지는 내 의식 속에서 영감의 고함소리가 점점 멀어지고 있었다. 이놈 장인을 무릎 꿇고 빌게 만들어? 천하에 몹쓸 놈.***

| 단편소설「봄·봄·봄」 집필에 관련하여 덧붙이는 말 |

유인순 교수님으로부터 처음 이 제안을 받았을 때 저는 몹시 난감했습니다. 그 제안은, 박태원의 작품「小說家 九甫氏의 一日」이 요즈음의 작가들에 의해서「구보 씨의 일일」로 다시 태어나듯이 박 선생이 김유정의 대표작을 2011년 판으로 다시 써서 '김유정학회 제1회 학술연구발표회'에 발표해 보면 어떻겠느냐는 것이었습니다. 몹시 흥미롭고 구미가 당기는 제안이었지만 제 능력 밖의 일일 것 같아 난감했던 것입니다.

저는 단편 한 편을 읽어내는 데에도 근 한 달여를 매달려야 할 만큼 문재가 비천한데다가 천성이 게으르기까지 하여 지독한 과작입니다. 창작집 두 권과 장편소설 한권이 지금까지 제가 내어 놓은 창작품의 전부입니다. 게다가 발표한 소설작품이라는 것이 영 신통치 않습니다. 드물게 제 작품이 대학의 창작 수업 시간에 다루어지기도 하는 모양인데 학생들의 반응은 우선 어렵다고 한답니다. 학생들이 소설 작품을 어렵다고 표현하는 것은 결국 재미없다, 이거나 혹은 읽기 싫다, 라는 말의 다른 표현이 아니겠습니까. 그도 그럴 것이 우선 제목부터가 낯설지요. 가령「에코르체 혹은 보이지 않는 남자」라든가,「타블로비방 혹은 비너스의 내부 작품번호1」 같은 낯설고 해괴하기까지 한 어휘들이니 말입니다. 거기다 소설에 무슨 각주까지 주렁주렁 붙어 있는데, 그 각주라는 것이 미술평론의 한 부분을 인용한 것이지요. 더 가관인 것은 소설의 본문이 처음부터 끝까지 내리닫이로 한 개의 문단입니다. 시각적 여유 공간이라고는 눈을 씻고 찾아봐도 없는 글자만 빽빽하게 메워진

A4 열 장, 열한 장 분량의 소설을 처음 대하는 순간 과연 누가 읽고 싶어 하겠습니까.

김유정의 소설은 우선 재미있습니다. 이 재미의 요소가 소설의 미덕임에는 이론의 여기자 없습니다. 그런데 저처럼 재미없는 소설밖에 못 쓰는 사람이 어떻게 김유정의 대표작 중의 하나를 2011년 판으로 되살려 낼 수 있을까 생각하니 당연히 난감할 수밖에 없었겠지요.

무작정 상경하여 도시 생활에 적응하려 애쓰지만 결국 전과자가 되고, 타의에 의한 귀농을 하지만 생활기반이 없는데다가 도시 생활의 타성을 버리지 못해 방황하는 젊은이의 이야기를 「만무방」으로 써볼까, 혹은 다문화가정의 이야기를…… 생각이 여기에 미치자, 현재 우리 산업의 한 부분을 담당하고 있으면서도 사회적 약자로서 고단한 처지에 있는 이주근로자를 등장시켜 「봄·봄·봄」을 집필하기로 결정한 것은 원고를 보내야할 마감시한 이 주 전이었습니다. 그래서 부끄럽게도 퇴고조차 못 한 초고를 겨우 내어 놓을 수밖에 없었습니다. 사실 작가로서는 초고를 공개한 다는 것은 만용이랄 수 있겠지요. 그러나 제가 처한 상황이 위에서 말씀드린 대로 어쩔 수 없어서 만용을 부릴 수밖에 없었던 점 혜량하여 주시기 부탁드립니다.

:: 집필을 위한 예비단계로서 김유정의 소설 「봄·봄」을 개략적으로 분석함

1. 시간 구조

제목인 「봄·봄」에서의 가운뎃점은 동등한 대상의 나열 등에 쓰입니다. 다시 말해서 봄이라는 계절이 무 변화 상태인 채로 진전도 후퇴도 없는 반복적 순환을 한다는 의미라고 할 수 있습니다.

봄이라는 어휘가 품고 있는 의미의 스펙트럼은 다양하지만 '생명의 소생'이 봄이라는 계절의 생태적 특성이라는 의미에서 '생명활동'이나 '희망'이라는 의미를 우선 가져올 수 있겠습니다.

이 소설에서 '생명활동' 적 요소는 화자와 점순의 혼례문제라는 소재가 두 사람의 내면에 움트는 사랑의 감정을 내용으로 하여 봄이라는 계절의 배경 속에서 펼쳐지는 것이라고 볼 수 있습니다. 물론 여기에 사랑이야기의 공식대로 장애와 시련의 요소가 첨가되지요. 그리고 두 사람은 그 사랑의 결실에 대한 희망을 버리지 않지요. 그러나 그 두 사람의 사랑도 희망도 장애의 요소로 인해서 한 치의 진척도 되지 않고 한참을 진행한 듯한데 돌아보면 그 자리에 서있는 형국인 것입니다.

전신재 교수가 『원본 김유정 전집』의 「봄·봄」 각주에서 '사건 구성이 반복·순환의 구성법을 취하고 있'다고 한 것은 바로 위의 상황을 지적한 것으로 볼 수 있습니다.

오류가 적지 않은 저의 졸저 김유정 소설과 시간』에서는 「봄·봄」에 대한 시간 분석을 시도하여 이러한 반복·순환적 구조를 논증하고 있습니다. 참조해 주시기 바랍니다.

2. 인물

김유정 소설의 인물들에 대해서는 여러 선학들이 이미 많이 언급했으므로 또 다른 첨언이 새삼스러울 것 같아 더 언급하지 않기로 하겠습니다.

다만 기존의 언급들 중 한 가지만 되풀이하면, 이 작품에서도 순박한 듯하지만 나름대로 자기 꿍꿍이를 가지고 있는 인물들이 등장하고 있다는 것입니다.

3. 기법으로서의 해학과 아이러니 그리고 거리의 운용

김유정 소설에서의 해학의 비중과 그 미학적 성취도에 대해서는 더 이상의 췌언(贅言)을 필요로 하지 않을 듯합니다.

아이러니의 경우도 마찬가지입니다. 김유정은 아이러니 중에도 '확신에 찬 무지의 아이러니'를 즐겨 사용했는데, 「봄·봄」도 그 대표적인 작품 중 하나일 것입니다.

또 김유정은 거리(距離) 즉 작중인물 상호간, 혹은 작중인물과 독자와의 거리를 적절히 이용하여 아이러니를 자신의 소설미학에 기여하게 하는데 그 좋은 예를, 아이까지 있는 덕만이가 가난을 이기지 못해 소장사 황거풍에게 아내를 팔아먹는 이야기인 그의 단편 「가을」에서 확인할 수 있습니다. 저의 졸고「거리」(新 소설론, 우리문학사 간)를 참조해 주시기 바랍니다.

김유정의 「봄·봄」에서도 화자와 봉필영감의 거리 변화가 '확신에 찬 무지'의 아이러니에 기여하는 면을 볼 수 있습니다.

:: 2011년 판 「봄·봄·봄」의 개략적 구성

위와 같은 김유정 소설 「봄·봄」의 특성을 어떻게 저의 작품 속에 구현하여 2011년 판 「봄·봄·봄」을 창작해 낼 수 있을까 고심한 끝에 다음과 같이 방향을 설정했습니다.

1. 시간구조

시간구조는 김유정의 것을 그대로 가져오기로 했으나 저의 작품이 미시구조 분석에서도 같은 결과를 얻을 지는 확신할 수 없습니다.

2. 인물

인물의 성격은 김유정의 것을 그대로 가져오되 시대적 배경의 변화를 감안하여 외형의 변화는 불가피했습니다.

앞의 책에서 진신재 교수님이 언급했듯이 김유정의 「봄·봄」에 등장하는 화자 '나'는 유랑민입니다. 그래서 2010년대의 유랑민을 생각해 봤습니다.

몇 년 전의 공식적인 통계에 의하면 우리나라에 거주하는 외국인이 우리나라 인국의 2%대를 넘어가고 있다고 합니다. 인구 50명 중 하나는 외국인이라는 것이지요. 그 중에서 '소위 농촌총각 장가보내기'의 일환으로 추진되어 다문화가정을 이루고 있는 주로 동남아 출신인 신부들, 그리고 국민소득 향상과 함께 나타난 현상인 소위 3D 일자리 기피현상의 여파로 노동인력 수입이 불가피했고 그 결과로 유입된 역시 동남 혹은 서남아시아 이주 근로자의 증가 등으로 우리나라는 명실공이 다민족 사회가 되어가고 있습니다. 그러나 우리는 아직 우리 사회가 다민족 사회라는 것을 심정적으로 용인하지 못하고 있습니다. 그것은 단일민족 관념이 우리의 의식을 아직도 지배하고 있기 때문입니다.

한 집단이 외부의 위협으로 인해 위기에 처했을 때 그 위기 극복을 위해서는 결집할 수 있는 이데올로기를 필요로 합니다. 더욱이 국가 상실 시기에는 이미 상실한 국가를 대신할 외피를 필요로 하게 되지요. 그래서 이민족인 외국인에 의해 우리의 국권이 상실되었던 시기에 국가라는 외피 대신에 민족이라는 결집의 이데올로기는 큰 힘을 발휘할 수 있었습니다. 그러나 '단일민족'이라는 '현실'이 아닌 이 '관념'이 배타적 공격적 모습으로 드러날 때 이는 전혀 바람직하지 않은 결과를 가져오겠지요. 더욱이 그 배타적 공격적 방향이 상대적으로 열등한 환경에 처해 있는 대상에게 선택적으로 발현될 때 이것은 최악의 상황이 될 것입니다. 다양한 구성원의 다름을 차이로 인정하고 평등하고 자유로운 삶의 공동체를 이루어 가는 것이 우리의 이상이라고 한다면 이주민들에 대한 우리의 관념에 대 전환이 이루어지지 않으면 안 되리라고 저는 생각했습니다. 우리의 타민족에 대한, 특히 상대적 빈국인 동·서남 아시아인에 대한 관념의 전환이 아직 이루어지지 않은 작금의 현실에서 가장 절박한 처지의 유랑민은 그 지역에서 온 이주근로자들일 것입니다.

「봄·봄·봄」에서 '나'를 방글라데시 출신으로 설정한 것은 위와 같은 이유 때문이었습니다. 그러다 보니 이주근로자들이 많이 일하고 있는 3D 업종을 생각하다가 가구공장이 설정되었고 봉필영감은 하청가구공장을 운영하며 이주근로자의 노동력을 착취하는 인물로 설정되었습니다. 점순은 외모 지상주의 시대에 유난히 작은 키 때문에 소위 루저가 되어, 우리의 농촌 총각이 자신들의 처지 때문에 동남아의 빈국에서 신부를 데려올 수밖에 없듯이, 외국노동자를 결혼상대로 정할 수밖에 없는 인물로 설정했습니다. 뭉태는 대화 속의 인물로 배경화 하고 뭉태의 역할은 목공인 김 씨에게 주었습니다.

3. 기법

김유정의 소설 속에 자연스럽게 배어 있는 해학은 저로서는 좀처럼 자연스럽게 수행하기 힘든 독특한 것이어서 접근하기 쉽지 않았습니다.

화자와 봉필영감, 그리고 화자와 점순의 거리의 변화가 아이러니의 효과에 기여해야 하는데 그 점에서 긍정적인 효과를 거두었는지는 확신할 수 없습니다.

소설의 체제는 외형상으로는 저의 기존의 작품들의 틀을 그대로 따르고 있습니다. 즉 소설 한 편이 단일한 문단으로 이루어져 있고 대화와 지문의 구분이 물론 없으며 제목에 대한 각주가 붙어 있고 그 각주가 소설의 창작지침 구실을 한다는 면에서 그렇습니다. 작품 한 편이 내리달이 한 개의 문단으로 이루어져 있는 경우는 김유정의 작품에서도 볼 수 있습니다. 단편 「슬픈 이야기」(『여성』, 1936.12)와 「두꺼비」(구인회, 『시와 소설』, 1936.3)가 그것입니다.

이렇게 형식에서는 저의 기존의 작품과 큰 차이가 없으나 내용면에서는 저의 기왕의 작업과 상당히 다를 수밖에 없습니다. 지금까지의 제 작업은 두 번째 창작집부터 지금 준비하고 있는 세 번째 창작집에 이르기까지, 모두 미술작품의 제목을 제 작품의 제목으로 삼았고, 그 미술작품의 창작방법에 대한 미술평론가의 글을 인용하여 제목의 각주로 사용했고, 그 각주의 미술창작방법을 언어를 재료로 하는 소설 창작방법론의 지침으로 가져다 썼습니다.

그런데 이 「봄 · 봄 · 봄」의 경우는 종래의 미술작품이 아닌 김유정의 유명한 소설을 각주로 하여 쓴 작품입니다. 더욱이 좀 경직되었다고 할 만큼 긴장감이 강하던 종래의 제 소설 분위기와 다른 작품을 쓰는 것은 제게는 적잖이 힘든 일이었습니다.

이번의 작업을 통해서 해학과 아이러니를 자연스럽고 유연하게 사용하여 여유로움 속에 삶의 본질을 드러내는 작가 김유정에 대한 숭모의 마음을 다시 한 번 확인하게 되었습니다.